SADIE JONES | Kleine Kriege

Zum Buch

Großbritannien Anfang der 50er Jahre: Die junge Clara hat in dem Soldaten Henry Treherne ihre große Liebe gefunden. Ihr frisch angetrauter Ehemann ist tatendurstig und voller Ideale, wild entschlossen, der Queen und dem Vaterland zu dienen und wie schon sein Vater Karriere beim Militär zu machen. Als seine Einheit 1956 nach Zypern verlegt wird, um den Anschluss der britischen Kronkolonie an Griechenland zu verhindern, folgt Clara Henry mit den einjährigen Zwillingstöchtern. Doch die Lage vor Ort wird schnell zum blutigen Ernst; hinterhältige Anschläge und gewalttätige Auseinandersetzungen gehören auf Zypern zum Alltag. Clara lebt mit den Zwillingen in ständiger Angst, und auch an Henry gehen die Schrecken des Krieges nicht spurlos vorüber. Immer mehr zieht er sich von seiner geliebten Frau zurück, und das einst so glückliche Paar findet keinen Zugang mehr zueinander. Claras Verzweiflung wird immer größer, denn während um sie herum der Krieg wütet, spitzt sich auch ihre private Situation gefährlich zu.

»Die sinnliche Schönheit der Mittelmeerinsel Zypern, Gefühle von Leidenschaft und Zerrissenheit sind ebenso berührend geschildert wie Schmerz und Einsamkeit.« *Deutschlandradio*

»Sadie Jones beschenkt ihre Leser mit einer großen Parabel um Krieg und Schuld, Liebe und Vergebung.« *Frankfurter Neue Presse*

Zur Autorin

Sadie Jones wurde als Tochter eines Schriftstellers und einer Schauspielerin in London geboren. Sie reiste einige Jahre durch die Welt und arbeitete dann u. a. für die BBC als Drehbuchautorin. 2008 erschien ihr von Presse und Buchhandel gefeierte Debütroman *Der Außenseiter*, für den sie mit dem *Costa First Novel Award 2008* ausgezeichnet wurde. Sadie Jones lebt mit ihrem Mann und ihren zwei Kindern in London.

2.50 HR

SADIE JONES

Kleine Kriege

Roman

Aus dem Englischen von Brigitte Walitzek

Diana Verlag

Die Originalausgabe erschien 2009 unter dem Titel *Small Wars*
bei Chatto & Windus, Random House, London

Verlagsgruppe Random House FSC-DEU-0100
Das für dieses Buch verwendete FSC®-zertifizierte Papier
Holmen Book Cream liefert Holmen Paper, Hallstavik, Schweden.

Vollständige deutsche Taschenbuchausgabe 04/2012

Umschlaggestaltung | © t.mutzenbach design, München
Umschlagmotiv | © ullstein-bild/Roger-Viollet;
© Hulton Archive/GettyImages
Satz | Christine Roithner Verlagsservice, Breitenaich
Druck und Bindung | GGP Media GmbH, Pößneck

Printed in Germany 2012

978-3-453-35583-5

www.diana-verlag.de

Kleine Kriege

»Allmächtiger Gott, dessen Sohn,
unser Herr, Jesus Christus, der Herr über alles Leben,
nicht auf die Erde kam, daß er sich dienen lasse,
sondern daß er diene,
hilf uns, Herren unserer selbst zu sein,
auf dass wir anderen dienen können,
und lehre uns, dienend zu führen,
durch Jesus Christus unseren Herrn, Amen.«

Gebet der königlichen Militärakademie Sandhurst

– Doch als wir wiederkamen aus dem Hyazinthengarten,
es war schon spät,
Du hattest die Hände voll, dein Haar war naß,
da konnte ich nicht mehr
Sprechen, ich sah auch nichts mehr, ich fühlte mich weder
Tot noch lebendig, und alles war weg.
Als ich ins Herz des Lichts sah, die Stille.

T. S. Eliot, *Das öde Land*

Prolog

Sandhurst, Juli 1946

Ein englischer Regen fiel auf die Instrumente der Musiker, auf ihre olivgrünen Uniformen und die Uniformen der marschierenden Kadetten. Lautlos legte er sich in feinen Tropfen auf die Schirme der zuschauenden Familien, auf die Filzhüte der Männer und die Handschuhe der Frauen, überzog die graugrüne Landschaft um sie herum mit Feuchtigkeit und benetzte alles mit feinen Wasserperlen.

Die Kapelle spielte ›Auld Lang Syne‹, und der Klang der Kommandos und der Marschtritte schien eine strahlende Zukunft zu verheißen, die sich auf England gründete, und auf Disziplin – eine Disziplin, die die Liebe zu England noch stärker machte.

Die Familien standen in Zehnerreihen auf der einen Seite des Paradeplatzes. Auf der anderen erhob sich das langgestreckte weiße Gebäude mit den imposanten Säulen. Dazwischen die kleine Musikkapelle und die marschierenden Kadetten in ihren dunkelgrünen Feldanzügen, die Gewehre geschultert. Die Uniformen waren schwer und feucht vom Regen. Im Muster der marschierenden Füße, der Gewehre und der zur Seite gedrehten Köpfe konnten die Mütter ihre Söhne kaum voneinander unterscheiden, was sie einerseits beschämte, andererseits aber auch stolz machte. Ihre Söhne waren nun Teil eines größeren Ganzen, aus dem sie sich nicht heraushoben.

Viele der Eltern hatten schon die Abschlussparaden anderer Söhne miterlebt, und einige der Väter erinnerten sich an ihre eigene. Die heutige Parade, im Jahr 1946, hatte genau wie England selbst nur wenig Prunkvolles, war aber von einer ganz eigenen, schlichten Feierlichkeit. Sie war nicht zu vergleichen mit dem heiteren, festlichen Zeremoniell der Zeiten dauerhaften Friedens, sondern hatte etwas Entschlossenes und Pragmatisches, als würden diese jungen Männer, wie ihre Kameraden vor nicht allzulanger Zeit, sofort anschließend in den Krieg ziehen.

Deshalb gab es wohl auch niemanden hier, der sich seiner Gefühle schämte. Es *war* ein emotionaler Augenblick, es sollte einer sein, und das war allen bewusst. Soweit Arthur Henry Treherne, genannt Henry, sich erinnern konnte, hatte er seinen Vater nur ein einziges Mal mit den Tränen kämpfen sehen, und zwar, als er den Tag seiner eigenen ›Sovereign's Parade‹ schilderte.

Henry hatte keine Probleme mit seinen Gefühlen. Er empfand nur denselben Wunsch wie immer, seine Sache gut zu machen, einen unglaublichen, fast körperlich spürbaren Stolz und das brennende Verlangen, die Zukunft in Angriff zu nehmen und sie für sich zu erobern. Doch daran dachte er in diesem Moment nicht. In diesem Moment dachte er nur an die präzise Ausführung dieses einen kleinen Teils seiner Ausbildung, immer wieder eingeübt und schließlich gemeistert. Erst später, als er und seine Kameraden – Gewehr an der Schulter, Augen geradeaus – stumm und hoch aufgerichtet dastanden, damit Prinzessin Elizabeth ihre Reihen inspizieren konnte, erst da spürte er es plötzlich, eine Art Überströmen, und musste blinzeln und den Blick starr auf die Bäume in der Ferne richten.

Es herrschte beinahe vollkommene Stille, als die junge Prinzessin, von allen beobachtet, die Reihen der Kadetten abschritt. Henry hörte sie näher kommen. Sie war die Verkörperung seines Landes, dem zu dienen sein größtes Anliegen war und immer sein würde. Er dachte an Gott – seine verschwommene, demütige Vorstellung von Gott – und wagte zu hoffen, dass er auch Ihm ein guter Diener war.

Flankiert von seinen Kameraden, dachte Henry auch kurz an seinen Vater, der seine Schlachten hinter sich hatte und ihn aus der Menge heraus beobachtete. Und an seine Mutter, die, auf ihre stille Art zufrieden, neben ihrem Mann stand. Dann konzentrierte er sich wieder auf das unmittelbare Geschehen. Die Offiziere und Adjutanten, die die Prinzessin begleiteten, schoben sich von der Seite her in sein Blickfeld und durchquerten es, ohne dass er auch nur mit der Wimper zuckte. Undeutlich nahm er den oberen Teil des cremefarbenen Hutes der Prinzessin am unteren Rand seines Gesichtsfelds wahr. Sie blieb kurz stehen, ging an ihm vorbei, ging weiter, und die sie begleitende kleine Gruppe bewegte sich ebenfalls weiter an den Reihen der Kadetten entlang.

Henrys Mädchen hieß Clara Ward. Sie stand mit ihren Eltern und ihrem jüngeren Bruder ebenfalls in der Menge. Später, auf dem Abschlussball, würde sie mit ihm tanzen. Clara war die Schwester von Henrys Freund James. Sie hatten sich kennengelernt, als Henry mit James zu Besuch zu dessen Familie nach Buckinghamshire gefahren war.

Die Wards wohnten in einem weiträumigen roten Backsteinhaus mit weißgestrichenem Gartentor, weißer Haustür, weißen Schiebefenstern und Fensterbänken und einem großen Garten, in dem es einen Fliederbaum, mehrere Apfelbäume, zahlreiche Rosensträucher und einen gepflegten Rasen gab, durch den ein Bach mit einer kleinen Brücke darüber floss. Clara und ihre beiden Brüder waren dort aufgewachsen und in allen Schulferien von ihren jeweiligen Schulen dorthin zurückgekommen, und das Haus trug immer noch die kleinen Narben ihrer Kindheit in Form der schiefen Schaukel und der fadenscheinigen Teppiche.

Es war ein Haus für Weihnachtsfeste, für Sommertage, für Schulferien, für Schaukelpferde und Windpocken. Es hatte Rasseln und Holzspielzeug gesehen, Schulranzen und Regenmäntel, und später Abendkleider und Perlentäschchen an dünnen Kettchen, die auf den Stühlen in der Diele abgelegt wurden, wenn Clara und James, müde von einer Party, nach oben und ins Bett gingen.

Henry hatte Clara bei einem Wochenendbesuch gleich in den ersten Wochen seiner Ausbildung kennengelernt. Er und James waren an einem Samstag nach dem Tee angekommen, und da James mit seinem Vater über Geld reden wollte, hatte Henry beschlossen, zum Rauchen in den Garten zu gehen, um nicht zu stören.

Eine bläuliche Dämmerung senkte sich herab, als Clara, den Arm voller nasser Blumen, aus dem Garten ins Haus kam, und um ein Haar wäre Henry, der einen kleinen Tisch umrundete, mit ihr zusammengestoßen. Er hatte sich entschuldigt und sie hatten sich verlegen die Hand gegeben. Claras war von den Blumen ganz nass gewesen. »Sie müssen James' Schwester sein«, hatte Henry gesagt, und Clara hatte geantwortet: »Ja, ich bin Clara.«

Sie sprach es wie ihr Bruder als ›Claire‹ aus und fügte hinzu: »Und Sie müssen Henry sein.«

»Ja«, war das Einzige, was er hervorbrachte. Ihre Stimme und ihr Aussehen hatten ihm die Sprache verschlagen.

Sie waren aneinander vorbeigegangen, er in den Garten, um seine Zigarette zu rauchen, sie in die Küche, um die Blumen ins Wasser zu stellen. Von da an ging ihr Bild ihm nicht mehr aus dem Kopf. Sie hatte sehr helle Haut, dunkle, rötlichbraune Haare von der Farbe von Kastanien, von Mahagoni, und tiefblaue Augen. Sie war siebzehn, er neunzehn.

Entschlossen hatte Henry von diesem Augenblick an alles daran gesetzt, Clara so oft wie möglich zu sehen, und im Lauf der wenigen Monate seiner Ausbildung fuhr er an jedem freien Wochenende mit James nach Hause.

Seine eigenen Eltern lebten in der Nähe von Warminster, in Somerset, nicht weit von Stonehenge entfernt, in einem dunkelgrau verputzten Haus mit schön proportionierter Fassade, hinter der sich ein älteres, kompliziert verschachteltes Inneres verbarg. Stoisch und pragmatisch ertrug es den Wind, der über die Ebene von Salisbury wehte, kaum dass einmal eins der viktorianischen Fenster klapperte. Henry kam immer gern in die großen, kühlen Räume mit ihren goldgerahmten Gemälden und ihren vertrauten Echos zurück. Die düsteren Farben und die Kälte des Hauses bedeuteten ihm Geborgenheit. Obwohl er vor seinen Besuchen bei den Wards nie darauf geachtet hatte, wie abweisend sein eigenes Elternhaus wirkte, fühlte er sich dort trotz aller Unbehaglichkeit wohler als in dem lichtdurchfluteten Dorfhaus der Wards. Doch so sehr ihm die stummen Mahlzeiten und die nackten Bodendielen seines Zuhauses auch ans Herz gewachsen waren, gab es für ihn nichts Wichtigeres als Clara und er nahm ihre unbeschwerte, chaotische Familie gern in Kauf, nur um bei ihr sein zu können.

Sie schrieben sich Briefe, in denen sie offener und freimütiger miteinander umgingen, als wenn sie beisammen waren.

Er nannte sie sein »rot-weiß-blaues Mädchen« – wegen ihrer Farben –, und als er sie bat, ihn nach der Abschlussparade zum Ball zu begleiten, war das nicht weiter überraschend, aber es war bedeutsam.

Clara stand mit ihren Eltern und ihrem jüngeren Bruder in der Menge und versuchte, Henry und James unter den anderen Kadetten herauszufinden. Sie musste sich auf die Zehenspitzen stellen, um über die vor ihr stehenden Leute hinwegsehen zu können. Ein Stück weiter, ganz vorn in der ersten Reihe, sahen sich auch Arthur und Jean Treherne die Parade an.

Arthur Treherne und George Ward hätten nicht unterschiedlicher sein können. George war ein umgänglicher, anspruchsvoller, eher klein gewachsener Mann. Seine Hosen schlugen an den Knöcheln weiche Falten und seine Mäntel sprachen von spärlich beleuchteten Büros und häuslichen Kleiderständern. James war der erste in der Familie, der als Berufssoldat zur Armee gegangen war, und die Wards hatten seinen Eintritt in diese Welt eher abwehrend und besorgt beobachtet.

George war Beamter. Jeden Tag verließ er das Backsteinhaus in Buckinghamshire, um zur Arbeit zu fahren, und kam jeden Abend zu Moira, Clara und den beiden Söhnen zurück. Er hatte kurz im Ersten Weltkrieg gekämpft, für ihn – selbst heute noch – die mit nichts anderem vergleichbare, absolut schrecklichste Zeit seines Lebens. Er verstand nicht, wie man aus freien Stücken Soldat werden konnte, und war sich bewusst, dass er sich hauptsächlich deshalb dauerhaften Frieden auf der Welt wünschte, damit seine beiden Söhne nicht durchmachen mussten, was er selbst durchgemacht hatte, und damit seiner Tochter das Los einer Soldatenfrau erspart blieb. Und doch war er hier, wo sich seine fast unüberwindliche Abneigung – und seine Angst – mit einem Stolz mischten, den er kaum begreifen konnte.

Henrys Vater Arthur dagegen war mit Leib und Seele Soldat, war es immer gewesen und würde es, einerlei wie er gekleidet war oder wo er sich aufhielt, immer sein. Er hatte die gleiche Statur und die gleiche Haut- und Haarfarbe wie Henry, obwohl seine dunkelblonden Haare inzwischen von Grau durchzogen waren und die Knochen seines Gesichts sich deutlich unter der Haut abzeichneten. Er verfolgte die Parade ohne auch nur eine Spur der widerstreitenden Gefühle der Wards, die in einem Lederhandschuh steckende Hand fest auf die seiner Frau gelegt, die auf seinem Arm ruhte. Er empfand weder Sorge noch Bedauern, sondern tiefen Stolz auf seinen Sohn, dessen heutiger Abschluss nur ein seit langem erwarteter, lange vorhergesehener Schritt auf dem Weg in eine ruhmreiche Zukunft war.

Nach der Parade verwandelte sich der sanfte Regen in ein kaum noch merkliches Nieseln, das den Geruch von nassem Gras und Pulverdampf in sich trug, und die Vögel begannen wieder zu singen. Die frischgebackenen Offiziere und ihre Familien standen grüppchenweise auf dem Paradeplatz zusammen. In den hohen, nur noch vage erkennbaren Bäumen in dem diesigen Park ringsum herrschte nun, da die Gewehrsalven verstummt waren, weithin Stille. Die Frauen zitterten in der kühlen Sommerluft und hängten sich enger bei ihren Männern ein. Clara Ward stand schüchtern neben ihrem Bruder James, scherzte mit ihm und hoffte, dass Henry bald zu ihnen kommen würde.

Henry und seine Eltern hatten sich nicht viel zu sagen, nachdem die Glückwünsche ausgesprochen waren, und Henry verdrehte den Kopf, um über die Schulter zu Clara und ihrer Familie hinüberzusehen und fragte sich plötzlich nervös, worüber sie sich den ganzen Abend unterhalten sollten. Er wäre gern mit ihr allein gewesen. Außerdem hätte er sie gern schon gekannt, statt sie noch kennenlernen zu müssen – ein Prozess, der ihm Angst machte.

Nach der Parade fuhren die Wards zurück nach Buckinghamshire, um sich für den Ball umzuziehen. Die Trehernes hatten sich in einem Hotel in der Hauptstraße von Godalming eingemietet, weil sie zu weit entfernt wohnten, um hin- und zurückzufahren. Arthur und Jean genehmigten sich unten in der Bar einen zu warmen Gin Tonic, während Henry auf sein zur Straße gelegenes Zimmer ging.

Er legte Gürtel und Jacke aufs Bett, wanderte eine Weile auf und ab und dachte an Clara. Sie war für ihn wie ein fremdes Land, bei dem er jedoch das Gefühl hatte, es schon immer gekannt zu haben, ähnlich wie die Länder, die in seinem Atlas als Zeichen ihrer Zugehörigkeit zu Großbritannien rosa eingefärbt waren und mit denen er seit seiner Kindheit vertraut war. Wie ein ferner Ort voller Schätze und Gewürze, der trotzdem englisch war, wartete sie darauf, dass er zu ihr kam: sie war für ihn wie Indien.

Claras Kleid war passend zu ihren Augen ausgesucht worden. Es war mitternachtsblau und trägerlos und der Rock, aus Tüll und sehr weit geschnitten, war mit farblosen Glasperlen bestickt. Ihr Dekolleté fühlte sich sehr nackt und weiß an; sie hatte verschiedene Möglichkeiten ausprobiert, ihre Stola so zu drapieren, dass der Ausschnitt mehr bedeckt war.

Das Kleid ihrer Mutter – die sich für Claras Tüllmassen geopfert und auf ein neues Kleid verzichtet hatte – war aus steifem, bräunlichem Taft und sieben Jahre alt und würde heute, so hoffte Moira zumindest, seinen endgültig letzten Auftritt haben.

James und Bill lieferten sich auf dem Treppenabsatz einen Ringkampf, dass der ganze Boden bebte. Bill war vierzehn und eigentlich zu alt für Ringkämpfe auf Treppenabsätzen, und James hätte sowieso vernünftiger sein müssen. Schließlich war er zwanzig und hatte außerdem immer noch die Uniform an, die er auf der Parade getragen hatte.

Clara saß im Abendkleid auf ihrem Bett und lauschte auf das Gerangel und Gelächter ihrer Brüder. Ihr war zutiefst wehmütig zumute. Bald würden sie alle von zu Hause weggehen. Alles würde sich verändern. Sie hatte das Gefühl, die Hand ausstrecken und ihre Kindheit berühren zu können, die in diesem Haus immer noch lebendig war und sie überall umgab. Sie legte die Hände leicht auf die Kante des Betts, als sie hörte, wie ihre Mutter die Treppe heraufkam und bei den Jungen auf dem Absatz stehen blieb. »James! Bill! Hört sofort mit dem Unsinn auf!«

Sie betrat Claras Zimmer und setzte sich neben sie. Dabei hob sie ihr Kleid an, um es nicht zu zerknittern.

»Kindsköpfe«, sagte Clara.

Ihre Mutter nahm ihre Hand. »Soll ich dir jetzt die Haare machen?«

Clara nickte, aber keine von ihnen rührte sich. Sie blieben still nebeneinander sitzen, um sie herum nur das Geräusch der unbeeindruckt weiter rangelnden Jungs und das Gurren einer Taube im Garten.

Alle Frauen auf dem Ball trugen lange Abendkleider, aber nur die Hälfte der Männer dunkle Abendanzüge. Die jungen Offiziere in den Ausgehanzügen ihrer neuen Regimenter hoben sich farbenfroh von den feierlichen Smokings ihrer Väter und der sonstigen männlichen Gäste ab.

Henry hatte zu Beginn des Abends an der Tür zum Ballsaal auf Clara gewartet, und als er sie auf sich zukommen sah, machte sich wieder diese merkwürdige Stille in ihm breit, die sie immer in ihm auslöste. Es war nicht einfach so, dass er kein Wort über die Lippen brachte oder nervös wurde, wenn er sie sah – obwohl auch das zutraf. Vielmehr war es so, dass sie ihn völlig überwältigte.

Sie kam in Begleitung ihrer Familie. Henrys Eltern waren bereits in der Menge verschwunden. Sein Vater stand in einer großen Gruppe von aktiven Offizieren und Offizieren a. D. auf der anderen Seite des Saals und achtete weder auf Henry noch darauf, mit wem er zusammen war oder nicht, aber die Wards blieben einen Moment stehen, während Henry und Clara sich ansahen.

»Weißt du schon, wo sie dich als Nächstes hinschicken werden?«, erkundigte sich George bei Henry.

»Das hat Clara uns doch schon gesagt, George«, warf Moira ein und tauschte ein Lächeln mit Clara. Aber George hielt den Blick weiter fest auf Henry gerichtet.

Henry hatte das unangenehme Gefühl, dass dieser freundliche Mann ihn nicht mochte. Eigentlich schien er nicht der Typ Vater zu sein, der eifersüchtig und beschützerisch über seine Tochter wachte, aber Henry wusste, dass sein Interesse an Clara George aus irgendeinem Grund missfiel. Er hatte noch nie mit jemandem darüber geredet, wie er selbst oder sonst jemand dachte oder fühlte, und da sich die Unterhaltungen in seiner eigenen Familie auf die Hunde, gelegentliche gesellschaftliche Verpflichtungen oder Äußerungen seines Vaters über den Krieg oder politische Ereignisse im allgemeinen beschränkten, war Henry in keiner Weise für die vertraulicheren Aspekte menschlichen Miteinanders gerüstet. Er hatte keine Ahnung, wie er das Problem, dass George Ward ihn nicht mochte, anpacken sollte. Aber wenn er sich, wie es seine Absicht war, immer korrekt verhielt, dachte er, würde sich alles irgendwann in Wohlgefallen auflösen.

James schnitt seiner Schwester über Henrys linke Schulter hinweg eine Grimasse, um sie zu ärgern.

»Verzieh dich, James«, sagte Clara, und schließlich schleppten ihre Eltern ihn mit sich, und Henry und Clara waren endlich allein.

»Alles in Ordnung?«, fragte Henry.

»O ja«, sagte Clara.

Ihm fiel auf, dass sie sich die Lippen geschminkt hatte, zum ersten Mal, seit sie sich kannten. Es stand ihr gut, wirkte aber zusammen mit dem Kleid so glamourös, dass es ihn ganz aus dem Konzept brachte. »Möchtest du vielleicht ein Glas Punsch?«, fragte er.

»Gern. Wo gibt es denn welchen?«

»Da drüben. Komm mit.«

Gemeinsam schlängelten sie sich durch die Menge, bis sie auf einen Kellner mit einem großen, vollbeladenen Tablett stießen.

»Oder lieber einen Cocktail?« Stirnrunzelnd sah er zu ihr hinunter.

»Das ist mir egal«, sagte Clara.

»Na dann.«

Er griff sich zwei Gläser Punsch von dem Tablett und

reichte ihr eins. »Keine Ahnung, was da alles drin ist. Wahrscheinlich irgendwas Grässliches, wenn man nach dem Fraß geht, den sie einem hier vorsetzen.«

»Ach, es schmeckt sicher wunderbar.«

Ein kurzes, schrecklich angespanntes Schweigen machte sich breit.

»Wir haben hier nicht gerade viel Übung im Umgang mit Mädchen. Tut mir leid, wenn ich kein besonders beeindruckender Gesprächspartner bin.«

Sie wirkte erleichtert. »Du machst dich sehr gut. Aber zu Hause war es irgendwie leichter, findest du nicht auch?«

»Viel. Dass wir so herausgeputzt sind, macht alles komplizierter.«

»Bis jetzt hast du mich immer nur in Hosen gesehen. Noch dazu wahrscheinlich welchen voller Hundehaare.«

»So schlimm war es nun auch wieder nicht. Abgesehen davon kenne ich dich auch in Kleidern.« Er zögerte. »Du hast darin sehr hübsch ausgesehen.«

Clara sah in ihren Punsch, von dem sie noch keinen Schluck getrunken hatte. Ihre Hand, die das Glas hielt, steckte in einem Handschuh. Er hätte ihr den gern ausgezogen, hätte gern ihre Hand gehalten. »Möchtest du tanzen?«

»Ja, gern.«

»Ich bin aber kein besonders guter Tänzer.«

»Ach nein? Wo ich doch eine geradezu begnadete Tänzerin bin«, sagte sie, und Henry lachte und wusste, dass er sich in ihr nicht getäuscht hatte.

Sie tanzten zu ›Choo Choo Ch'Boogie‹, zu ›Fools Rush In‹, zu ›Mam'selle‹. Sie tanzten, bis ein später Imbiss gereicht wurde, und ließen sich von nichts und niemandem unterbrechen.

Obwohl die frischgebackenen Offiziere schon ihren jeweiligen Regimentern zugeteilt waren, hielten sie ihre Schulterabzeichen den ganzen Abend über verdeckt. Erst um zwölf Uhr würden die Mädchen ihnen die kurzen schwarzen Stoffstreifen abreißen und ihre Verwandlung in Soldaten komplett machen. Manche ließen sich die Streifen von ihren Schwestern abnehmen oder, Gott bewahre, von ihren Müttern, aber Henry, der sich seiner Umgebung überhaupt nicht mehr bewusst war, hatte dafür Clara, und die Tatsache, dass damit eine Art Versprechen verbunden schien, beunruhigte ihn kein bisschen.

Nach dem heutigen Abend und nach ein paar Manövermonaten in England würde er mit seinem Regiment nach Deutschland gehen. Er würde Clara von dort schreiben, sie besuchen, wann immer er konnte, und zu gegebener Zeit – und sofern sie wollte – würde er sie heiraten.

Beim misstönenden, ausgelassenen Countdown zu Mitternacht hob Clara die Hand, um den Stoffstreifen von Henrys Schulter zu lösen – sie musste dazu endlich ihre Handschuhe ausziehen –, und lächelte ihn an.

Henry sah nur noch das Mädchen, das vor ihm stand, und den Dienst, dem er sich verpflichtet hatte, und in der absoluten Stille in seinem tiefsten Inneren verschrieb er sich beidem mit Haut und Haar.

Teil Eins

Zehn Jahre später
Limassol, Zypern, Januar 1956
Während des Ausnahmezustands

1. Kapitel

Die Armee hatte für sie in der Nähe des Hafens in Limassol ein Haus angemietet, weil es nicht gelungen war, ihnen auf dem Stützpunkt selbst eine Unterkunft für Verheiratete zu beschaffen.

Henry wusste, dass das Wetter auf der ganzen Überfahrt von England schlecht gewesen war – auch noch nach Gibraltar –, und er stellte sich vor, dass sich Clara und die Mädchen von Portsmouth an nur in ihrer Kabine aufgehalten hatten. Er hoffte, dass es ihnen nicht allzu schlecht ergangen war – Clara war nicht besonders seefest. Er selbst hatte den holprigen Flug von Krefeld hierher genossen, auf dem die Länder Europas und ein knittriges blaues Meer unter ihm vorbeigezogen waren wie eine Sandkastenlandschaft, in die man Flaggen hineinstecken und auf der man Spielzeug-Armeen hin und her schieben konnte.

Er war zum Major befördert und von seinem Bataillon in Deutschland hierher versetzt worden, allein, ohne jemanden zu kennen. Alles war neu für ihn gewesen, aber energisch und beharrlich hatte er sich daran gemacht, seine Führungsrolle und seinen neuen Rang auszufüllen. Mit Erfolg. Alles war ganz problemlos abgelaufen. Allerdings hatte er in dem einen Monat, in dem er die Nächte allein in dem Haus in Limassol verbrachte, die Geselligkeit des Kasernenlebens vermisst und seine Isolation als quälend empfunden.

Das Haus in Limassol, an einer kopfsteingepflasterten

Straße gelegen, war schmal und bot so gut wie keine Aussicht, und das Schloss an der Tür war kaum der Rede wert. Der Gedanke an diesen beunruhigenden Mangel an Sicherheit machte Henry zu schaffen, wie auch die Tatsache, dass man vor den Fenstern nichts anderes sah als die schiefen Fenster anderer Häuser. Falls jemand die Absicht haben sollte, sich dem Haus zu nähern und eine Sprengladung anzubringen, gab es nichts, was ihn daran gehindert hätte. Vor ein paar Monaten hatte ein EOKA-Terrorist in Famagusta einen Sprengsatz durch ein offenes Fenster ins Haus eines Soldaten geworfen, dessen Frau gerade dabei war, die Kinder ins Bett zu bringen. Henry wusste, dass seine Besorgnis und das ständige Bewusstsein seiner Verantwortung übertrieben waren und dass der Quartiermeister alles in seiner Macht Stehende tat, um ihm auf dem Stützpunkt ein Haus im Wohngebiet für verheiratete Offiziere zu besorgen. Aber die Frau des Soldaten in Famagusta hatte bei der Explosion den halben Arm verloren. Henry hatte am Vormittag noch einmal mit dem Quartiermeister gesprochen, aber damit waren seine Möglichkeiten ausgeschöpft. Er musste darauf vertrauen, das alles getan wurde, was getan werden konnte. Ohne Vertrauen würde er nicht funktionieren können, aber solange er dieses Vertrauen aufbrachte, konnte er mit dem Wissen um die Frau des anderen Soldaten leben und seine eigene Frau trotzdem hierher kommen lassen.

Er lag in dem Bett, das für ihn allein zu groß war, für Clara und ihn aber zu klein sein würde und malte sich aus, wie sie England verließ, um zu ihm nach Zypern zu kommen. Der Winter war in ganz Europa extrem hart gewesen. Henry stellte sich einen kalten Tag im Hafen von Portsmouth vor, die HMS *Endeavour* riesig und ebenfalls kalt, und Clara, die ihrer Mutter winkte.

Henry hatte recht gehabt. Clara war auf der ganzen Fahrt seekrank gewesen. Meg und Lottie dagegen schien das Geschlingere und Gestampfe des Schiffs überhaupt nichts auszumachen. Vielleicht lag es daran, dass ihre Körper, die ja noch klein und näher am Boden waren, nicht so sehr in Mitleidenschaft gezogen wurden. Jedenfalls hatte Clara, obwohl sie sich kaum auf den Beinen halten konnte, ständig hinter den beiden herlaufen müssen, die rutschigen Metallkorridore der *Endeavour* hinauf und hinunter, und zwar, so fühlte es sich zumindest an, den ganzen Tag, jeden Tag, die ganze Reise. Die Zwillinge waren sechzehn Monate alt und hatten gerade herausgefunden, wie viel Spaß es machte, sich zu bewegen, die Welt zu erkunden und ihre Mutter zu ärgern.

Clara – Henry hatte sie während ihrer Schwangerschaft in Krefeld ›Pudding‹ genannt – hatte die Pfunde, die sie sich in dieser Zeit zugelegt hatte, längst wieder verloren, und nachdem sie die ganze Zeit seekrank gewesen war und weder das gewohnte, nahrhafte deutsche Essen – auch kein englisches – zu sich nehmen konnte, schlotterten ihre Kleider fast an ihr. Sie hoffte, dass Henry sie nicht zu knochig finden würde. Er liebte ihre Kurven.

Wenn sie nicht damit beschäftigt war, den Mädchen auf der ganzen *Endeavour* nachzulaufen oder sich über die Metallschüssel der Toilette zu beugen, las sie ihnen vor. Aus den neuen Büchern, die sie in London gekauft hatte, und aus den alten, die sie mit Erlaubnis ihrer Mutter aus den Regalen des Kinderzimmers zu Hause mitgenommen hatte. Sie behandelte die schon etwas zerfledderten Bände ganz sanft und vorsichtig, während sie Meg und Lottie von Feen und kleinen blauen Lokomotiven und England vorlas, bis allen dreien die Augen zufielen.

Die *Endeavour* schob sich langsam in den östlichen Teil des Mittelmeers vor. Sie passierten Griechenland und die langgestreckte Küste Kretas. Die klassischen Gewässer glitten unter ihnen vorbei, das Schiff schlingerte und stampfte unter einem grauen Himmel zwischen Inseln hindurch. Jetzt stand Clara im Nieselregen und beobachtete, wie Zypern aus dem Dunst auftauchte und immer näher kam.

Mit ihr an Bord des Schiffes war eine eigenartige Mischung von Passagieren: ein italienischer Nachtclubsänger, ein junger Lehrer für die englische Schule, der extrem schüchtern war und selbst noch wie ein Schüler aussah, und ein walisischer Geschäftsmann mit »Interessen« in Nikosia. Dieser war ein Angeber und ängstigte seine Mitreisenden gern mit Geschichten über die Gräueltaten der EOKA-Terroristen, bis alle das Gefühl hatten, sie begäben sich mitten hinein in ein richtiges Kriegsgebiet und nicht etwa auf eine Insel, die seit langem Teil des Empires war und nur im Augenblick ein paar kleinere Probleme mit ein paar wenigen Unruhestiftern hatte. »Er tut ja gerade so, als wäre es der Blitzkrieg«, sagte Clara eines Abends zu dem jungen Lehrer. Und kam sich sehr mutig vor.

Obwohl der Krieg noch nicht so sehr lange vorbei war, hatte sie sich in Deutschland nie als Fremde gefühlt. Es besaß die gleiche nordeuropäische Zurückhaltung und das gleiche angeschlagene, zerbombte Grau, das sie von zu Hause kannte, und sie hatte sich dort nie bedroht gefühlt, obwohl sie ihre Familie vermisste. Vielleicht, dachte sie, hatte ihr Zugehörigkeitsgefühl gerade etwas mit dem Krieg zwischen den beiden Ländern zu tun. Irgendwie hatte sie das Gefühl gehabt, England und Deutschland seien wie zwei Geschwister, die sich übel geprügelt hatten, aber gezwungen waren, im selben

Haus weiterzuleben und zu lernen, miteinander auszukommen. Zypern dagegen war etwas völlig anderes. Es mochte zwar Teil des Empires sein, war aber in erster Linie ein Stück des Nahen Ostens, wo es überall kriselte, und ihr Mann hatte den Auftrag, für Sicherheit zu sorgen. Clara konnte es nicht ändern, sie sehnte sich nach den langweiligen Betonkasernen und modernen Wohnungen in Krefeld und Braunschweig zurück, die während der sechs Jahre ihrer Ehe ihr Zuhause gewesen waren.

Das kleine Grüppchen der Zivilisten stand zusammengedrängt auf dem stählernen Deck, während sich überall um sie herum Soldaten zum Ausschiffen bereit machten und die Schiffsbesatzung die *Endeavour* in den Hafen manövrierte. Clara, die vergeblich versuchte, den Mädchen die an Schnüren baumelnden Fausthandschuhe anzuziehen, wusste, dass sie allen im Weg waren. Die Soldaten waren allesamt junge Wehrpflichtige. Laut und lärmend konnten sie es kaum erwarten, endlich wieder festen Boden unter den Füßen zu haben. Clara und die anderen Zivilisten hatten sich auf der ganzen Fahrt von ihnen ferngehalten, und jetzt auf allen Seiten von ihnen umgeben zu sein, war irgendwie eigenartig. Der italienische Sänger, der sich für die Landung in einen taillierten Safarianzug geworfen hatte, hielt Megs eine Hand, Clara, die sich Lottie auf die Hüfte gesetzt hatte, die andere. Der Regen stach ihr in die Augen.

Die Arme des kleinen Hafens hielten sie nun umfangen. Clara sah die Häuser der Stadt längs des schnurgeraden Kais, an dem sich die Wellen hoch aufspritzend brachen. Sie sah an Bojen vertäute Fischerboote und Marinefahrzeuge, die in schöner Eintracht auf den Wellen tanzten und sich aneinander rieben. Sie sah schwarze Autos und Landrover und Soldaten, und dahinter ein Gewirr aus verputzten und unverputzten Wohn- und Lagerhäusern und Magazinen und große metallene Vertäupfosten, die wie Pilze aussahen und von gigantischen Tauen fest umwunden waren. Sie sah britische Soldaten und zypriotische Zivilisten durcheinanderwimmeln, sah wartende Gruppen. Sie umklammerte die Hände ihrer beiden kleinen Töchter.

Sie sah Henry.

Er hatte sie als Erster entdeckt und lächelte, die Augen gegen den Wind zusammengekniffen. Er hob die Hand. Jetzt mussten sie nur noch warten, bis das Schiff die Lücke zwischen ihnen geschlossen hatte.

Die Haustür klemmte.

»Wir hatten in letzter Zeit eine Menge Stürme«, sagte Henry.

Die Mädchen spähten an den Beinen ihrer Mutter vorbei in das dunkle Haus.

»Ja«, sagte Clara. »Nach Mittelmeer fühlt es sich nicht an.«

»Heute jedenfalls nicht.«

Corporal Kirby, Henrys Bursche, brachte das Gepäck aus dem Landrover ins Haus. Clara musste in die Küche ausweichen. Sie und die Mädchen drückten sich an die Wand, als Henry und Kirby den größten der Schrankkoffer hochwuchteten und nach oben trugen.

Clara nahm ihren Hut ab. Die Küche enthielt einen Herd, einen kleinen Tisch, einen Spülstein und einen Speiseschrank, dessen Tür sich nach unten klappen ließ und als Ablage benutzt werden konnte. Die braunen Lamellenläden der Fenster zur Straße hinaus waren geschlossen, nach hinten hinaus gab es eine Tür mit einem Vorhang davor. Die kleinen Mädchen sahen stumm zu, wie Clara hinging und den Vorhang aufzog. Er ließ sich nur schwer über den mit Plastik überzogenen Draht schieben.

Die Rückseiten der Nachbarhäuser umgrenzten einen kleinen gefliesten Hof, der bis auf einen Waschbottich und eine vertrocknete Topfpflanze leer war. Clara drehte sich zu den Mädchen um. Sie waren blass und sahen in ihren bis oben zugeknöpften Mänteln aus, als würden sie jeden Augenblick vornüber kippen.

»Eure Sachen sind ganz nass«, sagte Clara und zog ihnen die Wollmützen aus. »Sollen wir mal nachsehen, was Daddy macht?«

Im vorderen Schlafzimmer versuchten Henry und Corporal Kirby, Platz für den Schrankkoffer und die kleineren Gepäckstücke zu finden. Als Clara hereinkam, drehte Henry sich zu ihr um. Er sah ernst und unsicher aus.

»Was für ein hübsches Haus«, sagte sie, und er lächelte sie an.

»Ist gut, Kirby. Sie können jetzt gehen.«

»In Ordnung, Sir.«

Sie hörten seine Stiefel die Treppe hinunterklappern, dann die Tür, und dann, wie der Landrover angelassen wurde. Meg und Lottie sahen ihre Eltern an.

»Wie ist es dir ergangen?«, fragte Clara.

»Nicht übel.«

»Besser als Krefeld?«

»Nicht halb so luxuriös, wie du siehst.«

»Das macht uns nichts.«

»Nein?«

»Natürlich nicht. Wir werden das Beste daraus machen.«

Langsam ging Clara auf ihn zu und schmiegte das Gesicht an seine Schulter. Die Mädchen kamen dazu und umklammerten die Beine ihrer Eltern. Henry senkte den Kopf und spürte Claras glatte Haare an seiner Wange. »Ein Monat war zu lang«, sagte er und schlang die Arme um sie, während von der Straße her das Knattern von Motorrollern, zypriotische Sprachfetzen und das Klappern der Fensterläden anderer Häuser zu ihnen drang.

2. Kapitel

Der britische Militärstützpunkt Episkopi lag westlich von Limassol. Eine schmale Straße führte aus der Stadt heraus und quer über die Halbinsel Akrotiri, vorbei am Zaun des gleichnamigen britischen Luftwaffenstützpunkts, durch Orangenhaine und flache, fruchtbare Felder und dann, von Zypressen gesäumt, zurück zum Meer.

Hinter den Orangenhainen führte die Straße steil nach oben und erklomm die Klippen, schnitt sich durch sie hindurch und bot einen weiten Blick auf das Meer und die langgestreckte Küstenlinie. Dann kam eine Strecke, die leer und verlassen wirkte, dann Episkopi.

Wenn man das Tor durchquert hatte und über die kleine Straße weiter in den Stützpunkt hineinfuhr, sah man zunächst eine Mischung aus frisch errichteten Betongebäuden und Nissenhütten. Schilder wiesen auf verschiedene Bereiche hin. Landrover und Dreitonner standen in Reihen nebeneinander, es gab ausgedehnte Zeltbereiche, durchzogen von gefurchten Lehmwegen – hier war man noch nicht dazu gekommen, feste Gebäude zu errichten. Zu viele Einheiten wurden nach Zypern verlegt, um sie alle ordentlich unterbringen zu können, alles war im Umbruch, ständig wurden Pläne geändert.

Happy Valley lag auf der anderen Seite des Stützpunkts, die Berge im Rücken, und hatte bis vor kurzen auch noch aus Zelten bestanden. Nun wurden darüber weiße Häuser für die

Offiziere hochgezogen, mit Rasenflächen davor, und der Weg zu den Ställen und zum Poloplatz war schon halb asphaltiert.

Unterhalb des Stützpunkts erstreckte sich der halbmondförmige Strand, an dem man den größten Teil des Jahres schwimmen oder wunderbar reiten konnte. Man erreichte ihn entweder durch einen langen, schnurgeraden Tunnel, der durch die Klippen hindurch nach unten führte, oder über einen sehr steilen Pfad an der Außenseite der Klippen entlang, die hier sandig und teils mit Gras bewachsen waren.

Das Offizierskasino war ein neues, weiß gestrichenes Betongebäude mit einer breiten, flache Treppe, die auf eine schmale Veranda führte, die an Abenden, an denen die Frauen eingeladen waren, manchmal mit Ketten aus schummrigen Glühbirnen beleuchtet war. Henry fand, dass die Lichterketten ziemlich billig aussahen und die allgemeine Schäbigkeit noch betonten, aber die Frauen sagten immer »Wie hübsch«, also lag er vielleicht falsch mit seiner Einschätzung. Hinter dem Offizierskasino gab es einen großen Garten, zu dem man von der Bar aus durchgehen konnte.

Clara, die darauf bedacht war, ihre Abendschuhe nicht schmutzig zu machen, bemerkte die Lichterketten nicht. Sie hatte es gehasst, Meg und Lottie gleich heute, an ihrem ersten Abend hier, bei dem griechischen Mädchen zurückzulassen, und Henry hatte auf der Fahrt versucht, sie abzulenken, indem er sie auf Esel und Ziegen und die Orangen an den Bäumen hinwies. Er war sich dabei ziemlich lächerlich vorgekommen.

Die Bar des Offizierskasinos war niedrig und modern, voller Soldaten mit ihren Frauen und wie ein Golfclub mit Teppichboden ausgelegt.

»Colonel und Mrs Burroughs«, stellte Henry vor.

»Sehr erfreut.«

»Mark Innes.«

»Guten Abend.«

Mark Innes, ein Mann etwa in Henrys Alter, mit ebenmäßigen, offenen Gesichtszügen, schüttelte Clara lächelnd die Hand. »Es ist mir eine Freude, Sie kennenzulernen«, sagte er.

»Auch einer von meinen Männern – Tony Grieves. Grieves, meine Frau, Clara.«

Grieves, vielleicht dreiundzwanzig, zerknittert und ziemlich angetrunken, vollführte eine schwankende Verbeugung. »Mrs Treherne, guten Abend.«

»Guten Abend.«

Ein türkisch-zypriotischer Kellner in weißem Jackett kam mit einem Tablett voller Cocktails zu ihnen.

»White Ladies«, sagte Mrs Burroughs. »Möchten Sie? Falls nicht, gibt es auch alle möglichen anderen Sachen. Aber im Moment sind White Ladies der letzte Schrei.«

»Wunderbar. Danke.«

Der Kellner hielt das Tablett mit beiden Händen, fiel Clara auf, als sie sich einen Cocktail nahm.

Es gab eine Theke, mehrere harte Sofas und Sessel, und einen Kamin am Ende des Raums. In einer Glasvitrine standen silberne Pokale, und doch hatte das Ganze etwas Provisorisches, Brandneues, wie ein Bühnenbild, dachte sie. Sie nippte an ihrem Cocktail. Der scharfe Zitronensaft brannte auf ihren Lippen.

»Ist es denen endlich gelungen, ein Haus für Sie zu organisieren, Henry?«, erkundigte sich Colonel Burroughs, legte ihm die Hand auf die Schulter und drehte ihn von Clara weg. Mrs Burroughs füllte die Lücke.

»Ich hoffe, das alles hier ist nicht zu viel für Sie«, sagte sie. Sie hatte ein langes, freundliches Gesicht und sprach mit schneller, kraftvoller Stimme. »Sie werden sich bald an uns alle gewöhnt haben. An den Wochenenden ist es hier immer voll, aber eigentlich sind die Ehefrauen eher selten hier zu finden. In der Stadt, im Club, ist es lustiger. Übrigens ist mein Mann sehr von Ihrem angetan. Er ist noch sehr jung für einen Major, nicht wahr? Sein Vater muss schrecklich stolz auf ihn sein – geht es Arthur und Jean gut?«

»Ja, ich –«

»Wahrscheinlich finden Sie beide, dass alles hier ganz anders ist als in Deutschland. Sie sind doch nicht etwa direkt von Deutschland aus hierher gekommen, oder?«

»Nein, ich war mit den Mädchen ein paar Wochen bei meinen Eltern in Buckinghamshire.«

»Wunderbar. Wie steht es denn dort im Augenblick? Wahrscheinlich war es ekelhaft kalt. Allerdings ist es heute Abend auch hier richtig *eisig*, finden Sie nicht auch? Wir haben es im Januar oft wunderbar warm, aber dieses Jahr war der Winter sehr hart. Der Frühling wird Ihnen gefallen, da bin ich mir sicher, aber die Sommer sind die Hölle. Sie werden sehen, dass es hier in Episkopi praktisch alles gibt, was das Herz begehrt, und wenn Sie erst einmal auf dem Stützpunkt wohnen, werden Sie es auch viel bequemer haben. Es ist eine Schande, dass Sie in der Stadt festsitzen, typisches Armee-Kuddelmuddel. Aber im Grunde genommen gibt es kaum Probleme, egal, was man Ihnen vielleicht gesagt hat.«

»Henry sagt, in letzter Zeit war es etwas ruhiger.«

»Nun ja, letzte Woche gab es in Limassol einen Zwischenfall, aber meistens gelingt es uns, diese fürchterlichen Dinge zu unterbinden, bevor sie passieren, jedenfalls bemühen wir uns. Andererseits sind diese Zyps verdammt gerissen, und nach dem Wahrscheinlichkeitsgesetz werden sie wohl immer wieder mal mit der ein oder anderen Sache durchkommen, egal, wie vorsichtig wir sind.«

»Auf dem Schiff habe ich mit einem Mann gesprochen, der sagt, sie stellen Bomben aus Auspuffrohren und Konservendosen her.«

»Meine Liebe, sie stellen sie aus absolut allem her. Es gibt welche mit Zeitzündern und Stolperdrähten und weiß der Himmel was noch allem. Sie kennen überhaupt keine Skrupel. Wir mussten sogar vorne an den Fahrzeugen Abfangvorrichtungen anbringen, die den Klavierdraht, den sie über die Straßen spannen, zerreißen sollen, bevor unsere armen Jungs geköpft werden – was sind das bloß für furchtbare Menschen, die sich solche Sachen ausdenken?«

»Auf der Fahrt hierher habe ich etwas in der Art gesehen«, sagte Clara, die sich Sorgen um die Mädchen gemacht und Henry nicht gefragt hatte, wofür die Dinger gut waren. Sie hatte beschlossen, es lieber nicht so genau wissen zu wollen.

»Noch ein Drink?«, fragte Mrs Burroughs und führte Clara weg von der Theke zu einer Gruppe Frauen, die an einem Kartentisch Whist spielten.

»Sie müssen unbedingt unserer Lesegruppe im Club beitreten. Es macht riesigen Spaß, wir lesen oft mit verteilten Rollen. Interessieren Sie sich für das Theater? Wir überlegen nämlich, ob wir auch eine Theatergruppe gründen sollen …«

Später fuhr Kirby sie durch eine sehr dunkle Nacht nach Hause. Aber erst mussten sie am Tor des Stützpunkts anhalten und abwarten, bis die Soldaten, die zu ihnen hineinspähten, salutierten und sie durchwinkten, das Tor für sie öffneten. Die Scheinwerfer beleuchteten den Stacheldraht, der sich oben auf Zäunen ringelte oder straff zwischen Pfosten gespannt war.

Jenseits des Stützpunkts empfand Clara die Straße als sehr einsam. Sie war froh, als die Häuser von Limassol wieder in Sicht kamen, obwohl es auch hier fast keine Straßenbeleuchtung gab und niemand zu sehen war, nur die dunklen Häuser und Gassen.

»Tut mir leid, dass ich vorhin so schlecht gelaunt war«, sagte sie.

»Du brauchst dich doch nicht zu entschuldigen«, sagte Henry und legte den Arm um sie. »Gleich bist du wieder bei den Mädchen.«

»Und sicher ist alles in Ordnung.«

»In der nächsten Zeit werde ich ziemlich viel zu tun haben«, sagte er. »Erinnerst du dich, wie die Männer in Krefeld immer auf alte Autos geschossen haben, bloß um etwas zu tun zu haben?«

»Hier ist es bestimmt interessanter.«

»Ja«, sagte er voller Überzeugung.

Er war glücklich.

In Deutschland hatte Henry sich ausgezeichnet, war zum Captain befördert worden und hatte anschließend sechs Jahre Dienst getan, ohne auch nur einen einzigen ernst gemeinten Schusswechsel zu erleben. Die Tatenlosigkeit war schwer zu ertragen gewesen. So glücklich er auch darüber war, Clara nach ihrer langen Verlobungszeit endlich bei sich zu haben, war er doch auch frustriert gewesen. Seine größte Herausforderung hatte darin bestanden, seine Männer in Form und beschäftigt zu halten, und mit der Zeit hatte Clara verstanden, dass Henry nicht etwa frustriert war, weil er nicht dazu kam, seine blutrünstige Seite auszuleben, sondern dass es um etwas Reineres und Natürlicheres ging. Er war für eine bestimmte Arbeit ausgebildet worden und hätte diese Arbeit auch gern getan.

Das Auto hielt an. Kirby stieg aus, öffnete ihnen die Tür und spähte die Straße entlang, die kurzen Finger der rechten Hand locker auf dem Kolben seiner Sten-Maschinenpistole, während sie die Tür aufschlossen.

Das griechische Mädchen saß auf einem Stuhl in der Küche und stand lächelnd auf, als sie hereinkamen. Henry zückte seine Brieftasche, während Clara nach oben ging und die Tür zum hinteren Schlafzimmer öffnete.

Eine Kerze brannte auf der schief stehenden Kommode.

Lottie lag schlafend in ihrem Bett, das andere Kinderbettchen war leer. Nach einem kurzen Augenblick des Schreckens sah Clara, dass Meg bei Lottie lag, im Schatten hinter den aufgetürmten Decken. Sie setzte sich auf die Bettkante. Die Zwillinge waren im Schlaf ineinander verknäult. Sie betastete ihre Gesichter, wie sie es getan hatte, als sie noch kleiner waren. Ständig sagte sie sich, dass es dafür keinen Grund gab, aber wenn sie schliefen, kontrollierte sie nach wie vor, ob sie noch atmeten.

Sie nahm die Kerze in die Hand und ging zum Kopfende der Treppe. »Wo ist das Mädchen?«, fragte sie.

»Nach Hause gegangen.«

»Sie hat eine Kerze im Zimmer brennen lassen.« Clara hörte, dass ihre Stimme zitterte. »Das ist viel zu gefährlich. Sie sind keine Babys mehr, sie hätten sie umstoßen können. Würdest du ihr das bitte das nächste Mal sagen?«

»Wir werden sie kein nächstes Mal nehmen.«

Nach einer kurzen Pause sagte sie: »Mach dir keine Sorgen, ich gewöhnte mich schon noch an alles.«

Er kam die Treppe herauf, blies die Kerze aus und küsste sie in der plötzlichen Dunkelheit. »Ich mache mir keine Sorgen«, sagte er.

3. Kapitel

Selbst oben in den Bergdörfern waren die Häuser mit Parolen bekritzelt, manche davon in fehlerhaftem Englisch, aber sie alle konnten auch die griechischen Buchstaben entziffern: »BRITEN RAUS. EOKA. ELEFTHERIA I THANATOS – *Freiheit oder Tod.* ENOSIS – *Einheit mit Griechenland.*«

Die Laster kamen nur noch langsam voran, als die Straße immer steiler wurde. Ihre Motoren heulten und winselten, und manchmal rutschte ein Reifen weg, da die Straße nach den heftigen Regenfällen immer noch von Rinnsalen durchzogen war. Die Dörfer klebten an den steilen Hängen der Bergausläufer, die Felder unter ihnen waren terrassiert, um sie überhaupt bearbeiten zu können. Henry sah den vor ihnen fahrenden Dreitonner jetzt voll von der Seite, da die Straße eine scharfe Kurve rund um einen Felsvorsprung beschrieb, bevor sie zwischen Bäumen verschwand. Die Lastwagen quälten sich den steilen Hang hinauf und um die langgezogene Kurve herum.

Auf diese Weise verbrachte Henry viele seiner Tage – mit dem Patrouillieren in Dörfern und der Durchführung von Durchsuchungen. Zumindest hatte er hier mehr zu tun als in Deutschland, wo er die meiste Zeit in seinem Büro gesessen und Papiere unterzeichnet hatte, in denen es um kleinste Details von Nachschublieferungen ging. Ansonsten hatte er Übungen und Patrouillen überwacht, die so gut wie immer ereignislos verliefen. Ruhm und Ehre des Regiments hatten sich praktisch auf den Boxring beschränkt, und die dort gewonnenen silbernen Pokale schmückten die Offizierskasinos jedes Standorts, an den das Regiment geschickt wurde. Henry hatte James beneidet, dessen erste Stationierung ihn nach Eritrea geführt hatte und dessen Briefe, aus denen der Wüstensand rieselte, von aufregenden Einsätzen berichteten.

Henrys Vater war als Lieutenant in den Ersten Weltkrieg eingetreten und als Major nach Hause gekommen. Seine Onkel – diejenigen von ihnen, die überlebt hatten – hatten sich ihre Beförderungen auf dieselbe Weise verdient, in den großen Schlachten großer Konflikte, und sein Großvater, Oberstleutnant Henry Treherne, hatte in beiden Burenkriegen gekämpft. Als Junge hatte Henry seine Orden in seinem Zimmer aufbewahrt. Im Gegensatz dazu war Henrys Regiment in Deutschland ein Jahr lang in einem Schloss einquartiert gewesen, das vorher von Nazi-Generälen benutzt worden war. Es hatte einen vergoldeten Festsaal gehabt und Henrys erstes Büro war ein Musikzimmer und sein Schreibtisch ein Louis Quinze gewesen. Etwas ganz anderes als Flandern. Aber jetzt, hier, in Zypern, kämpfte England um den Erhalt seines Territoriums, und Henry konnte seinem Land zumindest im Kleinen dienen.

Als das letzte Fahrzeug des Konvois die Kurve umrundet hatte, gabelte sich die Straße. Der schmalere Teil verschwand zwischen Bäumen, der andere wand sich links davon weiter den Berg hinauf.

Der Himmel war diesig, die Spitzen der Berge nicht zu sehen. Weiter oben würden sie in den Nebel hineingeraten. Sie nahmen die breitere, linke Abzweigung. Im ersten Dorf, das sie erreichten, drängten sich die Häuser dicht an dicht, mit einem Café im Zentrum.

Die Männer im Café standen auf und beobachteten, wie zwei der Lastwagen anhielten, während die anderen und der Landrover weiterfuhren. Fast berührten sie die Häuser zu beiden Seiten der schmalen Straße. Die Soldaten auf den Lastwagen hielten ihre Stens im Anschlag und ließen die alten Männer nicht aus den Augen.

Das zweite Dorf zog sich locker an der Straße entlang und hatte kein eigentliches Zentrum. Die beiden Dreitonner hielten am Straßenrand an, und Kirby stoppte den Landrover dicht dahinter. Henry stieg aus und ging zu Lieutenant Grieves, der aus dem Laster vor ihm kletterte.

»Mandri, Sir.«

»Ich will sehen, ob ich den Bürgermeister finden kann. Sie können loslegen, wenn ich zurück bin.«

Zusammen mit Kirby ging er los, um den Dorfvorsteher zu suchen.

Er fand eine Bar, die etwas von der Straße zurückgesetzt lag. Davor wuchs ein kümmerlicher Baum, Metallstühle stapelten sich an der Außenwand. Kirby drückte die Tür auf und Henry trat ein, nahm die Mütze ab und sah sich um. Es roch verlockend nach griechischem Kaffee. An einem Tisch in der Ecke unterbrachen fünf Männer ihr Dominospiel und sahen ihn an.

»Guten Morgen«, sagte er auf Griechisch, und die alten Männer nickten und erwiderten den Gruß.

Er fragte nach dem *mukhtar,* erfuhr, dass er gleich neben der Kirche wohnte, bedankte sich und ging. Als er wieder an den Lastwagen vorbeikam, war Grieves' missmutiges Gesicht nicht zu übersehen. Er war ungeduldig und der Warterei überdrüssig, und auch die Männer langweilten sich. Pech für sie, sie würden trotzdem warten müssen: die Beziehungen zu den Griechen durften nicht noch mehr gefährdet, die Umgangsformen mussten respektiert werden.

Auf der Straße war niemand zu sehen. Nur ein junges Mädchen spähte aus der Dunkelheit eines Hauses, als er und Kirby zur Kirche gingen. Ein kleiner Junge mit schmutzigen Füßen stand an einer Ecke des verwinkelten Platzes und Henry spürte die Anwesenheit von Menschen im Inneren der Häuser, auch wenn er sie nicht sehen konnte.

Er entschied sich für das größere der Häuser neben der Kirche, das allerdings auch ziemlich ärmlich aussah, und klopfte. Eine Frau in einem schwarzen Kleid, einen Besen in der Hand, öffnete die Tür und begrüßte ihn. Henry fragte nach dem *mukhtar* und wurde gebeten, im Wohnzimmer zu warten.

Die Wände waren verputzt, der Fußboden war aus Stein, und das Haus fühlte sich kalt und klamm an, da keine Sonne es aufwärmte. Henry legte seine Mütze auf den polierten Tisch, der das einzige Möbelstück im Zimmer war. Kirby, der draußen auf der Straße stehengeblieben war, hustete und zündete sich eine Zigarette an, und der *mukhtar*, ein Mann von vielleicht fünfzig Jahren, mit dunkler Haut und Schnurrbart, bekleidet mit einer der weitgeschnittenen griechischen Hosen, die viele der Männer in den Dörfern trugen, kam ins Zimmer. »Ja?«, fragte er auf Englisch.

»Guten Morgen, Sir. Ich bin Major Treherne.«

Der Mann nickte. Henry glaubte nicht, dass er ihn hasste, konnte es aber nicht wirklich sagen. Es war oft schwer zu erkennen, obwohl es wichtig war zu wissen, was der andere von einem hielt, um einschätzen zu können, wie groß die eventuelle Gefahr war. »Ich bitte um die Erlaubnis, die Häuser des Dorfs nach mutmaßlichen Terroristen durchsuchen zu dürfen«, sagte er. Es war ein Satz, den er oft gebrauchte.

»Sie werden es mit oder ohne meine Erlaubnis tun«, sagte der *mukhtar* in stark akzentuiertem Englisch.

Das stimmte natürlich. Und wenn sie vorab einschlägige Informationen hatten, sparten sie sich die Bitte um Erlaubnis von Anfang an.

»Wenn ich muss«, sagte Henry. »Es gibt viele Terroristen, die ihre Familien als Deckung benutzen. Ich bin aus Höflichkeit Ihnen gegenüber hier.«

Der *mukhtar* musterte ihn schweigend. Gut möglich, dachte Henry, dass er selbst Mitglied der EOKA ist. Aber dann sagte der *mukhtar*: »Sie haben meine Erlaubnis.«

Die Durchsuchung des Dorfes verlief methodisch und höflich. Eher verlegen als angriffslustig betraten die Soldaten die Häuser der Leute. Henry bewegte sich ständig zwischen den verschiedenen Gruppen hin und her. Sie hatten das alles schon so oft gemacht, dass es fast langweilig war, dennoch herrschte immer auch eine unterschwellige Anspannung – es war wichtig, Augen und Ohren offen zu halten. Henry selbst wurde nur gebraucht, wenn die Männer etwas fanden oder wenn es ein Problem gab, deshalb ging er sofort mit, als Private Francke kam, um ihn zu holen.

Kurz darauf stand er in einem winzigen Haus. Es war ein Trümmerhaufen. Ein Tisch war umgekippt worden. Olivenöl sickerte aus einem zerbrochenen Krug und breitete sich langsam auf dem Boden aus. Der Speiseschrank war leergefegt, sämtliche Behältnisse zerschlagen. Durch die Türöffnung zu einem hinteren Zimmer sah er Bettzeug auf dem Boden liegen, während die Matratze an mehreren Stellen mit dem Bajonett aufgeschlitzt worden war. Der Boden zu seinen Füßen war übersät von Geschirr, größtenteils zerbrochen.

Henry zog den Fuß zurück, um nicht auf einen kleinen Teller zu treten, der mit Vögeln und Olivenzweigen bemalt war. »Ich verstehe nicht, weshalb Sie mich gerufen haben, Francke.«

»Wegen der leeren Dosen, Sir. Wer braucht schon so viele leere Dosen?«

Er besah sie sich. Es waren zehn, die neben der Tür zum Hinterzimmer auf dem Boden standen. »Ich kann niemanden festnehmen, bloß weil er ein paar leere Konservendosen aufbewahrt. Was für Leute wohnen denn hier?«

»Zyps, Sir.«

»Ja natürlich, Francke. Aber was für einen *Eindruck* haben Sie von ihnen?«

»Keine Ahnung, Sir. Sie sind ziemlich aufgebracht.«

»Und?«

»Ein altes Ehepaar, Sir.«

Die meisten der Männer legten in ihrem Umgang mit den Einheimischen instinktiven Takt an den Tag, auch wenn sie sie unter sich abfällig als Zyps bezeichneten, aber Francke war ein Rabauke und sicher schon immer einer gewesen. Henry kannte nicht alle Männer seiner Kompanie beim Namen. Größtenteils blieben ihm die im Gedächtnis, die in seinem Büro antreten mussten, weil sie sich etwas zuschulden hatten kommen lassen. Francke war einer von ihnen.

»Francke!«

»Sir?«

»Ich habe den Eindruck, dass Sie hier mit unnötigem Eifer vorgegangen sind.«

»Sir?«

»Schon mal was davon gehört, dass wir versuchen sollen, Herzen und Köpfe der Menschen zu gewinnen? Im Zusammenhang mit dieser Kampagne war ständig davon die Rede.«

Francke sah Henry verständnislos an.

»Das kann Ihnen unmöglich entgangen sein, Francke. Diese Parole ist das Rückgrat dessen, was wir hier erreichen wollen. Die Insel steht unter britischer Oberherrschaft – und das bedeutet nicht nur, dass wir hier das Sagen haben, sondern auch, dass wir für den Schutz der Bevölkerung verantwortlich sind. Wir sind hier, um den Terrorismus auszurotten und die Bevölkerung davor zu schützen, nicht, um die Leute so gegen uns aufzubringen, dass sie scharenweise in die Berge strömen, um sich eine Bombe zu schnappen und den nächsten britischen Soldaten in die Luft zu jagen, der ihnen über den Weg läuft. Anders ausgedrückt ist das hier« – er deutete auf das Zimmer – »*eine gottverdammte Schweinerei! Haben Sie mich verstanden?*«

»Ja, Sir.«

»Ich will so etwas nicht noch einmal sehen!«

»Nein, Sir.«

Er schickte Francke aus dem Haus, hob den Teller mit den Olivenzweigen auf und stellte ihn auf den Tisch. Dann ging auch er.

Rund fünfzig Dorfbewohner waren auf dem Platz zusammengetrieben worden, wo sie von Ellis und Trask, die verlegen aussahen, bewacht wurden. Eine aufgebrachte Frau schrie etwas auf Griechisch, das Henry hoffnungslos überforderte. Eine weitere Frau fiel ein, dann auch ein paar Männer. Die Soldaten antworteten auf Englisch, so wie man vielleicht auf Tiere einredete, besänftigend und drohend zugleich.

Ellis und Trask nahmen Kampfstellung ein, die Stens in beiden Händen. Sergeant McKinney stand mit gespreizten

Beinen und vorgerecktem Kinn in der Nähe und behielt die Szene mit unbewegter Ruhe im Auge.

Lieutenant Grieves kam mit zwei weiteren Soldaten aus einer Seitenstraße. Er hatte sich in den letzten beiden Stunden nicht gerade mit seinen Führungsqualitäten hervorgetan. Henry hatte ihn nicht mehr gesehen, seit diese ganze verdammte Sache angefangen hatte. »Da sind Sie ja, Grieves. Bringen Sie die Leute in die Kirche.«

»Sir!«

Grieves ging, oder vielmehr, schlurfte, davon. Die vom Heeresministerium mussten eine schlechte Woche gehabt haben, als sie ihn zum Lieutenant beförderten, diesen arroganten, eingebildeten Eliteschulabsolventen mit seinen bolschewistischen Neigungen. Niemand trank gern mit ihm, und nüchtern war er erst recht unerträglich. In der Regel hatte Henry nichts gegen Wehrdienstleistende, aber Grieves, der keinen Hehl daraus machte, dass er sich für zu gut hielt, um Soldat zu spielen, und die Tage bis zu seiner Entlassung zählte, ging ihm völlig gegen den Strich.

Es war kein großes Dorf, kein unübersichtliches Labyrinth aus Straßen und Gassen, in dem man sich zurechtfinden musste. Es gab nur die Häuser längs der Straße und um den Platz herum, und ein ein paar weitere, die sich längs schmaler Lehmwege über den Hügel verteilten. Die meisten der Dorfbewohner waren jetzt in der Kirche, alle Häuser waren durchsucht.

Henry warf einen Blick auf die Ladefläche des Lasters, wo ein griechischer Junge saß, die einzige Verhaftung, die sie vorgenommen hatten. Er hatte den Kopf in den Händen vergraben und wurde von Tompkins und Walsh bewacht, die sich eine Zigarette teilten. Auf den Sandsäcken zu ihren Füßen lagen ein schmutziger Stapel EOKA-Flugblätter, zwei mittelgroße Klappmesser und ein Stück Rohr, das auf einer Seite ungeschickt zugeschweißt worden war.

Der Junge warf Henry durch die Finger einen Seitenblick zu.

Henry nahm das Stück Rohr in die Hand und berührte damit die Flugblätter. Sie waren ihm vertraut, die EOKA verteilte sie zu Tausenden, und obwohl er das Griechische nicht lesen konnte, kannte er den Tenor: »*Wir haben keine andere Wahl, als Blut zu vergießen.*« Er untersuchte das Rohr und legte es wieder auf den Boden des Lasters. »Gehören diese Sachen dir?«, fragte er den Jungen, der nicht antwortete. »Tompkins – wurde das Rohr im selben Haus gefunden?«

»Ja, Sir, er hatte es im Kamin versteckt.«

»Und Sie sind sicher, dass es das Haus dieses Jungen war?«

»Ja, Sir.«

»War er allein?«

»Seine Mutter war auch im Haus.«

Der Junge war vielleicht neunzehn. Alt genug, um zu wissen, was er tat.

Henry sah ins Tal hinunter, wo der Nebel sich allmählich lichtete, dann den Hügel hinauf zur Kirche. Die Dorfbewohner begaben sich wieder zu ihren Häusern zurück, während die Soldaten miteinander redend den Hügel hinunter geschlendert kamen und sich Zigaretten ansteckten.

Er sah noch einmal auf den griechischen Jungen, der sich nicht bewegt hatte. »Dann mal los«, sagte er zu Tompkins. »Gut gemacht.«

Tompkins nickte und schob den Jungen tiefer ins Dunkel des Lasters, um Platz zu machen.

Kirby saß rauchend im Landrover, den Kragen hochgeschlagen, tief in den Fahrersitz gedrückt.

»Mitkommen, Kirby«, sagte Henry, und Kirby stieg aus. Er hatte X-Beine und war ziemlich korpulent, und man hatte das Gefühl, jede seiner Bewegungen werde widerstrebenden Gliedmaßen mühsam abgerungen.

Gemeinsam gingen sie den Hügel hinauf zum Haus des *mukhtars*, während die Laster davonrumpelten.

Henry stand im Wohnzimmer. Die Haushälterin – oder Frau oder Mutter – des *mukhtars* stocherte im Feuer herum, während der *mukhtar* Schweigen bewahrte.

»Wie heißt der Junge, den wir verhaftet haben?«

»Er ist ein guter Junge.«

»Name?«

Keine Antwort.

»Sie tun ihm damit keinen Gefallen.«

»Ihre Soldaten haben im Dorf Schäden angerichtet. Sie haben Häuser demoliert und den Frauen Angst gemacht.«

»Wenn Sie sich beschweren wollen, können Sie das jederzeit schriftlich beim britischen Hochkommissariat tun«, sagte Henry.

Der *mukhtar* spuckte aus. Die Frau betrachtete die Spucke, die im Licht des Feuers auf dem Steinboden glänzte.

»Werden Sie mir den Namen des Mannes nennen?«, fragte Henry noch einmal.

»Nein.«

»Dann bedanke ich mich für Ihre Zeit und Ihre Kooperation«, sagte Henry und wandte sich zum Gehen um.

Kirby ließ ihm den Vortritt und folgte ihm. Die Tür des Hauses fiel hinter ihnen zu.

»Eine Frechheit«, sagte Kirby, als sie zum Auto zurückgingen. »Sie könnten ihn dafür einbuchten, Sir.«

Henry lachte.

Bei Dämmerung waren die beiden Züge wieder in Episkopi. Tompkins und Walsh lieferten den griechischen Jungen und die Beweise auf der Wache ab. Damit war die Sache für Henry erledigt. Er ging auf einen Drink ins Kasino, dann fuhr Kirby ihn nach Hause, nach Limassol, zu Clara und den Mädchen. Die beiden Männer saßen nebeneinander und schwiegen die meiste Zeit behaglich vor sich hin.

4. Kapitel

Im Dunkel des Schlafzimmers schmiegte Clara sich an Henry. Die Bettdecken schienen nie richtig trocken zu werden, aber sie waren warm, und sie hatten sich behaglich eingekuschelt.

Alle Konventionen brav befolgend, hatten sie zum ersten Mal in ihrer Hochzeitsnacht das Bett miteinander geteilt, in einem Hotel im New Forest, nicht allzuweit von Southampton entfernt, wo sie am nächsten Tag die Fähre über den Kanal nehmen mussten. Henry, der gerade erst zum Captain befördert worden war, hatte nur ein paar Tage Urlaub bekommen, und außerdem hätten sie sich sowieso keine längere Hochzeitsreise leisten können. Das Hotel war zutreffend, aber dennoch irreführend als »alte Postkutschenstation« beschrieben und ihnen von einem Freund von Henry empfohlen worden. Aber es war eine Enttäuschung, vor allem das Bett. Der Boden des Zimmers war uneben, der Teppich billig. Claras Reisekostüm hing ordentlich im Schrank, während jede noch so winzige Bewegung der beiden durch Rohre, Bodendielen und den losen, blasigen Verputz des kalten Gebäudes weitergeleitet wurde, eine Hochzeitsnacht, die der ganzen Welt kundgetan wurde.

Nicht gerade das, was sie sich nach vier Jahren Verlobungszeit erhofft hatten. Vor dem erbärmlich quietschenden Bett lagen vier Jahre voller Briefe und Besuche – viel zu kurz, viel zu selten –, in denen sie sich ohne Unterlass geküsst hatten.

Claras Familie erlebte einen hochgewachsenen, zurückhaltenden jungen Soldaten, der sich in ihrer Gegenwart sichtlich unwohl fühlte, ihre Tochter aber so sehr brauchte, dass er immer wieder in billigen Gasthäusern und Pensionen abstieg, nur um in ihrer Nähe sein zu können, nie irgendwo anders hinfuhr, getreulich immer da war. Und Henry und Clara, die als einzige wussten, wie sehr sie sich ergänzten, trieben sich mit Küssen fast in den Wahnsinn. Seine Fingerspitzen an ihrem Hals, da, wo der Puls schlug, ihre Lippen auf seinen Knöcheln, sein Daumen an ihrer Schläfe, an ihrem Haaransatz, seine Arme, die sie umschlangen – sie lebten in einer langen Trance des Verlangens, und dieses Hotel, dieses Zimmer, dieses Bett waren keine Erlösung.

Und doch war die Nacht auch ein Erfolg, da Henry und Clara, fast gegen ihren Willen, eine tiefe Verbundenheit miteinander teilten. In der Zeit der Werbung, beim Flirten, hatten sie immer gern ihre Unterschiedlichkeit hervorgehoben, aber ihre Sichtweise ähnelte sich, als seien sie in irgendeiner vergessenen Zeit gemeinsam aufgewachsen und hätten sich erst jetzt, mit gegensätzlichen Lebensläufen, wiedergefunden. Mit Leichtigkeit schufen sie sich eine Welt, die sie, wenn sie zusammen waren, bewohnen und in der sie spielen konnten. Sie hatten in ihrer Hochzeitsnacht keine Minute geschlafen, waren mit vor Übermüdung und ungewohntem Glück fiebrig glänzenden Augen an Bord der Fähre gegangen, und jedes Bett, in dem sie seitdem gelegen hatten – alle besser als jenes furchtbare erste Bett –, enthielt doch etwas von diesem Anfang, von diesen ersten langen Stunden ihres freien, uneingeschränkten Beisammenseins.

Das Bett, in dem sie jetzt lagen, stand genau wie das erste auf einem unebenen Boden. Von der Glühbirne am Kopf der

Treppe fiel ein wenig Licht schimmernd durch die Ritzen rund um die Tür.

Claras Kopf lag unter Henrys Kinn, so dass er ihr Gesicht nicht sehen konnte, aber er sah die Form der Decken über ihrem Körper und spürte, wie sie sich in dem warmen Bett an ihn schmiegte und ihr Kopf die Mulde unter seinem Kinn ausfüllte. Er hielt ihre Hand, spürte ihren Ehering und den Ring mit dem kleinen Diamanten daneben unter seinem Daumen. Er fand nicht, dass sie ein größeres Bett brauchten. Es gefiel ihm, ihr die ganze Zeit so nah zu sein, dass ihm nichts entging. Als sie etwas sagte, spürte er ihre Stimme in seinem Brustkorb. »Das Bett steht total schief.«

»Es liegt am Boden, glaube ich.«

»Hast du versucht, etwas drunter zu schieben?«

»Habe ich!«

»Ich werde immer total an dich gequetscht –«

»Und ich rutsche fast auf dem Boden –«

Die Glühbirne auf der Treppe erlosch mit einem leisen Knall. Plötzlich waren sie von völliger Dunkelheit umgeben.

»Henry!« Sie hatte seinen Namen so leise geflüstert, dass er ihre Stimme nicht mehr fühlen konnte.

»Es ist nur die Glühbirne«, sagte er.

»Es ist viel zu dunkel.« Die Dunkelheit um sie herum war absolut undurchdringlich. »Die Mädchen –«

»Ich kümmere mich darum.«

Dann erfolgte ein sehr dumpfes Dröhnen, fast zu tief, um es hören zu können. Es brachte die Fenster des Hauses zum Klirren. Clara fuhr hoch, und Henry war mit einem Satz aus dem Bett und suchte in der Dunkelheit nach seinem Feuerzeug. Er schnippte es auf. Clara blinzelte in die helle Flamme.

»Hier!« Er gab ihr das Feuerzeug, zog seine Hose an und griff nach seiner Pistole.

Sie klappte das Feuerzeug zu und verbrannte sich dabei die Finger.

Keiner von ihnen konnte noch etwas sehen. Er lauschte. Auf der Straße waren Motoren und Laufschritte zu hören. Er konnte nicht sagen, ob die Schritte auf ihr Haus zukamen.

Er verließ das Schlafzimmer, lief die Treppe hinunter, wobei er sich mit einer Hand an der Wand orientierte, und blieb an der Tür stehen. Wir müssen aus diesem Haus raus, dachte er. Es ist zu angreifbar.

Die Schritte liefen am Haus vorbei, nicht darauf zu. Er hörte Sirenen und dachte, dass die Tatsache, dass das Licht ausgegangen war, nichts mit der Bombe zu tun hatte – falls es denn eine war. Dann öffnete er die Tür einen Spalt weit, die Pistole schussbereit.

»Henry?«, rief Clara aus dem Schlafzimmer.

»Alles in Ordnung«, antwortete er. »Keine Ahnung, was da los war. Ich bringe eine Glühbirne.«

Er hörte, wie sie vom Bett aufstand – die Sprungfedern quietschten –, und sah den Schein des Feuerzeugs, als sie das Zimmer verließ, um nach den Zwillingen zu sehen.

Er ging in die Küche. Im Mondlicht, das durch das hintere Fenster fiel, suchte er in der Schublade nach einer Glühbirne, fand aber nur ein paar Kerzen. Er nahm drei Untertassen aus dem Hängeschrank darüber, ging zurück in den vorderen Teil des Hauses und die Treppe hinauf nach oben, wo Clara auf dem Fußende des Betts der Mädchen saß. Sie hatte Henrys brennendes Feuerzeug vor sich auf den Boden gestellt. Die Mädchen schliefen tief und fest.

Henry zündete eine Kerze an und blies das Feuerzeug aus, das zu heiß war, um es anfassen zu können. Er tröpfelte etwas Wachs auf eine der Untertassen, klebte die Kerze fest und zündete die anderen an. Während er noch damit beschäftigt war, fing Clara an zu weinen.

Henry, inzwischen mit den Kerzen fertig, rührte sich nicht. Er blieb auf dem Boden knien, während Clara weinte. Er hasste es, sie weinen zu sehen, weil er nie wusste, was er tun sollte.

»Tut mir leid«, sagte sie.

Er stand auf und setzte sich neben sie aufs Bett. Die drei Kerzen auf den Tellern warfen von unten ein relativ helles Licht auf sie und spielten flackernd über das Fußende des Kinderbettchens. Henry legte den Arm um Clara und spürte, wie weich und nachgiebig sie sich anfühlte. »Es war nur der Schreck«, sagte sie.

In diesem Augenblick hämmerte jemand an die Tür, so laut, dass Clara zusammenzuckte. Henry stand auf und verließ das von den Kerzen beleuchtete Zimmer.

»Ja?«, rief er noch auf der Treppe.

»Kirby hier, Sir.« Henry machte die Tür auf. »Jemand hat eine Bombe in die Polizeiwache in der Hellas Street geworfen.«

»Ich habe die Detonation gehört. Ich bin sofort so weit. Sie waren sehr schnell.«

»Wenn es sein muss, kann ich durchaus auch einmal schnell sein.«

»Nur noch einen Moment.«

Henry machte die Tür wieder zu und dachte, wie sehr er Kirby mochte. Er lief die Treppe hinauf. »Ich muss weg. Eine Bombe in der Polizeiwache.«

Clara saß noch genau da, wo er sie zurückgelassen hatte, bei den schlafenden Mädchen. Sie sah ihn verloren an.

»Es ist alles in Ordnung«, sagte er mit Bedacht und fügte erklärend hinzu: »Es hatte nichts mit uns zu tun.« Damit wandte er sich ab.

Im Schlafzimmer zog er Jacke, Mütze und Stiefel an. Ohne noch einmal ins Zimmer der Mädchen zurückzugehen, steckte er die Pistole ins Holster und lief die Treppe hinunter.

»Wir lange wirst du weg sein?«

Sie stand am oberen Ende der Treppe.

»Keine Ahnung.« Seine Hand lag schon auf dem Türgriff. Er wollte nicht, dass sie noch etwas sagte, und sie tat es nicht. »Geh wieder ins Bett. Du brauchst dir keine Sorgen zu machen.«

Henry verließ das Haus und machte die Tür hinter sich zu.

Clara setzte sich auf die oberste Treppenstufe, weil ihre Beine zitterten. »Reiß dich zusammen, mach dich nicht lächerlich«, sagte sie mit Flüsterstimme zu sich selbst.

Sie stand auf, nahm eine der Kerzen vom Boden des Zimmers der Mädchen und stellte die beiden anderen außer Reichweite auf den Tisch. Dann ging sie nach unten, wobei die kleine Flamme Schatten über die Wände warf, und legte die Kette vor, die Henry vor ein paar Tagen an die dünne Tür geschraubt hatte.

Die dunkle Küche mit der Glastür zum Hof lag hinter ihr. Sie drehte sich um. Der Vorhang der Tür war nicht zugezogen. Sie betrat die Küche, deren Bodenfliesen sich unter ihren nackten Füßen rau anfühlten, stellte die Kerze auf die Ablage und hob den Tisch an. Sie musste die Arme so weit ausstrecken, wie es ging, um die beiden Kanten fassen zu können.

Merkwürdig verrenkt und vorgebeugt trug sie den Tisch mit winzigen Schritten zur Tür. Er war so schwer, dass sie die Luft anhalten musste, und sie versuchte, ganz leise zu sein, als sie ihn vor die Hintertür stellte und fest dagegen drückte. Dabei hatte sie die ganze Zeit das grauenhafte Gefühl, von außen beobachtet zu werden. Sie zog den Vorhang zu, aber er klemmte hinter dem Tisch fest und ließ sich nicht ordentlich schließen.

Sie verließ die Küche und ging nach oben, um sich wieder zu den schlafenden Mädchen zu setzen, die Beine angezogen, die Arme um die Knie geschlungen. Das Haus um sie herum war leer und böse, versteckte sich, war kein Schutz vor was immer kommen mochte. Es war ein Nicht-Haus. Sie konnte nicht hoffen, sich hier geborgen zu fühlen.

Die schlafenden Kinder wirkten so friedlich, waren von Frieden umgeben wie von einem Schutzschild. Sie rückte näher an sie heran und kam sich schrecklich vor, weil sie sich durch die Gegenwart schutzloser kleiner Kinder getröstet fühlte.

Sie wollte nicht, dass Henry den Tisch vor der Hintertür sah, denn dann wüsste er, wie dumm und verängstigt sie war. Vielleicht konnte sie ihn, wenn er nach Hause kam, zurückstellen, bevor sie die Kette von der Tür nahm. Er sollte nicht das Gefühl haben, sie käme nicht zurecht. Sie dachte daran, wie er nicht nur furchtlos, sondern sogar freudig losgegangen war, um zu tun, was zu tun war, und lächelte. Die Mädchen schliefen weiter. Äußerlich ähnelten sie Henry, sie hatten seine Haut- und Haarfarbe geerbt; vielleicht würden sie auch seine positive Einstellung erben, seinen Mut. Ein Fensterladen schlug – erst laut, so dass sie zusammenzuckte, dann noch einmal in träger Wiederholung – und ein Hund fing an zu bellen. Sie dachte daran, dass Henry absolut an sie glaubte und wie sehr sie es liebte, von ihm bewundert zu werden. Sie umschlang noch einmal ihre Knie, lauschte auf den bellenden Hund, auf das Dröhnen von Motoren und eine in der Ferne bimmelnde Alarmglocke. Sie schloss die Augen und biss die Zähne zusammen. Kirchenlieder waren ihr oft eine Hilfe. Nicht wegen Gott, das glaubte sie zumindest nicht, sie war sich nicht sicher, was es war. Entschlossen, eingeschlossen im Gefängnis ihrer Gedanken, sang sie: »Wach auf, mein Herz, die Nacht ist hin, die Sonn ist aufgegangen …«

Die Polizeiwache brannte. Zwei türkisch-zypriotische Polizisten und ein britischer Militärpolizist waren ums Leben gekommen. Ein weiterer türkisch-zypriotischer Beamter hatte bei der Explosion beide Beine verloren und würde den Morgen nicht mehr erleben. Ein doppelter Erfolg für die EOKA: sowohl Türken als auch Briten waren getroffen worden.

Die Soldaten versuchten, die Schaulustigen auf Distanz zu halten, drängten sie in einen Halbkreis zurück, damit Feuerwehrautos, Militärpolizei und Soldaten, die versuchten, das Feuer zu bekämpfen, einigermaßen durchkamen.

Henry wies seine Männer an, die umliegenden Gebäude zu evakuieren und alle im näheren Umkreis in Sicherheit zu bringen. Es hatte keinen Zweck, sich die Anwohner jetzt vorzuknöpfen, und überhaupt war Rache für ihn ein hohler, bedeutungsloser Begriff. Wer immer den Sprengsatz in die Wache geworfen hatte, war längst auf und davon und beglückwünschte sich in irgendeinem abgelegenen, sicheren Haus oder Bergversteck zu seinem Erfolg.

Der Wind frischte auf und brachte Salzgeruch mit sich. Henry dachte, dass der Wind den Rauch auch ins Landesinnere wehen würde, über die dunklen Berge, die so viele Verstecke boten.

Das Feuer machte einen höllischen Lärm. Die brüllenden Flammen wurden vom Wind, der vom Meer kommend zwischen den Häusern hindurchfegte wie durch einen gut ziehenden Kamin, immer wieder neu angefacht. In den Ruinen der Polizeiwache barsten die verputzten Wände und die Deckenbalken und stürzten in sich zusammen. Die drei Toten und der Verwundete waren weggebracht worden, bevor das Feuer dermaßen um sich griff, und lagen friedlich, oder zumindest still, im Krankenhaus. Jetzt ging es darum zu verhindern, dass das Feuer sich ausbreitete. Es dauerte bis zum Morgen.

Der frühe Morgen war mild. Langgezogene graue Rauchfetzen mischten sich mit den Wolken am Himmel über der Stadt. Lange Tage, ausgefüllt mit der Suche nach den Bombenlegern, würden folgen. Man würde sie nicht finden. Aber irgendjemanden würde man finden, irgendjemand anderen, einen anderen Terroristen, einen anderen Sympathisanten.

Die Ruine der Polizeiwache rauchte noch. Die Soldaten machten die Straße für den Morgenverkehr frei, und Menschen, die zur Arbeit gingen, ließen den Tag wieder normal scheinen.

Kirby setzte Henry vor dem Haus ab. Er dachte erst wieder an Clara, als er die Tür öffnete und die Kette sich straffte. »Clara!«

Clara war an die Wand gelehnt eingeschlafen, den Hals schmerzhaft verdreht. Sie wachte auf, als kleine Hände ihr Gesicht berührten und Meg »Mummy?« sagte. Ein paar Augenblicke später kam Henrys Stimme von unten.

Sie wickelte sich eine Decke um und lief nach unten, zuallererst zum Tisch in der Küche. Sie zerrte ihn von der Tür fort.

»Was treibst du denn?«, rief der ausgesperrte Henry lachend.

Clara löste die Kette und er kam herein, mit schmutzigem Gesicht, nach Rauch riechend. »Alles in Ordnung?«

»Ja natürlich.«

»Gut. Die Mistkerle haben zwei türkische und einen britischen Polizisten erwischt. Ich mache mich nur schnell frisch und frühstücke dann in Epi. Der Colonel will mich sehen.« Er polterte die Treppe hinauf.

»Hallo, Liebling«, rief er Meg fröhlich zu, und Clara folgte ihm nach oben und wischte sich den Ruß von den Händen, mit denen sie seinen Arm berührt hatte.

5. Kapitel

Clara war oben bei den Kindern, während Adile die Treppe fegte. Adile war türkisch-zypriotischer Abstammung, vielleicht sechzehn Jahre alt und ihr von Mrs Burroughs empfohlen worden. Sie hatte fünf Geschwister, woraus man schließen konnte, dass sie an Kinder gewöhnt war, sprach aber kein Wort Englisch, was, wie Mrs Burroughs sagte, nicht weiter schlimm war. Schließlich ließ sich alles, was man von ihr wollen konnte, leicht in Zeichensprache ausdrücken. Trotzdem fand Clara das Verhältnis zu Adile furchtbar angespannt.

Sie vermisste das junge Mädchen, das ihr in Krefeld manchmal geholfen hatte. Obwohl sie Deutsche und damit Bürgerin eines Landes war, in dem immer noch die Truppen der Siegermächte stationiert waren, hegte sie anscheinend keinerlei Groll – zumindest nicht gegen Clara und die Kinder. Ihr Englisch war gut und sie selbst immer extrem gut gelaunt. So gut gelaunt, dass man meinen konnte, sie sei ein bisschen zurückgeblieben, hatte Henry gesagt. Aber Clara hatte den Umgang mit ihr als angenehm empfunden. Im Vergleich dazu war Adile furchtbar still. Sie erschien jeden Morgen pünktlich auf die Minute und sah Clara nie in die Augen.

Clara hatte das Anziehen der Mädchen zum Spiel gemacht – hatte ihnen die Socken über die Hände gezogen oder auf den Kopf gesetzt, um sie zum Lachen zu bringen –, und es dauerte ewig, bis sie fertig waren. Auf diese Weise wollte sie ihnen beibringen, sich selbst anzuziehen, aber die Begeisterung der Zwillinge hielt sich in Grenzen.

Das leise Klatschen von Adiles Hausschuhen auf der Treppe, das Rascheln des Besens, dann wurde die quietschende Tür geöffnet und Adile kam mit einem leisen Kopfnicken herein. Sie hatte ein sanftes Gesicht. Clara wusste, dass die türkischen Zyprioten den Briten gegenüber freundlicher gesonnen waren, aber Adile war Muslimin und Clara fremder, als ein griechisches Mädchen es gewesen wäre. Henry sagte immer, die Türken seien zuverlässige Polizisten und leisteten gute Arbeit, und Clara gab sich alle Mühe, ihre Vorurteile zu überwinden. Adile trug immer ein straff um Kopf und Kinn gewundenes Tuch und hatte sehr große, braune Augen. Clara hätte gern gewusst, wie lang ihre Haare waren.

Sie stand vom Boden auf und klopfte ihr Kleid ab.

»Hallo!«, sagte Lottie, die sehr gesprächig war, oder es zu sein versuchte.

Meg war stiller. Clara hoffte, dass die beiden sich nicht ihr ganzes Leben lang auf so offensichtliche Weise unterscheiden würden: die Stille und die Gesellige, die Hübsche und die Hässliche. Zum Glück waren sie nicht eineiig. Die beiden als zwei Hälften ein und derselben Persönlichkeit zu sehen, wäre ihr ein unbehaglicher Gedanke gewesen.

Adile lächelte, sagte aber nichts.

»Guten Morgen«, sagte Clara munter, ging um Adile herum und mit den Mädchen nach unten. Die Treppe war sehr schmal, das Hinuntergehen eine langwierige Angelegenheit. Die winzigen Füße der Mädchen drohten ständig, auf den glatten Kacheln oder den durchgetretenen hölzernen Kanten abzurutschen.

Es klopfte an der Tür.

»Wer kann denn das sein?«, sagte Clara und spürte Adile hinter sich. »Ist in Ordnung, Adile«, sagte sie, ohne mit einer Antwort zu rechnen. »Ich mache selbst auf.«

Das Klopfen wiederholte sich.

»Schon unterwegs!«, rief Clara.

Sie erreichten die Tür.

»Wer ist da?«

»Evelyn Burroughs!«, kam die geträllerte Antwort.

Clara öffnete die Tür. Mrs Burroughs, groß und mit einem strahlenden Lächeln auf dem Gesicht, verwandelte ganz Zypern für einen Augenblick in England.

»Hallo«, sagte Clara.

»Ohne Telefon fühlt man sich geradezu ins 19. Jahrhundert zurückversetzt«, sagte Mrs Burroughs. »Nicht etwa, dass ich mich persönlich daran erinnern könnte, wie ich betonen möchte!«

Sie lachte, und Clara lächelte sie an. »Kommen Sie doch herein. Seht nur, Mädchen, es ist Mrs Burroughs.«

»Seien Sie nicht albern. Nennen Sie mich Evelyn.«

»Evelyn, kommen Sie doch herein.«

Evelyn betrat das Haus, das um sie herum zu schrumpfen schien. Die Kinder sahen zu ihr hoch. »Wie macht sich das türkische Mädchen?«

»Ganz gut. Sie ist wirklich eine Hilfe.«

»Es ist also alles in Ordnung?«

»Ja, natürlich«, sagte Clara mit fester Stimme. »Absolut in Ordnung.«

»Ich muss sagen, Sie halten sich wirklich wundervoll. Ich selbst hätte ein fürchterliches Theater veranstaltet. Ihr Mann muss sehr stolz auf Sie sein. Es macht so einen Unterschied, eine Frau zu haben, die einem das Leben nicht noch schwerer macht, finden Sie nicht auch?«

»Doch, natürlich.«

»Trotzdem ist es mehr als ärgerlich, dass Sie hier wohnen müssen, und ich habe Gott und die Welt in Bewegung gesetzt, um Ihnen ein Haus oben in Epi zu besorgen. Und vielleicht habe ich es geschafft.«

»Das wäre ja wundervoll.«

»Ja. Hier können Sie wirklich nicht bleiben. Ich bin mit dem Auto da und habe noch ein paar Kleinigkeiten zu erledigen. Aber dann könnten wir zum Stützpunkt fahren, ja?«

Clara war so dankbar, dass es fast an Anbetung grenzte. »Das wäre sehr schön«, sagte sie.

»Wir müssen nur schnell zu Costa's oder wie immer er sich nennt, in der Anexartisias Street – dann können wir los. In Ordnung?«

»Wunderbar. Ich hole unsere Mäntel.«

»Die brauchen Sie nicht. Haben Sie denn nicht gesehen, dass die Sonne scheint?«, sagte Evelyn und öffnete die Tür zur Straße, wo helles Licht die oberen Stockwerke der gegenüberliegenden Häuser zum Gleißen brachte.

Evelyn hatte alles wunderbar organisiert. Sie hatte drei weitere Offiziersfrauen eingeladen, und das Mittagessen war sehr ausgelassen und laut. Es waren auch andere Kinder da, wenn auch keine im Alter der Zwillinge. Sie bekamen ihr Mittagessen in der Küche, während die Frauen sich gegenseitig überboten, Clara das Gefühl zu geben, willkommen zu sein. Alle bemühten sich, ihr zu beweisen, dass Zypern kein schlechter Stationierungsstandort war.

»Wie wäre es mit einem Strandspaziergang? Es wird sie an Cornwall im Sommer erinnern ...«

Und so ließen sie die Kinder nach dem Mittagessen zurück und gingen zum Strand hinunter, vorbei an den Ställen, wo auf Hochglanz gestriegelte Pferde sie über die Stalltüren hinweg ansahen. Clara streichelte im Vorbeigehen sanft ihre weichen Nüstern.

Der Strand war breit und sandig. Ein seichtes Meer brach sich in einem anheimelnden Rhythmus weißschäumend am Ufer. Clara spürte, dass ihre Wangen beim Gehen rosig wurden. Sie malte sich aus, wie sie Henry küssen und ihm von ihrem Tag erzählen würde.

Als sie zum Haus der Burroughs zurückkamen, wurden sie bereits von Captain Hayes im Auftrag des Quartiermeisters erwartet. »Mrs Treherne könnte sich zwei Häuser ansehen. Wäre es jetzt recht?«

Das Haus, für das Clara sich entschied, war brandneu, der noch feuchte Verputz gerade erst gestrichen worden. Es war nur ein kurzes Stück von Evelyns entfernt, und Deirdre und Mark Innes wohnten gleich nebenan. Sogar zum Offizierskasino konnte man zu Fuß gehen. Die Siedlung, die Lionheart hieß, war ein erst halbfertiger Miniatur-Vorort, mit Vorgärten, aber noch ohne Zäune, und einer ebenso brandneuen Straße mitten hindurch.

Am Abend vor ihrem Umzug lagen Clara und Henry zum letzten Mal im schräg stehenden Bett des Hauses in Limassol, und Clara erlaubte sich endlich das Eingeständnis, wie sehr sie es hasste.

»Ich bin froh, dass ihr ab morgen sicher und behütet in Episkopi seid«, sagte Henry und zog sie, beide Arme um sie geschlungen, fester an sich. »Nächste Woche werde ich wahrscheinlich viel unterwegs sein, und es hätte mich nervös gemacht, dich hier allein zu lassen.«

Clara gestand sich nur das allerwinzigste Zögern zu. »Wie lange wirst du weg sein?«

»Ich weiß es noch nicht.«

»Werdet ihr in richtige Kämpfe verwickelt werden?«

Henry lachte.

Clara schmiegte sich an ihn. Sollte er sie ruhig für eine naive Kind-Frau halten, wenn er wollte. »Richtige Kämpfe, Henry?« wiederholte sie, und er lachte noch einmal.

»Jedenfalls wird endlich einmal etwas los sein«, sagte er. »Wenn ich Glück habe.«

6. Kapitel

Der Junge, den Henry den Sonderermittlern des Special Investigations Branch übergeben hatte, hieß Andreas. Die SIB-Leute waren für die Verhöre von Verdächtigen zuständig und bedienten sich dazu der Dienste eines Dolmetschers, eines sanften jungen Mannes, der vor seiner Einberufung zum Wehrdienst klassische Philologie studiert hatte und die manchmal drastischen Ausdrücke der beiden SIB-Offiziere in Zivil, denen er zugeteilt war, teils nicht übersetzen wollte, teils nicht konnte. Die Verwandlung seines homerischen ins moderne Griechisch war mittels eines hastigen Sprachkurses in England am Ende seiner Grundausbildung erfolgt, nachdem die Zuteilungsstelle des Kriegsministeriums gemerkt hatte, dass er über griechische Sprachkenntnisse verfügte.

Der Dolmetscher war ein von Natur aus diplomatischer Mensch, und seine Antwort auf die Frage »Was hat er gesagt?«, war oft nicht mehr als eine taktvolle Umschreibung. »Er hat gesagt, er weiß es nicht, Sir«, statt: »Er hat gesagt, Sie können ihn mal ...«

Nach drei Monaten in Limassol sah der Dolmetscher sich selbst mehr als Beschützer denn als Fragesteller. In Nikosia hatte er für die Sonderermittler eines anderen Regiments gearbeitet und wünschte sich sehnlichst dorthin zurück, denn dort, das konnte er ehrlich sagen, hatte er sich nie schämen müssen. Die beiden, mit denen er es hier zu tun hatte, waren bedeutend brutaler, obwohl beide ruhige, stille Männer waren, die sich meistens für sich hielten, keine Freundschaften schlossen und in ihrer Zivilkleidung als die Außenseiter auffielen, die sie waren. Zu sehen, wie sie ihrer geheimen Beschäftigung nachgingen, war manchmal selbst für die Soldaten, die mit ihnen zusammenarbeiteten, ein Anblick, bei dem es ihnen kalt über den Rücken lief.

Es gab Verhöre, bei denen der Dolmetscher weggeschickt wurde. Dann hatte er jedes Mal das Gefühl, versagt zu haben, und dachte oft, er stehe unter einem viel größeren Druck, Ergebnisse zu erzielen als die SIB-Männer selbst, weil er sich so sehnlichst wünschte, dass niemand zu Schaden kam. Er wollte nicht, dass dieser Junge die nächste Verhörstufe kennenlernte, die viel unerfreulicher war als die jetzige, und versuchte ihm zu erklären, und zwar ohne dass es wie eine Drohung klang, dass ihm nicht das Geringste geschehen würde, wenn er sich hilfsbereit zeigte, dass man ihn dann sogar beschützen würde. Doch wenn er sich verstockt verhielt, konnte er – der Dolmetscher – nicht dafür garantieren, dass ihm nichts geschehen würde, nichts, was vielleicht sehr schlimm war. Oft fassten die Gefangenen das falsch auf und verhielten sich erst recht verstockt, aber manchmal verstanden sie, dass der junge Offizier ihnen wirklich nur helfen wollte. Seine Uniform machte ihnen weniger Angst als die so fehl am Platz wirkenden dunklen Anzüge seiner beiden Vorgesetzten. Sie war irgendwie ehrlich, und auch sein Gesicht war ehrlich und gütig. Manchmal gaben sie ihre Geheimnisse preis, falls sie welche preiszugeben hatten. Manchmal nicht.

Es kam relativ selten vor, dass der Dolmetscher mit einer Bemerkung wie »Ist gut, Davis, wir machen jetzt allein weiter« weggeschickt wurde und die beiden SIB-Leute mit einem

Soldaten und dem Gefangenen in dem geschlossenen Raum zurückblieben. Aber wann immer es geschah, war es zutiefst verstörend für ihn. Wenn er den Gefangenen dann eine Stunde später oder manchmal auch erst am nächsten Morgen wiedersah, benutzte er im Geist immer den Ausdruck »ein bisschen arg mitgenommen«. Ein Gesicht, das ein bisschen arg mitgenommen aussah, war kein schöner Anblick. Es musste nicht unbedingt blutig sein – obwohl auch das schon vorgekommen war –, aber es war immer verändert.

Der Dolmetscher wusste, dass er ein notwendiger Bestandteil eines größeren Prozesses war, und versuchte, sich nicht verantwortlich zu fühlen, wenn der Prozess ohne ihn fortgesetzt wurde. Man hatte ihm gesagt, gelegentlich sei ein härteres Vorgehen gerechtfertigt, und er konnte sich dieser Einstellung grundsätzlich sogar anschließen. Andererseits jedoch hatte er noch nie erlebt, dass ein Engländer durch Terroristen zu Tode gekommen war, er empfand keine Feindseligkeit den Zyprioten gegenüber und konnte sich des Gefühls nicht erwehren, dass der Einsatz von körperlicher Gewalt ein bisschen wie Betrug war, und unfair.

Dieser Junge hier, Andreas, war nicht schwer zu knacken. Die Feindseligkeit, die er bei seiner Ankunft in Episkopi an den Tag gelegt hatte, verwandelte sich binnen einer Stunde Eingesperrtsein in einen fast kindlichen Trotz. Er bekam etwas zu essen und zu trinken und hatte direkt nur mit Davis zu tun, und als die Beweise seiner lachhaften Verbrechen vor ihm auf dem Holztisch ausgebreitet wurden, wurde er richtiggehend gesprächig. Er hatte einen Onkel, sagte er, der ihm und seinen Freunden monatelang von der EOKA erzählt hatte. Der Onkel hasste die Briten – Andreas nannte seinen Namen und wartete höflich, bis er korrekt aufgeschrieben war – und würde alles tun, um sie aus Zypern zu vertreiben. Er lebte in einem Lager im Tróodos-Gebirge, und den Gerüchten zufolge war er dort mit Grigoris Afxentiou zusammen, aber das könne er, Andreas, nicht mit Sicherheit sagen. Außerdem hatte er noch einen anderen Onkel, eigentlich mehr einen Cousin eines Onkels, der so etwas wie das schwarze Schaf der Familie war. Hinter ihm waren die Briten auch her. Fotos wurden gebracht, und Andreas identifizierte ihn anhand des kleinen Büchleins mit den meistgesuchten EOKA-Mitgliedern, das an jeden britischen Offizier ausgegeben wurde. General Grivas und Afxentiou, die Anführer der EOKA, nahmen Platz eins und zwei ein. Andreas' Onkel fand sich ein gutes Stück die Liste hinunter auf Platz vierunddreißig. Andreas beschrieb ein Bauernhaus in den Hügelausläufern in der Nähe von Kaminaria, wo es ein geheimes Waffenlager gab und dieser Onkel sich versteckt hielt. Angespornt vom Enthusiasmus der Fragesteller nannte er Orte und Namen – alles Namen guter Freunde. Andreas selbst hatte nichts gegen die Briten, wie er wiederholt betonte, aber er hatte sich überzeugen lassen, dass es eine feine Sache war, für Griechenland zu kämpfen. Inzwischen tat ihm das sehr leid.

»Davis, sagen Sie ihm, wenn er sich benimmt, erzählen wir nicht im ganzen Dorf herum, dass er ein mieser Verräter ist. Dann schneiden sie ihm vielleicht nicht die Kehle durch.«

»Andreas, wir bringen Sie jetzt bald nach Hause. Wenn Sie uns nicht verraten, werden wir Sie in Ihrem Dorf auch nicht verraten. Wir versuchen doch alle nur, noch mehr Gewalt zu verhindern, ja?«

Vor seiner Entlassung sollte Andreas nur noch eines für sie tun: er sollte ihnen zeigen, wo genau das Bauernhaus lag. Er erklärte sich auf der Stelle dazu bereit, und Davis schoss der

Gedanke durch den Kopf, wie leicht der Junge hundert Soldaten in einen Hinterhalt locken könnte, um sich hinterher als Held feiern zu lassen. Seinem dunklen Gesicht war nicht anzusehen, was er wirklich dachte.

Die SIB-Männer informierten Colonel Burroughs über das schwarze Schaf in Andreas' Familie, den Onkel, dessen Name Loulla Kollias lautete. Burroughs informierte Henry, der einen Einsatzplan ausarbeitete, seinen ersten. Er tat es mit besonderer Sorgfalt. Wie ein Schuljunge, der eine Hausarbeit vorlegen muss, ging er ihn anschließend mit Burroughs durch, der gründlich und hilfreich war und alles hinterfragte.

Loulla Kollias' Foto hing in Colonel Burroughs' Büro, in seiner Schurkengalerie, genau gegenüber dem Bild der Queen. Es zeigte einen Mann in mittleren Jahren, der wie ein Hirte oder Bauer aussah, mit einem dichten schwarzen Schnurrbart, buschigen Augenbrauen und einem zerschlissenen, verwaschenen Pullover mit hochgestelltem Kragen. Das Foto war von der EOKA für Propaganda-Zwecke aufgenommen worden, mit tiefgehaltener Kamera, so dass Kollias von schräg unten zu sehen war. Er blinzelte mannhaft gegen den Wind an, der seine Haare zerzauste, und das Einzige, was ihn von jedem anderen Griechen zwischen fünfundzwanzig und vierzig unterschied, war der Patronengürtel, der quer über den Oberkörper geschlungen war, und der Gewehrlauf, der hinter seiner Schulter hervorlugte. Kollias war für den Tod eines amerikanischen Regierungsangehörigen durch eine Autobombe verantwortlich, organisierte Hinterhalte und Unruhen, stand General Grivas nahe und war einer der wichtigsten Rekruteure der EOKA, ein Mann, der an ein Zypern frei von britischer Oberherrschaft glaubte, sich seine Armee an den Schulen zusammensuchte und romantische griechische Schuljungen – je nachdem, wie man es betrachtete – in Terroristen oder Soldaten verwandelte.

Drei Stunden vor Sonnenaufgang am dritten Tag nach Andreas' Gefangennahme schlich Henry leise aus dem brandneuen Schlafzimmer in der Siedlung Lionheart, wo Clara sich schlafend stellte, und schloss sich mit Kirby einem Konvoi aus Lastwagen und Landrovern an, der den Stützpunkt verließ und in Richtung Norden, in Richtung Tróodos-Gebirge fuhr. Flankiert von Soldaten saß Andreas im Landrover hinter dem von Henry, während Davis, der Dolmetscher, sehr nervös auf dem Beifahrersitz herumrutschte.

Es war noch dunkel. Die Lastwagen krochen immer langsamer voran. Ihre Fahrer hielten sich an die festgefahrene Mitte der Straße, immer auf Ausschau nach Stellen, die aussahen, als hätte sich jemand dort zu schaffen gemacht und die ein Hinweis darauf sein konnten, dass dort Minen vergraben worden waren. Die Soldaten hörten auf, sich zu unterhalten und wurden ganz still und wachsam. In einem Fahrzeug gab es keinen Schutz. Sie wären lieber ausgestiegen und zu Fuß gegangen, denn dann hörte man mehr und konnte sich vorsichtiger bewegen, und außerdem gab es neben den Straßen keine vergrabenen Minen.

In der vorigen Woche waren mehrere Soldaten bei einem Hinterhalt in den Bergen verletzt worden. Das Gelände war geradezu ideal für Hinterhalte – dicht mit Gestrüpp bewachsen, das halbwegs Deckung bot. Außerdem gab es überall Höhlen, und die Insel war nicht vollständig und nicht immer exakt kartographiert.

Das Risiko, in einen Hinterhalt zu geraten, wird von jedem

anders wahrgenommen. Manche verbringen ihre ganze Zeit damit, sich vorzustellen, was passieren könnte. Wenn sie nachts im Fahrerhaus eines Lastwagens sitzen, drücken sie sich so eng wie möglich an die Tür, um nicht von der Kugel eines Heckenschützen erwischt zu werden, der sich anhand der Scheinwerfer ausrechnen könnte, wo ungefähr ihre Köpfe sein müssten. Abergläubisch versuchen sie, die Denkweise von Männern zu erraten, die hier, oder dort, oder auch dort, eine Mine oder einen Stolperdraht angebracht haben könnten. Und dann gibt es die anderen, die sich gar nichts ausmalen. Sie zwingen ihre Gedanken, in bestimmten Bahnen zu bleiben, sie wollen nichts von Zufällen wissen und geben keiner Möglichkeit den Vorzug vor einer anderen, weil sie wissen, dass sie dann ihr ganzes Leben nur damit verbringen und jedes Mal auf andere Weise sterben würden. Henry war einer von ihnen.

Er wusste, dass es eine bewusste Entscheidung war, so zu denken, verstand aber auch, dass man die Nerven verlieren und anfangen konnte, sich alles Mögliche auszumalen. Und er wusste nicht, ob er auch dann so gelassen bleiben würde und könnte, wenn es wirklich hart auf hart kam. Er hatte noch keine Gelegenheit gehabt, es herauszufinden. Vielleicht war es jetzt so weit?

Er roch feuchte Pinien, mineralischen, felsigen Boden, Ziegen, und, ganz schwach, Diesel. Er spürte, wie sein Körper in Vorbereitung auf das, was vor ihnen lag, auf Hochtouren kam und dachte *darüber* nach, statt sich Sorgen über eventuelle Minen zu machen, während die Laster auf die Baumlinie zukrochen.

Das Bauernhaus lag am Grund eines sehr tiefen Tals, das von einem Bach mit einer Brücke darüber durchflossen wurde. Das Haupthaus und die Nebengebäude zogen sich, von Bäumen halb verborgen, an diesem Bach entlang. Eine schmale Straße führte in das Tal hinein, eine andere, ebenso schmale, wieder hinaus. Beide schlängelten sich mit mehreren Haarnadelkurven tiefer und tiefer in das unsichtbare Tal hinab oder aber höher und höher die schwarzen Hügel hinauf, die sich kaum vom fast ebenso schwarzen Himmel abhoben.

Sie stiegen aus den Lastern und blockierten die Straße an der Stelle, an der sie sich gabelte. Dann warteten sie, während Zug Zwei den langen Weg um das Tal herum nahm, um die zweite Straße zu blockieren, bevor sie sich zu Fuß auf den Weg ins Tal hinunter machten.

Die Soldaten verteilten sich über den Hügel, nutzten jede noch so geringe Deckung, schlichen vorsichtig in den dunklen Riss in der Erde hinein, der das Tal war.

Wenn die Morgendämmerung kam, würde sie diesen Ort zuletzt erreichen. Es wäre schwer gewesen, ein Versteck zu finden, das noch schroffer, noch tiefer, in die Erde eingeschnitten war als dieses steile, sich unvermittelt auftuende Tal, und man brauchte nicht viel Fantasie um sich vorzustellen, dass es etwas Finsteres und Unheimliches hatte, mit den am steil abfallenden Hang wegrutschenden losen Steinen. Den größten Teil des Tages lag es sicherlich im Schatten. Henry hatte die Angaben über das Gefälle auf der Karte gesehen, war aber trotzdem überrascht, wie extrem es hier nach unten ging und dass irgendjemand auf die Idee gekommen war, sich so tief unten in der Erde anzusiedeln.

Die Soldaten machten sich langsam an den Abstieg.

In Henrys Zug bildeten der Dolmetscher und Andreas das Schlusslicht. Andreas, der von Soldaten flankiert wurde, war nervös und zappelig, und der Dolmetscher, Davis, fiel immer weiter zurück und wünschte sich sehnlichst, zu Hause zu sein. Mark Innes' Zug und Zug Zwei, die von der anderen Seite kamen, hatten es leichter, weil sie sich im Schutz von Bäumen bewegen konnten.

Henry hörte jedes Geräusch klar und deutlich. Er war aufs Äußerste konzentriert, bis auf einen kleinen Teil in ihm, der einfach nur darauf brannte, endlich in Aktion zu treten. Er konnte weder den Boden vor sich sehen, noch das Haus, konnte die Männer zu seiner Linken und Rechten und den Berghang gegenüber nur erahnen, aber als sie immer tiefer nach unten vordrangen und die Dämmerung allmählich anbrach, zeigte ihm die hohe Linie der Berge, wo der Himmel begann.

Ein Hund fing an zu bellen, dann noch einer und noch einer. Sehr laut durchbrach das Geräusch die Stille, die bisher geherrscht hatte. Alle erstarrten, aber da, wo das Haus sein musste, zeigte sich kein Licht. Die Stens dicht an die Körper gepresst, setzten sie ihren Weg fort. Der Hügel fiel jetzt fast senkrecht ab, und alle fünfzig Meter mussten sie die Straße überqueren. Der Abstieg dauerte sehr lange, ihre Beine zitterten vor Anstrengung, weil der Hang so steil war und sie sich so gut es ging geduckt bewegten.

Am Ufer des schmalen Bachs blieben die Soldaten stehen. Die Brücke, die darüberführte, war aus Holz. An den Stellen, wo das Wasser sich an Felsen und an den Stützpfeilern der Brücke brach, schäumte es weiß.

Die Hunde bellten immer noch, rhythmisch, nicht hysterisch, weil niemand sie beachtete. Henry ging am Rand des

Bachs entlang, bis er auf Trask stieß, der Andreas am Arm gepackt hielt.

Hinter den beiden konnte er mit Mühe eine dunkle Gestalt ausmachen, von der er vermutete, dass es Davis war. Er stieß ein leises Zischen aus, und Davis kam zu ihnen. Andreas redete aufgeregt auf ihn ein, und Trask riss an seinem Arm, um ihn zum Verstummen zu bringen.

»Er will zurück«, sagte Davis lahm.

»Er soll sich still verhalten und warten«, sagte Henry. Und zu Trask: »Sorgen Sie dafür, dass die beiden hinten bleiben.«

Damit ging er am Bach entlang von ihnen fort. Er sah die Umrisse von Männern, bewegte sich auf sie zu und erkannte McKinney. Gemeinsam durchquerten sie den Bach, dessen seichtes, eiskaltes Wasser ihre Stiefel durchnässte.

Die angeketteten Hunde zerrten aufgeregt bellend so heftig an ihren Ketten, dass sie sich fast erwürgten. McKinney gab einen Befehl, und die Eingreif-Gruppe lief auf das Haus zu.

Henry, McKinney und Kirby blieben im Schutz einiger Büsche zurück, obwohl Henry darauf brannte, den anderen zu folgen, aber für den Rest des Zugs war die Heimlichkeit jetzt zu Ende. Im Haus wurde ein Fensterladen aufgestoßen, das Knattern von Gewehrschüssen überlagerte das Bellen der Hunde, das nun noch hysterischere Züge annahm. Kugeln schlugen pfeifend in Erde und Bäume ein.

Binnen kürzester Zeit umstellten die Soldaten das Gebäude, die Tür wurde eingetreten und man hörte das rauere Dröhnen einer Sten, die im Hausinneren abgefeuert wurde, laute Rufe, den hohen Schrei einer Frau und das Poltern umstürzender Möbel.

Aber es fielen keine weiteren Schüsse.

Das weiche Vordämmerungslicht schien in Bewegung zu geraten. Überall waren die dunklen Umrisse laufender Soldaten auszumachen. Das Haus, sämtliche Nebengebäude, so klein sie auch waren, und die große Scheune wurden umstellt. Niemand schien sich in den Außengebäuden aufzuhalten, aber wegen des Kläffens der Hunde und der Zurufe der Soldaten war es schwer, irgendetwas mit Sicherheit zu sagen. Es war eine fast unerträgliche Qual für Henry, zu warten, zu beobachten, die Sekunden zu zählen, während alles in ihm danach schrie, sich endlich in Bewegung zu setzen.

Dann war im zunehmenden Licht ein Mann zu sehen, der von der Rückseite des Hauses kommend auf den dunklen Berghang zurannte.

Der vertraute Ruf »*Halt! Stamata! Dur*!« ertönte, und der Mann warf sich flach auf den Boden und wurde dort festgehalten.

Es war ein dummer Fluchtversuch gewesen, denn der ganze Hof wimmelte vor Soldaten. Der Mann hatte nicht die geringste Chance gehabt und war nur noch am Leben, weil keiner der Soldaten es gewagt hatte, auf ihn zu schießen, aus Angst, einen der eigenen Männer zu treffen.

Im Inneren des Hauses hörte Henry Stiefel über die Holzböden im oberen Stock trampeln und laute Stimmen, aber die erste Angriffswelle war vorbei und jegliches Durcheinander – und es hatte nicht viel Durcheinander gegeben – legte sich. Einer nach dem anderen riefen die Unteroffiziere ihr »Alles klar!«, und Wachpositionen wurden eingenommen.

Jetzt, wo es heller war, konnte Henry die Positionen seiner Männer und die blockierten Ausgänge sehen. Alle hielten sich an den von ihm ausgearbeiteten Plan. Sogar die Hunde hatten sich wieder beruhigt.

Jetzt –

»Dann mal los«, sagte er mit ruhiger Stimme und machte sich zusammen mit McKinney auf den Weg zum Haus.

Niemand versteckte sich in den Außengebäuden, nur die Tiere waren da. Soldaten, die Gewehre im Anschlag, sahen zu den Schatten hinüber, zum Haus, zu Henry, der darauf zuging. Der Mann, der hinter dem Haus auf dem Boden lag, wand sich unter dem Stiefel eines Soldaten. Henry betrat das Haus.

Ein Unteroffzier, der bei dieser ungewohnten Betätigung eigenartig häuslich wirkte, zündete die Öllampe an, die auf dem Tisch stand, und drehte den Docht hoch. Warmes Licht breitete sich aus. Die Schüsse aus den Stens hatten niemanden getroffen, so dass es keine Verletzten oder Tote gab, um die man sich kümmern musste.

»Einer hat versucht, sich durch die Hintertür aus dem Staub zu machen, als wir reinkamen«, sagte Amery.

»Holen Sie ihn rein«, sagte Henry, und Amery ging an ihm vorbei nach draußen.

In einer Ecke stand eine Frau im Nachthemd. Zwei Kinder, von denen das eine sein Gesicht versteckte, während das andere Henry mit riesigen Augen ansah, klammerten sich an ihre Beine. Zwei Männer lagen flach auf dem Boden, die Arme seitlich ausgestreckt, die Finger gespreizt, bewacht von Walsh und Leonard, die ihnen die Stens an die Köpfe hielten. Auch die beiden Männer trugen Nachtkleidung. Die Beine des einen ragten haarig unter einem Hemd hervor, der andere trug eine weite Schlafanzughose, sein Oberkörper war nackt.

Henrys Gehirn arbeitete so schnell, dass alles andere in Zeitlupe abzulaufen schien und er alles ganz in Ruhe in sich aufnehmen konnte. Das Zimmer war wie eine Fotografie, auf der jede Einzelheit scharf zu erkennen war, so dass er alles genau studieren konnte. Er sah hölzerne Balken, die in den Schatten der Decke verschwanden. Er sah, wie sich die Hände der Kinder in das Nachthemd der Mutter krallten. Er sah Männerstiefel, die an der Wand neben dem Ofen aufgereiht standen, sah Brotkrümel auf dem Tisch, gleich neben der Lampe, sah den bröckelnden Verputz der Wände ringsum. Er hörte die Atemzüge jedes einzelnen Menschen im Haus.

Er wusste, dass die Frau schrie, bevor der Schrei über ihre Lippen kam, sah einen der Männer auf dem Boden die Hand nach seinem Kind ausstrecken und spürte, wie Francke, der eben erst hereingekommen war, in Panik geriet. Die Frau stieß ihre Kinder hinter sich und stürzte auf Henry zu, doch schon richtete Francke die Sten auf ihre Brust. Henry hielt Francke mit einem Wort zurück, drückte dem Mann, der versuchte, seine Kinder zu erreichen, die Pistole an den Kopf und befahl ihm, still zu liegen.

Dann hob er die Hand, um die Frau zu stoppen, und sah sie an. »Ruhig«, sagte er auf Griechisch, und einen Moment verharrten alle völlig reglos.

Amery und ein weiterer Soldat kamen mit dem Gefangenen herein und drehten ihn zu Henry um. Er wusste sofort, dass sie ihren Mann gefunden hatten.

»Loulla Kollias?«, fragte er. Der Mann antwortete nicht. Henry ließ den Dolmetscher holen.

Als Davis hereinkam, ließ Henry die Frau in das andere Zimmer bringen, was wieder zu Geschrei und Panik führte. Die Männer versuchten zu verhindern, dass die Frau weggebracht wurde, als glaubten sie, ihre Familie vor etwas schützen zu müssen. Henry versuchte, die ganze Angelegenheit so kurz wie möglich zu halten und nur die Namen der Männer in Erfahrung zu bringen und festzustellen, wem das Haus gehörte, die konkreteste Verbindung zwischen ihnen allen. Aber die Gefangenen waren nicht kooperativ. Also veranlasste er, dass sie sich unter Bewachung anziehen konnten. Anschließend ließ er sie draußen Aufstellung nehmen und warten.

Der Himmel war inzwischen perlmutterfarben und nur im Westen schwarz, wo noch Sterne zu sehen waren. Die gefangenen Männer wurden gefesselt und die Durchsuchung der Außengebäude fortgesetzt, während die Hunde ihr hilfloses Gebell wieder aufnahmen. Die Frau und die Kinder saßen, bewacht von einem ziemlich verlegenen Leonard, in der Küche. Sobald die meisten Soldaten das Haus verlassen hatten, fingen die Kinder an, laut zu weinen. Ihr Geschrei bildete das Hintergrundgeräusch für die Durchsuchung.

Sie blieb nicht ergebnislos. Im Haupthaus fanden sich Gewehre – keine Jagdgewehre, wie Bauern sie normalerweise hatten, sondern zwei Brens, Maschinengewehre, und ein beträchtlicher Munitionsvorrat. Im Brunnen neben dem Haus fanden Henrys Männer Rohrbomben, und in einer halb zerfallenen Scheune, ein Stück vom Haus entfernt, Dynamit in einer Holzkiste unter Getreidesäcken. Mit jeder Entdeckung wurde die Stimmung der Soldaten triumphierender.

Die Durchsuchung der Gebäude dauerte sehr lange; die Sonne stand jetzt über dem hohen Hügel und beschien die gegenüberliegende Bergflanke mit der kurvigen Straße. Die drei gefesselten Gefangenen marschierten mit Zug Zwei ab, damit sie Andreas, der vor Erschöpfung und Schuldgefühlen weinte, nicht zu Gesicht bekamen.

Sie brauchten eine Stunde, bis sie wieder bei den Fahrzeugen waren, luden die gefundenen Waffen ein und machten sich auf den Rückweg nach Episkopi. Mit winselnden Motoren und kreischendem Getriebe holperten die Fahrzeuge über die Lehmwege. Henry ging im Geist noch einmal die Ereignisse des Tages durch, dachte darüber nach, was gut gelaufen war und was er anders hätte machen können. Sein Einsatzplan war brauchbar gewesen, außer dass die Soldaten sich bei der Umstellung des Hauses ständig gegenseitig im Visier gehabt hatten und ihre Schusswaffen nicht wirklich hatten einsetzen können, weil sie sonst riskiert hätten, die eigenen Kameraden zu treffen.

Er machte sich auch Gedanken über die Frau und ihre Kinder und hatte kein Problem damit, diesen menschlichen Zug in sich zu akzeptieren.

Henry besaß eine kindliche Angewohnheit, die er nie abgelegt hatte. Im Geist listete er den Ausgang von Ereignissen immer auf wie Kricket-Ergebnisse. Er musste über sich selbst lächeln, wenn er das tat. In der Schule, wenn sie in der Aula oder in der Kapelle die Kriegsneuigkeiten mitgeteilt bekamen, machte er im Kopf daraus: ›England 3, Deutschland 1‹. Oder ›Royal Air Force vierhundert runs bei vier Spielern, Luftwaffe, alle Schlagleute bei nur 35 runs ausgeschieden‹. Als er älter wurde, wurde ihm natürlich klar, dass das absurd und sogar falsch war, aber trotzdem tat er es. Jetzt, mit dreißig Jahren, in einem Landrover in Zypern, machte er es automatisch: EOKA – punktlos ausgeschieden.

Er sah sich um, sah nach oben, und registrierte, dass der Himmel absolut blau war, reines Licht. Es war die Art Blau, die man sonst höchstens an einer Kirchendecke sah, über die gemalte Engel flogen. Aber hier spannte es sich hoch, hoch über Zypern.

7. Kapitel

Ist gut, Davis, vielen Dank.«

Davis, der Dolmetscher, verließ den Raum.

Das Vernehmungszimmer befand sich in der Wache, einem Gebäude nicht weit von den Sportplätzen entfernt. Hier saßen Unteroffiziere ein, die beispielsweise im Dienst geschlafen hatten, aber auch Zyprioten, die des Terrorismus verdächtigt wurden. Die Wände waren ziemlich dünn, das Dach aus Blech, die Zellen schlichte, schmale Räume mit soliden Schlössern an dicken Türen. Loulla Kollias saß in einer davon.

Davis betrat den Korridor, dessen Fenster auf einen Hof hinter dem Gebäude hinausgingen. Er wollte weg von der Tür, weil er nicht hören oder wissen wollte, was dahinter vor sich ging. Obwohl die Dinge, die dort passierten, ja nicht ihm passierten, waren seine Hände schweißnass und sein Mund trocken.

Vor kurzem waren drei Soldaten vor ein Militärgericht gestellt worden, weil sie einen Gefangenen misshandelt hatten. Ihre Bestrafung sollte eigentlich als abschreckendes Beispiel dienen, aber in SIB-Kreisen war allgemein bekannt, dass das fragliche Verhör Informationen ans Licht gebracht hatte, durch die eine von der EOKA geplante Entführung verhindert werden konnte. Die SIB-Leute waren in ihren Methoden eher bestärkt denn abgeschreckt worden.

Davis ging von der geschlossenen Tür weg bis zum Ende

des Flurs, wo eine weitere Tür auf einen kleinen Hof hinter dem Gebäude führte. Er betrat den Hof und zündete sich eine Zigarette an. Vor ihm befand sich ein drei Meter hoher Drahtzaun, dahinter schwang sich eine Böschung sanft nach oben. Der Tag war warm. Die Sonne heizte Davis' Haut auf.

Im Vernehmungszimmer wurde Loulla Kollias, der zweiundfünfzig Jahre alt war, mit dem Stuhl, auf dem er festgebunden war, nach hinten gekippt. Der Soldat holte große Metallkannen mit Wasser, nasse Tücher wurden über Kollias' Gesicht gebreitet, sein Kopf wurde festgehalten, die Kannen wurden über seinem Mund ausgekippt. Die Tücher machten das Atmen fast unmöglich. Der schwere, nasse Stoff füllte seinen Mund und seine Kehle mit Wasser, so dass er würgte und nach Atem rang. Es ist keine sehr extreme Verhörmethode, einen Mann fast zu ertränken, wenn man Leben retten will.

Davis wartete fünfzehn Minuten auf dem Hof und ging dann von der Wache weg, über den Sportplatz zur Straße, die zum Hauptgebäude führte. Unter ihm, am Rand des Polofelds, waren zwei Pferde zu sehen. Eine Frau, eine der Offiziersfrauen, erhielt gerade Reitunterricht. Sie lachte, während das Pferd sie im leichten Trab im Sattel hin und her schleuderte. Davis ging den Pfad entlang, beobachtete sie und vermisste sein Zuhause. Er dachte an sein Arbeitszimmer in Cambridge und an die Nachmittage, die er mit Lesen verbracht hatte, und fragte sich, wie er die Dinge, die hier in Zypern passierten, je vergessen oder wie er je über sie hinwegkommen sollte.

Ein Landrover kam auf ihn zu; er erkannte Major Treherne auf dem Beifahrersitz und trat salutierend beiseite. Er mochte Major Treherne. Soweit er das beurteilen konnte, schien er ein guter Mann zu sein, aber es war schwer, Soldaten, Berufssoldaten, einzuschätzen. Er fragte sich, was wohl passieren würde, wenn er den Major an diesem Abend im Kasino ansprechen und sagen würde: »Der Gefangene, den Sie abgeliefert haben, wird gefoltert. Sie tun so, als würden sie ihn ertränken …« An diesem Punkt hörte seine Fantasie auf. Es war undenkbar, und überhaupt wusste er nicht mit Sicherheit, was sich abspielte, er hätte es nicht vor Gericht beschwören können, er vermutete es nur. Folter war wahrscheinlich sowieso der falsche Ausdruck, eine Übertreibung. Seine Gedanken drehten sich im Kreis, entschuldigten sein Verhalten, verdammten es, verloren sich in Begriffen wie Verantwortung, während der Landrover des Majors, eine Staubwolke hinter sich herziehend, an ihm vorbeifuhr.

Henry hoffte, dass Clara am Strand sein würde. Er nickte dem Dolmetscher zu – der immer furchtbar sorgenvoll aussah, wie er fand –, und der Landrover holperte über die schmale Straße, vorbei an der Wache, zum Tunnel durch die Felsen. Vor dem Tunneleingang beschleunigte er das Tempo.

Die Dunkelheit verschluckte sie sehr schnell. Der Tunnel roch nach Steinen und Erde, und Kirby musste die Scheinwerfer einschalten. Der kleine helle Kreis vor ihnen wurde immer größer, je näher sie ihm kamen, bis sie unvermittelt wieder in gleißendem Licht waren.

Der Strand lag in hellem Sonnenschein. Henry sah Clara und die Zwillinge, deren Umrisse schärfer wurden, sobald seine Augen sich an das Gleißen gewöhnten – mit nackten Beinen, aber obenherum bekleidet, am Wasser spielen. Er sprang aus dem Landrover, als Kirby noch auf dem Sand wendete, um durch den Tunnel zurückzufahren, und lief auf sie zu. »Amüsiert ihr euch?«

Clara umarmte ihn und schmiegte sich voller Freude an ihn.

»Ich bin erst nach Hause gefahren, aber ihr wart nicht da«, sagte er.

»Wir waren hier.«

»Das sehe ich.«

Er küsste sie. Er hätte sie gern auf der Stelle geliebt und drückte sie fest an sich, versuchte, sie wieder loszulassen und konnte es nicht, noch nicht.

Die Zwillinge rannten um sie herum. Endlich sah er sie an, kniete sich hin und ließ sich von ihnen umstoßen. Die Haut ihrer nackten Beine war von feinem Sand überzogen. Er kitzelte sie, eine nach der anderen, ihre sandigen Füße drückten sich in seine Handflächen. Sie kicherten und bekamen vor Lachen fast keine Luft mehr, als er sein Gesicht in ihre Bäuche drückte und so tat, als wolle er sie beißen, während Clara sich auf den Rücken legte und lächelnd die Augen schloss.

Geblendet von der Sonne, die hohe Steilwand im Rücken, spielten sie im Sand.

Am Abend ließen sie die Mädchen zu Hause und fuhren in den Club in Limassol, wo alle Briten hingingen, wenn sie einmal etwas anderes sehen wollten als immer nur das Offizierskasino, oder wenn sie ihren Frauen etwas bieten wollten. Das große, weiße, gut bewachte Gebäude lag ganz in der Nähe der Villa des Gouverneurs.

Mrs Burroughs hatte im Garten eine Lesung von *Der Sturm* organisiert und Stühle im Halbkreis aufstellen lassen. Da es nicht genug interessierte Männer gegeben hatte, hatten sie Unmengen von Text zu bewältigen, während die Frauen, um überhaupt mal etwas lesen zu können, sich die wenigen Rollen teilen mussten.

Die beiden jungen Unteroffiziere, die Evelyn Burroughs rekrutiert hatte, lasen ihre Rollen verschämt, aber auch dankbar. Dankbar dafür, gefragt worden zu sein, und für die liebenswürdigen Aufmerksamkeiten der verheirateten Frauen. Laternen brannten im Garten, umschwebt von Nachtfaltern, und die dunkle Nacht hatte etwas Frühlingshaftes. Die Frauen trugen Strickjacken oder Umhängetücher über ihren Kleidern und hielten die Bücher dicht unter die Laternen, um besser sehen zu können.

Drinnen, in der Bar, herrschte dichtes Gedränge. Ausgelassenes Lachen und der Rauch von Zigaretten und Zigarren schwebten durch die offenen Türen.

Henry wusste, dass er müde war, fühlte sich aber nicht müde. Alle paar Minuten spürte er, fast ohne sich dessen bewusst zu sein, ein leises Zupfen an dem unsichtbaren Faden, der ihn an Clara band, und sah in den Garten hinaus.

Es tat ihr sicher gut, einmal einen Abend ohne die Kinder zu haben. Obwohl er sich alle Mühe gab, es sich nicht anmerken zu lassen, waren ihm die Anforderungen, die die Mädchen an sie stellten, manchmal ein Dorn im Auge. Er war sehr stolz darauf, wie Clara den Umzug nach Zypern bewältigt hatte, und sich vage bewusst – aber er versuchte, dieses Gefühl nicht zuzulassen –, dass die Zeit hier für sie eine gefährliche Zeit war. Ein Glück, dass sie inzwischen auf dem Stützpunkt wohnten. Sie wirkte seitdem entspannter und er glaubte, dass sie wirklich glücklich war und nicht nur seinetwegen so tat.

Clara, die bei den anderen im Garten war, fühlte sich rundum wohl. Henry mochte seinen ersten kleinen Triumph als Soldat errungen haben, aber sie feierte ihren ersten Triumph als richtige Offiziersfrau. Sie hatte nicht geweint, hatte sich nicht an ihn geklammert und ihn angefleht, sich bloß nicht in die Luft jagen zu lassen. Sie hatte den Tag damit verbracht, mit Deirdre Innes zu Mittag zu essen, und war anschließend mit den Kindern an den Strand gegangen, und auch als er zurückgekommen war, hatte sie nicht geweint, sondern ihn angestrahlt.

Im Augenblick achtete sie kaum auf das Stück, sondern ließ sich von der Sprache und ihren eigenen Gedanken einlullen.

Am Morgen hatte sie Briefe von zu Hause und von James bekommen, der inzwischen in Malaya stationiert war. Ihre Mutter wusste, dass Clara vor allem alltägliche Dinge hören wollte. So wie Clara ihr erzählte, wo sie einkaufte und an welchem Strand sie gewesen waren, schilderte ihre Mutter den plötzlichen Hagel, der den Frühlingsblumen übel mitgespielt hatte – sie hatte einen ganzen Vormittag damit verbracht, auf dem nassen Boden zu knien und sie an Stöcken festzubinden –, oder von einer Fahrt nach London, um eine Wohnung für Claras jüngeren Bruder Bill zu suchen, näher an seiner Kanzlei in der City. Sie schrieb nicht, dass sie ihre Kinder vermisste oder dass sie und George sich ständig um Clara und ihren Bruder sorgten. Clara hob die Briefe auf und las Henry, dessen Mutter immer nur kurz und nichtssagend schrieb, Auszüge daraus vor.

Ein dritter Mann kam durch den Garten zu ihnen.

»Ah – da sind Sie ja! Kennen alle Lieutenant Davis, der noch nicht sehr lange bei uns ist? Er ist dem Regiment als Dolmetscher zugeteilt worden.«

Der junge Mann nickte in die Runde, ohne Blickkontakt aufzunehmen. Clara rückte ihren Stuhl ein Stück beiseite, um Platz für ihn zu machen.

»Wie lange werden Sie bei uns sein, Lieutenant?«, erkundigte sich Evelyn, während sie gleichzeitig einen Kellner herbeiwinkte.

»Ich weiß nicht genau. Ich gehe, wohin ich geschickt werde«, sagte er.

»Ich fürchte, wir haben keine Texte mehr, aber ich bin sicher, Mrs Treherne lässt Sie gerne in Ihr Exemplar schauen.«

»Natürlich«, sagte Clara. »Hier.« Sie hielt das Buch näher zu ihm. Er saß vornübergebeugt, so dass seine Uniform über der Brust steife Falten warf. Clara lächelte ihn an. *Der Sturm*, sagte sie.

»Ja, ich erinnere mich. Ich habe den Anschlag gesehen.«

Sie waren fast am Ende des ersten Akts angelangt und nahmen Davis' Ankunft zum Anlass, eine kleine Pause einzulegen. Deirdre Innes kicherte. »Ich muss sagen«, sagte sie zu Lieutenant Castle, der neben ihr saß, »dass Sie einen ziemlich meisterhaften Prospero abgeben!«

Deirdre Innes flirtet, dachte Clara, denn Castles Bemühen um Meisterhaftkeit – falls es dieses Bemühen überhaupt gegeben hatte – war absolut erfolglos geblieben.

»Sollen wir vielleicht lieber nach innen umziehen?«, fragte Evelyn. »Es ist ein bisschen dunkel hier, aber irgendwie passt es zum Stück, finden Sie nicht auch?«

Alle waren sich einig, dass sie lieber draußen bleiben wollten. Deirdre Innes erschauderte theatralisch unter ihrem Tuch und hielt das Buch näher an Castle – oder an das Licht hinter ihm.

»Kennen Sie das Stück, Lieutenant Davis?«, fragte Evelyn.

»Wir haben es in der Schule durchgenommen.«

»Famos. Dann lesen Sie doch bitte den Gonzalo.«

Clara glaubte nicht, dass Davis den Gonzalo lesen wollte, aber gegen Evelyn hatte niemand eine Chance.

»Fangen Sie an«, sagte Evelyn, beugte sich vor und sah ihn über den Rand ihrer Brille hinweg an.

Davis hatte eine eher große Adlernase und Haare, die ihm andauernd in die Stirn fielen. Er sah Evelyn mit einem angstvollen Blick in den Augen an, die überraschend groß waren. Sie nickte ihm aufmunternd zu, und er sah in den Text und begann zu lesen, ohne auch nur einen Cocktail zur Stärkung bekommen zu haben.

»›Ich bitt Euch, Herr, seid fröhlich.‹« Davis räusperte sich mehrmals. »›Ihr habt Grund zur Freude wie wir alle. Unsere Rettung ist mehr als der Verlust ...‹« Er hielt inne. »Es tut mir leid«, sagte er. »Ich –« Und wieder verstummte er und sah, mehrmals mit den Augen blinzelnd, auf die Seite hinunter.

Das hier war keine Schüchternheit. Sie waren alle schüchtern gewesen. Das hier war eine Art Unbehagen, das sie alle innehalten ließ. Lieutenant Davis hielt den Blick immer noch gesenkt, als sei er bestürzt über sein eigenes Schweigen, und Clara sagte: »Der arme Kerl ist doch gerade erst angekommen. Soll ich vielleicht?«

Evelyn war ihr so dankbar, dass sie nicht einmal den Einwand erhob, dass es sich um eine Männerrolle handelte. »Bitte, Clara«, sagte sie, und Clara begann:

»›Unsere Rettung
Ist mehr als der Verlust; denn unser Fug
Zur Klage ist gemein: an jedem Tage
Hat ein Matrosenweib, der Schiffspatron
Von einem Kaufmann, und der Kaufmann selbst
Zu gleicher Klage Stoff ...‹«

Der Kellner brachte Davis einen Drink. Er kippte ihn auf einen Zug hinunter.

Gestärkt von zahlreichen Cocktails, las die kleine Gruppe weiter, und das Ganze wurde, was Evelyn gewollt hatte: ein sehr vergnüglicher Abend. Aber Davis und Clara, die neben ihm saß, erlebten noch etwas anderes – eine beidseitige, unausgesprochene Sympathie, die rätselhaft und tröstlich war.

Als das Stück zu Ende war, lächelten sie einander an.

»Ich gehe besser und suche meinen Mann«, sagte Clara und stand auf.

Davis stand ebenfalls auf, während die anderen um sie herum Taschen und Brillen zusammensuchten und sich zum Hineingehen bereit machten. Davis schien nicht zu wissen, was er mit seinen Händen anfangen sollte, die aus etwas zu kurzen Ärmeln ragten und lange, schmale Finger hatten.

»Alles wieder in Ordnung mit Ihnen?«, fragte Clara, die es seltsam fand, mit einem Mann zu reden, der jünger war als sie.

»Viel besser, danke«, sagte er mit einem Grinsen.

»Wunderbar«, sagte sie und machte sich auf die Suche nach Henry.

Die SIB-Leute bekamen die gewünschten Informationen von Loulla Kollias. Nicht weil sie ihn fast ertränkten, nicht wegen der Schläge des türkischen Hilfspolizisten, die nicht weiter schlimm gewesen waren, sondern wegen der überaus freundlichen Worte des Dolmetschers, der Davis hieß. Davis hatte Kollias mit ausgesuchter Höflichkeit dargelegt, wenn er ihnen sagte, wo Demetriou sich versteckt hielt, würde nicht nur seine eigene Familie unbehelligt bleiben, auch die Familien anderer wären dann sicher. Loulla Kollias hatte nachgegeben.

Danach ließen sie ihn allein, damit er schlafen konnte. Aber vor Schmerzen und vor Scham über seine Schwäche konnte er nicht schlafen. Im dunkelsten Teil der Nacht, nachdem der Mond verschwunden war und bevor die Sonne aufging, starb er. Er starb an einem Herzanfall, der nicht hätte verhindert werden können und der vielleicht niemandes Schuld war, aber es war ein sehr einsamer und angstvoller Tod.

8. Kapitel

Im März und April verwandelten sich die Hügel hinter dem Stützpunkt und sogar die Steilwände darunter in ein leuchtendes Meer aus Wildblumen. Verglichen mit englischen Wintern war der zypriotische nicht weiter schlimm gewesen, aber es war herrlich, dass die Stürme vorbei und die Straßen wieder besser befahrbar waren.

Die Siedlung Lionheart bestand aus kleinen Doppelhäusern. Hier zu leben, dachte Clara, musste so ähnlich sein, wie in einer Arbeitersiedlung zu leben, außer dass es hier keine Außenklos gab. Sie konnte sich nicht vorstellen, wie man mit so etwas leben konnte. Deirdre und Mark Innes wohnten direkt neben ihnen, und ein anderer Offizier mit seiner Familie auf der anderen Seite. Sie empfand hier ein stärkeres Gefühl von Gemeinschaft, als sie es je empfunden hatte, nicht einmal während des Krieges. Später dann, in Deutschland, waren sie oft umgezogen, und die Verheiratetenunterkünfte für einen Captain und seine Frau waren etwas völlig anderes als die für einen Major mit Familie.

Manchmal hörte Clara, wie sich Deirdre und Mark nebenan stritten, und hoffte, dass die beiden umgekehrt nicht hören konnten, wenn sie und Henry sich liebten. Die Zwillinge waren durch absolut nichts zu wecken, aber sie stellte sich vor, dass Deirdre und Mark schlaflos im Bett lagen und alles mitbekamen. Sie versuchte, so leise wie möglich zu sein, aber das war nicht einfach. Henry dagegen war immer absolut stumm, wenn sie sich liebten, wahrscheinlich ein Überbleibsel der Etikette von Jungen in ihren einsamen Betten in den Schulschlafsälen. Er kümmerte sich ganz süß immer zuerst um sie und hielt sich zurück und wartete, und je intensiver seine Empfindungen wurden, desto stiller wurde er, und Clara fühlte sich ihm deswegen näher, als hätte er sich laut und mannhaft gegeben. Er vergrub das Gesicht in ihrem Hals, drängte sich enger an sie, wurde verletztlich durch seine Stummheit.

Und auch das Lachen hinterher wäre laut gewesen. Sie hielt ihm und sich selbst den Mund zu und spürte seinen Atem in ihrer Handfläche.

Kaum war der Frühling da, gab es auch schon Erdbeeren.

Ein mit Obst und Gemüse beladener Lieferwagen, der einem griechischen Zyprioten namens Tomas gehörte, klapperte die Häuser von Lionheart, Marlborough und Oxford fast jeden Tag ab. Tomas war bei den Offiziersfrauen sehr beliebt, denn obwohl er alles andere als attraktiv war, flirtete er hemmungslos mit ihnen – aber auf angenehme Art. Abgesehen davon war er Vater von vier Kindern. Manchmal hatte er eins oder zwei davon dabei. Sie saßen hinten auf den Säcken mit zyprischen Kartoffeln, die rote Schmutzstreifen auf ihren Beinen hinterließen. Der Lieferwagen war klein und dunkelgrün, mit geriffelten Seitenwänden aus Blech, die sich hochschieben ließen, und einem Dieselmotor, den man überall längs der geschwungenen Straßen der Siedlungen anhalten und wieder anfahren hörte. Und überall kamen die Frauen mit ihren Körben oder Netzen aus den Häusern, um Salat und Gemüse und Obst zu kaufen.

Clara kaufte ihre ersten Erdbeeren des Jahres bei Tomas.

Es war neun Uhr, Henry war gerade gegangen. Sie hatten sich an diesem Morgen geliebt – noch leiser, weil heller Tag war –, und sie war mit genüsslich ausgestreckten Beinen im Bett liegen geblieben und hatte zugehört, wie er sich unten zum Gehen fertig machte. Er hatte die Mädchen zu ihr hereingebracht, damit sie sie kitzeln konnte, und Clara war sehr glücklich. Die Morgensonne spielte auf den Falten der weißen Laken und auf den vom Schlaf zerzausten Haaren der Mädchen. Es war ein langsamer, ekstatischer Morgen. Nach dem Frühstück hörte sie Tomas näher kommen und ging mit den Mädchen hinaus, um ihn abzupassen.

Sie stand an der Straße, die still und leer war. Tomas reichte ihr die Schachtel mit den Erdbeeren ganz zum Schluss, und sie tat sie nicht in ihr Einkaufsnetz, sondern trug sie in der Hand zum Haus zurück. Die Ränder der Pappschachtel waren vom Saft der Erdbeeren rosa verfärbt. Der Griff des schweren Netzes schnitt ihr in die Finger der einen Hand, während die Erdbeerschachtel in der anderen sich leicht anfühlte. Die Mädchen trödelten in langsamen Schlangenlinien hinter ihr her.

Vor dem Haus stellte Clara das schwere Netz ab, setzte sich auf den Rasen und nahm die erste Erdbeere aus der Schachtel. Sie war warm, weil sie auf dem Beifahrersitz gestanden hatte, wo die Sonne durch die Windschutzscheibe fiel. »In England bekommt man Erdbeeren erst im Sommer«, sagte sie.

»Issendas?«, fragte Lottie, und Meg plapperte nach: »Issendas?«

Alle drei drehten sich um, als Deirdre Innes, die mit ihrem kleinen Jungen aus dem Haus kam, die Tür hinter sich zuschlug. Deirdre trug eine Sonnenbrille und ein leuchtendgrünes Kleid mit einem weißen Gürtel. Sie war eigentlich immer leicht gereizt, selbst wenn sie gut gelaunt war, und ihre hellen, mausfarbenen Haare widersetzten sich all ihren Versuchen, sie in eine Lockenfrisur zu zwingen. »O, ein Picknick«, sagte sie, ließ ihre Schlüssel in den großen Bastkorb fallen und griff nach der Hand ihres kleinen Jungen. Er hieß Roger und würde bald drei werden.

»Hier«, sagte Clara und hielt ihr eine Erdbeere hin.

»Wie wundervoll!«

Roger, der einen hellblauen Spielanzug trug und mollige Beinchen hatte, starrte Lottie und Meg an, die es ihm nachtaten. Deirdre warf den Stiel der Erdbeere von sich. »Wir wollen nach Dodge. Kommt ihr mit?«

Dodge City war der Spitzname für die Reihe der Geschäfte auf dem Stützpunkt. Ein hölzerner Gehsteig führte an ihnen entlang, und sie waren so hastig hochgezogen worden, dass sie an eine Pionierstadt im Wilden Westen erinnerten – daher der Spitzname. Es gab dort einen Friseur und einen kleinen, von einem sehr freundlichen Griechen geführten Supermarkt.

Sie gingen zu Fuß. Die Kinder trödelten dermaßen, dass sie ewig brauchten. Plaudernd aßen Deirdre und Clara den Rest der Erdbeeren und blickten gelegentlich zum dunkelblauen Horizont des Meeres hinüber.

»Zypern – der Sonnenschein-Stützpunkt«, sagte Deirdre bitter, aber Clara fragte nicht nach. Sie wollte ihr eigenes Glücksgefühl auskosten.

Sie wartete vor dem Laden auf Deirdre. An einen der hölzernen Pfosten gelehnt, genoss sie die Sonne auf ihrem Gesicht, als Lieutenant Davis aus dem Friseurladen kam und sich mit der Hand den frisch ausrasierten Nacken rieb. Als er sie sah, machte er ein merkwürdig überraschtes Gesicht. »Hallo«, sagte er.

»Guten Morgen. Zufrieden mit dem Haarschnitt?«

»Wenigstens werde ich eine ganze Weile keinen neuen brauchen«, antwortete er lächelnd.

»Ich warte auf Deirdre Innes.«

»Sie selbst haben keine Einkäufe zu erledigen?«

»Nein, heute nicht.«

Davis sah zu den Mädchen hinüber, die ganz in der Nähe dicht beieinander auf dem Boden kauerten und Ameisen beobachteten. Gelegentlich zerquetschten sie eine mit ihren kurzen Fingerchen.

»Kleine Barbaren«, sagte er.

»Ja, ist es nicht furchtbar? Der erste Instinkt – Mord und Totschlag.«

Er sah sie an. »Wohnen Sie in Marlborough?«, fragte er.

Sie hatte etwas völlig anderes erwartet, hätte aber nicht sagen können, was.

»Lionheart«, sagte sie. »Vorher haben wir in der Stadt gewohnt, was furchtbar war. Ich bin überglücklich, jetzt hier oben zu sein.«

»Sicher, hier ist es viel bequemer. Haben Sie sich in der Stadt bedroht gefühlt?«

»Eigentlich waren alle sehr freundlich. Die Griechen scheinen so gastfreundlich zu sein. Henry sagt, es ist eine Schande, dass ein absolut freundschaftliches Verhältnis von ein paar Unruhestiftern zunichte gemacht werden kann.«

»Ach ja? Aber gut, so kann man es wahrscheinlich auch betrachten«, sagte er.

»Wie meinen Sie das?«

»Uns würde es doch auch nicht gefallen, wenn ein Haufen

Griechen in unser Parlament spazieren und uns sagen würde, was wir zu tun und zu lassen haben.«

»Das ist doch nicht dasselbe. Und sie haben sich nicht beklagt, als wir sie gegen die Deutschen verteidigt haben, oder?«

Lottie stand auf, kam zu Clara, lehnte sich an sie, presste die dreckigen Händchen an ihr Kleid und verdrehte den Kopf, um Davis mit selbstverliebtem Charme anzulächeln.

»Hallo! Bist du aber süß«, sagte Davis.

»Das ist Lottie. Und das da drüben ist Meg.«

Meg war noch mit den Ameisen beschäftigt und achtete nicht auf sie.

»Zwillinge?«

»Ja.«

»Ich hatte auch eine Zwillingsschwester. Aber sie ist gestorben, als wir zwei waren.«

»Oh.«

Einen Moment wusste Clara nicht, was sie sagen sollte. Ihre Mädchen würden demnächst zwei werden, und der Gedanke, sie zu verlieren, war schier unerträglich. »Es tut mir leid«, sagte sie.

»Ach ja, Sie wissen schon.«

Diese Bemerkung schien das Thema zu beenden, und Clara suchte nach einem anderen. Wo Deirdre nur blieb? Lottie zappelte herum und lächelte immer noch zu Davis hoch, ging dann zu ihm und lächelte noch breiter in der Hoffnung, auf den Arm genommen zu werden. Es war Clara fast ein bisschen peinlich, als sei Lotties Verhalten ihr eigenes.

»Lottie, sieh doch mal nach, was Meg treibt«, sagte sie.

Davis, der nicht an Kinder gewöhnt war, lächelte einfach nur auf Lottie herunter. »Übrigens«, sagte er plötzlich, »ich bin mit dem Fahrer und dem Auto da. Soll ich Sie vielleicht nach Lionheart mitnehmen? Ich bin mit Ihren Mann verabredet, um – nun, wir müssen in eins der Dörfer fahren. Aber ich hätte noch Zeit, Sie nach Hause zu fahren, wenn Sie sofort mitkommen könnten.«

»Sie sind heute mit Henry unterwegs?«

Davis sah sie eine Sekunde an und sagte dann, als hätte er ihre Frage nicht gehört: »Soll ich Sie mitnehmen?«

»Ja, danke. Jetzt sofort?«

»Sofort wäre am besten. Ich möchte den Major nicht warten lassen.«

Clara hob Lottie hoch, setzte sie sich auf die Hüfte, ging zur Tür des Ladens und steckte den Kopf in das nach Lebensmitteln duftende dunkle Innere. »Deirdre? Lieutenant Davis sagt, er kann uns nach Hause fahren – brauchst du noch lange?«

»Oh, wunderbar. Roger hat sowieso genug. Jetzt sofort?«

»Ja.«

»Ist gut, ich komme gleich.«

Clara war erleichtert, dass Deirdre mitkommen wollte.

In Davis' Landrover setzte Deirdre sich nach vorn und hängte den Ellbogen aus dem Fenster, während sie Roger mit dem anderen Arm auf ihrem Schoß festhielt. Davis saß praktisch auf dem Schaltknüppel zwischen ihr und dem Fahrer, Clara und die Mädchen hinten. Deirdre hüllte sich in Schweigen, und der Lärm des Motors machte es für Clara fast unmöglich, etwas zu sagen. Außerdem musste sie die Mädchen immer wieder festhalten, wenn das Auto durch Schlaglöcher rumpelte.

An der Ecke Devonshire Road, der ersten Straße von Lionheart, hielt der Landrover an. »Ist es hier recht?«

»Wunderbar«, sagte Clara.

»Werden Sie Tony Grieves heute noch sehen?«, fragte Deirdre plötzlich, und Davis antwortete: »Ich glaube schon.«

»Dann richten Sie ihm doch bitte Grüße aus, von Mrs Innes, ja?« Der Ton, in dem sie das sagte, klang fast herausfordernd, und sie sah Davis dabei fest in die Augen.

»Sicher. Auf Wiedersehen.«

Sie öffnete die Tür, setzte Roger ab, kletterte hinterher und hob ihren Korb aus dem Landrover. Davis sprang aus dem Wagen, hielt Clara die Tür auf, nickte ihr zuvorkommend zu und lächelte. Er war vielleicht etwas kleiner als Henry, und schmal. Jungenhaft schmal.

»Bis irgendwann?«, sagte er.

»Ja«, lachte sie. »Wahrscheinlich.«

Er drehte sich zu Deirdre um. »Auf Wiedersehen, Mrs Innes.«

»Ja – und vergessen Sie nicht, was ich gesagt habe.« Ungeduldig und aus irgendeinem Grund wütend auf Roger, marschierte Deirdre los, während Clara und die Zwillinge dem Landrover nachwinkten, der wendete und davonfuhr.

Nach dem Mittagessen fuhren die in Episkopi stationierten Offiziere oft nach Hause oder an den Strand von Evdhimou gleich in der nächsten Bucht, nach Westen zu. Hier konnten sie in einem von einem Griechen namens Gregoris geführten Café in einer weniger förmlichen Atmosphäre als im Kasino etwas trinken und sich entspannen. Henry fuhr oft mit Mark Innes hin und vertrödelte die Nachmittagsstunden, wenn Mark keine Lust hatte, zu Deirdre nach Hause zu fahren. Das wurde natürlich nie ausgesprochen, aber Henry verstand es auch so, und er leistete Mark gern Gesellschaft, blickte zum Horizont hinüber, trank Keo-Bier aus der Flasche und gönnte seinem Geist Ruhe zwischen seinen Aufgaben als Soldat und denen als Ehemann und Vater.

Doch an diesem Nachmittag gab es, genau wie Davis gesagt hatte, etwas zu erledigen. Kirby chauffierte Henry und Davis zur Frau von Loulla Kollias, Madalyn. Nach der Erstürmung des Bauernhofs und der Verhaftung ihres Mannes waren sie und die Kinder zu ihrer Schwester gezogen, die auf der Ebene in der Mitte der Insel einen kleinen Hof hatte.

Davis hatte für die Fahrt ein Buch bei sich und versuchte zu lesen, wann immer es nicht so sehr holperte. Henry fand dieses Verhalten angeberisch. Überhaupt hatte Davis etwas an sich, was ihn irritierte, eine verweichlichte Sechstklässlerempfindsamkeit. Er schien unfähig, sich selbst einmal zurückzunehmen und die Arbeit, die getan werden musste, einfach zu tun, und hatte vorhin sogar gesagt: »Eigentlich ein starkes Stück, finden Sie nicht auch, Sir? Das hier ist doch nur eine Public Relations-Maßnahme, um die Witwen und Waisen für uns einzunehmen.«

Henry hatte kühl geantwortet: »Es ist nun einmal das übliche Vorgehen, Davis. Ein Mann ist in unserem Gewahrsam gestorben. Sollen wir ihn vielleicht einfach auf den Müll werfen?«

Die Fahrt von Episkopi dauerte lange drei Stunden, die durch Davis' Anwesenheit nicht angenehmer wurden. Sie fuhren an der örtlichen Polizeiwache vorbei, wo es ein kleineres Hin und Her wegen der Frage gab, wer wohin sollte, und Absprachen über die Abholung der Leiche in Episkopi getroffen wurden. Dann hatte Kirby sich verfahren und war eine Weile fluchend über Schotterwege gekurvt. Jetzt stand er neben dem Landrover, während Henry, Davis und die beiden Ortspolizisten zum Haus gingen. Henry klopfte an die Tür.

Um sie herum war alles voller Olivenbäume, deren Blätter im Licht der niedrig stehenden Sonne silbrig schimmerten.

So standen sie da, Henry, Davis und die beiden Polizisten, umgeben von einer Stille, die nach dem lauten Klopfen intensiver schien als vorher. Niemand öffnete. Henry sah sich auf dem Hof um und versuchte zu erkennen, ob vielleicht jemand zwischen den stillen Bäumen war. Ein paar Hühner pickten im Staub herum oder hockten auf der krummen, niedrigen Mauer, die das Haus umgab, aber abgesehen davon war nirgends ein Lebenszeichen zu sehen. Was für eine friedliche Szenerie, dachte Henry, in die er da mit Nachrichten vom Tod eindrang.

Madalyn Kollias stand auf der steinigen Erde zwischen den Gemüsereihen, die sie bearbeitet hatte, und hörte die Nachricht vom Tod ihres Mannes.

Henry hob den Blick von ihren ineinander verschlungenen Händen mit den schmutzigen Fingernägeln. Auch in die Falten und Risse der Haut hatte sich Schmutz eingefressen. Er sah in ihr Gesicht – wich ihren Augen jedoch aus –, als er ihr mit ruhiger Stimme erklärte, die Leiche ihres Mannes befinde sich im Krankenhaus von Limassol. Da Davis für ihn übersetzten musste, machte er Pausen zwischen den Sätzen. Die beiden Polizisten waren in respektvoller Entfernung stehen geblieben, die Mützen in den Händen, den Blick gesenkt.

Henry sagte Madalyn Kollias auch, sie selbst stehe nicht unter Verdacht. Er wollte nicht, dass sie sich unnötig Sorgen machte. Davis, der aufgewühlt wirkte, lenkte ihn ab. Er konnte seine unkontrollierten Gefühle dicht neben sich spüren. Immer wieder sah Davis zwischen Henry, Madalyn Kollias und den Polizisten hin und her und geriet immer wieder ins Stocken. Als Madalyn Kollias Einzelheiten über Loullas Tod wissen wollte – die Henry ihr nicht nennen konnte –, versagte Davis' Stimme, und als die Kinder näher kamen, verlor er vollends die Konzentration.

Madalyn Kollias wurde weder hysterisch, noch fing sie an, um sich zu schlagen, was beides geschehen konnte, wie man Henry vorgewarnt hatte. Sie nahm die Nachricht vom Tod ihres Mannes so tapfer und gefasst auf, wie jede englische Frau es getan hätte, und schien eher betäubt als sonst etwas.

Die griechischen Polizisten traten vor, sprachen mit ihr über den Rücktransport der Leiche ihres Mannes ins Dorf und boten ihr an, sie mitzunehmen. Sie lehnte ab und trat einen Schritt zurück. Der Schock schien ihre Reaktionen zu verlangsamen. Sie sah sie verwirrt und verständnislos an. Es gab nichts mehr zu sagen.

Henry hatte keine Lust, das Kindermädchen für die Frau zu spielen, aber andererseits wäre es ihm unzivilisiert vorgekommen, sie in ihrem plötzlichen Kummer allein in dem Gemüsebeet stehen zu lassen. Er überlegte, ob er ihr vorschlagen sollte, sie ins Haus zu begleiten, oder ob er sich erbieten sollte, ihre Schwester zu suchen, damit jemand bei ihr war.

»Sagen Sie ihr, sie soll ins Haus gehen – wenn sie will«, sagte er zu Davis.

Sie nickte. Und nahm sogar Henrys Arm. Langsam gingen sie über die Furchen und dann über goldenes Gras zurück zum Haus.

Fast wünschte er sich, sie würde südländische Hysterie an den Tag legen und sich dadurch in seinen Augen fremd machen, aber sie schien ihn nicht zu hassen. Ihre Schwester würde bald zurückkommen, sagte sie. Henry nickte den Polizisten zu, deren Begräbnisgesichter Erleichterung erkennen ließen, und wandte sich zum Gehen um, aber Davis sagte noch etwas zu der Frau. Er trat dicht neben sie, beugte sich vor, um ihr ins Ohr zu flüstern, und berührte dabei ihren Arm. Erschrocken und aus der Fassung gebracht, schüttelte sie seine Hand ab.

Sie ließen Madalyn Kollias an der Tür des Hauses zurück. Henry hatte die Gesichter ihrer Kinder erkannt, die ihr gefolgt waren, und war sich sicher, dass auch sie ihn erkannt hatten – von der Erstürmung ihres Hauses, als er ihren Vater verhaftet hatte. Sie hatten zu viel Angst, um näher zu kommen. Mit plötzlichem Abscheu ging ihm auf, dass er zu einem Kinderschreck geworden war. Aber das ließ sich nun einmal nicht ändern.

»Was haben Sie eben zu ihr gesagt?«, fragte er Davis, als sie zum Landrover zurückgingen.

»Nur, dass es mir leid tut. Irgendwas in der Art, Sir. Ich weiß nicht mehr genau«, antwortete Davis ausweichend, den Blick abgewandt.

Da es für sie keinen Grund gab, ins Dorf zurückzufahren, setzten sie die beiden Polizisten an der Kreuzung ab. Weder Henry noch Kirby, noch Davis sagten etwas, nachdem sie sich von ihnen verabschiedet hatten. Der Landrover rumpelte über den Schotterweg zurück zur Straße. Die Berge warfen enorm lange Schatten, als sei die Nacht schon angebrochen.

Der Schotter endete, der Landrover holperte auf den glatten, von den Briten verlegten Asphalt. In der relativen Stille, die nun eintrat, drehte Henry sich zu Davis um, der auf dem Rücksitz saß. Er war in sich zusammengesunken und hatte die Hand an den Mund gehoben, um auf einem Nagel herumzukauen. »Davis«, sagte Henry, »das eben war eine sehr unangenehme Aufgabe. Aber es hat der Frau nicht geholfen, dass Sie Ihre Gefühle nicht im Griff hatten und sich dermaßen gehenließen. Und mir war es erst recht keine Hilfe.«

»Wie meinen Sie das?«, fragte Davis überrascht, und aufbegehrend.

»Davis! Kollias war verantwortlich für den Tod britischer Soldaten und eines amerikanischen Diplomaten. Sie kennen die Einzelheiten seiner Verbrechen weit besser als ich. Glauben Sie etwa, seine Frau wusste nicht, was er trieb? Wir hätten die Sache der zypriscḥen Polizei überlassen können. Aber der Colonel hat ein Auto, einen Fahrer und zwei Offiziere abgestellt, um sie aufzusuchen und ihr – mit allem gebotenen Respekt – die Nachricht von seinem Tod zu überbringen. Es ist nicht meine Aufgabe, über die britische Armee zu urteilen, aber wenn ich dazu gedrängt würde, würde ich sagen, wir haben uns ziemlich anständig verhalten.«

Davis stieß die Luft in einer Mischung aus Lachen und Stöhnen aus. Kirby hielt die Augen fest auf die Straße gerichtet, aber er hörte zu.

»Falls Sie Einwände haben, äußern Sie sie auf angemessene Weise. Haben Sie mich verstanden?«

Einen Augenblick herrschte Stille.

»Ja, Sir.«

»Haben Sie Einwände?«

»Nein, Sir.«

»Noch etwas hinzuzufügen?«

»... Nein, Sir.«

Henry nickte und beschäftigte sich wieder damit, die Berge zu betrachten, und die Straßen, die durch sie hindurchführten.

9. Kapitel

In den drei Jahren, die der Konflikt bereits dauerte, waren Bomben in Restaurants geworfen und Armeefahrzeuge auf abgelegenen Straßen in Hinterhalte gelockt worden, es hatte Straßenkämpfe, überall hingekritzelte Kampfparolen und zahllose Festnahmen gegeben. In diesen drei Jahren war aus einer anfänglich eher romantischen Sehnsucht nach Unabhängigkeit eine terroristische Kampagne geworden, und die britische Regierung, die die Chance, in einem frühen Stadium zu verhandeln, vertan hatte, sah sich zunehmend in eine Ecke gedrängt.

Da die Indoktrinierung von Schuljungen zu den wichtigsten Werkzeugen der EOKA gehörte, hatten die Briten im Februar des Jahres das Hissen der blauweißen griechischen Flagge an den Schulen verboten. Es hatte Unruhen gegeben, britische Truppen hatten in die Menge geschossen, ein zypriotischer Schuljunge war getötet worden. Manchmal blieb alles wochenlang still, dann wurde ein Lastwagen voller Soldaten überfallen, es gab Tote und Verstümmelte, mehr Truppen wurden angefordert, mehr Dörfer wurden durchsucht, mehr Dorfbewohner in Stacheldrahtverhaue getrieben. Es war ein Krieg der Geheimdienste, der Heimlichkeit und der Gerüchte. General Grivas führte einen Guerillakrieg, und die Briten durchkämmten die Berge zu Tausenden auf der Suche nach Ausbildungslagern, aber die tatsächlichen Feuergefechte im Lauf der drei Jahre ließen sich an den Fingern abzählen.

Erzbischof Makarios, von dem bekannt war, dass er mit der EOKA nicht nur sympathisierte, sondern zu ihrem harten Kern gehörte und mit Grivas Hand in Hand zusammenarbeitete, wurde im März deportiert. Es gab einen Generalstreik, weitere Unruhen, Ausgangsverbote, die Durchsuchung von Klöstern und Kirchen durch britische Soldaten. Die Verhöre von Geistlichen wurden nur widerwillig durchgeführt, aber sie wurden durchgeführt.

Britische Hubschrauber warfen Flugblätter ab, in denen die Bevölkerung aufgefordert wurde, der Propaganda der EOKA keinen Glauben zu schenken. EOKA-Flugblätter sprachen von Folter und Vergewaltigung zypriotischer Frauen und Kinder in Gefangenenlagern.

Es gab keine Wahrheit. Es war ein unbedeutender, lächerlicher Mickey-Maus-Konflikt. Es war eine finstere Zeit des Terrors und der Unterdrückung. Die Briten waren irregeleitet und ignorant; die Zyprioten lethargisch und dumm. Die Zyprioten liebten die Briten; die Zyprioten hassten die Briten. Die Briten waren Folterknechte; die Briten waren anständig und ehrenhaft. Die EOKA war eine terroristische Vereinigung; die EOKA war ein Zusammenschluss heldenhafter Freiheitskämpfer. Es gab keine Klarheit. Der Konflikt hatte sich verselbstständigt und es gab keine absoluten Wahrheiten, die man ans Licht bringen konnte.

»Was macht der Ausnahmezustand?« und »Wie geht es weiter?« Mit diesen Fragen befassten sich die endlosen, sich ständig im Kreis drehenden Debatten beim Essen, vom Gouverneurspalast in Nikosia bis zum Offizierskasino in Episkopi, und nie gab es eine Lösung, und nie, wie im ganzen Konflikt selbst, eine endgültige Wahrheit, auf die man den Finger legen und von der man sagen konnte: »Da! Da ist sie, die Lösung!« Denn was ist schon eine Lösung? Die Geschichte endet nicht einfach. Umkämpfte Gebiete werden immer umkämpft sein, auch in Zukunft, und es wird nie ein Ende geben, und jeder Konflikt vergrößert einfach nur den Berg der vielen Konflikte, von denen keiner mehr weiß, wie sie anfingen, und die keiner jemals endgültig beenden wird.

Konflikte sind also normal, und Kämpfe sind normal, so wie es normal ist, dass in stacheldrahtumzäunten Truppenstandorten White Ladies getrunken und in den Wohnstuben von Bauernhäusern Rohrbomben gebastelt werden, während das Abendessen auf dem Herd brutzelt. Das häusliche Leben geht weiter. Und während die Sonderermittler des SIB Colonel Burroughs in seinem dämmrigen Büro über den Stand der Dinge informierten und Henrys nächster Einsatz festgelegt wurde und drei junge Männer auf ein Fischerboot warteten, eine Ladung Gewehre übernahmen und sie in Kisten in die dunkler werdenden Berge schafften, maß Clara in ihrer Doppelhaushälfte in Lionheart Megs Temperatur, die erhöht war und überlegte, ob sie den Arzt rufen sollte oder nicht.

Colonel Burroughs war ein guter Soldat und ein fairer Mann. Henry mochte ihn sehr. Er hatte sich an die Zusammenkünfte im Büro des Colonels gewöhnt. Egal, zu welcher Tageszeit sie stattfanden, im Büro herrschte immer dieselbe besonnene Atmosphäre, eine Atmosphäre der Ordnung. Dabei war es alles andere als luxuriös mit seinen Wänden aus Beton, seinen Lamellenjalousien, dem billigen Schreibtisch, den Landkarten an der Wand und dem Foto der Königin genau gegenüber den Fotos von EOKA-Mitgliedern – aber es zeichnete sich dadurch aus, dass es einem hochrangigen Offizier gehörte.

Henry und Burroughs standen vor der großen Wandkarte,

einer detaillierten, aber nicht immer völlig korrekten Generalstabskarte.

»Kollias war ein sehr umtriebiger Mensch. Wir wissen von Kontakten und Verbündeten überall auf der ganzen Insel ...«

Burroughs hatte eine eher helle Stimme, die an Filmschauspieler der jüngeren Vergangenheit erinnerte – Errol Flynn vielleicht, oder Robert Donat als rechtschaffener Bursche in einer heiklen Situation –, und hellgraue, etwas vorstehende Augen, die vielleicht fischig gewirkt hätten, wären die dichten, schön geschwungenen Augenbrauen und der markante Schnitt des Gesichts nicht gewesen. Zudem besaß er eine altmodische Umgänglichkeit, die Vertrauen erweckte. Henrys Vater hatte oft davon gesprochen, was für ein guter Mann Burroughs sei, und Henry empfand es als Privileg, ihn als Vorgesetzten zu haben.

Burroughs stand etwa einen Meter vor der Karte und deutete auf Bereiche des Tróodos-Gebirges, die Henry inzwischen ebenso gut kannte wie die Wege und Pfade rund um sein Zuhause an der Südküste Englands. Er sah Burroughs aufmerksam an und rief sich das Gelände ins Gedächtnis. Sie hatten alle Vorbereitungen getroffen, standen kurz davor, die Früchte ihrer Arbeit zu ernten, und spürten, dass ein wirklicher Durchbruch in Sicht war.

Zum Zeitpunkt seiner Festnahme war Kollias damit beschäftigt gewesen, den Transport von Waffen zu einem geheimen Lager zu organisieren, in dem sich, wie sie glaubten, ein Mann namens Kyriakos Demetriou, Deckname ›Pappas‹, versteckt hielt.

Kollias hatte Afxentiou, Grivas' Stellvertreter, nahegestanden, und auch Demetriou gehörte zu dieser erlesenen Gruppe. Es wurde gemunkelt, Afxentious Zeit als Günstling von Grivas sei vorbei und Demetriou, der als junger Mann mit ihm zusammen gegen die Türken gekämpft hatte, stehe Grivas nun näher. Neben jemandem zu kämpfen, zu verlieren und zu überleben, stellt ein sehr starkes Band dar.

Nach den Informationen, die Kollias ihnen in der Nacht geliefert hatte, die – wahrscheinlich zu seinem Glück – die letzte Nacht seines Lebens gewesen war, und auch anderen verlässlichen Informationen zufolge, die die Sonderermittler zusammengetragen hatten, hatten sie nun eine ziemlich genaue Vorstellung davon, wo Demetrious Bergversteck lag. Die Frage lautete nur, wie sie an ihn herankommen sollten.

Es würde eine große Operation werden, unter Beteiligung von Männern aus zwei Bataillonen, nicht nur aus Episkopi, sondern auch aus Famagusta und Paphos. Geheimhaltung war oberstes Gebot. Nur die allerwichtigsten Entscheidungsträger wussten, wo und wann genau sie losschlagen würden. Gerüchte, Vermutungen und eine allgemeine Nervosität ließen den Energiepegel auf dem Stützpunkt ansteigen, als Nachschub und Waffen geordert und überprüft wurden – so unauffällig wie möglich, denn auf dem Gelände gab es zahlreiche zypriotische Angestellte. Nicht einmal die Ehefrauen erfuhren genau, wann sie sich in Bewegung setzen würden.

Clara aß allein zu Abend. Sie hatte das Radio angeschaltet, um die gedämpften Geräusche eines Streits bei den Innes nebenan zu übertönen. Wenn Henry da war, fielen ihr die Streitigkeiten nicht so sehr auf. Die beruhigenden Klänge des Radiosenders für die Streitkräfte begleiteten ihre freudlose Mahlzeit. Dann ging sie nach oben, um nach Meg zu sehen.

Vorhin hatte sie blass ausgesehen, aber jetzt, im Schlaf, war ihr Gesicht gerötet. Sie hatte den ganzen Tag gehustet und bewegte sich unruhig, auf dem Rücken liegend, Arme und Beine weit von sich gestreckt. Clara sah zu Lottie hinüber.

Schon als ganz kleines Baby hatte Lottie immer auf dem Bauch geschlafen, die Knie angezogen, das Hinterteil in die Luft gereckt, die Arme an den Seiten, eine Wange in das Kissen gedrückt. Es sah komisch und bizarr aus. Clara und Henry liebten es, sie zu beobachten und sie manchmal sanft anzuschubsen und umzukippen, nur um zu sehen, wie sie die Beinchen anzog, um ihre übliche Position wieder einzunehmen. Sie schlief tief und fest, sauber nach dem abendlichen Bad, die Lippen voll und leicht geöffnet.

Clara sah wieder zu Meg zurück, setzte sich neben sie und befühlte ihre Stirn, die so feucht war, dass die feinen Härchen daran klebten. Sie war seit jeher stiller als Lottie, fast eine geringere Person, ein Schatten ihrer Schwester, und Clara, die ein schlechtes Gewissen hatte, weil sie das gedacht hatte, streichelte beschützend noch einmal über ihre Wange.

Das Fieber und der böse Husten hatten nach dem Mittagessen angefangen. Clara hätte gern mit Henry darüber geredet und wünschte, er wäre zu Hause. Während sie die Ohren spitzte, um zu hören, wie sein Wagen in die Einfahrt bog und anhielt und Kirby über das Geräusch des im Leerlauf surrenden Motors »Gute Nacht, Sir« sagte, überlegte sie, was Henry wohl sagen würde. »Mach dir keine Sorgen. Warte bis morgen.« Immer noch besorgt stand sie auf und ging nach unten, wohl wissend, dass sie in ein paar Minuten das nächste Mal nachsehen würde.

Sie hatte Henrys Teller in den Speiseschrank und die Kaffeesachen bereitgestellt und wusste nicht, was sie jetzt mit sich anfangen sollte. Sie ging zur Rückseite des Hauses und öffnete die Hintertür. Frische Luft umwehte ihr Gesicht und sie hörte Mark Innes sagen: »Was denn dann? Limassol?« Er klang unglücklich und frustriert.

Als sie die Tür wieder zumachte, war von vorn das Geräusch des Landrovers zu hören und sie lief zur Tür – nein. Sie zwang sich, stehen zu bleiben und normal weiterzugehen, damit sie nicht so panisch wirkte.

»In Ordnung, Sir.«

»Gut.«

Sie öffnete die Tür.

»Hallo, Liebling.« Er wusste sofort, dass etwas nicht in Ordnung war. »Was ist los?«

»Nichts. Meg. Sie hat Fieber.«

»Lass mich erst einmal reinkommen.«

Sie nahm ihm die Mütze ab und küsste ihn. »Setz dich«, sagte sie. »Ich hole dir dein Abendessen.«

»In Ordnung. Einen Augenblick.«

Er lief nach oben und sie hörte, wie er sich im Badezimmer geräuschvoll die Hände wusch. Dann fing Meg an zu weinen.

»Verdammt«, sagte Clara und ging ebenfalls nach oben.

»Tut mir leid«, sagte Henry in der Erwartung, ausgeschimpft zu werden.

»Sei nicht albern. Es geht ihr einfach nicht gut.«

Er trocknete sich die Hände an dem kleinen Handtuch ab und legte es ordentlich zusammengefaltet an seinen Platz zurück. Clara war ins Zimmer der Mädchen gegangen und saß mit Meg im Arm im Halbdunkel.

Henry blieb in der Tür stehen und betrachtete Megs feuchte Haare und gerötete Wange vor dem Dunkelblau von Claras Kleid. Claras nackte Arme, die bei Sonnenlicht inzwischen hellgolden schimmerten, umschlangen das Kind. »Was ist?«, fragte sie, als sie seinen Blick bemerkte.

»Wo ist mein Essen?«

»Pst! Geh nach unten.

Er ging und setzte sich an den Tisch. Etwas später kam Clara nach und holte ihm seinen Teller und die Flasche Bier, die sie für ihn kalt gestellt hatte, und eine Limonade für sich. Sie setzte sich ihm gegenüber und sah ihm beim Essen zu.

»Hat sie wirklich Fieber?«, fragte er.

»Ja.«

»Was sonst noch?«

Er riss sich ein Stück Brot ab und machte sich eine Art Sandwich aus den Lammfleischscheiben und den Kartoffeln.

»Sie hustet. Und sie war erst sehr blass, und jetzt ist sie knallrot. Außerdem glaube ich, dass sie Kopfschmerzen hat, weil sie das Licht nicht mag.«

Henry legte das Sandwich hin. »Ich muss heute Nacht weg«, sagte er.

»Oh – heute schon?«

»Ja.«

Er fing wieder an zu essen, ohne Clara anzusehen, damit sie sich an den Gedanken gewöhnen konnte.

»Geht es um die große Sache, von der du gesprochen hast?«, fragte sie.

»Ja.«

»Wie lange wirst du weg sein?«

»Das kann ich nicht sagen. Nicht lange.«

Clara spürte, dass ihr brennende Tränen in die Augen stiegen, und versuchte, sie sich nicht anmerken zu lassen. *Stell dich nicht so an. Hör auf mit dem Selbstmitleid*, sagte sie zu sich selbst, aber es half nichts.

»Willst du den Arzt rufen?«, fragte Henry, der entweder so

tat, als merke er nicht, was mit ihrem Gesicht los war, oder wirklich nichts merkte.

»Also ... Ich glaube, ich ... ich mache mir erst mal keine Sorgen und warte, wie es ihr morgen früh geht«, sagte Clara mit Tränen in der Stimme und hob die Hand ans Gesicht, um es zu überspielen.

Der Anblick war zu viel für Henry, der so getan hatte, als merke er nicht, wie beunruhigt sie war, damit sie allein damit fertigwerden konnte. Er saß ihr gegenüber, und die ganze Brust tat ihm weh, als er sie so besorgt und kläglich sah. »Hör auf«, sagte er.

»Entschuldige.«

»Nein – es ist nur – es ist in Ordnung. Meg wird bald wieder gesund sein. Und ich muss wirklich weg.«

»Das brauchst du doch nicht zu sagen, das weiß ich doch. Ich weiß selbst nicht, was mit mir los ist.«

Henry kam sich hilflos und unbeholfen vor. Er wusste, dass er sie verletzt hatte, aber nicht, was er dagegen tun konnte. Das Sandwich immer noch in der Hand, sah er sich im Zimmer um. »Clara«, sagte er.

»Ist schon gut«, sagte Clara, hob den Kopf und lächelte ihn an.

Ihre Wimpern klebten aneinander. Er hätte sie gern geküsst. Wie lächerlich, dass er ihr gegenüber immer noch schüchtern sein konnte, wo sie doch schon so lange verheiratet waren. Aber der Tisch befand sich zwischen ihnen und er wusste nicht, wie er es anstellen sollte, aufzustehen und zu ihr zu gehen, um sie zu trösten, ohne dass es zu dramatisch wirkte. »Alles in Ordnung?«, fragte er so unbekümmert wie möglich.

»Ja, es geht schon wieder. Tut mir leid.«

»Das braucht es nicht.«

»Dann iss weiter«, sagte sie.

Er aß weiter, und bald war alles wieder wie immer. Sie beruhigten sich gegenseitig wegen Meg, und er erzählte ihr von seinem Tag – soweit er ihr davon erzählen durfte.

Dann ging er zum Rauchen nach draußen, weil es ein schöner Abend war. Clara schenkte ihm einen Keo-Brandy ein, und sie teilten sich die Zigarette und den Brandy auf der kleinen Terrasse hinter dem Haus. Deirdre und Mark hatten aufgehört, sich anzuschreien, aber es ging nicht der leiseste Luftzug.

10. Kapitel

Nach den Bergen kam die Ebene. Man erreichte die Kuppe eines Hügels und rechnete damit, vor sich weitere Berge oder ein Tal zu sehen, doch stattdessen war da diese karge, trostlose Landschaft, die sich ins Unendliche erstreckte. Sie war riesig, ihnen allen völlig fremd, und es war beängstigend, dass sie für ihren Gegner Heimat war, so anheimelnd wie eine Blumenwiese.

»Wer um alles in der Welt würde denn *dafür* sterben wollen?«, hatte Kirby zu Henry gesagt. »Für diese Steinwüste!«

Henry wies ihn nicht darauf hin, dass im Prinzip auch sie bereit waren, für diese Steinwüste zu sterben.

Sie kannten die ungefähre Lage des Lagers, nach dem sie suchten. Henry ließ seine drei Züge in einer Linie Aufstellung nehmen, so dass sie mit den Männern der anderen Bataillone im Nordosten und Westen einen Kreis bildeten. Sie standen über Funk miteinander in Verbindung, und alle waren sich der Möglichkeit bewusst, dass Demetriou – Pappas – versuchen könnte, mit einer unbekannten Zahl von Kämpfern durch ihre Reihen durchzubrechen oder sich im Schutz der Dunkelheit an ihnen vorbeizuschleichen. Ihre Aufgabe war es, die Reihen so geschlossen wie möglich zu halten und den Beschuss der eigenen Leute zu vermeiden. Einige von ihnen – nicht Henrys Einheit – mussten durch bewaldetes Gelände vordringen, wo die Gefahr, in einen Hinterhalt zu geraten, bedeutend größer war.

Nachts schlugen die Soldaten auf dem unwirtlichen Gelände provisorische Lager auf und schoben abwechselnd Wache. Von Geheimhaltung konnte keine Rede sein. Diese Operation war viel heikler als die Umzingelung und Durchsuchung vom letzten Mal. Dieses Mal gab es kein Haus, das eindeutig identifiziert worden war, sondern nur den Hinweis auf ein Lager, das manchmal aus Zelten bestand, häufiger jedoch in Höhlen aufgeschlagen wurde, und Höhlen waren schwer zu entdecken. Kollias hatte das Lager auf ein Gebiet mit einem Radius von einer Meile festlegen konnen. Das Gelände dort war sehr trocken und erweckte den Anschein, flach zu sein, aber immer wieder taten sich plötzliche Klüfte auf oder es gab bienenwabenartige Kammern in den Felsen, die denen, die sich versteckten, vertraut waren, den Suchern jedoch nicht.

Die Tage waren lang und langweilig. Offiziere und Unteroffiziere patrouillierten die Linien entlang, damit sie dicht geschlossen blieben, und zumindest bei Henrys Einheit gab es keine Zwischenfälle. Aber die Nächte waren erfüllt von Anspannung, und sie wussten, dass sie beobachtet wurden. Einmal fielen in der Dunkelheit Schüsse, und das ganze Lager verwandelte sich eine Stunde lang in ein absolutes Chaos. Die Schüsse hatten niemanden getroffen, aber es war ein Wunder, dass es keine Verletzten unter den aufgeschreckten Soldaten gab, die, noch halb in ihren Schlafsäcken, in die Dunkelheit feuerten. Bewaffnete Patrouillen wurden losgeschickt, aber der Feind hatte sich in Nichts aufgelöst.

Sie waren eine riesige, unübersehbare englische Zielscheibe, und das wussten sie auch. Einmal, als Henry sich zum Pinkeln ein Stück von dem fast nicht existierenden Lichtschein des Lagers entfernt hatte und versuchte, die Dunkelheit zu durchdringen, tauchte vor seinem inneren Auge ein Bild auf, das er einmal gesehen hatte. Es zeigte einen Fasan, der als Lockvogel für die Füchse angebunden worden war und panisch mit den Flügeln schlug. Es war für ihn kein beängstigendes Bild, sondern eher ein komisches, und er hatte seine Hose zugeknöpft und sich wieder schlafen gelegt. Aber es war tatsächlich so – sie waren Lockvögel, die darauf warteten, dass der Fuchs zuschlug, damit sie den Kampf gegen ihn aufnehmen konnten.

Es gab zwei Möglichkeiten, auf die sie eingestellt waren: Pappas würde entweder versuchen, ihre Linien zu durchbrechen, oder aber er hoffte, sich ihnen entziehen zu können, indem er in einem seiner zahlreichen Verstecke einfach abwartete. Sie stießen auf mehrere kleine, erst kürzlich aufgegebene provisorische Lager und auf Höhlen, die in aller Hast verlassenen worden waren. In einigen lagen noch Ausrüstungsgegenstände und sogar Waffen herum, daher wussten sie, dass sie dicht an ihm dran sein mussten.

Allerdings hatten nur die Offiziere diesen Überblick. Die meisten der Männer wussten kaum, was sie hier sollten oder warum sie hier waren oder um was es ging. Henry versuchte denen, mit denen er sprach – meistens um ihnen einen Streifen abzureißen, weil es in der Linie eine Lücke gegeben hatte –, klarzumachen, dass sie nicht zu seinem persönlichen Vergnügen stundenlang durch sengende Sonne und schneidenden Wind stapfen mussten. Es gab das Gerücht, die Kameraden von einer anderen Kompanie hätten eine vierköpfige EOKA-Gruppe passieren lassen, da die Männer einen Esel bei sich hatten und grüßend an ihre Mützen tippten. Der Esel war wahrscheinlich mit Waffen beladen gewesen. Die jungen Soldaten waren auf diesen billigen Trick hereingefallen, weil sie den Einsatz nicht wirklich ernst genommen hatten. Henry würde nicht zulassen, dass so etwas auch seinen Männern passierte. Unermüdlich kontrollierte er die Linie und sorgte dafür, dass selbst der ineffektive Grieves es tat – wenn er konnte.

Alle drei Bataillone in ihren unterschiedlichen Positionen verbrachten eine zweite Nacht in Zelten.

Am dritten Tag überquerte Henrys Kompanie die Mondlandschaft der felsigen Ebene. Die Männer blinzelten gegen die grelle Sonne und den Staub an, den der Wind ihnen in die Gesichter trieb. Und plötzlich fielen mehrere Schüsse und ließen rund um sie herum Erde und Gesteinsbrocken aufspritzen.

Alle warfen sich flach auf den Boden und versuchten, ihre Köpfe zu schützen. Niemand war getroffen worden.

Henry, Kirby und die beiden Männer in ihrer unmittelbaren Nähe rollten sich in den Schutz eines keilförmigen Felsens, der vielleicht einen Meter hoch war, und Henry, flach auf dem Bauch, dachte: Wir müssen verdammt dicht an ihnen dran sein, wenn sie versuchen, uns in ein Gefecht zu verwickeln.

»Wo kamen die verdammten Schüsse her, verflucht noch mal? Vor uns war doch nichts!« Kirby, der neben ihm lag, atmete schwer.

Wieder einmal verlangsamte sich die Zeit für Henry. Rechts von ihm befanden sich sechs weitere Soldaten – einer von ihnen ein Gefreiter – über etwa vierhundert Meter verteilt. Auch sie lagen flach auf dem Boden, aber ohne jeden Schutz. Dahinter stieg das Gelände an, so dass er nicht weiter sehen konnte. Links von sich sah er überhaupt nichts, wegen des Felsens mit seinen Rissen und Schründen, dessen scharfe Kanten sich klar gegen den Himmel abzeichneten.

Henry machte dem Gefreiten Zeichen, mit den anderen Männern zu ihnen zu kommen und gab ihnen aus der Sicherheit des Felsen heraus Feuerschutz. Doch als sie aufsprangen, wurden sie sofort wieder beschossen. Der Gefreite und die fünf Männer stürzten auf sie zu und versuchten gleichzeitig, in etwa in die richtige Richtung zu feuern. Mit den Füßen zuerst schlitterten sie, einer nach dem anderen, in den kleinen, geschützten Bereich, ein Wirrwar aus übereinanderpurzelnden Männern, Gewehren und losgetretenen Steinen.

»Immer nur hereinspaziert, die Damen«, sagte Kirby, und der Gefreite antwortete: »Sehr gemütlich hier.«

Man hörte angestrengtes Atmen, aber ansonsten war es still. Dann fielen weitere Schüsse, nicht auf sie gezielt, sondern aus ihren eigenen Reihen abgefeuert, ein Stück weiter links. Der unsichtbare Feind erwiderte die Schüsse.

Laut Karte musste vor ihnen eine fast senkrecht abfallende Felsspalte liegen, aber noch konnten sie sie nicht sehen. Sie hatten schon vermutet, dass es dort unten vielleicht Höhlen gab, und angesichts der Tatsache, dass der Feind in Aktion getreten war, bestand die Chance, dass es sich hier tatsächlich um das Hauptversteck handelte, nach dem sie gesucht hatten. Sie hatten in einem Schlangennest herumgestochert, und die Schlangen hatten sich verraten. Jetzt mussten sie nur dafür sorgen, dass der Feind ständig in Feuergefechte verwickelt wurde, ihre Entdeckung über Funk weitermelden, die Linien geschlossen halten und keinen Fehler machen.

Trotzdem war auch ihre Situation nicht ganz unproblematisch. Henry sah auf seine Uhr. Es war genau Mittag.

Megs Fieber war nicht gesunken, nachdem Henry gegangen war. Es sank den ganzen Tag nicht, und am Tag darauf wurde alles noch schlimmer. Auch Lottie war nicht mehr so munter wie sonst, sondern fing ebenfalls an zu husten. Clara saß bis zum Mittagessen bei den beiden und las ihnen vor oder machte zwischendurch einmal das Radio an.

Sie entschied, dass es nur eine ganz normale Erkältung, ein ganz normaler Husten war, hörte nicht auf ihren Instinkt, sondern folgte ihrem Bedürfnis, kein Aufhebens zu machen. Sie merkte gar nicht, wie extrem die Situation geworden war, bis ihr um drei Uhr nachmittags aufging, dass sie alle drei im Dunkeln lagen, weil beide Mädchen vor Schmerzen aufschrien, wenn sie die geblümten Vorhänge aufziehen wollte.

Dr Godwin war zwar in Uniform, machte aber keinen sehr offiziellen Eindruck. Er hatte schwarze Haare, ein rötliches Gesicht und war vielleicht fünfunddreißig Jahre alt. Clara führte ihn nach oben zu den Mädchen. Er setzte sich auf die Bettkante und fragte: »Na, was haben wir denn da?«, und Clara hätte vor Erleichterung fast geweint.

Er untersuchte die Zwillinge – sah ihnen in Mund und Ohren, zog ihre Nachthemden hoch, um ihre Bäuche zu betasten, begutachtete die Haut ihrer Arme und verkündete, aller Wahrscheinlichkeit nach hätten sie die Masern. Clara wusste von keinem Kontakt zu irgendjemandem, der die Masern hatte, aber in Limassol und auch am Strand waren sie unter vielen Menschen gewesen.

»Sie müssen einfach nur abwarten, bis es vorbei ist«, sagte Dr Godwin.

Er fragte Clara, ob sie selbst Masern gehabt habe. Sie bejahte.

»Der Ausschlag müsste sich in ein bis zwei Tagen bilden. Wahrscheinlich werden sie sich ein paar Tage ein bisschen elend fühlen, aber nächste Woche müsste alles ausgestanden sein.«

Clara wusste von einem Jungen, der von den Masern taub geworden war, und von einem anderen, der seitdem epileptische Anfälle hatte. Irgendwo hatte sie auch gehört, man sei direkt anschließend anfällig für Kinderlähmung, war sich der Zusammenhänge aber nicht sicher und traute sich nicht, nachzufragen.

»Noch Fragen?«, erkundigte sich Dr Godwin mit soldatischer Direktheit, die sie tröstete, gleichzeitig aber auch einschüchterte.

»Nein«, sagte Clara. »Außer ... Sie haben gesagt, nächste Woche ›müsste‹ alles ausgestanden sein, aber ...?«

»Sie wissen doch wohl, dass Masern eine ganz normale Kinderkrankheit sind.«

Verlegen murmelte Clara, natürlich wisse sie das, und war fassungslos, wie lammfromm und untertänig sie sich verhielt. Sie verachtete sich dafür. Anscheinend war es ihr wichtiger, dem Arzt zu zeigen, dass sie nicht wegen einer Kleinigkeit in Panik geriet, als ganz normale Fragen zu stellen.

»Sie können mich wieder rufen, wenn das Fieber auf über 40° steigt. Lauwarme Bäder. Wasser, wenn sie Durst haben. Natürlich müssen Sie es vorher abkochen.« Er konnte es kaum abwarten, wieder aus dem Haus zu kommen.

Als er weg war, war Clara wütend und verärgert und hatte Dutzende von Fragen an ihn, aber es war zu spät. Sie hasste ihn. Wahrscheinlich hielt er es für unter seiner Würde, Kinder zu behandeln, statt auf einem Schlachtfeld verwundete Soldaten zu versorgen.

Sie ging nach oben, nahm das Thermometer vom Nachttisch, schüttelte es herunter und steckte das dünne Glasröhrchen in die Achselhöhlen der Mädchen, erst bei der einen, dann bei der anderen. Sie drückte ihre Ärmchen dicht an den Körper, um das Thermometer in der winzigen heißen Höhle festzuhalten. Beide hatten knapp unter vierzig Fieber. Im Zimmer war es sehr stickig. Sie versuchte, ihnen etwas Wasser einzuflößen, und wünschte sich, sie wären nicht so fügsam und schläfrig.

Sie selbst empfand ein überwältigendes Bedürfnis nach Gesellschaft und ging nach unten und durch die Hintertür nach draußen. Sie hatte Deirdre an diesem Morgen nicht aus dem Haus gehen sehen. Sie schauten oft beieinander vorbei und riefen: »Jemand da?«, bevor sie sich über den niedrigen Zaun beugten, der sie voneinander trennte. Jetzt ging Clara gleich in Deirdres Garten und sah durch das in vier Scheiben unterteilte Schiebefenster in die Küche. Sie war dunkel, am dunkelsten an der Küchentür, die in den vorderen Teil des leeren Hauses führte. Clara klopfte trotzdem, hörte dann eins der Mädchen krampfhaft husten, wie ein Seehundbaby, und nach ihr rufen, und lief zurück in ihr Haus.

Adile war gerade gekommen. Clara fuhr zusammen, als sie sie sah. Adile zog das Tuch zurecht, das so fest um ihren Kopf gewunden war, sagte etwas, was Clara nicht verstand, und deutete nach oben, wo die Mädchen waren.

»Nein«, sagte Clara. »Nein, ich verstehe nicht!«

Adile machte eine wiegende Bewegung, die »Baby« bedeutete und sagte noch etwas.

Plötzlich hatte Clara das Gefühl, Adile sei vielleicht oben bei den Mädchen gewesen und habe sie erschreckt, indem sie sie anstarrte oder berührte, als sie nicht da war. Sie wusste, dass sie sich irrational verhielt, und sagte mit einem resoluten Lächeln: »Den Kindern geht es nicht gut. Vielen Dank, Adile.« Damit ging sie an ihr vorbei die Treppe hinauf.

Sie blieb bei den Mädchen sitzen, während Adile saubermachte, und hielt sich selbst eine sehr strenge Strafpredigt, während die Augen der Kinder, die auf sie gerichtet waren, fiebrig glänzten.

Während Clara andauernd zwischen Kinderzimmer und Badezimmer hin- und herpendelte, um den Waschlappen unter kaltes Wasser zu halten und die zitternden, heißen Körper der Zwillinge damit abzureiben, dachte sie fast ständig an Henry. Henry, der seit zwei Stunden in der flachen Mulde unter dem scharfkantigen Felsen lag, die anderen Männer einen nach dem anderen nach hinten schaffte und den Melder informieren ließ, dachte überhaupt nicht an Clara. Wenn jemand ihren Namen gesagt hätte, hätte er ihn nicht erkannt.

Wie er vermutet hatte, hatten die EOKA-Kämpfer, wie viele es auch sein mochten, nicht genug Feuerkraft, um sich auf einen längeren Schusswechsel einzulassen. Nördlich und westlich von ihnen hatte es ähnliche Zwischenfälle gegeben. Auch dort hatten die Kämpfer, die Pappas' Versteck schützen wollten, aus dem Hinterhalt geschossen, aber es hatte nur einen Verwundeten gegeben.

Am späten Nachmittag war Henrys Kompanie bis zum Rand der Schlucht vorgedrungen. Es dauerte eine weitere Stunde, um die Männer am ganzen Rand entlang in Position zu bringen.

Die Schlucht war ein langer, schmaler, vielleicht zweihundert Meter breiter Schlitz, der rechts und links spitz auslief. Eine Meile weiter hinten gab es einen größeren Ring von

Männern mit leichten Maschinengewehren und von Scharfschützen. Zunächst jedoch blieb ihnen allen nichts anderes übrig, als zu warten. Pappas konnte unmöglich noch an Flucht denken, und die britische Moral war sehr hoch. Henry war erfüllt von der entschlossenen, kalten Gewissheit, dass der Feind eine Niederlage davontragen würde.

Die Sonne berührte den hinteren Rand der Schlucht und hob die Höhlen in ihrer Schwärze deutlich hervor – kleine, klaffende Löcher. Als die Nacht kam, bildeten die Felsenkämme eigene tiefe Schatten und Muster, die verwirrend waren, aber Henrys Männer wussten jetzt, wo die Höhlen waren, und kannten sogar Pappas' Position, erkennbar am gelegentlichen hilfreichen Aufblitzen der niedrigen Sonne auf Gewehrläufen.

Die Hänge mussten genau untersucht werden. Es musste einen Weg hinab geben, vom Abseilen abgesehen. Wenn sie das versuchten, würden sie der Reihe nach abgeknallt werden, wie Enten auf einer Entenjagd. Die Nacht kam, ohne dass es eine Veränderung gegeben hätte.

Clara hatte die beiden Mädchen die ganze Nacht bei sich im Bett. Sie lag wach, während sie husteten und vor Schmerzen wimmerten, husteten, bis sie sich übergeben mussten und Schleim und Schaum in Claras zitternde Hände spuckten. All ihre Instinkte waren falsch: sie wollte sie warm einpacken, dabei glühten sie; sie wollte ihnen etwas zu essen geben, aber sie konnten nichts zu sich nehmen.

In derselben Nacht lösten sich die Soldaten alle vier Stunden mit Wachestehen ab. Patrouillen waren unterwegs und versuchten, einen leichteren Weg die Steilwand hinunter zu finden. Und Henry merkte, dass er zwei Stunden schlafen und dann zwei Stunden wach sein konnte und trotzdem ausgeruht war.

Ein heller Mond stand am Himmel, groß und silbrig-weiß. Seine verräterischen Strahlen erleuchteten die Schlucht die ganze Nacht hindurch, als sei selbst der Himmel auf der Seite der Briten.

11. Kapitel

Die Sonne färbte den Himmel rosig, berührte die Bergspitzen, die über Henry aufragten, streifte die weißen Wände von Claras Schlafzimmer, kroch langsam herbei, um sie beide in ihr Licht zu tauchen. Clara begutachtete die Pusteln, die sich deutlich auf der Haut der Mädchen abzeichneten, und stellte fest, dass das Fieber der beiden gesunken war.

Nach dem Frühstück konzentrierten sich Henry und alle bei ihm auf den dunklen Grund der Schlucht.

Eine Flüstertüte wurde gebracht, und Grieves informierte Pappas über den Stand der Dinge, mit Hilfe von Davis – Grieves auf Englisch, Davis auf Griechisch –, und forderte ihn auf, sich zu ergeben. Die Antwort bestand aus einer Feuersalve, die nur bewirkte, dass sie Pappas' Standort noch genauer ausmachen konnten. Dann wurde Davis zur hinteren Linie zurückgeschickt, damit er nicht im Weg war.

Im Lauf der Nacht hatten Patrouillen einen Pfad gefunden, eigentlich nur eine Trittspur, einen schmalen Sims, den eine Ziege vielleicht gefahrlos benutzen konnte. Für Soldaten jedoch stellte er eine beträchtliche Herausforderung dar. Aber es war ein Weg nach unten, und er lag außerhalb der Sichtachse der Höhlen, so dass es eigentlich gelingen musste, eine kleine Einheit hinunterzuschaffen. Sobald das erledigt war, konnten sie entweder versuchen, Pappas irgendwie herauszulocken, oder weitere Soldaten nach unten schicken und das

Versteck stürmen. Und genau das war das Problem. Wenn Pappas und die Männer, die bei ihm waren, nicht herauskamen, mussten sie in die Höhle hinein, und sie wussten nicht, wie tief sie war, wie viele Männer sich dort aufhielten oder wie lange deren Vorräte reichten.

Um sieben Uhr machte sich eine Gruppe von zehn Soldaten an den ersten Abstieg. Sie erhielten von den Rändern der Schlucht Feuerschutz. Sobald sie den Grund der Schlucht erreicht hatten, feuerten sie aus allen Rohren in die Höhle hinein: ein dichter Kugelhagel, gefolgt von brennenden, ölgetränkten Lappen, um den Feind auszuräuchern. Von innen keine Reaktion. Eine weitere Gruppe machte sich an den Abstieg.

Es gab jedoch einen weiteren Zugang zur Höhle, den die Patrouillen nicht gefunden hatten. Die Öffnung war winzig, kaum breit genug für die Schultern eines Mannes, aber nach unten wurde der Schacht weiter. Er führte in einem Winkel von 45 Grad hinunter ins Innere der Höhle, wodurch der Einstieg gut hundert Schritte östlich des felsigen Rands der Steilwand mündete. Ein kleines Gebüsch verbarg den Zugang, der zudem mit einem steifen Sack, in der gleichen Farbe wie der Boden, abgedeckt war.

Pappas hatte acht Männer bei sich in der Höhle. Wenn alle versucht hätten, auf diese Weise zu entkommen, wären sie sicher entdeckt und getötet worden, aber ein einzelner Mann, der im Schutz des dornigen Gestrüpps Kopf und Schultern aus der Öffnung schob, konnte seine .303 nach draußen ziehen und befand sich, gut getarnt, ganz in der Nähe der Briten.

Der Mann, den sie auswählten, war der beste Scharfschütze, den sie hatten, aber das Gewehr war alt. Es war 15 Jahre lang in Kisten gepackt und wieder hervorgeholt worden, hatte an Felsen gelehnt, hatte mit anderen zusammengebündelt in Booten gelegen und Narben davongetragen. Der Soldat, auf den es gerichtet wurde, befand sich vielleicht fünfzig Meter entfernt. Eine Selbstgedrehte für später hinter das eine Ohr geklemmt, saß er vor seinem Geschirr, aß sein Frühstück und unterhielt sich mit einem anderen Soldaten.

Die erste Kugel, auf seine Brust gezielt, traf seine Hüfte, zerplatzte beim Aufprall auf den Knochen und ließ das Fleisch explodieren. Blutige Metallsplitter flogen dem Soldaten ins Gesicht. Der zweite Soldat machte einen Satz von ihm fort, während andere Männer in der Nähe Deckung suchten oder sich auf den Boden warfen.

»In Deckung!« Der zweite Schuss traf denselben Mann in den Bauch. Der Schütze glitt in den Schacht zurück und zog den Sack über die dunklere Öffnung.

Der getroffene Soldat gab tiefe, keuchende Geräusch von sich und fing an, krampfhaft zu zucken. Er verlor sehr schnell Blut, das dick und stoßweise aus der Wunde quoll. Der Mann, der bei ihm gesessen hatte, war noch sehr jung und zitterte so sehr, dass seine Bewegungen unkoordiniert wirkten, aber er rannte zu seinem Kameraden zurück und versuchte, ihn in Deckung zu ziehen und gleichzeitig die Hand auf die Wunde zu drücken. Ein zweiter Mann kam ihm zu Hilfe.

Der heimliche Schütze schob den Sack noch einmal zurück. Das Licht blendete ihn. Als seine Augen sich daran gewöhnt hatten, sah er Soldaten, die sich verängstigt umblickten und ihre Gewehre in eine mittlere Distanz gerichtet hielten. Er sah den Mann, den er getroffen hatte, zusammengekrümmt auf der Seite liegen und empfand eine eigenartige Befriedigung darüber, im Angesicht der bevorstehenden vernichtenden Niederlage immerhin diesen Triumph gehabt zu haben. Er zielte sorgfältig, sich des Risikos bewusst, und schoss einem weiteren britischen Soldaten sauber in den Kopf – das heißt, sauber war es nicht. Die weiche Kugel bewirkte im Inneren des Schädels eine kleine Explosion. Der Soldat kippte auf der Stelle um.

Dann zog der Schütze sich endgültig zurück, rutschte, so schnell es ging, den Schacht hinunter, das Gewehr hinter sich herziehend, auf die Öffnung gerichtet. Kein Licht fiel hinter ihm ein, doch der Boden über ihm zitterte unter den Stiefeln der Soldaten, die ahnungslos darüber hinwegtrampelten.

Am anderen Ende der Schlucht waren die drei Schüsse wegen des Feuerschutzes für die in die Schlucht hinunter kletternden Soldaten nicht zu hören. Alle dort warteten auf eine Reaktion vom Eingang der Höhle.

Sobald die Nachricht von den erschossenen Soldaten Henry erreichte – etwa fünfzehn Minuten nach ihrem Tod –, folgten anderthalb Stunden der Neubewertung der Situation, der Bemühung, weitere Konfusion zu verhindern, eine neuerliche Suche und schließlich das Auffinden des Schachts. Niemand konnte stolz über die Entdeckung sein; es gab keine Entschuldigung dafür, dass der Eingang nicht schon in den letzten sechzehn Stunden gefunden worden war. Dann wären zwei Leben verschont geblieben.

Abgesehen von den Männern, die inzwischen am Grund der Schlucht waren, gab es noch eine zweite Einsatzgruppe, unter der Führung von Mark Innes, am östlichen Rand der Schlucht. Sie umstellte die Öffnung des Schachts. Lee-Enfields, ein auf einem Dreifuß aufgebautes Bren-Maschinengewehr, mehrere Stens und sogar ein paar .38er wurden auf das kleine Dickicht ginsterartiger Sträucher gerichtet, die ein paar Frühlingsblüten hervorgebracht hatten.

Die Sonne ließ den Himmel über dem ausgetrockneten Boden in einem immer tieferen Blau erscheinen, heizte die Felsen auf und machte den Soldaten zu schaffen, die oben auf der Ebene und unten in der tiefen Schlucht warteten. Inzwischen gab es zwischen den beiden Gruppen eine Funkverbindung, hergestellt durch einen Melder in der Nähe von Henry und einen zweiten unten bei der Einsatzgruppe, aber es gab keine Informationen, die weitergegeben werden mussten.

Der Vormittag verging. Zur Tatenlosigkeit verdammt, fiel es Henry schwer, nicht ständig an den Tod der beiden Soldaten zu denken und zu versuchen, sich an sie zu erinnern. Ihre Gesichter, zu denen ihm vor ihrem Tod kaum die Namen eingefallen wären, hatten sich ihm nun in aller Deutlichkeit eingeprägt. Der bittere Geschmack in seinem Mund hatte seine Ursache nicht in Zorn oder Empörung, sondern in dem dunklen Wissen darum, dass er für ihren Tod verantwortlich war.

Er fing an, das Fortschreiten des Nachmittags zu fürchten, das Schwinden des Lichts und eine weitere Nacht, in der im Schutz der Dunkelheit der kleinste Akt des Widerstands ein weiteres britisches Leben kosten konnte. Er spürte die Männer um sich herum, jeden einzelnen, wie sie inmitten der Felsen atmeten und sich bewegten, Risiken unterworfen, die von ihm abgewogen und eingeschätzt wurden, abhängig von Entscheidungen, die er traf oder nicht traf. Er musste die Dinge vorantreiben.

Am Vormittag hatte die Sonne die Felsfassade in tiefe Schatten getaucht, jetzt jedoch stand sie genau über ihnen. Ein weiterer Nachmittag begann. Henry wollte keine weitere Nacht.

Nachdem er etwas gegessen hatte, wobei er die ganze Zeit zu Boden starrte, entfernte er sich von der kleinen Gruppe, mit der er zusammen war. Mit dem Rücken zu den Männern blieb er stehen und ließ den Blick über die graubraune, ausgebleichte weite Landschaft schweifen. Kleine Staubwirbel stiegen hier und da über der Ebene auf. Er betrachtete sie. Zwei seiner Männer waren tot. Sie alle waren nun bereits zum zweiten Mal völlig überrascht worden. Das ganze gewaltige Truppenkontingent, das sie aufgeboten hatten, wurde von einem winzigen Grüppchen, dessen Widerstand wahnsinnig und hoffnungslos war, aufgehalten und zum Stillstand gebracht.

Allein mit seiner Verantwortung spürte Henry, wie sich die Stimmung um ihn herum veränderte. Er kam sich vor wie auf einem Schiff, das mit prallgefüllten Segeln geradewegs auf sein Ziel zusteuerte. Aber dann veränderte sich der Himmel, die Segel wurden schlaffer, das Wetter schlug um. Er spürte das vage Unbehagen, das sich breitmacht, bevor ein Unwetter aufzieht. Vorher hatte es Klarheit und Zielstrebigkeit gegeben, jetzt gab es Spaltung und Trauer. Er wollte nicht, dass eine weitere Nacht anbrach, in der diese Terroristen sich unter ihnen in der Erde versteckten und es keine Lösung gab. Er musste handeln.

»Kirby.«

»Sir?«

»Kontaktieren Sie den Nachschub.«

»Sir.«

»Sagen Sie denen, wir brauchen 150 Gallonen Sprit. So bald es geht. Und Putzwolle. Zum Verbrennen.«

»Ja, Sir.«

Es dauerte vier Stunden, zwanzig große Benzinkanister nach vorn zu schaffen. Maultiere quälten sich über das Gelände, diese völlig ausgetrocknete und von Rinnen durchzogene Mondlandschaft, die die Männer auf der Suche nach Pappas überquert hatten. Das Benzin traf um vier Uhr ein, in der größten Nachmittagshitze.

Fünfundzwanzig Stunden nach Beginn der Belagerung gab Henry der Eingreifgruppe den Befehl, das Benzin in den Schacht zu kippen. Granaten wurden hinterhergeworfen. Die Explosion ließ eine Feuerwolke in die Tiefe schießen und füllte den hinteren Teil der Höhle mit Flammen, während der Schacht selbst etwa auf auf halber Höhe einstürzte.

Draußen, in der hellen Sonne, lösten sich kleine Steine aus der Felswand und gingen rund um die Soldaten nieder, das tiefe Grollen implodierender Felsen war zu hören. Ein Schwall heißer Luft schoss aus der Höhle, aber keine Flammen. Sie konnten auch kein Feuer sehen, es musste sehr tief im Inneren der Höhle liegen. Dann hörten sie Schreie.

Beim Geräusch der Explosionen und der schrillen Schreie zuckte eine Art Hitze durch jeden der beobachtenden Männer. Auch durch Henry.

Die Schreie im Inneren der Höhle wurden von weiteren Explosionen übertönt, lauter und hallender. Wahrscheinlich die gelagerten Waffen.

Alle Augen und Waffen richteten sich auf den Höhleneingang. Ein erster Mann kam heraus, rußgeschwärzt, voller Brandwunden, blutend. Er war nicht mehr in der Lage zu kämpfen, sondern wie ein Tier, das panisch auf Licht und Luft zustürzt. Er wurde niedergeschossen, wie auch ein zweiter Mann, der kurz darauf auftauchte. Zu Beginn des Angriffs positionierten sich die Soldaten trotz aller Aufregung mit Bedacht. Ein weiterer Mann kam heraus, wie betrunken wankend, fiel aber tot um, bevor eine Kugel ihn erreichen konnte.

Dann geschah eine Weile nichts.

Henry kniete am oberen Rand der Schlucht und spähte hinunter, während der Melder, der zwischen ihm und dem Funkgerät hin- und herflitzte, ihm berichtete, was bei der zweiten Gruppe geschah. Er hatte ein Fernglas in der Hand, benutzte es aber nicht. Seine Augen fanden auch so jedes Detail, das er sehen musste. Er war sich seiner selbst überhaupt nicht bewusst, kannte nur noch die Ekstase des Beobachtens.

Eine riesige, schwarze, sich aufblähende Rauchwolke drang aus der Höhlenöffnung. Ein kleinerer Stoß, wie aus den Nüstern eines Drachen, aus der kleineren Höhle darüber. Die Soldaten mussten sich ein Stück zurückziehen, drehten dem Rauch den Rücken zu, fuhren sich mit den Unterarmen über die Augen. Hustend überprüften sie ihre Waffen und luden nach, wenn sie konnten.

Die schwarze Wolke schien zu pulsieren, lichtete sich dann ein wenig, verteilte sich, füllte die ganze Schlucht, bis der intensive, bittere Geruch von verbranntem Fleisch und verbrannten Haaren und der durchdringende Geruch von Dynamit überall waren. Der Geruch erreichte Henry, und er atmete ihn neugierig tief in sich ein.

Aus der Höhle drangen immer noch Schreie, und laute Rufe, aber es kam niemand mehr heraus. Zeit, in die Höhle zu gehen. Eine Gruppe bereitete sich darauf vor. Sie konnten vielleicht sechs Meter weit in die Höhle hineinsehen. Mehr nicht.

Von ihrem Corporal angeführt, drangen die zehn Männer

in die Höhle ein, langsam, die Waffen in die Dunkelheit gerichtet.

Sobald sie drinnen waren, ließ das Licht schnell nach und der Geruch verbrannten Fleischs wurde stärker. Ein Soldat stieß in der Dunkelheit mit dem Fuß gegen etwas Weiches, trat es beiseite und sah, dass es ein Bein war, fast völlig vom Rumpf des Mannes abgerissen, dem es gehört hatte und dessen Kopf nirgends zu sehen war. Er merkte, dass es in seinen Gedärmen rumorte, ging weiter und vergaß es.

Sehr bald waren sie von völliger Dunkelheit umgeben. Schüsse fielen aus einer tieferen Höhle, prallten unberechenbar von Felsmauern ab und ließen Funken stieben. Die Soldaten warfen sich am Rand der Höhle flach auf den Boden und feuerten in den immer heftiger werdenden Widerstand hinein, bis sie über dem Krachen der Schüsse das »Mir nach« ihres Corporals hörten und sie sich zurückzogen, aus der Höhle heraus, ins helle Tageslicht und in Deckung.

Henry beobachtete, wie die zehn Soldaten in aller Hast rücklings aus der Höhle gekrochen kamen und fluchte. »Die da drin scheinen nicht zu wissen, wann sie geschlagen sind«, sagte er zu Kirby. »Können wir die Leichen gefahrlos nach hinten schaffen und identifizieren?« Es wurde erledigt. Dann: »Sagen Sie Zug Zwei, sie sollen noch mehr Benzin in den Schacht kippen. Er kann nicht völlig zu sein, und zur Not müssen wir das Zeug eben reinpumpen. Ein paar Hundert Gallonen müssten ein schönes Feuer entfachen. An die Arbeit.«

Es stellte sich heraus, dass es tatsächlich eine Möglichkeit gab, mehr Benzin in die Höhle zu kippen. Frische Risse wurden in den Felsen über den Höhlen entdeckt, und als alles erledigt war, hatten sie das gewaltige Feuer, das Henry gewollt hatte.

Dieses Mal waren keine Schreie zu hören. Eine weitere Gruppe wurde in die Höhle geschickt.

Granaten hatten weitere Steinschläge verursacht, und der süßliche Geruch von gebratenem Fleisch wurde durch die Hitze nicht besser. Die Männer auf dem Grund der Schlucht und rund um den oberen Rand behielten ihre Positionen bei und beobachteten, wie die neue Gruppe in die Höhle eindrang. Grieves begleitete ihr Vordringen mit größtenteils unverständlichen Anweisungen über die Flüstertüte, als die zehn Männer im Dunkel verschwanden.

Es wurde absolut still. Nur der Wind, der stärker geworden war, entlockte den Ritzen und Höhlen tiefe Orgeltöne. Es gab nur die dissonanten Akkorde der Luft, die durch Felsen strich, die beobachtenden Männer und die Rauchfetzen, die über den Boden zogen. Alles unter dem weiten Himmel war Teil des Strebens nach einer Lösung.

Dann waren aus dem tiefen Inneren der Höhle Schüsse zu hören – ob britische oder griechische, war nicht zu sagen –, dann wieder Stille, dann zwei einzelne Pistolenschüsse im Abstand von ein paar Sekunden.

Etwas später kamen die Soldaten mit einem Gefangenen aus dem dunklen Höhleneingang. Alle machten eine winzige Bewegung nach vorn, wie um ihn zu begrüßen, und hielten wieder inne. Die Schlucht war zu einer Art Amphitheater geworden. Die Soldaten betraten den hellsten Teil davon und stießen den Gefangenen zu Boden, hielten die Gewehrläufe aber nach wie vor auf seine Schläfe gerichtet.

Unter nassen Säcken in winzigsten Nischen der labyrinthischen Höhle zusammengekauert, waren die letzten Überlebenden kein Opfer der Flammen geworden, aber als die Soldaten in die Höhle eindrangen waren, hatten sie keine Munition mehr, um gegen sie zu kämpfen.

Die Pistolenschüsse waren von Pappas abgefeuert worden, der mit seinen letzten Kugeln erst einen verbliebenen Kameraden und dann sich selbst erschossen hatte. Der Gefangene, den die Soldaten gemacht hatten, war sein Sohn, den er anscheinend nicht hatte erschießen können, als es dem Ende zuging. Seine Pistole enthielt immer noch eine letzte Kugel.

Der Gefreite Scott war Amateurfotograf. Es wäre geschmacklos gewesen, vor allem im Beisein von Offizieren, den Haufen der fünf verbrannten und zusammengeschossenen griechischen Leichen zu fotografieren – es waren nur fünf, da zwei weitere kaum noch zusammengesetzt werden konnten. Im schwindenden Licht des Abends fotografierte er jedoch den Gefangenen und zeigte das Foto im ganzen Stützpunkt herum, bevor er es nach Hause schickte. Es zeigte die Gruppe der zehn Männer, die in die Höhle eingedrungen waren, hoch aufgerichtet hinter Pappas' Sohn, der auf dem Boden saß. Scott hatte die Coronet gerade und still genug gehalten für ein gutes, scharfes Bild. Die Soldaten sahen stolz in die Kamera. Sie hielten ihre Waffen hoch oder stützten sich darauf, einen Fuß vorgestellt, einige grinsten.

Als Henry das Foto zu sehen bekam, überraschte es ihn, dass auch der Gefangene in die Kamera blickte. Er hätte gedacht, er würde den Kopf wegdrehen, aber wie ein einsamer Spieler einer Verlierermannschaft machte er mit und blickte mit niedergeschlagenem Ausdruck in die Kamera, die seine Rolle für die Nachwelt festhielt.

12. Kapitel

Sie hatten dafür gesorgt, dass das Kasino wieder aufgemacht wurde, damit sie etwas trinken konnten. Um 1 Uhr morgens, als die Lastwagen zurückkamen, war es natürlich normalerweise schon geschlossen, aber es musste einfach eine Art Feier geben, keiner von ihnen hätte jetzt schon ins Bett gehen können. Sie hatten Rum für die Männer organisiert – der ganze Stützpunkt kam im Mannschaftsraum zusammen – und auch von den Offizieren wollte keiner gehen. Also wurde ein Wachmann aus dem Bett geholt und ein Barkeeper gefunden. Lichtschalter wurden angeknipst und tauchten den Raum in schummriges Licht, und jetzt tranken sie – tranken und holten die Zigarren hervor.

Genau hier wollte er sein. Es gab nur das hier – etwas trinken, an den Triumph zurückdenken, im Hinterkopf das Wissen, dass er später nach Hause gehen würde, zu seiner Frau. Henry war kein großer Trinker; er hielt mit jedem mit, mit dem er zusammen war, hatte aber in sich selbst nicht dieses Bedürfnis, die Dinge immer weiter und weiter zu treiben, das er in anderen Männern sah. Als er noch jünger war, hatte es Zeiten gegeben, da hatte er sich bis zur Besinnungslosigkeit betrunken und es auch genossen, bis auf den Kater am nächsten Tag, aber jetzt war das alles für ihn nicht mehr so interessant, außer als Möglichkeit, gelegentlich ein bisschen lockerer zu lassen.

Alle anderen waren inzwischen ziemlich betrunken. Grieves konnte kaum noch gerade stehen und wurde nur noch von der Wand aufrecht gehalten. Mark Innes stand neben Henry. Sie führten eine angenehm ziellose Unterhaltung, freundschaftlich und trivial, lachten über die Witze des anderen und fühlten sich rundweg wohl miteinander. Der Raum war so verraucht, dass man meinen konnte, man stehe hoch oben auf einem wolkenverhangenen Berg, und obwohl die Türen offen waren, verzog sich der Rauch nicht. Hitze strahlte von den Körpern der Männer aus, von denen die meisten sich zumindest provisorisch frisch gemacht hatten, als sie zurückkamen, die aber nicht unbedingt so gekleidet waren, wie sie es eigentlich sollten. Allein das verlieh dem Raum eine ungewohnte Energie, ähnlich wie wenn man nach einer Jagd mit dreckigen Stiefeln in einem Wohnzimmer stand. Henry hatte sich Hände und Gesicht gewaschen, spürte aber, dass sich Schmutz und Staub, die der Wind auf der Ebene aufgewirbelt hatte, in jeder Hautfalte festgefressen hatten. Er hatte Staub hinter den Ohren und an der Stelle, wo der Kragen am Nacken scheuerte, und er konnte die letzten drei Tage an sich riechen: den Schweiß, nicht nur in den Achselhöhlen, sondern überall, in seinen Kleidern und Stiefeln. Und den verbrannten Geruch, diesen an ihm haftenden Geruch, der erst so fremd gewesen war und sich jetzt wie ein Teil von ihm anfühlte. Sie alle rochen danach. Die Luft der Frühlingsnacht, die durch die Tür kam, vertrieb den Geruch ebenso wenig wie den Zigarettenrauch.

Mark Innes erzählte von irgendeinem Soldaten, von den Pusteln in seinem Nacken, irgendwas mit Eiter und so, und es war witzig und gleichzeitig ekelhaft, und sie lachten sich fast schief, aber die ganze Zeit blitzten in dem halbdunklen, verrauchten Raum auch Bildfragmente seines Triumphs vor

Henrys Augen auf. Er glaubte, dass es Mark genauso ging, vielleicht ging es allen so, aber niemand konnte es aussprechen oder hätte gewusst, wie man es aussprechen sollte. Er befand sich in der Bar des Kasinos, es war Nacht, um ihn herum seine Kameraden, und plötzlich blitzte in seinem Hirn ein blauer Himmel auf, oder das Geräusch eines Steinschlags, das aus der Schlucht nach oben hallte, oder schwarzer Rauch, der nach Fleisch roch – nein, nicht nach Fleisch, nach brennenden Menschenkörpern und brennenden Haaren. Und plötzlich wollte er nur noch zurück zu Clara. Er hatte sie nicht vermisst, als er weg gewesen war, aber jetzt spürte er ihr Fehlen, in den Bauchmuskeln, wann immer er an sie dachte. Er hatte nicht ihr Bild vor sich, sondern nur sein Verlangen nach ihr. Ein paar andere gesellten sich zu ihm und Mark, jemand fing an, auf dem Klavier zu spielen, einen albernen Schlager, aber mit einem anderen, unanständigen Text, und der Zigarrenrauch hing in Schwaden, wie Ektoplasma, über ihren Köpfen.

Etwas später ging er, vorbei an Grieves, dessen Kopf auf den Tisch in der Ecke gesunken war. Er tippte ihm im Vorbeigehen auf die Schulter, und Grieves stemmte sich hoch. Sein Gesicht war leichenblass. »Heiland Sack«, sagte er.

Henry, der ausnahmsweise einmal Sympathien für ihn empfunden hatte, schüttelte sich und ging weiter.

Er ließ sie – sie alle – glücklich und immer noch trinkend zurück und schlenderte auf der Suche nach Kirby nach draußen, konnte ihn aber nicht finden.

Draußen war es stockdunkel, und es war schwer zu sagen, welches Fahrzeug wem gehörte. Außerdem merkte er jetzt, wo er an der frischen Luft war, dass er ein bisschen betrunkener war, als er gedacht hatte. Verärgert darüber, dass er Kirby nicht finden konnte, suchte er fluchend die Autos und Landrover ab und musste schließlich frustriert wieder hineingehen, um sich von Sergeant Burns, der für die Fahrzeuge der Offiziere verantwortlich war, einen Schlüssel geben zu lassen. Es dauerte etwa zwanzig Minuten. Henrys Ungeduld kämpfte gegen seine Euphorie an und machte ihn kurz angebunden. Burns war betrunken und bewegte sich unglaublich langsam. Er musste in sein Büro am anderen Ende des Gebäudes gehen, um die Schlüssel zu holen, und Henry folgte ihm durch den Flur, hinter seinem Rücken auf ihn fluchend. In dem kleinen dunklen Büro fummelte Burns mit ungeschickten Fingern an den Reihen der Schlüssel herum, die an Nägeln hingen.

»Verdammt, Mann, geht es nicht ein bisschen schneller?«

»Tut mir leid, Sir, habs gleich«, sagte Burns, der es tatsächlich schaffte, gleichzeitig zu reden und die Hände zu bewegen.

Wieso waren alle so langsam? Es war ein Wunder, dass die verdammte Armee überhaupt je irgendwas erledigt bekam, wenn Schnecken wie Burns für wesentliche Dinge verantwortlich waren.

»Hier – issein Ford.«

»Und was für ein verdammter –«

»Nu – Nu – Nummer. Auf dem Anhänger.«

Henry fürchtete, Burns könnte jeden Augenblick umkippen. »Versuchen Sie, wieder nüchtern zu werden, Burns.«

»Sir.«

Henry nahm den Schlüssel mit dem an einer Schnur befestigten braunen Anhänger und der mit Bleistift vermerkten Autonummer, ließ Burns stehen und ging mit schnellen Schritten durch den Flur und durch den Haupteingang zum

Platz mit den geparkten Fahrzeugen. Gelächter und Gesang aus der Bar erinnerten ihn daran, wie glücklich er sich gefühlt hatte. Die Musik und seine Gedanken wirbelten in seinem Kopf herum, als er das Auto fand und den Schlüssel ins Schloss steckte – Empire 500 Punkte, und dabei waren noch nicht einmal alle Schlagleute durch. Er sollte nicht auf diese Weise daran denken, aber: Empire 500 Punkte, verdammte 500 Punkte, und EOKA: 10 von 11 Schlagleuten ausgeschieden, Inning beendet. EOKA auf jeden Fall ausgeschieden …

Der Motor stotterte ein bisschen und sprang dann an, und Henry fuhr den Hügel hinauf. Die Stoßdämpfer des Ford waren völlig hinüber und er musste den dritten Gang richtiggehend reinrammen, aber die kühle Luft, die durch das offene Fenster strömte, fühlte sich gut an. Gott sei Dank hatte er es nicht weit.

Das ungewohnte Auto bog in die leere Straße ein.

Er hielt vor dem Haus an, stieg aus und ging über den schmalen Weg zur Tür, freute sich darauf, wie Clara sich anfühlen würde, freute sich, wieder zu Hause zu sein, bei ihr.

Die Tür ging auf, als er den Weg erst halb hinter sich hatte, und da war Clara. Er hatte sie gewollt, und da war sie. »Henry!«

Er zog sie an sich, vergrub das Gesicht an ihrem Hals, damit er sie riechen konnte. Sie war fast wesenlos in ihrer Sauberkeit.

Er schlang beide Arme um sie, spürte die Uniform dick und rau zwischen ihnen. Wie schmal sie war, dachte er und freute sich, dass sie keinen BH trug, da sie schon im Nachthemd war.

»Henry –« Ihre Stimme klang brüchig und verstört. Er küsste sie.

»Hallo«, sagte er.

Ihr Mund war so wundervoll weich. Er wollte sie so sehr. Er hatte vergessen, die Tür zuzumachen, trat einen Schritt zurück und schob sie mit dem Rücken zu, ohne Clara loszulassen, aber Clara wandte das Gesicht von ihm ab, verdrehte den Kopf, um zu ihm aufsehen zu können und sagte: »Henry – hör doch. Die Mädchen waren krank –«

»Geht es ihnen wieder besser?«

»Ein bisschen, aber –«

»Gott sei Dank.« Er küsste sie noch einmal, und sie erwiderte seinen Kuss, aber nicht richtig.

»Was ist?«, fragte er und unterbrach sich verlegen, aber die Verlegenheit verhärtete sich. »Was denn?«

»Liebling«, sagte sie, »du bist wieder da.« Aber es klang traurig.

Er küsste sie erneut und versuchte, die Details, die sich seinem Begehren in den Weg stellten, aus dem Weg zu schieben, und das Begehren kam zurück. Er legte die Hand an ihr Gesicht und streichelte über ihre Wange, ihre Augen, ihren Haaransatz, und küsste sie gieriger. Er hätte sie gern auf den Boden geworfen, oder sie mit dem Rücken gegen die Wand gedrückt, er musste das Innere ihres Mundes spüren, musste in sie eindringen. Er spürte ihren schnellen Atem in seinem Mund, als er sie küsste.

Dann schob sie ihn fast ärgerlich mit beiden Händen von sich. Er hörte auf und sah sie an, oder versuchte es zumindest, aber es war nicht hell genug, um ihr Gesicht richtig sehen zu können.

»Henry! Würdest du bitte – Mein Gott –«

»Was denn?«

»Es war so furchtbar«, sagte sie. »Es war schrecklich.«

»Die Mädchen«, sagte er mit einer Stimme, die sehr weit weg klang.

Ihre Stimmen klangen beide wie im Radio, wenn der Ton leise gestellt ist. Irgendwie völlig fremd.

»Ja, die Mädchen, Henry! Wir haben das Haus kein einziges Mal verlassen – ich wusste nicht – ich hatte solche Angst –«

»Soll ich nach ihnen sehen?«

»Nein!«

»Was dann?«

»Der Arzt war da. Sie haben die Masern.«

»Das ist alles?«

»Henry, ich habe überhaupt nicht geschlafen!«

»Dummchen.«

»Sie haben so schrecklich gehustet, sie waren so schrecklich –«

Sie verstummte und sah ihn nur noch an, und er sah, dass sie ihn ansah, schien aber nicht verstehen zu können, wieso sie so außer sich war. Es bedeutete ihm nichts. Sein eigenes Ich überwältigte ihn, alles andere war sehr weit weg.

Zornig wandte sie sich von ihm ab und ging die Treppe hinauf. Tief einatmend folgte er ihr.

Die weiße Tür zum Zimmer der Mädchen stand offen. Er folgte Clara in ihr eigenes Schlafzimmer. Kein Licht brannte, nur die Fenster hinter ihr zeichneten sich etwas heller ab. Er blieb in der Tür stehen, während sie den dünnen Morgenmantel auszog. Darunter trug sie ein weißes Baumwollnachthemd, so wie immer. Das Zimmer fühlte sich extrem klein an, und sehr sauber. Er war zu groß dafür, und nicht willkommen.

»Soll ich nach ihnen sehen?«, fragte er noch einmal.

»Nein!«

Halb von ihm abgewandt machte sie irgendwas mit ihren Haaren – wieso tat sie das, ausgerechnet jetzt? Dass sie die Arme anhob, um etwas mit ihren Haaren zu machen, war eine Aufforderung. Ihr Gesicht konnte er nicht sehen, nur ihren Körper mit den hochgereckten Armen. Sie sah unbestimmt aus, ihre Haare eine dunkle Wolke, das Nachthemd neblig weiß, kein Geruch, kein Geräusch, als sei sie nicht wirklich hier. Er empfand etwas wie Panik. Er erstickte darin.

Er machte zwei Schritte auf sie zu und griff nach ihrem Arm, der sich fest anfühlte. Seine Hand umfasste ihren nackten Oberarm, die andere streifte über Baumwolle, kühl, nicht hart genug. Er zog sie an sich –

»Henry«, sagte sie.

Seine Hand lag auf ihrer Hüfte, brauchte mehr, musste mehr fühlen als diese Unbestimmtheit. Wenn er sie küsste, konnte er sie besser berühren –

Sie war nicht stark, es war leicht, sie rückwärts zum Bett zu drängen, sie darauf herunterzudrücken, sich über sie zu beugen und sie zu küssen und dabei ihre Schultern festzuhalten. So.

»Henry!«

Wieder in einer so niedrigen Lautstärke, dass es keine Klarheit geben konnte. Er hörte seine eigene Stimme aus dem Nirgendwo antworten. »Sie sind also in Ordnung?«

»Wer?«

»Die Mädchen –« und er schob die Hand unter die kühle Baumwolle ihres Nachthemds, ihren Oberschenkel hinauf, dahin, wo es sich geheimnisvoll anfühlte, vertraut und schön. Das hier war endlich real, das hier machte sie real. Sie öffnete ihre Beine für ihn, oder vielleicht öffnete er sie?

Er schnallte den Gürtel auf. Die schwere Pistole in ihrem Holster glitt mit einem leisen Poltern auf den gefliesten Boden. Jetzt war es ein Leichtes, die Hose zu öffnen. Eine Hand in ihrem Nacken – weich, pulsierend – führte die andere Hand ihn zu ihr. Dann drang er in sie ein. Es war so schwer, sie nicht zu fest zu packen und tiefer zu stoßen, nicht grob zu sein, sondern sie einfach nur schnell zu nehmen und so tief in sie einzudringen, wie es ging. Sie gab einen Laut von sich, der sehr fern klang. Sie waren auf dem Bett zu weit vorn. Er packte sie mit beiden Händen um die Taille, immer noch in ihr, und schob sie von der Kante weiter nach hinten, damit er es leichter hatte, damit sie beide auf dem Bett lagen –

»Nein. Nein – Henry – hör auf«, sagte sie, und einen seltsamen, stockenden Augenblick lang begriff er, dass sie weinte. Er registrierte es und vermischte es mit seinem Verlangen nach ihr, nach ihrem Atem auf seinen Fingern, ihrer sauberen Haut, all den anderen Teilen von ihr, die sein waren, und verlor sich.

Er brauchte sie so sehr. Sie liebte ihn. Er würde sie nie zum Weinen bringen, aber er stieß hart in sie hinein, drückte die Wange gegen ihre, spürte, wie sie dicht an seinem Ohr schneller atmete. Es fühlte sich so süß an, aber ihr Körper schien unter ihm wegzugleiten, war nicht fest, presste sich nicht gegen ihn, wie sonst.

Er musste viel tiefer in sie hinein, wollte ganz in ihr sein, vollständig von ihr aufgenommen werden. Er schloss die Augen, zog sie fester auf sich, behielt die Finger auf ihrem Gesicht, fühlte ihre Lippen unter seinen Fingerspitzen, und dann schoss das Begehren, das wie Wut war, durch ihn hindurch und er vergaß, dass er eigentlich vorsichtig mit ihr umgehen wollte.

13. Kapitel

In seinem dämmrigen Halbschlaf hörte Henry, wie Clara sich und die Mädchen wusch und nach unten ging.

Als er aufstand, war es später als üblich. Im Zimmer war es heiß. Er frühstückte mit dem seltsamen Gefühl, außerhalb der Zeit zu sein, weil die anderen vor ihm auf gewesen waren, weil er selbst weg gewesen war. Die Mädchen mit ihren von Pusteln gesprenkelten Gesichtern spielten zu seinen Füßen und weigerten sich, etwas zu essen, und Clara versuchte besorgt, sie dazu zu überreden. Henry beobachtete sie, während er seinen Kaffee trank.

Clara kam zu ihm, umschloss sein Gesicht mit beiden Händen und küsste ihn auf die Stirn. Ihre dunkelblauen Augen schienen unendlich tief zu sein. Er konnte sie nicht ergründen.

»Alles in Ordnung?«, fragte er.

Sie klang sehr zurückhaltend. »Ja, Henry. Alles in Ordnung.«

Danach beschäftigte sie sich wieder mit den Mädchen.

Während Adile unten saubermachte, ging Clara nach oben.

Das Schlafzimmer roch anders als der Rest des Hauses. Es roch nach der letzten Nacht. Sie sah sich um. Wahrscheinlich kam der Geruch von den Laken, auf denen er gelegen hatte. Die Luft war irgendwie stickig und verbrannt. Sie ging zum Bett, zog die Laken ab und warf sie in eine Ecke. Dann machte sie das Fenster weit auf.

Er hatte ihr nicht sonderlich weh getan, dachte sie – immerhin hatte sie zwei Kinder auf die Welt gebracht. Kein Grund, deswegen Theater zu machen.

Sie atmete tief ein und hob die Hand, um sich die Haare aus der Stirn zu streichen. Der Geruch war auch an ihren Händen – sie zuckte angewidert davor zurück.

Sie ging vom Fenster weg ins Badezimmer, wusch sich die Hände gründlich mit Seife, trocknete sie ab und warf das Handtuch zum Waschen in den Korb, aber auf dem Treppenabsatz bemerkte sie den Geruch erneut, durch die offene Schlafzimmertür. Der frische Luftzug vom Fenster her wehte ihn durch das Schlafzimmer zu ihr.

Sie machte die Schlafzimmertür zu. Das Zimmer würde auch bei geschlossener Tür auslüften.

Teil Zwei

Episkopi, Juli

1. Kapitel

Es gab keine langsamen Morgenstunden mehr, in denen sie sich genüsslich auf Laken räkelten, die wie sonnige Landschaften waren. Wenn sie sich sahen, leuchtete der Tag nicht mehr plötzlich auf. Ihr Umgang miteinander passte absolut nicht zu allem anderen um sie herum. Henry hatte Erfolg, fing an, die hohen Erwartungen zu erfüllen, die in ihn gesetzt wurden.

Er hatte an die Familien der beiden getöteten Soldaten geschrieben, hatte versucht, in ihrem Tod etwas zu finden, worauf ihre Mütter stolz sein konnten. Er selbst konnte nicht sagen, dass er stolz war. Wenn es einigermaßen ruhig zuging und er an die Belagerung von Pappas' Bergversteck dachte, und an das Ende, erfüllten ihn Zweifel, die sich wie Verrat anfühlten. Er hatte gewusst, dass derartige Dinge in Kriegen geschahen; er hatte gedacht, die Kriege wären anders.

Lottie und Meg hatten die Masern überstanden und durften wieder unter die Leute. Ein paar Wochen waren sie blass und schwierig gewesen, aber jetzt waren ihre Beine zwischen den kurzen Baumwollkleidchen und den weißen Söckchen braun gebrannt. Im August würden sie zwei Jahre alt werden. Clara ging mit ihnen zu anderen Kindergeburtstagen im Offiziersclub, wo es Kuchen und Eis gab – viel besseres Eis als in England, aber Clara vermisste ihr Zuhause trotzdem. Ihre Mutter schickte ihr Päckchen, aus Misstrauen gegen die ausländische

Post doppelt und dreifach in Packpapier eingeschlagen und mit starker Schnur mit Doppelknoten umwickelt. »Die Verkäuferin hat gesagt, sie müssten Zweijährigen passen, aber mir kommen sie schrecklich groß vor«, schrieb sie. Und: »Dein Vater sagt, Eukalyptus ist gut gegen Stechmücken, falls du die Mädchen nicht mit einem chemischen Mittel einreiben willst. Aber wie in aller Welt benutzt man Eukalyptus?« Clara öffnete die Päckchen immer sehr behutsam und sog den schwachen Duft Englands in sich ein.

Die heutige Party fand zu Ehren von Roger statt, dem Sohn von Deirdre und Mark Innes. Esel, deren Zaumzeug mit buntem Krepppapier geschmückt war, wurden vor dem Club im Kreis um die runde Auffahrt geführt, damit die Kinder darauf reiten konnten. Anschließend gingen alle in den Garten, wo lange Tische für den Tee gedeckt waren und Clara versuchte, die Mädchen von den Vorzügen der Eier-Kresse-Sandwiches zu überzeugen, musste sie aber größtenteils selbst essen. Mark und ein oder zwei andere Männer kamen kurz vorbei und sahen in ihren Uniformen ein bisschen verloren aus, aber abgesehen davon waren fast nur Frauen da, mit besorgten Mütterstirnen und lächelnden Partygesichtern.

Clara saß im Schatten eines Baums auf einer Decke auf dem Rasen. Es war die Zeit zwischen Tee und Drinks: Kellner und zu Hilfsdiensten verdonnerte Soldaten räumten Kuchenreste und Kakaobecher weg und bereiteten alles für den Abend vor, an dem die Glühbirnenketten eingeschaltet und Tabletts mit White Ladies herumgereicht würden. Clara wusste, dass sie vorher gehen musste: kleine Kinder waren zur Cocktail-Stunde nicht erwünscht. Leute, die keine Kinder hatten oder deren Kinder schon im Internat waren, führten ein völlig anderes Leben als sie.

Ohne einander anzusehen, wanderten Lottie und Meg gemeinsam um ein kreisrundes Rosenbeet herum. Ihre kurzen Kleidchen hatten hinten große Schleifen. Roger war schon vor einer Weile von Deirdre nach Hause gebracht worden und Clara wusste, dass die Mädchen bald anfangen würden, sich zu langweilen.

»Lottie! Meg! Kommt, wir müssen jetzt los!«

Als sie zwischen den geparkten Autos hindurch zur Straße gingen, nahm Clara in einem der Autos eine Bewegung wahr und sah genauer hin.

Durch das Rückfenster konnte sie den oberen Teil eines blonden Kinderkopfes sehen. Sonst schien niemand im Auto zu sein. Die Zwillinge an der Hand sah Clara sich um, aber es war tatsächlich niemand da. Die Fenster des Autos waren fest geschlossen, von innen presste sich die Hand des Kindes gegen das Glas und verschmierte es.

Clara ließ die Mädchen los, sagte: »Bleibt einen Augenblick hier stehen, ja?«, und ging auf das Auto zu.

Als sie näher kam, konnte sie sehen, dass es Roger war. Sein Gesicht war vor Hitze knallrot und völlig verschwitzt, und er weinte. Er sah und erkannte sie, versuchte aber nicht, etwas zu sagen. Im Auto eingeschlossen wusste er nicht, was er tun sollte.

Clara, die sich nur ungern einmischte, probierte die Autotür, aber sie war verschlossen. Sie ging auf die andere Seite und sah – auf dem Asphalt, praktisch an den Vorderreifen gequetscht – Deidre und einen Mann, ineinander verknäult, sich küssend. Wahrscheinlich befanden sie sich nur ganz knapp außerhalb der Sicht von Roger, der auf dem Rücksitz saß, aber zumindest wurden sie teilweise durch das daneben geparkte Auto verdeckt. Deirdres Hände krallten sich in die

Jacke des Mannes. Ihre Beine waren gespreizt wie die eines Unfallopfers, während der Mann auf dem schwarzen Asphalt kniete. Sein ganzer Arm verschwand unter ihrem Rock. Die beiden atmeteten keuchend.

Absurderweise registrierte Clara, die von Henry gelernt hatte, auf solche Dinge zu achten und den Stern auf der Schulter des Mannes erkannte, dass der Mann ein Lieutenant war. Sie wollte sich gerade wieder zurückziehen, da machte Deirdre die Augen auf, sah sie und gab ein erschrockenes Quietschen von sich. Der Mann sprang hastig auf. Seine Uniform war staubig und sein Gesicht über und über mit Deirdres ziemlich grellem Lippenstift verschmiert. Es war Lieutenant Grieves. Clara musste sofort daran denken, dass Henry nicht viel von ihm hielt.

»Tut mir furchtbar leid«, sagte sie.

»Mein Gott!«, sagte Deirdre, eher wütend als sonst etwas.

»Es tut mir wirklich leid – aber ich habe Roger gesehen.«

»Dem geht's gut«, sagte Deirdre, und Clara sah noch einmal ins Innere des Autos, wo Roger mit fest zusammengekniffenen Augen und weit geöffnetem Mund, in dem sich Spuckefäden spannten, immer noch weinte.

Erst jetzt dachte sie wieder an die Mädchen und überlegte, wie lange sie sie aus den Augen gelassen hatte, aber sie hatten sich nicht vom Fleck gerührt und standen immer noch in ihren Partykleidchen da wie kleine Püppchen – außer dass die Kleidchen mit Schokoladenflecken verschmiert waren.

»Ich bin gleich bei euch!«, rief sie ihnen zu, obwohl sie gar nichts gesagt hatten, ging ein paar Schritte rückwärts und versuchte, Deirdre und Grieves anzusehen, ohne sie wirklich zu sehen. Und hörte sich plötzlich aufgebracht sagen: »Ich finde, er sieht völlig überhitzt aus. Du kannst ihn bei dieser

Hitze doch nicht im Auto einsperren!« Und schon mit dem Rücken zu Deirdre fügte sie wütend, an niemanden gewandt, hinzu: »Außerdem ist es sein Geburtstag!« Damit nahm sie die Mädchen bei der Hand und marschierte davon, verlegener über ihre Bemerkung als darüber, dass sie gesehen hatte, wie Grieves' Hand unter Deirdres Rock verschwand.

Sie merkte, dass sie die Mädchen viel zu schnell hinter sich herzerrte, verlangsamte ihren Schritt und versuchte, sich zu beruhigen. Erfüllt von Liebe zu ihnen, lockerte sie ihren Griff um ihre molligen Händchen und streichelte beim Gehen sanft mit den Daumen darüber. Sie war den Tränen nahe.

Zu Hause zog sie Lottie und Meg aus, ließ ihnen ein lauwarmes Bad einlaufen und war dabei, sie einzuseifen, als sie Deirdre von unten rufen hörte: »Jemand da?«

»Einen Augenblick, ich komme gleich.«

Sie hob die Mädchen aus der Wanne, trocknete sie ab und brachte sie ins Bett. Sie ließ sich Zeit dabei, konzentrierte sich darauf, ihnen die Haare zu bürsten, und las ihnen langsam und ohne Eile *Die Geschichte vom bösen, wilden Hasen* vor.

»Er sagt nicht ›Bitte‹, sondern *nimmt* sich die Möhre einfach.«

Und vergaß völlig, dass Deirdre unten wartete.

Deirdre hatte sich selbst einen Gin Tonic gemacht – mindestens einen. »Du hast doch nichts dagegen, dass ich mich selbst bedient habe, oder?«, fragte sie, als Clara hereinkam. Sie stand mitten im Zimmer neben dem Korbsessel, sah Clara trotzig an, stellte ihr Glas ab und steckte sich eine Zigarette an. »Ich wusste nicht, wie lange du noch brauchst, sonst hätte ich dir auch einen gemacht.«

Sie gingen nach draußen. Die Terrassen aller Häuser in Lionheart waren mit zwei weißen Gartenstühlen aus Metall ausgestattet. Clara und Deirdre setzten sich, den weißen Metalltisch zwischen sich.

»Versprich mir, dass du Henry nichts davon sagst.«

»Henry?«

»Er hasst Tony sowieso.«

Clara hatte keine Ahnung, wer Tony war. Dann fiel es ihr ein. Natürlich: Tony Grieves. »Nein, tut er nicht.«

»Doch, tut er. Von Mark fange ich gar nicht erst an, weil ich weiß, dass du es *ihm* nicht sagen würdest.«

Clara sah sie an und dachte: So also sieht eine Ehebrecherin aus. Ich muss wirklich sehr naiv sein. »Nein, natürlich nicht«, sagte sie.

Deirdre schien aus irgendeinem Grund wütend auf sie zu sein, was sie unfair fand, und zeigte außerdem Anzeichen ihrer üblichen Gereiztheit. Clara gab sich dann immer alle Mühe, sie bloß nicht noch mehr zu verärgern. Nein, sie würde niemandem etwas sagen. Aber sie wollte, dass Deirdre ging.

»Du bist meine erste richtige Freundin«, sagte Deirdre mit einem schnellen, fast schuldbewussten Blick. »In der Schule bin ich nie wirklich mit den anderen Mädchen ausgekommen. Sie waren alle furchtbar.«

Clara wollte diese Vertraulichkeiten nicht.

Deirdre beugte sich vor. »Bei dir und Henry … bei euch beiden ist alles so *nett*«, sagte sie.

Clara war es an diesem stickigen Abend viel zu warm. Sie musste daran denken, wie Henry auf ihr gelegen und ihr fast die Luft abgedrückt hatte, spürte, wie sie sich innerlich verkrampfte, spürte einen harten Kloß in ihrer Brust, als Deirdre weitersprach: »Sicher denkst du jetzt, ich bin der Inbegriff der Frau mit dem scharlachroten Buchstaben. Ich wäre froh, du hättest uns nicht gesehen.«

»Ist schon gut.«

»Du musst uns für verrückt halten, dass wir es ausgerechnet *da* getrieben haben«, sagte sie. Dann, leiser: »Mein Gott, Clara, das gehört doch einfach dazu, verstehst du das nicht?«

Clara dachte an Mark Innes, der freundlich und ein guter Soldat war, und fühlte sich fast überwältigt von Schmerz. »Lass es uns einfach vergessen«, sagte sie resolut und stand auf.

Deirdre sah sie überrascht an. »Willst du denn nicht, dass ich dir mehr erzähle?«

»Was denn?«

»Von Tony. Von Mark. Von allem.«

»Lieber nicht.«

So, wie Clara vor Deirdre stand, musste es aussehen, als wolle sie sie rauswerfen. Deirdre sah gekränkt zu ihr auf.

»Ich finde es wirklich besser, wenn wir nicht darüber reden«, fügte sie hinzu.

Deirdres Mund verzog sich zu einem verzerrten Lächeln. »Verstehe.« Sie stand auf und trat ihre Zigarette auf Claras Terrasse aus.

»Ich muss unbedingt zu meinem kleinen Jungen zurück«, sagte sie. »Schließlich kann ich ihn nicht allein lassen, oder?« Und eine Sekunde lang hatte Clara das Gefühl, Deirdre würde sie gleich anspucken oder schlagen. Stattdessen lächelte sie und sagte dann: »Kommt doch heute Abend zum Essen zu uns.«

»Heute Abend?«

»Damit klar ist, dass es keine Missstimmungen gibt.«

Clara öffnete die Tür zum Zimmer der Mädchen. Die Betten standen rechtwinklig zueinander. Das Zimmer war dunkel und weich und voller Schlaf und so sauber. Sie beugte sich über die beiden und küsste sie. Doch dann brachte sie es nicht über sich, wieder zu gehen, setzte sich auf den Boden, in die schmale, keilförmige Ecke hinter der Tür, und ruhte sich ein wenig aus.

Im Geist ging sie noch einmal die Szene mit Deirdre auf der Terrasse durch, und die Szene auf dem Parkplatz. Das gäbe was zu tratschen, dachte sie und versuchte zu lächeln, konnte die Sache aber nicht auf die leichte Schulter nehmen. Sie dachte an Deirdres Beine, und wie ihre Absätze über den Asphalt gescharrt hatten, und an ihre eigenen nackten Füße, die versucht hatten, auf dem kühlen Fußboden Halt zu finden, als Henry sie höher auf das Bett schob, damit er es leichter hatte. Er hatte sie weder gehört noch sonstwie wahrgenommen. Der Atem der Mädchen überlagerte sich in dem stillen Zimmer.

Sie hörte die Tür unten aufgehen und Henrys schwere Stiefel auf den Fliesen. »Hallo!«, rief er.

Clara stand langsam auf. Sie musste zu ihm nach unten gehen.

Deirdres Mädchen hatte das Essen gekocht, aber Deirdre brachte die abgedeckten Schüsseln an den Tisch. Sie drückte ihre Zigarette aus, um allen die glasigen Kartoffeln aufzutun.

Der unidentifizierbare Hammel triefte vor Fett, der intensive Schafsgeruch stieg von dem sehnigen Fleisch auf. Sie tranken schweren Weißwein, der nach Harz schmeckte. Außerdem gab es einen Tomatensalat mit sehr viel Oregano.

Clara hatte keinen Hunger. Sie beobachtete Henry, der

sich mit übereinandergeschlagenen Beinen im Stuhl zurücklehnte. Er wirkte größer als sonst. Mark, der neben ihm saß, sah dagegen schmal und fast zaghaft aus.

Am Tag vorher war in einem Café in der Nähe von Larnaka eine Bombe hochgegangen. Außer mehreren Soldaten war auch ein britischer Zivilist verletzt worden. Die Morgenzeitungen – sowohl die englischen als auch die griechischen – waren voll davon gewesen und Clara hatte sich dabei ertappt, wie sie, wenn auch widerwillig, jede noch so kleine Einzelheit verschlang. Sie hatte den Vormittag damit verbracht, die kleingedruckten Zeilen immer und immer wieder zu lesen, bis die dünnen Seiten von ihren Fingern ganz feucht waren. Außerdem hatte sie sich mit den Mädchen beschäftigt und sich in dem heißen, stickigen Haus immer unwohler und eingeengter gefühlt.

»Deirdre hat die ganzen grausigen Einzelheiten dieser Arapidou-Geschichte geradezu verschlungen«, sagte Mark.

»Ich auch!«, sagte Clara, dankbar dafür, ein Gesprächsthema zu haben. Sie lächelte Deirdre an, die aber nicht zurücklächelte. »Ich will es gar nicht wissen und ertappe mich dabei, wie ich es doch lese. Es ist furchtbar.«

»Du solltest das nicht tun«, sagte Henry. »Es macht dir nur Angst.«

»Ich bin einfach total neugierig«, sagte Deirdre. »Ich lebe für die Zeitungen. Egal ob es darum geht, wer eine Bombe auf wen geworfen hat oder wer diesen Herbst in London was trägt –«

»O ja, sie ist eine herzlose Person, meine Frau«, sagte Mark. Deirdre warf ihm einen schnellen, verächtlichen Blick zu.

»Bist du jetzt schockiert über mein Verhalten, Henry?«, fragte sie.

»Wir lesen alle gern die Zeitung«, antwortete er.

»Vor allem wahrscheinlich diejenigen von uns, die den ganzen Tag hier eingepfercht sind, statt Aufregungen zu erleben wie gewisse andere Leute«, sagte Deirdre mit Blick auf Mark. Als Henrys Stellvertreter verbrachte Mark die meiste Zeit im Büro und nahm nur an Einsätzen teil, wenn Not am Mann war. Es war ein oft undankbarer Job. Deirdre verabscheute ihn und warf Mark oft vor, er sei nichts anderes als Henrys Sekretär.

Mark verteilte die Teller mit dem Hammelfleisch, und Deirdre stieß den Löffel in die Schüssel mit den großen, dicken Kartoffeln. Sie häufte die Teller von Henry und Mark voll, tat sich und Clara aber nur eine oder zwei Kartoffeln auf. Clara betrachtete das dunkle, öltriefende Fleisch, und als sie wieder von ihrem Teller hochsah, begegnete sie Henrys kühlem Blick und fühlte sich beschämt durch die Kritik, die sie in seinen Augen las.

Er versuchte sie anzulächeln, aber sie sah schon wieder auf ihren Teller hinunter. Sie würde nichts essen. Er sah, dass sie nichts anrühren würde.

Nach dem Essen gingen sie zurück auf ihre eigene Terrasse und verabschiedeten sich. Henry machte die Schiebetür zu und schloss sie ab. Clara drehte sich um.

»Warte«, sagte er.

Sie blieb passiv stehen. Er nahm ihre Hand, und gemeinsam gingen sie nach oben.

Im Schlafzimmer drehte sie ihm den Rücken zu, um sich auszuziehen. Alles an ihm wollte ihr nah sein, aber ihr Rücken sprach eine deutliche Sprache, und er fügte sich.

»Kein gerade sehr vergnüglicher Abend«, sagte er, nur um etwas zu sagen.

»Nein.« Sie nahm ihre Perlenkette ab. »Deirdre und dein Lieutenant – Tony Grieves – haben eine Affäre. Ich habe sie heute gesehen.«

»Wirklich?«

»Vor dem Club. Sie haben zwischen den Autos herumgemacht.«

»Heiland. Der arme Mark«, sagte Henry.

Sie drehte sich nicht zu ihm um. Er wusste nicht, was er sonst noch sagen sollte, und kam sich idiotisch vor, überflüssig. »Hast du dich nicht wohl gefühlt?«, fragte er, weil sie vorhin nichts gegessen hatte.

»Ich war einfach nicht hungrig.«

Er nickte, obwohl sie das nicht sehen konnte, setzte sich aufs Bett und fing an, sich sehr langsam auszuziehen, damit sie zuerst ins Badezimmer gehen konnte.

Henry träumte von der Ebene und von schwarzem Rauch. In seinem Traum war die klare Luft, vom Rauch bitter gemacht, das wichtigste Element. Die Bilder – blauer Himmel, helle, scharfkantige Felsen – waren verschwommen und entsprachen nicht der Wirklichkeit, aber der Geruch, der schwarze Geruch von bratendem Fleisch, drang in seine Nase, füllte ihn ganz und gar –

Er wachte auf, weil Clara sein Gesicht berührte. Es war dunkle Nacht, kein heißer, gleißender Tag, und –

»Henry«, sagte sie. »Du hast gestöhnt. Hast du schlecht geträumt?« Und er erinnerte sich und wehrte ab.

»Nein«, sagte er.

Sie hätte ihn nicht trösten können.

2. Kapitel

Henry ging durch den dunklen, schmalen Tunnel auf den hellen Strand zu. Er hatte Clara nach dem Frühstück gefragt, ob sie und die Kinder mitkommen wollten oder ob sie die beiden bei Adile lassen und ihn allein begleiten würde, aber sie hatte abgelehnt. Sie hätten vor der größten Hitze des Tages am Strand spazierengehen können, aber er hatte nicht damit gerechnet, allein gehen zu müssen. Überhaupt konnte er nicht wirklich verstehen, welchen Sinn Spaziergänge hatten, wusste nicht, was man auf einem Spaziergang machen sollte, aber nachdem er gesagt hatte, er wolle gehen, konnte er keinen Rückzieher machen und hatte beim Verlassen des Hauses nur gesagt: »Vielleicht kommt ihr ja doch noch nach?«

Jetzt hoffte er ständig, ihre Stimmen hinter sich zu hören.

Seine Stiefel auf dem Boden des Tunnels hallten laut.

Es mochte ja sein, dass er und seine Kompanie die Helden der Stunde waren, aber die EOKA war durch den Sieg über Pappas nicht wirklich schwer getroffen worden – falls überhaupt, war sie vielleicht sogar noch stärker geworden. Egal, wie viele Bergnester die Briten aushoben, sie schienen nicht in der Lage zu sein, die Insel zu befrieden. Im Mai verschärften sich zudem die Spannungen zwischen den griechischen und türkischen Zyprioten. Das lag teils an der Politik der Briten, die versuchten, die beiden Bevölkerungsgruppen gegeneinander auszuspielen – sie stellten fast ausschließlich Türken, die die Bevölkerungsminderheit bildeten, als Polizisten ein, um die griechische Mehrheit unter Kontrolle zu halten –, und teils daran, dass sie einander sowieso hassten. Henry verbrachte viele lange Stunden in Burroughs' staubigem, sonnendurchflutetem Büro, trank unzählige Tassen Tee und sprach mit ihm die vielfältigen Strategien von Regierung und Empire durch. Britische Truppen wurden in Scharen auf die Insel verlagert, nicht nur wegen der Krise an sich, sondern auch von den Stützpunkten in Ägypten. Präsident Nasser hatte sie aus dem Land geworfen und ließ sich von den Kommunisten mit Waffen beliefern, während die USA, Israel und Europa zusahen und eigene Absprachen trafen. Und dann war da Zypern selbst, unveränderlich britisch. Wenn Zypern verlorenging, hieß es in London, war der ganze Nahe Osten verloren. Jede britische Offensive in der Region ging unweigerlich von dem souveränen, weit im Osten des Mittelmeers gelegenen Zypern aus. Es war vielleicht eine kleine Insel, aber seit der Suezkanal in Gefahr war, und mit ihm der Nachschub an Öl, war sein Meer die weite Welt.

Der Tunnel endete, Henry blinzelte gegen die Sonne an. Doch dann gewöhnten sich seine Augen an das helle Licht und er genoss den weiten Blick, der sich ihm bot.

Rechts zog sich die lange, sichelförmige Sandfläche weißlich dahin, links endete sie in hohen Felsen in unterschiedlichen Gelbtönen, die in allen Regenbogenfarben gestreift waren. Weit weg sah er mehrere Pferde, die durch die seichte Brandung in seine Richtung getrabt kamen.

Er konnte sie nur mit Mühe erkennen. Es waren vier, dachte er und sah genauer hin. Auf einem saß ein Reiter, der ein zweites Pferd an der Leine führte, und dahinter kamen noch zwei, eins davon ebenfalls mit einem Reiter. Henry ging zum Rand des Wassers.

Er hatte nicht allein hierherkommen wollen.

Er dachte daran, wie Clara sich an diesem Morgen, und nicht nur an diesem, von ihm abgewandt hatte. Auch nachts.

Die Pferde waren jetzt deutlicher zu sehen. Er konnte sogar die dünnen Leitzügel zwischen ihnen erkennen und sah, dass ihre hoch getragenen Schweife weich zur einen Seite wehten.

Vielleicht konnte er Clara dazu überreden, einen richtigen Abend mit ihm in Limassol zu verbringen. Das würde ihre Laune vielleicht verbessern. Aber schon als er sich vorstellte, ihr diesen Vorschlag zu machen, war er sicher, dass sie nein sagen würde. Er spürte geradezu, wie sie ihn in rätselhaftem Zorn von sich stieß, obwohl sie ihm kein einziges Mal einen Vorwurf gemacht hatte.

Er hatte das Wasser erreicht, winzige Wellen berührten seine Stiefel. Er trat einen Schritt zurück. Das Wasser hatte einen feuchten Rand auf dem glänzenden Leder zurückgelassen, und der Gedanke an Clara erfüllte ihn mit unbestimmter Scham.

Er hob den Kopf. Rechts von ihm waren die Pferde inzwischen viel näher gekommen, aber wegen des Rauschens des Meeres konnte er sie noch nicht hören. Er sah das Wasser sonnenglitzernd unter ihren Hufen aufspritzen. Alle vier waren Braune, dunkel wie Kastanien vor dem hellblauen Meer. Ihr Fell glänzte in der Sonne.

Er versuchte zu erkennen, wer die Reiter waren. In diesem Augenblick machte eins der Pferde einen Schlenker zur Seite, und er sah schlanke Fesseln und Hufe, die schneller ausschlugen, um auf dem trockenen Sand nicht zurückzufallen. Und dann – im Bruchteil einer Sekunde – brach das Bild auseinander. Sand stob in einer gigantischen Fontäne rund um die Pferde auf. Im ersten Augenblick verstand Henry nicht, was er da sah, aber dann trat sein Verstand in Aktion und das Geräusch der Explosion, das surrealerweise erst nach dem Bild kam, zerriss die Luft.

Alle vier Pferde verschwanden in den riesigen, fedrigen Sandfontänen. Der Sand schien zu schweben, säulenförmig in der Luft zu verharren. Dann fiel er, weich wie Wasser. Erst dann setzten die Geräusche ein, als Erstes die hohen, schrillen Schreie eines verletzten Pferdes. Henry rannte los, aber seine Stiefel sanken im trockenen Sand so tief ein, dass er einen Bogen zum Rand des Wassers schlug, wo der Sand härter war.

Zwei der Pferde waren unverletzt geblieben, hatten sich hochgerappelt und rasten mit fliegenden Zügeln und Führleinen im flachen Galopp in blinder Panik auf ihn zu, dicht nebeneinander, als wären sie vor eine Kutsche gespannt. Henry lief weiter geradeaus und dachte schon, sie würden ihn einfach überrennen, aber sie preschten rechts und links an ihm vorbei, nur eine schmale Lücke zwischen ihnen. Der Knoten am Ende einer Leine traf ihn voll ins Gesicht und er dachte schon, eins der Pferde hätte ihn erwischt, aber sie rasten vorbei – er spürte ihre Hitze –, und er war wieder in freier Luft.

Er war jetzt nur noch wenige Meter von der Unglücksstelle entfernt, rannte auf die gestürzten Pferde und Männer zu und versuchte zu erfassen, was er vor sich sah. Seine Beine verweigerten ihm den Dienst. Der Sand hatte sich inzwischen gelegt. Er sah Körperteile von Männern und Pferden, sah riesige Blutlachen, als hätte jemand Eimer mit roter Farbe ausgekippt.

Dem Pferd, das ihm zunächst lag, waren beide Vorderbeine abgerissen worden. Verzweifelt versuchte es trotzdem aufzustehen, warf immer wieder angestrengt den Kopf hoch. Sein Brustkorb lag flach auf dem Sand, wo er nicht hingehörte. Das Pferd schrie: sein Schädel, schweißig und riesig, war dicht vor Henry. Der Mann, der das Pferd geritten hatte, lag daneben. Sein Gesicht, sein ganzer Kopf, war voller Blut, aber er sagte etwas, also wandte Henry sich dem anderen Mann zu, den er erkannte. Es war Corporal Taylor, der für die Pferde verantwortlich war.

Taylor lag im Sand. Eins seiner Bein fehlte, und, wie es aussah, auch ein Teil seines Arms, aber es war schwer zu sagen, weil alles voller Sand und Blut war. Das Pferd ohne Vorderbeine versuchte immer noch aufzustehen. Und immer noch schrie es.

Henry rannte zu Taylor, ließ sich neben ihm in den Sand fallen und packte ihn, den Rücken gegen den Rücken des anderen Pferdes gepresst. Es war tot, seine Gedärmen quollen heraus.

Er drückte Taylors Oberkörper auf die Erde zurück, obwohl der verzweifelt versuchte, den Kopf zu heben. Sein Mund war weit geöffnet, aber kein Ton kam aus seiner Kehle. Henry zitterte vor Anstrengung, ihn unten zu halten, während er versuchte zu erkennen, was genau mit ihm los war. Der Arm war da – Henry streifte den Sand davon ab – aber irgendetwas stimmte nicht damit, deshalb berührte er ihn nicht noch einmal. Sie führten einem grotesken Kampf auf – Taylor wehrte sich mit eigentlich unmöglicher Kraft gegen ihn, sein gutes Bein schlug hin und her und wirbelte Sand auf, der Henry in Gesicht und Augen flog, und auch der Stumpf des abgerissenen Beins zuckte krampfhaft.

Gleichzeitig war Henry sich bewusst, dass zwei Männer auf sie zugerannt kamen – Grieves und Scott –, und er fing an, Befehle zu rufen, ohne sich selbst zu hören. Er schickte Scott zu dem anderen verwundeten Mann und rief Grieves zu sich, aber der kam ihm keineswegs sofort zu Hilfe. Henry versuchte immer noch, Taylor, der sich zuckend wehrte, zu Boden zu drücken und schrie Grieves zu, ihm doch endlich zu helfen, denn wenn nicht, würde Taylor sehr bald am Blutverlust sterben. Sein stummer Schrei war so dicht an Henrys Gesicht, dass er das frische Blut riechen konnte, wie in einem Schlachthof. Immer mehr davon sickerte in den warmen Sand. Es blieb nicht mehr viel Zeit. Henry schrie Befehle, und endlich kniete sich Grieves neben sie in den blutigen Sand und rief nach einem Arzt. Es gab weit und breit keinen Arzt – Grieves war ein Idiot und wirklich zu nichts zu gebrauchen. Henry packte seinen Arm und drückte ihn auf Taylors Brust, damit er ihn hielt, packte seine Hände und legte sie dahin, wo sie hingehörten, aber immer wieder zuckte Grieves panisch zurück, während Henry versuchte, den Steigbügel vom Sattel des toten Pferdes loszumachen. Er war festgezurrt und ließ sich nur schwer lösen. Grieves brabbelte dicht an seinem Ohr irgendwas vor sich hin. Vielleicht rief er »Hilfe Hilfe Hilfe«, aber Henry hörte nicht hin. Das Pferd schrie immer noch so laut, dass es praktisch alle anderen Geräusch übertönte.

Endlich bekam er das Leder frei. Danach dauerte es nicht lange, es um Taylors Oberschenkel zu binden. Taylor war inzwischen ganz schlaff geworden, und Henry wusste nicht, ob er noch lebte.

Als Taylor still lag, wurde auch Grieves still. Er schien unter Schock zu stehen.

Das Pferd schrie immer noch unaufhörlich, gellend, gebrochen. Aus dem Augenwinkel sah Henry, dass der zweite Mann, Scott, bei dem anderen Verwundeten war – dem, an dem er vorbeigerannt war –, und dass er sein Hemd ausgezogen hatte und es dem Mann an den Kopf presste.

»Bleiben Sie hier. Halten Sie das«, sagte Henry zu Grieves, zeigte ihm, was er tun musste, und stand auf.

Er nahm seine Pistole und ging zu dem schreienden Pferd. Es dauerte viel zu lange, weil das Tier den Kopf ständig hin und her warf und es ihm nicht gelang, die Pistole dagegen zu drücken. Schließlich packte er den Zügel mit glitschigen, blutigen Fingern und mühte sich verzweifelt, den Kopf still zu halten. Als er abdrückte, kippte der Pferdekopf sofort als totes Gewicht, seitlich verdreht, in den Sand, und danach wirkte alles absolut still, weil die Schreie so laut gewesen waren.

In der stummen, gefrorenen Stille sah Henry, dass Grieves noch neben Taylor kniete, der kein Lebenszeichen mehr von sich gab. Die blassrosa Innereien des toten Pferdes sahen verknäuelt und rosig und sauber und feucht aus – lebendig. Das andere Pferd, das ohne Vorderbeine, lag zu seinen Füßen. Scott kniete im Sand und hielt den zweiten Verwundeten, hielt ihn fest an sich gepresst, die Wange an die blutende Wange des anderen Mannes geschmiegt. Daneben lag ein Pferdehuf, sauber abgerissen. Er sah aus wie eine Miniaturausgabe des Elefantenfuß-Aschenbechers, den Henry einmal bei einem Freund seines Vaters gesehen hatte. Dann durchbrach das ferne Geräusch eines Motors die schockierte Stille.

Er hörte Scott beruhigend auf den Mann einreden, den er hielt, die beiden Gesichter ganz dicht beieinander. Er hörte Grieves' rasselnden Atem. Dann kam ein Landrover aus dem schwarzen Tunnel geschossen – das Motorengeräusch klang plötzlich viel weiter – und donnerte auf sie zu.

Er sah dem Landrover entgegen, der Sand aufschleudernd und schlingernd zum Stillstand kam. Alle Türen flogen gleichzeitig auf. Dr Godwin und andere Männer mit Tragbahren sprangen heraus. Es hatte nicht lange gedauert, bis Hilfe kam – seit der Explosion waren vielleicht sieben oder acht Minuten vergangen.

Taylor wurde auf eine Trage gehoben. Henry sah, dass er sich bewegte, aber sein Gesicht war totenbleich und so eingesunken, als wäre er uralt. Sie luden auch den anderen Mann, den Scott immer noch festhielt, in den Landrover, der sofort wendete und mit aufheulendem Motor in dem schwarzen Tunnel verschwand.

Sobald der Landrover weg war, waren im Tunnel Laufschritte zu hören. Mehrere Männer kamen heraus und über den Strand auf sie zu. Grieves hatte sich inzwischen hingesetzt, den Kopf auf die Knie gelegt und die Arme darüber verschränkt, als stünde er unter Beschuss.

Henry sah sich um. Überall war der Strand hell und unberührt. Nur da, wo er stand, war dieses begrenzte Blutbad, dieses kleine, konzentrierte Gemetzel.

Blut und Sand überall. Der Krater, in dem Taylor gelegen hatte, war voller Blut. Das Pferd, das Henry erschossen hatte, hatte Sand in den leblosen Nüstern. In der Nähe lag Taylors Bein mit dem braunen, ledernen Reitstiefel. Es gab keinen Grund, weswegen der Reitstiefel hätte abgehen sollen, aber trotzdem sah das Bein mit dem Stiefel seltsam aus. Henrys Blick schweifte daran vorbei zu den anderen Kratern im Sand, vielleicht etwas über einen Meter tief. Schon jetzt spülten kleine Wellen schaumig bis an ihren Rand heran und zogen sich wieder ins Meer zurück.

Wenn man Löcher im Sand sah, dachte er, erwartete man eigentlich, daneben einen Sandhaufen zu sehen, mit einem hineingesteckten hölzernen Spaten.

Die Soldaten waren fast bei ihm angekommen.

»Zurückbleiben«, rief er. »Minengefahr.«

3. Kapitel

Der Stützpunkt war mehr oder weniger menschenleer. Kasernengebäude, Sportplätze und Freizeiteinrichtungen lagen an diesem langen Nachmittag still und verlassen, die Flaggen hingen reglos und schlaff herunter, das einzige Geräusch war das Gezwitscher der Vögel.

Die gesamte Truppe war auf dem Weg nach Limassol. Anfangs versuchten einige der Offiziere noch, ihre Männer unter Kontrolle zu halten. Andere taten es nicht, vielleicht weil auch sie ihrer Empörung Ausdruck verleihen wollten.

Die knappe Anweisung von Colonel Burroughs lautete, alle Männer zwischen 15 und 50 zusammenzutreiben und jeden, der ihnen verdächtig vorkam, festzunehmen.

Die Soldaten bauten auf Straßen und Plätzen Stacheldrahtverhaue auf und pferchten die Leute hinein. Ein solcher Verhau befand sich vor dem Kino, gegenüber der Kirche, andere auf anderen Plätzen, in der Nähe von Kneipen und Lebensmittelläden, vor Kleidergeschäften, um deren Türen an Bügeln aufgehängte Hosen und Kleider flatterten. Wo die engen Straßen keinen Platz für einen Verhau boten, reihten die Soldaten die Männer längs der Häuser auf, mit dem Gesicht zur Wand, und zwangen sie, mit über dem Kopf gehobenen, an die Wand gelegten Händen stehen zu bleiben.

Zahllose Verdächtige wurden auf Lastwagen verladen, und in der Hitze des Augenblicks und im zunehmenden Chaos gerieten Regeln und Vorschriften schnell in Vergessenheit.

Die Männer mussten sich auf die Böden der Lastwagen legen – auf diese Weise konnten sie übereinander geschichtet werden, um mehr Platz zu schaffen. Angeblich waren bei diesem Übereinanderstapeln lebender Körper Menschen erstickt, aber als die Briten später eine Untersuchung durchführten, fanden sie keine Leichen.

Jede Kompanie hatte einen bestimmten Bereich der Stadt zugeteilt bekommen. Henrys Männer riegelten ihren Abschnitt ab – vom Hafen zur Anexartisias Street und dann zurück bis zur Gladstonos. Anschließend teilten sich die Soldaten, die nicht für die Absicherung der Absperrungen gebraucht wurden, für die eigentliche Suche in Gruppen auf.

Der Knoten an der Führleine der Pferde hatte Henrys Wangenknochen getroffen. Eine Krankenschwester versorgte die Platzwunde, während er im Lazarett auf Informationen über den Zustand der verwundeten Männer wartete. Der Rest des Stützpunkts, auch Henrys Kompanie, unter dem Kommando von Mark Innes, bereitete sich auf den Einsatz in Limassol vor. Henry, der in erster Linie für die beiden Verwundeten verantwortlich war, wartete.

Der Mann, den er am Strand nicht erkannt hatte, hieß Jenson. Henry hatte nicht gewusst, wer er war, weil er sein Gesicht vor lauter Blut nicht richtig sehen konnte. Dr Godwin hatte versucht, ihm zu helfen und eine Möglichkeit zu finden, seinen Schädel wieder zusammenzuflicken, aber die Verletzungen waren zu schwer. Jenson lag im Sterben. Henry blieb bei ihm und weigerte sich, die Station zu verlassen.

Nur Jenson und Taylor lagen im Zimmer. Henry griff nach der Hand von Jenson, der nichts sehen konnte und sichtlich Angst hatte. Sein Sterben hatte nichts Leichtes, nichts Sanftes. Nacheinander wurde er all seiner Sinne beraubt. Aber als Henry seine Hand nahm, schlossen sich die Finger des Mannes fest um seine und seine Atmung veränderte sich, wurde langsamer und ruhiger.

Henry wusste nicht, wie lange er bei ihm saß. Er war da, als er starb, und noch eine Weile danach. Er wollte ihn nicht verlassen, solange vielleicht doch noch ein allerletzter Lebensfunke in ihm war. Dann ging er zu Taylor, der aus der Narkose aufgewacht war.

Die Ärzte hatten den Stummel seines Beins versorgt und Taylor anschließend mit Morphium vollgepumpt. Die meiste Zeit wusste er nicht, was passiert war, doch dann war er für lange Momente plötzlich völlig klar, wollte aber nicht wahrhaben, was geschehen war. Immer wieder sagte er: »Nein, ich fühle es doch, ich fühle es doch«, und versuchte, sein Bein zu berühren.

Henry, der in seiner Sorge um ihn ganz ruhig blieb, sah ihm in die Augen und sagte mit fester Stimme: »Sie dürfen jetzt nicht darüber nachdenken, Taylor. Sie müssen sich jetzt ausruhen. Denken Sie einfach nicht daran.« Und Taylor fiel zurück in Schlaf oder Bewusstlosigkeit.

Henry verlor jedes Zeitgefühl. Das Einzige, was er wahrnahm, war der verklebte, blutige Sand auf seiner Haut und seinen Kleidern, der antiseptische Geruch des sonnenwarmen Lazarettzimmers und die beiden Männer ganz in seiner Nähe. Ein tiefer Schmerz erfüllte ihn, führte ihn an seine Grenzen, aber er wies ihn zurück. Nicht er war zu Schaden gekommen, sondern die beiden Männer hier. Er musste auf ihre Bedürfnisse eingehen, sonst nichts. Alles andere wäre in diesem Augenblick Selbstmitleid gewesen, und später Schwäche.

Tony Grieves hätte unter keinen Umständen mit nach Limassol fahren dürfen, aber im allgemeinen Chaos nach der Explosion am Strand dachte niemand daran, ihn freizustellen. Schließlich war er ja nicht verletzt worden.

Kaum dass die Verletzten abtransportiert waren, wurde von Grieves erwartet, dass er Befehle entgegennahm und weitergab. Er sollte sich in seinem Quartier waschen und umziehen, das Kommando über seinen Zug übernehmen, Fahrzeuge für den Transport organisieren und seinen Part in der militärischen Reaktion auf eine persönliche Krise übernehmen, die er nicht einmal ansatzweise begriffen hatte.

Als er mit zitternden Händen seine blutigen Sachen wechselte, immer noch verfangen in dem Entsetzlichen, das er eben erst erlebt hatte, hatte er das Gefühl, nur im Kielwasser anderer zu taumeln. Am Strand war er wie gelähmt gewesen vor Angst und Ekel, umgeben von den absurden, abgerissenen Körperteilen auf dem heißen Sand um ihn herum und Gott weiß wie vielen weiteren vergrabenen Minen, und dazu Henry, der ihn anschrie, etwas zu tun, während er sich vor Angst fast in die Hose machte. Jetzt wurde von ihm erwartet, das Kommando zu übernehmen und sich als Offizier zu verhalten – eine Vorstellung, die ihm sowieso nur wenig bedeutete und ihn in diesem Augenblick geradezu entsetzte.

Als Lieutenant erteilte Grieves seine Befehle immer in einem ironischen Tonfall, der im besten Fall so etwas wie Kumpelhaftigkeit ausdrückte, im schlimmsten beleidigend war und seine Einstellung verriet, dass er die Männer für Volltrottel hielt, weil sie sich freiwillig gemeldet hatten, oder für geborene Pechvögel, weil sie gezogen worden waren, und er selbst lieber überall anders gewesen wäre als hier. Er versuchte immer, nicht direkt, sondern über einen Unteroffizier mit ihnen zu sprechen, weil er Insubordination befürchtete.

Er hatte keinen der beiden Männer vom Strand gekannt und wollte auch gar nicht wissen, wer sie waren, aber mit der Erinnerung an Taylors Blut, das er gerade erst von sich abgewaschen hatte, und an seine eigene Feigheit, die wie ein Stachel war, fuhr er mit den anderen nach Limassol.

Zuerst funktionierte er ganz automatisch, sich seiner selbst kaum bewusst, aber dann griffen Gewaltbereitschaft und Chaos und die brennenden Rachegelüste, die die Männer erfüllten, allmählich auch auf ihn über. Er ließ sich davon anstecken und mitreißen und ersetzte voller Dankbarkeit Schwäche durch Wut und die Illusion von Kontrolle. Er erlaubte, ermutigte, lenkte, was zeitweise nichts anderes als ein Amoklauf war, und je mehr die Stadt aussah wie das Bühnenbild für eine Katastrophenszenerie, desto mehr griffen Chaos und Zerstörungswut um sich. Während nicht nur Grieves, sondern auch andere seines Schlags ihre Identität verloren, verlor auch Limassol die seine. Es war keine Stadt mehr, sondern eine Ansammlung von Orten und Plätzen, an denen geprügelt wurde oder an denen man sich verstecken konnte, es bestand nur noch aus Hunderten von Fenstern, Stühlen, Zeitungsständern und Regalen, die man zerschlagen, umwerfen und demolieren konnte. Der Zusammenbruch ging schnell vonstatten. Kollektive Wut verleiht dem Individuum die Freiheit, schreckliche Dinge zu tun.

Grieves hatte Davis bei sich und versuchte, ihn nicht aus den Augen zu verlieren, während sein Zug auf den Straßen patrouillierte. Es war ihm ein Trost, ihn dabei zu haben, einen anderen Offizier, und dazu noch einen, der die Landessprache beherrschte. Davis, der keinen Wert auf diese Aufmerksamkeit legte, verhielt sich so unauffällig wie möglich.

Die Aufgabe lautete, alle Männer und Jungen in die Stacheldrahtverhaue zu treiben, damit sie verhört werden konnten. Eine von Grieves' Gruppen setzte mehreren Männern nach, die von der Hauptstraße in eine Seitenstraße flüchteten, und er folgte ihr. Doch er hatte sie nicht unter Kontrolle, die Gruppe löste sich auf, die Soldaten verstreuten sich Gott weiß wohin, ein paar kehrten zur Hauptstraße zurück, und Grieves musste sich damit begnügen, den restlichen Männern zu folgen.

Die Straße, in der sie sich befanden, war lang und schmal. Auf der anderen Seite war sie abgesperrt worden, damit sie nicht als Fluchtweg dienen konnte, aber die flüchtenden Männer waren trotzdem hineingelaufen, die Soldaten hinter ihnen her, weg von der Menge. Sie waren jetzt nur noch zu viert – Francke und Miller, Grieves selbst und Davis, der halb laufend, halb hüpfend, neben Grieves hertrabte.

Die meisten Leute blieben in ihren Häusern, als die Laufenden vorbeihetzten, manche aber traten in den grauen Abend hinaus, um die Ereignisse zu beobachten oder sich eventuell einzumischen – vielleicht in der Annahme, sie könnten mit den Soldaten debattieren oder den flüchtenden Männern helfen. Die jüngsten der Flüchtlinge kamen am schnellsten voran, dicht gefolgt von Francke und Miller, die ihnen nachsetzten, dann schlitternd stoppten, um »Halt! *Stamata! Dur!*« zu brüllen und im gleichen Moment in die Luft zu schießen. Dann nahmen sie die Verfolgung wieder auf.

Sie erwischten den langsamsten der Männer. Die Verfolgungsjagd hatte das von den vorherigen Scharmützeln des Tages sowieso erhitzte Blut der Männer noch mehr in Wallung gebracht, und sie stießen den Mann in die Türnische eines Hauses und nahmen ihn sich vor, traten und schlugen auf ihn ein, auch als er sich längst zusammengekrümmt in der Türecke zusammenduckte.

Grieves kam genau in dem Moment angeschlittert, als die Tür des Hauses aufgerissen wurde.

Ein vielleicht sechzehnjähriges Mädchen und seine Mutter standen vor den Soldaten, schrien sie an, zu verschwinden, und versuchten, den Mann ins Haus zu ziehen. Die Soldaten, in ihrer Orgie der Fußtritte gestört, immer noch blind vor Wut, erschraken, als die Tür so unvermittelt aufgerissen wurde, und stießen die Frauen mit Gewehrkolben und Händen ins Haus zurück. Sie schleppten auch den Mann in die Küche, durchsuchten sie schnell, traten Türen auf, vergewisserten sich, dass niemand sonst da war. Die Körper der Frauen waren viel nachgiebiger als die von Männern, wenn man sie vor sich her stieß.

Davis war auf der Straße zurückgeblieben. Grieves brüllte ihm zu, auch ins Haus zu kommen.

Das alles war sehr schnell gegangen. Plötzlich stand die ganze Gruppe dicht gedrängt in dem winzigen Raum, während der Rest von Grieves' Männern Gott weiß wo war.

Sie fingen an, die Frauen zu befragen, das Haus noch einmal zu durchsuchen, Sachen zu demolieren, alle zu beschuldigen, sich gegenseitig zu kennen, irgendeinen gemeinsamen Plan zu verfolgen, EOKA-Mitglieder zu sein. Davis, der abwechselnd protestierte und übersetzte, zog sich schließlich in ein anderes Zimmer zurück und machte sich dort unsichtbar.

Grieves verlor die Geduld mit Davis, als dieser ihm nicht gehorchen wollte, und schrie blind vor Wut auf ihn ein, vergaß ihn aber sofort, als er ihn nicht mehr sehen konnte. Stattdessen wandte er sich dem griechischen Mann und den Frauen zu, die ihn abschirmten, und spürte die Macht seines Rangs.

»Sorgen Sie dafür, dass sie still sind«, befahl er Francke. »Sie sollen die Klappe halten!«

Grieves, der sich nie wie ein richtiger Soldat gefühlt hatte, fühlte sich jetzt wie einer. Er hatte eine Stärke gefunden, die größer war als die Panik des Vormittags und alles aus seinem Hirn auslöschte – den verstümmelten Mann, Henry, der ihn in den Sand hinunterzog, in das Blut. Seine Wut tröstete ihn. Und er konnte dieses Gefühl intensivieren: er konnte die Schuldigen bestrafen.

Francke befragte die Frauen, zwang sie, sich zu setzen, schlug sie ins Gesicht, während Miller vorgebeugt über dem Mann stand und ihm Fragen ins Gesicht schrie. Als sie merkten, dass sie von ihm Antworten bekamen, wenn sie die Frauen schlugen, ermutigte Grieves die beiden Soldaten, seinem Rang entsprechend, den Frauen weh zu tun, sie zu berühren, unter den Blusen und den langen Röcken, die ihre Beine verdeckten. Das Ganze entwickelte sich zu einem Spiel, das Verhöhnen der Frauen, das Aufstacheln des Mannes, der in Schach gehalten wurde und nichts tun konnte. Die Soldaten stellten sich gegenseitig einen Freibrief aus, der Offizier, der sie ermutigte, bedeutete die Absolution, und als Gruppe waren sie anonym und hatten jedes Recht, zu tun, was immer sie wollten.

Das Ganze schrie geradezu nach Vervollständigung, die Vergewaltigung der Frauen war unvermeidlich. Sie war sowohl Feier als auch Ritus, ein Ritus, der mehr mit ihnen selbst als mit den Frauen zu tun hatte. Hinterher hätten sie sie nicht einmal wiedererkannt, es ging nur um ihre Vergewaltigung, einer nach dem anderen, um den Akt an sich, darum, ihnen weh zu tun. Das Fremdländische der Frauen machte es leicht: sie sahen nicht aus wie englische Frauen, sie rochen nicht so, sondern waren mehr wie die Prostituierten, auf die sie sowieso ein Anrecht hatten.

Grieves beteiligte sich nicht an der Vergewaltigung der Frauen. Er sah zu und hielt den griechischen Mann, der kaum noch bei Bewusstsein war, in Schach, indem er ihm den Fuß auf die Brust setzte. Nachdem Francke seine Hose wieder zugeknöpft hatte, sah er erst Grieves an, dann den Mann auf dem Boden.

Auch Grieves sah auf den Mann hinunter, der, wie er, beobachtet hatte, wie Francke und Miller die Frauen vergewaltigten. Aber es gab nichts Gemeinsames zwischen ihnen.

Mit Bedacht und absoluter Klarheit nickte Grieves Francke zu. Francke trat einen Schritt vor und stellte seine Sten auf Einzelschuss um. Der Bolzen klemmte ein wenig, seine Finger rutschten ab. Der Mann auf dem Boden wusste sofort, was er vorhatte, und versuchte, sich zu wehren, aber Grieves setzte ihm den Fuß nur noch fester auf die Brust. Francke mühte sich immer noch mit dem verklemmten Bolzen ab, aber schließlich rastete er ein. Er beugte sich vor, drückte dem Mann, der versuchte, den Kopf wegzudrehen, den Lauf an die Stirn und erschoss ihn. Als der Schuss verhallt war, war nur noch das ungleichmäßige Atmen der Frauen zu hören.

Miller war als Erster an der Tür, die anderen beiden folgten ihm mit einem letzten, beiläufigen Blick auf die Frauen, die nicht aufsahen. Keiner würde den beiden glauben. Jedenfalls kein Engländer.

Im Gehen sah Grieves sich nach Davis um, konnte ihn aber nirgends entdecken.

Davis stand in der Dunkelheit des Zimmers, in dem er sich versteckt hatte. Durch die Öffnung der Tür hatte er alles gesehen. Sobald Miller, Francke und Grieves weg waren, liefen die Frauen, ohne sich Davis' Anwesenheit bewusst zu sein oder sich um ihre eigenen Verletzungen zu kümmern, zu der Leiche des Mannes auf dem Boden. Die Jüngere kniete sich neben ihn und nahm seine Hand, während die ältere den Oberkörper des Mannes anhob und den baumelnden Kopf an sich drückte. Die Wand dahinter war rot und grau mit Gehirnmasse bespritzt. Aber die Frau zuckte nicht zurück, sondern hielt den Mann fest umfangen. Davis nutzte die Gelegenheit und ging wie blind an ihnen vorbei. Sie nahmen ihn nicht einmal wahr, und er verließ das Haus und rannte so weit von ihnen weg, wie er konnte, atmete die frische Luft in tiefen Zügen in sich ein, als ertrinke er in dem, was er gesehen hatte.

Das Tageslicht zog sich aus dem kleinen Haus zurück, aus der schmalen Gasse, aus den größeren Straßen und den Drahtverhauen mit den darin eingepferchten Männern. Es verblasste über umherstreifenden Soldatengruppen, verließ die eingeschlagenen Türen von Kneipen, hörte auf, zerbrochene Fenster und all die anderen Szenen der Zerstörung zu bescheinen.

Im Lazarett in Episkopi teilte eine Ordonnanz Henry mit, Colonel Burroughs wolle ihn sprechen. Er ging zum Eingang, wo Burroughs auf ihn wartete. Der Colonel zeichnete sich als Silhouette vor dem Abendlicht ab, das weich in die Eingangshalle und auf den hölzernen Schreibtisch fiel, an dem ein Pfleger saß und Berichte schrieb.

»Alles in Ordnung bei Ihnen, Henry?«

»Ja, danke.«

Burroughs legte kurz die Hand auf Henrys Arm und zog sie gleich wieder zurück. »Sie kommen zurecht?«

»Ja, Sir.«

»Guter Mann.«

Dann informierte Burroughs ihn, die Truppen in Limassol hätten sich gelegentlich »verständlicherweise ein wenig übereifrig« verhalten, wie er es ausdrückte. Jetzt jedoch war Mäßigung angesagt. »Sie sollten zusehen, dass Sie zu Ihren Männern kommen, Henry. Hoffen wir, dass sie ein paar von den Mistkerlen von der EOKA erwischt haben«, sagte er. »Aber machen Sie sich vorher auf jeden Fall ein bisschen sauber, Henry.«

Er hatte bis jetzt nicht einmal daran gedacht. »Ja, natürlich, Sir.«

Nachdem Burroughs gegangen war, wartete Henry vor dem Lazarett auf Kirby. Es war schon nach fünf. Er war überrascht, dass so viel Zeit vergangen war, seit die Mine am Strand irgendwann um kurz nach neun Uhr explodiert war. Es bedeutete, dass er annähernd sechs Stunden bei Jenson und Taylor gewesen war. Ein Auto kam auf ihn zu. Evelyn Burroughs saß am Steuer, Clara neben ihr auf dem Beifahrersitz.

Sie hielten an, Clara stieg aus. Sie trug einen gestuften griechischen Rock in leuchtenden Farben – Henry nahm nur den Rock wahr, dessen Farben so intensiv waren: seine Augen wurden immer wieder dazu hingezogen. Es war, als trete alles andere in den Hintergrund, als gebe es nur noch Claras Rock, der Aufmerksamkeit heischte. Sie lief auf ihn zu. »Sie haben gesagt, dass du nicht verletzt bist!«

»Bin ich auch nicht.«

»Ich war den ganzen Tag bei Evelyn. Alle sind – niemand

kann es glauben«, sagte sie. Ihre Hand flatterte hoch zu seinem Gesicht und schien dann davor zurückzuschrecken.

Er durfte nicht vergessen, sich zu waschen, wurde sich seiner vor getrocknetem Blut steifen Kleider bewusst. Auch seine Haut spannte vor getrocknetem Blut. Wieder huschten seine Augen zu ihrem Rock. »Was ist?«, fragte er.

»Die Männer, die Pferde – wie kann man so etwas nur tun? Wie haben sie es geschafft, die Mine am Strand zu vergraben?«

»In der Nacht, würde ich denken.«

Eine Pause.

In der schläfrigen Stille hörte Henry einen Motor aufheulend den Hügel hinaufkommen und sah über Claras Schulter, dass Kirby in die Einfahrt bog. »Ich muss los.«

»Wohin?«

»Nach Limassol. Kommst du zurecht?«

»Ja natürlich.«

»Gut.«

Er ging an ihr vorbei und stieg in den Landrover.

Clara sah ihm nach und wischte ihre verschwitzten Hände an dem bunten Rock ab. Das Geräusch des Motors verklang.

Evelyn beugte sich aus dem Auto. »Ich habe es Ihnen ja gesagt«, sagte sie zu Clara, aber nicht unfreundlich. »Kommen Sie.«

Kirby fuhr ihn, ohne etwas zu sagen, ohne ihn anzusehen, nach Hause, überließ ihn seinen Gedanken. Henry zog sich schnell um – schnell genug, um seine eigene Verletzung und den Geruch, der an ihm haftete, nicht wahrnehmen zu müssen, vergewisserte sich, dass er einigermaßen ordentlich aussah, und ging wieder nach unten.

»Dann mal los«, sagte er.

Selbst in Kolossi, dem winzigen Dorf in der Nähe des Stützpunkts, gab es Anzeichen der Krise. Landrover standen kreuz und quer am Straßenrand, Männer mit hoch erhobenen Armen wurden von Soldaten mit Gewehren bewacht, während die Frauen alles beobachteten. Henry registrierte die Szene, ließ Kirby aber nicht anhalten, und Zyprioten, die vor ihren Häusern standen, folgten seinem Fahrzeug mit den Blicken.

In den Orangenhainen stieg ihm der intensive Geruch der Zitrusblätter zu Kopf.

Der erste Kontrollpunkt wirkte völlig verlassen. Weit und breit war niemand zu sehen, nur die niedrigen Häuser mit den zwischen ihnen gespannten, durchhängenden Stromkabeln und den Mülltonnen, die in der Hitze stanken. Ein Dreitonner und zwei Landrover standen verlassen da, in einem der Fahrzeuge steckte noch der Zündschlüssel.

»Großartig«, sagte Henry. »Ganz großartig.«

Weiter weg hörten sie einen undeutlich gebellten Befehl, in einem Haus, oder dahinter. Dann schrie eine Frau, Möbelstücke kippten polternd um, weitere Befehle, auf Englisch, wurden geschrien.

»Heiland Sack!«, sagte Henry, der anfing sich zu fragen, was sie in Limassol vorfinden würden. »Fahren wir weiter.« Kirby lenkte den Landrover im weiten Bogen um die anderen Fahrzeuge herum, und sie fuhren weiter in Richtung Stadt und Hafen.

Eine seltsam erschöpfte Spannung hatte mit dem späten Nachmittag eingesetzt. In Limassol gab es keine spektakulären Sonnenuntergänge – dafür lag es in der falschen Richtung –, sondern einfach nur zunehmende Schatten. Im Hafen lagen die großen Schiffe auf dem flachen, silbrigen Meer. Der Bereich zwischen Zollhaus und Wasser war zum Pferch geworden, aus dem Männer in Lastwagen verladen wurden.

Als der Landrover anhielt, sah Henry, dass die Soldaten nicht nur Männer verluden, sondern sich auch einem kleinen Knäuel von Jungen gegenüber sahen, die versuchten, sie zu provozieren und sie mit Stöcken und Flaschen bewarfen. Andere Soldaten gingen, immer zu zweit, mit erschreckender Ziellosigkeit auf und ab. Eine träge, sporadische Gewaltbereitschaft lag in der Luft, zu unfokussiert, um ein Kampf zu sein, zu gefährlich, um nichts zu sein.

Henry baute sich vor dem Landrover auf, als Kirby den Motor ausschaltete, und sah sich in der Menge nach Mark Innes um, konnte ihn aber nirgends entdecken. Auch McKinney, Grieves, Trask oder Fry – irgendjemand, von dem man hätte sagen können, dass er die Situation unter Kontrolle hatte – waren nirgends zu sehen.

»Da«, sagte er und deutete, und Kirby ließ den Landrover wieder an und fuhr langsam zur Straße, die aus dem Hafen heraus nach Osten führte, wo die Stadt begann und das Meer gegen die Mauer lappte.

Sie stoppten zwischen einer Gruppe von Jungen, die jetzt nur stumm schauten, und einem Soldaten, der bei ihrer Ankunft sofort Haltung annahm. Henry sprach ihn an: »Clark, nicht wahr?«

»Maplin, Sir.«

»Wer ist ihr Gruppenführer?«

»Corporal Trask, Sir.«

Ganz ruhig fragte Henry: »Und wo ist Corporal Trask? Haben Sie eine Vorstellung?«

»Vor einer Minute war er da drüben, Sir.«

Maplin sah ziemlich dreckig aus, und nervös.

»Und wo ist Sergeant McKinney?«

»Ich habe ihn nicht gesehen, Sir.«

»Lieutenant Thompson?« Keine Antwort. »Lieutenant Grieves?« Nichts. »Scheint ein ziemlicher Tag gewesen zu sein.«

»Sir?«

In diesem Augenblick sah er Mark Innes mit schnellen Schritten hinter dem Stacheldrahtverhau hervorkommen. Er lächelte wie jemand, der vergessen hat, wie das eigentlich geht.

»Nicht so wichtig«, sagte Henry zu Maplin, der weiterging. Mark erreichte Henry.

»Sieht nicht aus, als wäre das hier sehr spaßig gewesen«, sagte Henry.

»Es war ein verdammtes Chaos. Ich fange gerade erst an, ein bisschen Ordnung in das Ganze zu bringen. Ich habe McKinney losgeschickt, um – ist mit deinem Gesicht alles in Ordnung?«

»Ja, danke.«

»Jenson ist tot?«

»Ja. Er hat nicht gewusst, dass er stirbt. Sein halbes Gehirn war weg.«

»Und Taylor?«

»Der wird wieder.«

»Diese verdammten zypriotischen Schweine!«

»Wir müssen die Ausgangssperre durchsetzen.«

»Wenn du meinst, das hier ist schlimm, hättest du sehen sollen, was vorhin los war. Es – es –« Mark hatte einen fast starren Ausdruck in den Augen. »Es war kein guter Tag, Henry.«

Henry nickte. »Ist schon gut«, sagte er bestimmt. »Machen wir uns an die Arbeit, okay?«

Es dauerte Stunden, Ordnung in die Truppen und Fahrzeuge zu bringen. Vollbeladene Lastwagen brachten die Gefangenen zum Stützpunkt. Zahlreiche andere wurden zum Verhör ins vierzig Meilen entfernte Gefangenenlager Camp K gebracht. Dann fuhren Henry und die anderen Offiziere wie soldatische Rattenfänger von Hameln mit Flüstertüten und Trillerpfeifen durch die Straßen, flankiert von Männern, die ihre Stens im Anschlag hatten, und überall verschwanden Zyprioten in ihren Häusern und Soldaten, denen wieder einfiel, wer sie waren, kamen aus Kneipen und Bordellen und den Häusern von Leuten. Henry entdeckte Corporal Trask zusammen mit drei anderen in einer Kneipe, in der weit und breit kein Barkeeper zu sehen war. Die vier waren völlig betrunken und bedienten sich ganz nach Belieben selbst. Er zerrte Trask und die anderen am Kragen aus der demolierten Bar und riss Trask einen Streifen ab, verlor aber nicht die Beherrschung. Wütend auf Corporal Trask zu sein wäre dasselbe, als wäre man bei einer Stampede wütend auf ein einzelnes Tier.

Dem Rest der Stadt war es unter dem Kommando anderer Offiziere nicht besser ergangen, aber das war kein wirklicher Trost. Das Ganze war ein absolutes Fiasko. Henry war nicht für die Befehle verantwortlich gewesen, sie waren von Colonel Burroughs gekommen, aber er war nicht da gewesen, um ihre Durchführung zu überwachen, und alle hatten sich selbst vergessen. Wegen des Todes eines einzigen Mannes und der Verletzung eines weiteren hatten sie alles vergessen, alles weggeworfen, alle Disziplin aufgegeben – wegen ein paar Blutlachen an einem Strand, wegen eines Pferdehuf-Aschenbechers.

Am Ende dieses Tages lag er neben Clara im Bett.

Sie hatte taktvoll abgewartet, was er tun würde, wenn er nach Hause kam. Es hatte nichts anderes zu tun gegeben, als etwas zu essen und nach oben und ins Bett zu gehen. Sie hatten nicht miteinander gesprochen. Er hatte sich noch einmal gewaschen, mit Seife, Waschlappen und Nagelbürste, und sich rasiert. Das heiße Wasser, selbst im besten Fall nur sehr begrenzt vorhanden, wurde kalt, während er sich wusch. Kaltes Wasser, intensive Seife, das Schrubben des Waschlappens. Clara saß unten, lauschte auf die Geräusche von oben, wartete.

Die Laken waren kühl. Er legte den Kopf auf das glatte Kissen, schmiegte die Wange an den Baumwollstoff. Seine Gliedmaßen, seine Haut, fühlten sich frei an im lockeren Material von Laken und Schlafanzug. Es war, als erfahre er diese weichen Dinge zum ersten Mal, aber wie eine Schnecke, die man aus ihren Haus gerissen hat, empfand er selbst diese zarte Berührung als Schmerz.

Er legte sich auf den Rücken. Clara drehte sich zu ihm um. Ihr Nachthemd und ihre Hüfte berührten ihn leicht, als sie sich auf die Seite legte.

Sie schmiegte die Wange in die Hand. Er konnte es nicht sehen, wusste aber, dass sie das immer tat, wenn sie sich so zu ihm umdrehte. Er wusste auch, welche Linie ihr Körper dann bildete, sanft geschwungen, wie eine englische Landschaft.

Er versuchte, die Fassung zu bewahren. Er würde Trost finden.

Ohne sie zu sehen, glitten seine Augen über ihren Horizont – ihr Kopf ein kleiner Hügel, eine kleine, tiefe Senke zum Hals hin, Anstieg zur Schulter, breites Tal bis zur Taille, herrlicher Hügel des Gesäßes, lange Linie der Schenkel, die sich hinunterzogen zu – einem Meer? Einer Küstenlinie am Fußende des Bettes? Einer Klippe. Tiefem Wasser. Keine heimische Landschaft. Eine Insel. Er hatte das Gefühl, innerlich zu zerbrechen, und kämpfte um Kontrolle.

»Henry?«

»Ja?«

Er spürte, wie sie sich in der Dunkelheit bewegte. Dann umfasste sie seine Hand und hielt sie. Es war, als hielte sie den Faden, der ihn aufribbeln würde.

Er entzog ihr die Hand.

4. Kapitel

Der Strand war sicher, hatte man ihnen gesagt. Zwei Tage nach der Explosion stand Clara um elf Uhr morgens mit Lottie und Meg, die mit Eimern und Schippen beladen waren, am Eingang des Tunnels. Bevor sie das Haus verließ, hatte Clara sich mutig und unbekümmert gefühlt – erfüllt von einer Variante des britischen Gefühls der Unbezwingbarkeit, und sie war stolz auf sich selbst gewesen. Jetzt war sie nicht mehr stolz, sondern kam sich dumm vor. Sie hatte furchtbare Angst. Der dunkle Tunnel, nicht viel breiter als ein Landrover, mit der sechzig Meter hohen Steilwand darüber, schien sich endlos bis zu dem kleinen Lichtpunkt ganz am Ende hinzuziehen.

Die Mädchen zerrten an ihren Händen. Aber sie konnte nicht durch den Tunnel gehen.

»Wisst ihr was, meine Süßen? Wir gehen zum Spielen in den Club.«

»Nein. Strand gehen«, sagte Meg.

»Strand gehen« war mit das erste gewesen, was die beiden sagen konnten, und es blieb einer ihrer Lieblingssätze. In den Club gingen sie jeden Tag.

Clara wusste, dass sie eine Szene machen würden. Schließlich hatte sie die Strandtasche gepackt und die beiden hierher gebracht. Natürlich wollten sie jetzt auch weitergehen. Clara grauste es davor, sie mit Gewalt den ganzen Weg zurückzuschleifen.

»Und was ist mit den Pferden?«, sagte sie.

»*Nein*!«, sagte Lottie, ihr Gesichtsausdruck der Inbegriff kindlichen Trotzes. Nein, meine Suppe ess ich nicht!

»Die Pferde vermissen uns aber sicher«, schmeichelte Clara.

Sie versuchte, sie vom Tunnel wegzudrehen. Die heißen kleinen Hände und die überquellende Strandtasche machten sie unbeholfen. Sie hatte immer Angst vor dem Tunnel gehabt – zu eng, zu gerade, zu dunkel, zu viel Felsen darüber. Wann immer sie hindurchging, auch schon vor der Bombe, hatte sie Angst gehabt, hatte Echo-Spiele mit den Mädchen gespielt, um das Ganze zu einem Spaß zu machen und sich selbst zu beweisen, wie mutig sie war. Einmal hatte sie geträumt, der Tunnel sei über ihr eingestürzt, als sie mittendrin war, während Henry mit den Kindern auf der anderen Seite wartete. Der Einsturz hatte sich weich und erstickend angefühlt. Nicht das geräuschvolle Steingepolter der Wirklichkeit, sondern eine dicke, schaumige Dunkelheit, wie es sie nur in Alpträumen gibt.

Sie stand da, schon halb vom Tunnel abgewandt, und versuchte, eine Auseinandersetzung mit den Zwillingen zu vermeiden, die nur mit Gewalt zu gewinnen war. Vor ihr lagen der Pfad, der Poloplatz, die staubigen Sträucher, die Hügel. Keine Wiesen, auf denen man spielen konnte, kein Rasen, auf dem man sitzen konnte, nur diese heiße, ausgedörrte Landschaft, die sich nicht für Spaziergänge eignete, wo man sich nirgends hinlegen konnte, die einen anzustarren schien. Dass sie die Kinder bei sich hatte, steigerte ihr Gefühl der Hilflosigkeit und der Verletzlichkeit. Ständig schleppte sie sie durch die Gegend, konnte ihnen nie erklären, wie ihr zumute war, musste immer alles mit Kinderzimmer-Platitüden und mütterlicher Sorglosigkeit überspielen, die sie nicht wirklich empfand.

Ihr war heiß und panisch zumute und sie hatte das Gefühl, von zypriotischen Augen beobachtet zu werden. Seit neuestem hatte sie dieses Gefühl fast immer. Wenn sie in ihrem Schlafzimmer war, bildete sie sich ein, das Haus werde beobachtet. Wenn sie die Haustür öffnete, erwartete sie davor gespannte Stolperdrähte und hatte angefangen, danach Ausschau zu halten, ohne es sich anmerken zu lassen. Wann immer sie ins Auto stieg, rechnete ein Teil von ihr damit, dass es in die Luft fliegen würde. Für jedes Geräusch, das sie hörte, gab es eine harmlose und eine finstere Deutung, und sie musste sich immer wieder gut zureden, sich an die reale Welt zu halten. Sie durfte sich nicht vollständig in ihre Angst hineinziehen lassen, durfte sich nicht davon vereinnahmen lassen.

Genau das sagten doch alle, oder? Alle, die vernünftig dachten. Die Chance, Opfer dieser Dinge zu werden, war mehr als minimal – auch wenn es diesen Pferden passiert war, auch wenn dieser arme Junge ein Bein verloren hatte und als Wrack zu seiner Mutter zurückkehren würde. Und das, was ihm zugestoßen war, würde Kreise ziehen, die sich immer weiter ausbreiteten.

Sie stand immer noch mit den Kindern am selben Fleck. Sie verhielten sich ganz still. Machte sie ihnen Angst mit ihrer Verzweiflung? Obwohl sie nicht weinte, obwohl sie nicht einmal sagte: *Ich habe Angst, ich will nach Hause, ich vermisse meinen Mann, ich vermisse ihn sogar, wenn er da ist …* Wussten sie es trotzdem?

»Jetzt kommt schön mit. Die armen Pferdchen haben uns tagelang nicht gesehen. Sie freuen sich sicher, wenn wir ihnen einen Apfel bringen. Meint ihr, sie mögen auch Brot?«, sagte sie mit ihrer Mutter-Stimme.

»Pferdchen«, sagte die brave Meg, die nachgiebiger war als Lottie und sich leichter manipulieren ließ.

Die überdachten Ställe wirkten dämmrig und rochen nach Sägemehl. Sie entdeckte Private Morrison, der sich um die Pferde kümmerte und sich freute, jemanden zu sehen. Sie unterhielten sich ein Weilchen, in Gedanken bei Taylor, Jenson und den beiden Pferden, die gestorben waren, ohne es auszusprechen. Aber er streichelte dabei, irgendwie tröstend, wie sie fand, das Gesicht des Pferdes, neben dem er stand.

Dann holte er eins der kleinen Ponys für die Mädchen aus der Box, setzte sie auf seinen Rücken und führte sie ohne Sattel an den Ställen entlang, vorbei an den leeren Boxen der toten Pferde, vorbei an denen der lebenden, die mit feucht schimmernden Augen neugierig über ihre Türen lugten und sanft durch weiche Nüstern schnaubten.

Clara lehnte sich an die Holzwand und schloss die Augen. Niemand konnte sie sehen. Im Kopf sang sie ein Kirchenlied, dieses Mal ein ruhiges. *Verleih uns Frieden gnädiglich, Herr Gott zu unseren Zeiten* –

»Hallo.«

Sie schlug die Augen auf.

Es war Lieutenant Davis. Er trug Sommeruniform, die aus ziemlich langen, weiten Shorts, Hemd, Gürtel, Stiefeln und Socken bestand. Seine Beine waren sehr weiß und dünn und sein Gesicht von der Hitze gerötet. Feuchte Haarsträhnen klebten an seiner Stirn.

»Hallo«, antwortete sie und fragte sich, wie sie wohl ausgesehen hatte. »Wie geht es Ihnen?«

»Ich bin hergekommen, um in Ruhe eine zu rauchen.«

»Hier können Sie aber nicht rauchen – Sie könnten die Ställe abfackeln.«

»Geht es – geht es Ihnen gut?«

Clara hatte »Natürlich« sagen wollen, stattdessen sagte sie, leise, damit Morrison sie nicht hören konnte: »Es ist so furchtbar. Ich kann es immer noch nicht fassen.« Und er antwortete: »Ja, das ist es. Wirklich furchtbar.«

Der Augenblick des Verständnisses zwischen ihnen war eine Erleichterung, tröstlich wie ein Glas kaltes Wasser. Clara war ihm dankbar und erkannte schockiert, dass sie und Henry das Thema nicht einmal angesprochen hatten. Dass sie nicht einmal auf diese allergrundlegendste Weise, die doch wohl das mindeste war, anerkannt hatten, was geschehen war.

Davis blickte zu Boden, die Augenbrauen zusammengezogen, die Stirn gerunzelt.

»Sie sehen furchtbar erhitzt aus«, sagte Clara.

Er hob den Kopf. »Ich bin von der Wache hergekommen.«

»Sind Sie etwa gerannt?«

»Ja.«

Clara sah zu den Mädchen hinüber. Morrison führte sie immer noch geduldig auf und ab, eine Hand an der Leine, die andere auf Lotties Rücken. Die staubige, stille Luft fühlte sich schwer an vor Traurigkeit, und Morrisons Hand auf Lotties Rücken war so sanft. Er hielt den Kopf gesenkt. »Haben sie sie gefunden?«, fragte sie.

»Wen?«

»Die EOKA-Leute, die es getan haben.«

Er lachte freudlos. »Nein«, sagte er.

Clara sah ihn an.

»Sie klingen, als würden sie sie auch nicht finden.«

»Natürlich nicht. Das alles ist …« Er machte eine Handbewegung. »Das alles ist … einfach nur …« Aber er fand keine Worte, um auszudrücken, was es war. »Es ist einfach nur eine Bestrafung. Einfach nur ein Spiel. Bei dem mal der eine am Zug ist, mal der andere.«

»Kein sehr nettes Spiel.«

»Nein.«

Sie schwiegen. Dann: »Hören Sie, Mrs Treherne –« begann er und sah sie dabei an, direkt, prüfend. »Hören Sie«, wiederholte er. »Hätten Sie wohl einen Augenblick Zeit für mich? Ich möchte Sie etwas fragen.«

»Aber sicher.«

»Bei einer Zigarette?«

»Aber nicht hier bei den Pferden«, sagte sie.

»Da drüben?« Er deutete auf eine Stelle ein gutes Stück weg. »Wenn es Ihnen recht ist?«

Er klang geheimnisvoll.

Sie gingen ein Stück, bis zu den Bäumen am Rand des Poloplatzs, wo es schattig war und ein schlafender Hund lag. Clara sah über die Schulter zu den Mädchen zurück, die sie nicht beachteten. Für den Augenblick waren sie in Sicherheit, und niemand würde eine Mine unter einem abseits stehenden Baum vergraben, wo fast nie jemand hinkam. Der Boden machte nicht den Eindruck, als hätte jemand dort gegraben. Sie blieben stehen und sie dachte, dass die EOKA ihr Ziel erreicht hatte. Sie hatte ihr Angst gemacht.

Er zündete sich eine Zigarette an, bot ihr ebenfalls eine an, und sie nahm sie, aus Geselligkeit. Normalerweise rauchte sie nur mit Henry, nach dem Abendessen, den Geschmack einer frisch angesteckten Zigarette brachte sie immer mit ihm in

Verbindung. Davis blies den Rauch in die tief herabhängenden, gesprenkelten Blätter über ihnen.

»Was ist er für ein Typ, Ihr Mann?«, fragte er völlig unvermittelt, den Blick auf seine Stiefel gerichtet.

Clara war wie vor den Kopf gestoßen. »Wie meinen Sie das?«

»Nein, nein, es tut mir leid. Es ist nur – ich überlege, ob ich mit ihm über etwas sprechen soll, was passiert ist. Vorgestern. Ich weiß nicht, ob ich soll. Ich weiß nicht, ob es überhaupt einen Sinn hat.«

Clara zögerte, überlegte, wie sie ihm am besten antworten sollte. »Versuchen Sie es mit ihm«, sagte sie dann mit Bestimmtheit.

Er ging ein paar Schritte, legte eine Hand an den silbrigen Stamm eines Baums und rieb sich die Augen mit Daumen und Zeigefinger der anderen, drückte so fest zu, dass Clara kaum hinsehen konnte.

»Sie müssten doch wissen, wie er ist«, sagte Clara. »Schließlich ist er Ihr vorgesetzter Offizier.«

»Und Ihr Mann.«

»Wir wollen aber nicht das Gleiche von ihm, würde ich denken.«

»Ist er fair?«

»Fair?«

»Ist er fair? Kann er zuhören? Wird er mir zuhören?«

Er rieb sich immer noch die Augen. Clara hatte keinen Zug an ihrer Zigarette gemacht und trat sie nun sorgfältig mit dem Absatz aus. »Henry sagt, man sollte immer zu seinem vorgesetzten Offizier gehen können. Er sollte immer der Erste sein, zu dem man geht.«

»Ja, das *sagen* sie.«

»Na also.«

»Aber wird er etwas unternehmen? Oder ist das alles nur dummes Gerede?«

»Ich muss wieder zu den Kindern zurück.«

»Wird er mir zuhören?«

»Ich weiß es nicht! Hören Sie auf damit!«

Er ließ die Hände von den Augen sinken und stand ganz still. »Ich will nach Hause«, sagte er dann.

Ich auch, dachte Clara, *ich auch*. Aber sie sagte: »Wo sind Sie denn zu Hause?«

»In West Sussex. Das heißt, meine Familie wohnt da. Ich selbst war bis vor kurzem in Cambridge. Es ist wegen dem Griechisch, verstehen Sie? Deswegen wollten sie mich hier haben. Sonst wäre ich die zwei Jahre einfach ein ganz normaler Soldat gewesen. Ohne diese furchtbaren Sonderermittlungen. Ohne diese Dolmetscherei. Diese Verhöre.«

»Sicher sind Sie eine große Hilfe. Niemand sonst spricht auch nur ein Wort Griechisch, nicht wahr?«

»Nein. Ich bin eine große Hilfe.«

Wieder Schweigen. Dann: »Im letzten Urlaub haben sie uns nach Athen verschifft – ich hatte eine ganze Woche Zeit und habe die wunderbarsten Dinge gesehen. Von manchen habe ich Skizzen gemacht, obwohl ich ein sehr schlechter Zeichner bin. Ich bin auch außerhalb der Stadt herumgereist, und es war herrlich. Delphi – es war schon immer mein Wunsch, Delphi zu sehen. Wissen Sie eigentlich, wie ich heiße?«

»Wie bitte?«

»Sie wissen es nicht. Sie kennen nicht einmal meinen Namen. Wenn wir zu Hause wären, würden wir uns, solbald man uns einander vorgestellt hätte, mit dem Namen ansprechen.

Finden Sie es nicht seltsam, dass Sie nicht einmal meinen Namen kennen? Finden Sie das nicht fast unmenschlich?«

»Wie heißen Sie denn?« Sie sah zu den Ställen zurück.

»Lawrence. Lawrence Davis. Würden Sie es sagen?«

»Sagen?«

»Ja, bitte.«

»Lawrence.« Clara war verlegen, aber als sie sein Gesicht sah, wurde sie weicher. Sie war nicht an Bedürftigkeit bei einem Mann gewöhnt, jedenfalls nicht bei Henry. Sie lächelte. »Wie nett, Sie kennenzulernen, Lawrence Davis. Die Leute hier nennen sich beim Vornamen, wenn Sie sich ein bisschen näher kennen.«

Davis hörte, dass ihre Stimme weicher wurde, und sah, dass sie ihn freundlich ansah. »Ich habe noch niemanden näher kennengelernt. Clara Treherne, nicht wahr?«

»Ja, Clara.«

»Wie Claire?«

»Ja.«

»Gut«, sagte er.

»Und? Sind Sie jetzt glücklich?«

»Ja, danke.«

»Und Sie werden mit Henry sprechen?«

»Ja, ich werde mit ihm sprechen.«

Später, als Clara über den Rasen zu Deirdres Haus ging und klopfte, um zu fragen, ob sie Lust hätte, mit Roger zu Gurkensandwiches und Kuchen auf der Terrasse zu ihnen zu kommen, sah Deirdre von ihrer Zeitschrift auf, zog die Augenbrauen hoch und sagte: »Oh, danke, vielleicht.« Roger spielte in ihrer Nähe mit einem kleinen roten Blechlastwagen. Aber als Clara sich zum Gehen wandte, fügte Deirdre hinzu: »Übrigens, worüber hast du denn so ernsthaft mit dem gutaussehenden Lieutenant Davis geredet? Heute Nachmittag, bei den Ställen? Ich habe dich gesehen.«

Sie war also nicht von zypriotischen Augen beobachtet worden, sondern von englischen.

5. Kapitel

Lawrence Davis war froh, dass er Clara Treherne zu den Ställen gefolgt war. Mit ihr zu reden, war ihm eine Hilfe gewesen, und noch am selben Nachmittag suchte er ihren Mann in seinem Büro auf, wie sie es vorgeschlagen hatte. Nachdem er sich gesetzt hatte, musterte Henry ihn über den Schreibtisch hinweg, registrierte, dass er nicht gerade sehr ordentlich aussah, und hoffte, dass Davis seine Zeit nicht zu lange in Anspruch nehmen würde. Er hatte den ganzen heutigen und den größten Teil des gestrigen Tages damit verbracht, Soldaten und Unteroffiziere zurechtzustutzen, die sich Gott weiß was hatten zuschulden kommen lassen. Seine Reserven an Missbilligung waren erschöpft.

Seit der Explosion am Strand hatte er nicht mehr richtig geschlafen. Jedes Mal, wenn er die Augen schloss, wurde die Szene wie ein überbelichtetes Foto auf seine Augenlider projiziert, und diese Bilder, die ihn immer wieder heimsuchten, wühlten ihn so auf, dass er nicht schlafen konnte. Es war leicht, sich ruhig und entspannt zu fühlen, wenn Clara neben ihm lag, doch dann riss der dichte lebendige Vorhang seiner Erinnerungen auf und alle möglichen Dinge kamen dahinter zum Vorschein. Mal war es das Gefühl seiner Knie im Sand, während er den pulsierenden Stumpf von Taylors Bein abband, oder etwas anderes – egal was –, und er musste sich ins Bewusstsein zurückreißen, um die Erinnerungen wieder wegzupacken und sich selbst ins Zimmer zurückzuholen. Er war nicht überrascht, dass die Bilder ihn nicht losließen, und gab sich alle Mühe, der Qual, so gut es ging, einen Riegel vorzuschieben, wünschte sich aber, er könnte lernen, die nächtlichen Stunden ebenso unter Kontrolle zu halten wie die des Tages.

Er straffte die Schultern, um sich besser konzentrieren zu können, und sah Davis erwartungsvoll an.

»Es gibt da etwas, worüber ich mit Ihnen reden möchte, Sir«, sagte Davis.

»Das habe ich mir schon gedacht. Worum geht es, Davis?«

»Ich bin mir nicht sicher, welches die richtige Vorgehensweise ist.«

»Nun, Sie reden, ich reagiere«, sagte Henry trocken. »Und das machen wir so lange, bis wir eine Lösung gefunden haben.«

»Ja, Sir. Natürlich. Es ist nur so, die Sache ist ein bisschen heikel.«

»Lieutenant Davis!«

»Sir?«

»Fangen Sie einfach an.«

»Sir.«

Davis hatte einen völlig trockenen Mund, wie bei einer Beichte. Er spürte die Macht von Henrys Autorität, aber auch seine Ungeduld, und war sich eindringlich bewusst, dass er sein ganzes Vertrauen in ihn setzte. »In Limassol – am Montag – habe ich ein – wurde ich Zeuge eines Verbrechens«, sagte er und kam sich vor wie ein Kind. »Eines Verbrechens, das von britischen Soldaten begangen wurde. Ich habe einen Mord beobachtet. Und die Vergewaltigung von zwei Frauen –« Er verstummte.

Nichts hatte sich verändert, weder Henrys Haltung noch

die Art, wie er ihn ansah, aber Davis spürte eine seismische Veränderung in der Atmosphäre des Raums.

Vom Exerzierplatz hallten Befehle herüber und in der Nähe des Fensters war das Klicken einer Gartenschere zu hören.

»Von zwei Frauen?«

»Ja, Sir.«

»Wo ist das alles passiert.«

»In einem Haus.«

»Wissen Sie, wer die Soldaten waren?«

»Ja.«

»Würden Sie die Frauen identifizieren können? Wenn Sie sie wiedersähen?«

»... Ich bin mir nicht sicher.«

»Wissen Sie, wo das Haus war? Genau?«

»Ja, Sir.«

Henry lehnte sich in seinem Stuhl zurück, griff nach einem Bleistift und betrachtete ihn. »Wer waren die Soldaten?«, fragte er, anscheinend beiläufig.

Davis dachte an Clara Treherne, die gesagt hatte: *Versuchen Sie es mit ihm.* Er merkte, dass seine Stimme zitterte, und schämte sich unerklärlicherweise über sich selbst, als er die Namen nannte. »Lieutenant Grieves. Private Miller. Private Francke, Sir. Das heißt, Lieutenant Grieves war nicht direkt daran beteiligt. Aber er hat zugesehen. Er hat es angeordnet.«

»Angeordnet?« Henry sah ihn konzentriert an.

»Er hat zugesehen.«

»Hat er zugesehen oder hat er einen Befehl gegeben?«

»Er hat – er hat es ermutigt.«

»Wer hat den Mann erschossen?«

»Francke, Sir. Mit einem Kopfschuss. Wissen Sie schon von dem Vorfall?«

»Welche Rolle haben Sie dabei gespielt?«

»Ich? Ich war der Dolmetscher.«

Henry stellte den Bleistift senkrecht hin, hielt ihn mit einem Finger in Balance, drückte so fest zu, dass sich die Spitze in das Löschblatt bohrte und schließlich abbrach. »Was genau soll das heißen?«, fragte er.

»Vielleicht erzähle ich lieber von Anfang an«, sagte Davis.

Henry behielt Davis zweieinhalb Stunden in seinem Büro und machte sich immer wieder Notizen. Irgendwann im Lauf des Nachmittags steckte Mark Innes den Kopf durch die Tür und sagte, er mache jetzt Feierabend. Ab da waren sie allein. Henry stellte Davis eine Frage nach der anderen, nicht aggressiv, aber unerbittlich, und ohne sich anmerken zu lassen, was er dachte oder empfand, in Bezug auf Davis oder die Ereignisse in dem Haus, erst recht nicht, was er tun würde. Dann entließ er ihn mit einem: »Haben Sie vielen Dank.«

Davis hatte sich in die Toilette des Offizierskasinos geflüchtet und war, die Hand vor den Mund gedrückt, in Tränen ausgebrochen, weil es so furchtbar gewesen war, die Szene immer wieder vor seinen Augen ablaufen zu lassen, so wie Henry es von ihm verlangt hatte. Auch all die anderen Dinge, die er in den letzten Wochen gesehen hatte, brachen über ihn herein, und die Erkenntnis, dass er ein Schwächling war, der immer nur zusah. Als er endlich mit Weinen aufhören konnte, ging er in die Bar und genehmigte sich einen Drink, einen doppelten. Er dachte an sein Zuhause, an seine Mutter in der Küche, an seinen Vater, der im Garten werkelte. Dann an sein Zimmer in Cambridge. Dann an Clara.

Als Davis gegangen und Henry allein war, schien sogar das Zimmer nach allem, was in ihm gesagt worden war, dankbar für die Stille. Henrys kühle Ruhe war nur aufgesetzt gewesen, seine Unerschütterlichkeit eine Willensanstrengung in Davis' Interesse, damit dieser sich die ganze Sache im beruhigenden Bewusstsein eines professionellen Gegenübers von der Seele reden konnte.

Nach einer Weile ging Henry die Notizen durch, die er sich gemacht hatte, trug Einzelheiten nach, weil er sich nicht sicher war, ob er seinem Gedächtnis später vertrauen konnte. Davis' Worte zeichneten ein unsägliches Bild: den Missbrauch der Frauen, das bedenkenlose Töten eines Mannes, der keine Bedrohung darstellte, das unerträgliche, insgeheime Einverständnis zwischen den Soldaten, aufgeputscht von ihrer eigenen Brutalität. Die Einzelheiten. Er hätte sich gern davor versteckt, ungeschehen gemacht, was er gehört hatte, nichts von alldem gewusst. Aber er hatte eine Grenze überschritten und konnte nicht zurück. Er hatte nicht gewusst, wie naiv er war.

Er stand auf, zog sein Taschentuch hervor, rieb sich die Handflächen trocken und faltete das Tuch ordentlich wieder zusammen. Clara hatte seine Initialen, H. T., vor Jahren mit rotem Kettenstich auf all seine Taschentücher gestickt. (»Wir wollen schließlich nicht, dass jemand sie sich unter den Nagel reißt«, hatte sie gesagt.) Er setzte sich, rückte seinen Stuhl zurecht, klopfte den Stapel seiner Notizen auf Stoß. Dann griff er wieder nach seinem Bleistift.

Wenn britische Soldaten etwas derart Verdammenswertes taten, sündigten sie nicht nur gegen Gott – obwohl sie natürlich auch das taten. Sie sündigten auch gegen England. Ihre Sünde fiel auf Henry zurück, auf die Kompanie, das Bataillon, das Regiment, die Armee, das gesamte Land, und es gab nur einen Sieg – ihre Verurteilung und Bestrafung. Aber gegen Männer vorzugehen, die seinem Kommando unterstanden, widersprach jedem Loyalitätsgefühl in ihm, und der Widerwille, den er empfand, richtete sich nicht nur gegen die drei Männer, sondern auch gegen sich selbst, gegen das, was er tun würde. Alles in ihm wehrte sich dagegen.

Aufmerksam las er die dicht beschriebenen Seiten noch einmal und noch einmal durch. Nach jeder Seite spitzte er den Bleistift neu an, um ihn für den Augenblick der Korrektur parat zu haben und um zu sehen, wie die gewellten Kringel fast schwerelos in den Papierkorb neben seinem Schreibtisch fielen. Er legte die Seiten auf den Stapel der anderen Berichte, die er seit dem Chaos am Montag in Limassol verfasst hatte: Berichte über Vergehen, die von Sachbeschädigung bis zu Trunkenheit im Dienst reichten – aber das hier? Als er fertig war, war es sechs Uhr.

Die Soldaten hatten den Exerzierplatz längst verlassen. Jetzt waren nur noch die Abendlieder der Vögel zu hören.

Er musste sehr umsichtig vorgehen. Er musste sicher sein.

Er ging zu dem Haken neben der Tür, griff nach seiner Mütze und hob sie mit dem Schirm nach vorn auf Augenhöhe.

Er betrachtete das Abzeichen, betrachtete das Schloss, das Eichenblatt und das Banner vor dem Hintergrund des blauen Himmels. Sie waren ihm so vertraut wie die britische Flagge, standen ihm sogar noch näher. Er konnte sich nicht erinnern, wann er dieses Abzeichen zum ersten Mal gesehen hatte – an seinem Vater vielleicht, als Kind, oder an den alten Uniformen seines Großvaters, die in Ehren gehalten und immer wieder aus ihrem mottengeschützten Aufbewahrungsort hervorgeholt wurden. Das Schloss – bzw. die gestickte Andeutung eines Schlosses – war für ihn das Schloss von König Artus gewesen, das Schloss von Prinz Henry. Das Eichenblatt hob sich golden vor dem blassblauen Himmel ab, gestickt mit dünnem, glänzendem Faden. England und der Himmel darüber, Gott und Land zu einer Einheit verschmolzen. Das Abzeichen war das verkleinerte Abbild seines Landes. Er hatte es immer voller Stolz getragen.

Aber das waren nicht die Worte, die Henry durch den Sinn gingen, als er das Abzeichen betrachtete und seinen Entschluss fasste. Er hätte nicht laut aussprechen können, was er dachte. Er hatte nur ein Wort: »Alles«.

Noch einmal betrachtete er das Abzeichen: Schloss, Eichenblatt, Banner. Das tiefgründige, stille Land, das ihn hervorgebracht hatte, war ihm so nah, wie er sich Gott nur je nah fühlen konnte, und er diente ihm. Im tröstlichen, beruhigenden Bewusstsein seiner Verantwortung ging er zum Schreibtisch und hob den Hörer des Telefons ab. »Colonel Burroughs«, sagte er, und einen Augenblick später: »Colonel, Sir, Henry Treherne … Könnte ich vielleicht bei Ihnen zu Hause vorbeikommen? Es gibt da etwas, das ich mit Ihnen besprechen müsste … Danke.«

Er legte den Hörer auf, senkte den Kopf, setzte die Mütze auf und verließ das Zimmer.

6. Kapitel

Das Haus des Colonels unterschied sich von den anderen nur dadurch, dass es etwas größer war, ein klein wenig entfernt stand und rundum von Rasen umgeben war. Abgesehen davon ähnelte es den Häusern der anderen Offiziere. Genau wie sie war es erst vor kurzem so billig wie möglich hochgezogen worden und hatte einen weißen Anstrich und blaue Fensterrahmen. Natürlich war es nicht der Colonel selbst, der die schweren Gasflaschen aus Metall ins Haus tragen musste, wenn die alten leer waren, aber sie mussten auch bei ihm ins Haus getragen werden, und wenn er ein oder zwei zusätzliche Stabsbedienstete zur Verfügung hatte, lebte er doch in so enger Nähe zu den Offizieren, die seinem Kommando unterstanden, dass es kaum einen Unterschied machte. Zu Hause, in England, hätte er eine lange Auffahrt sein eigen genannt und wäre nicht sozusagen mitten unter ihnen gewesen.

Henry saß stumm im Landrover, ging noch einmal durch, was er zu Burroughs sagen wollte, versuchte, die Bilder zu bannen, die Davis heraufbeschworen hatte: das Bild des gesichtslosen Mädchens mit den mit Gewalt gespreizten Beinen, während die Mutter festgehalten wurde. Er bat Kirby, ihn an der Ecke abzusetzen und zu warten, und ging zu Fuß zum Haus. Als er an der Tür ankam, war er außer Atem, als wäre er den Hügel von seinem Büro zu Fuß hinaufgegangen.

Er war schon ein- oder zweimal im Haus des Colonels gewesen, aber immer auf Einladung von Evelyn, und immer zusammen mit Clara. Die Tür wurde von einem afrikanischen Dienstboten geöffnet. Er war barfuß und bat Henry, der seine Mütze abnahm und in der Hand behielt, mit einem höflichen Nicken herein. Von oben war Parfüm und Shampoo zu riechen – wahrscheinlich zog sich Evelyn für den Abend um. Henry folgte dem Dienstboten durch das Haus und zwei Stufen hinunter ins Wohnzimmer. Seine Schritte hallten laut auf dem Terrazzoboden, während die des Dienstboten lautlos waren.

»Major Treherne, Sir.«

Burroughs saß in einem bequemen Plantagensessel neben der Terrassentür und stand auf, als Henry hereinkam.

»Entschuldigen Sie die Störung, Sir.«

Sie gaben sich die Hand.

»Ist schon in Ordnung, Henry. Ein Drink?«

»Nein, danke.«

»Einen Brandy mit Soda für mich«, sagte Burroughs zu dem Dienstboten, der sich zurückzog, und sie gingen auf die Terrasse.

Es war halb sieben und schon dunkel, aber noch waren keine Sterne zu sehen, und die Grillen fingen gerade erst mit ihrem Zirpkonzert an. Noch hatte es das rhythmische Pulsieren der Nacht nicht erreicht.

»Wahrscheinlich haben Sie einen ziemlich harten Tag hinter sich.«

»Ja, Sir.«

»Vor allem nach den Vorfällen vom Montag.«

»Ja.«

»Ist mit Ihnen alles in Ordnung?«

»Ja, danke.«

»Immerhin haben Sie Urlaub in Aussicht.«

»Aber erst in zwei Monaten.«

»Haben Sie den Tag damit verbracht, die faulen Äpfel auszusortieren?«

»Ja. Der Montag war –«

»Es überrascht mich immer wieder, wie viele der Männer zu flennen anfangen, wenn sie vor einen zitiert werden. Und wenn nicht, sollten sie gefälligst. Man kommt sich vor wie ein Schulmeister oder, Himmel hilf, ihr Vater.«

Henry, der normalerweise gern mit Burroughs zusammen war, wusste nicht, was er dazu sagen sollte. Er war erfüllt von einer ungewohnten Spannung, die ihn von allem anderen distanzierte.

Der Dienstbote brachte ein Tablett mit dem Brandy des Colonels und sah Henry fragend an.

»Nehmen Sie doch wenigstens ein Bier, Henry. So ernst kann es doch nicht sein.«

»Also gut, danke.«

Der Dienstbote ging und Henry sagte: »Davis kam heute Nachmittag zu mir.«

»Lieutenant Davis, der Dolmetscher?«

»Ja. Anscheinend gab es einen Vorfall in der Starsis Street«, sagte Henry und überlegte, wie er fortfahren sollte. Das Schweigen war wie eine undurchdringliche Barriere, die es zu überwinden galt. »Sir, Davis hat gesehen, wie Private Francke einen Mann erschoss, mit einem aufgesetzten Kopfschuss, ohne jede Provokation, während Lieutenant Grieves dabei zusah.«

Henry sah den Dienstboten mit dem Bier aus der Küche kommen und fügte hastig hinzu: »Und er – also Francke –

und ein anderer Mann, Miller, haben zwei Frauen vergewaltigt. Sagt Davis.«

Der Dienstbote erreichte sie, stellte das Tablett ab und schenkte das Bier ein.

Colonel Burroughs wandte sich ab, stellte seinen Drink auf die niedrige Mauer der Terrasse und vergrub beide Hände in den Taschen.

Der Dienstbote reichte Henry sein Bier, drückte das Tablett flach an die Brust und ließ sie allein.

»Haben Sie die Männer verhaften lassen?«, fragte Burroughs.

»Noch nicht, Sir. Ich komme geradewegs von dem Gespräch mit Davis.«

»Davis.« Der Colonel sprach den Namen vorsichtig aus. »Ich hatte bisher nicht viel mit ihm zu tun. Kann man sich auf ihn verlassen?«

»In dieser Sache ja, Sir.«

»Keine privaten Interessen im Spiel?«

»Nicht dass ich wüsste.«

»Weiß sonst jemand davon?«

»Meines Wissens nicht.«

Der Colonel drehte sich zu ihm um. Die Terrassenbeleuchtung fiel von der Seite auf ihn und betonte die hellen Augen und den markanten Schnitt seines Gesichts. »Ist in der Wache überhaupt noch Platz«, sagte er.

»Genau das, was ich auch dachte«, sagte Henry mit einem kurzen, bitteren Auflachen.

»Was war mit Mark Innes?«, fragte Burroughs auf der Suche nach jemandem, dem man die Schuld zuschieben konnte, und Henry dachte mit plötzlichem Zorn: *Es waren deine verdammten Befehle, und sie waren verdammt schlam-*

pig. Aber er sagte: »Mark hat sein Bestes getan. Es waren mehrere Hundert Männer in der Stadt, und das machte es schwierig, alle im Auge zu behalten. Die Männer waren ziemlich aufgepeitscht, gelinde ausgedrückt. Es gab nicht viel, was er tun konnte.«

»Und Sie selbst waren nicht da«, sagte Burroughs und beäugte ihn gedankenvoll.

»Nein.«

Henry dachte an die verlorenen Stunden, die er an Jensons Seite verbracht hatte, an seine hässliche Zeit mit dem Tod.

Schweigen.

»George«, kam die durchdringende Stimme Evelyn Burroughs' von oben, und der Colonel sah Henry an und verdrehte die Augen. »Die Pflicht ruft«, sagte er und trabte ins Haus.

Henry lächelte. Der Kommandeur des Kommandeurs, dachte er, trank sein Bier, solange es noch kalt war, und besah sich den hässlichen Steingarten, bis der Colonel zurückkam. »Wieso können Frauen ihre Halsketten nie selbst zumachen?«, fragte er, als er die Terrasse betrat. »Allerdings muss ich zugeben, dass ich mir die Krawatte nicht selbst binden könnte, und wenn mein Leben davon abhinge.«

Er blieb neben Henry stehen, stellte einen Fuß auf die niedrige Umfassungsmauer und stützte die Arme einen Moment auf das Knie. Seine Nähe hatte etwas Familiäres. »Nun denn«, sagte er.

Eine Eidechse huschte dicht neben seinem blitzblanken Schuh über die Mauer. »Es wird uns nichts anderes übrigbleiben, als die drei Mistkerle einzubuchten und die ganze verdammte Geschichte zu untersuchen. Es ist eine Schande. Wieso müssen diese Idioten bloß immer so blöd sein? Wenn

Davis sie nicht gesehen hätte, hätten sie diese Schweinerei für sich behalten können. So wird die ganze verdammte Insel Bescheid wissen, und die Presse natürlich auch. So viel zu ›die Herzen und Köpfe der Menschen gewinnen‹. Wir werden alle dastehen wie ein Haufen Mörder und Totschläger.«

Die Eidechse huschte die Mauer hinunter und verschwand. Colonel Burroughs richtete sich auf. »Sie kümmern sich um alles?«

»Ja, Sir.«

»Und, Henry, kommen Sie heute Abend ins Kasino. Sie sollten an so einem Tag nicht allein sein. Wir alle sind fassungslos wegen der Sache mit Jenson und Taylor, von den armen Pferden gar nicht erst zu reden. Sie haben sehr schnell reagiert. Sie haben alles getan, was Sie konnten.«

»Ich bin mir nicht so sicher.«

»Wissen Sie, was mein erster Gedanke war, als ich davon hörte?« Er sah Henry direkt an, offenbarte ihm einen kleinen Schmerz in seinem Inneren. »Als Erstes dachte ich – hoffentlich hat es nicht King's Man erwischt! Die Menschen waren mir im ersten Moment völlig egal. Ich würde es hassen, dieses Pferd zu verlieren. Aber dann fällt einem natürlich ein, worauf es wirklich ankommt, und man denkt an den armen Kerl, der gestorben ist, und an Taylor, der sein Bein verloren hat. War er ein guter Soldat?«

»Taylor?«

»Ja.«

»Er war erst seit Januar hier«, sagte Henry. »Um genau zu sein, ist er mit demselben Boot gekommen wie meine Frau. Ein Wehrpflichtiger. Durchaus fähig. Jenson war einfach nur ein sehr guter Stallbursche, der Pferde liebte. Er ist nur in die Armee gegangen, um mit ihnen arbeiten zu können. Als

Schütze war er völlig unbrauchbar. Er hätte nicht einmal ein Scheunentor getroffen.«

»Es hätte ihm sowieso nichts genützt.«

»Nein.«

Henry dachte an Jenson, dessen Gesicht nur noch eine blutige Masse gewesen war. Selbst als er starb, war er nicht zu erkennen gewesen, weil die Ärzte seine Wunden nicht saubermachen konnten, ohne zu viel Wichtiges wegzuwaschen. Henry hatte vorher noch nie die Hand eines Mannes gehalten und nicht gewusst, ob es nur unwillkürliche Zuckungen waren oder der Versuch, gegen die Einsamkeit oder den Tod anzukämpfen, was Jenson dazu gebracht hatte, seine Hand so fest zu umklammern.

Evelyns Absätze kamen die Marmortreppe heruntergeklappert, dann tauchte sie in einem Abendkleid aus Satin, das über ihrer sommersprossigen Brust spannte, in der Tür auf.

Henry sah ihr entgegen. Einen Moment lang wirkte ihr Lächeln geradezu grotesk, dann riss er sich von Jensons Bett los und versetzte sich wieder auf die warme Terrasse.

»Henry! Muss ich Sie ausschimpfen, weil Sie meinen Mann von seinen Waschungen abhalten?«

Henry sammelte sich, fing seine hin und her huschenden Gedanken wieder ein, die sich wie aufgescheuchte Kakerlaken in die Ecken verkrochen hatten. »Ich bekenne mich schuldig«, sagte er. »Aber ich wollte wirklich gerade gehen.« Einen Moment lang plauderte er noch höflich mit den beiden, ohne die Verhaftungen zu erwähnen, die er bald vornehmen würde, oder die Gründe dafür.

»Grüßen Sie Ihre Eltern, wenn Sie ihnen das nächste Mal schreiben«, sagte sie, und Henry versprach es.

7. Kapitel

Henry verließ Burroughs' Haus und ging zum Landrover zurück. Er sah auf seine Uhr und dachte daran, Clara Bescheid zu geben, dass es spät werden würde, vergaß es aber sofort wieder und konzentrierte sich auf das, was vor ihm lag, nicht auf seine Frau, die zu Hause war, bei den Kindern, beim Abendessen, in Sicherheit, und nichts mit dieser ganzen Sache zu tun hatte.

Clara brachte die Zwillinge ins Bett. Henry war nicht nach Hause gekommen und niemand hatte ihr Bescheid gesagt, wo er war. Unten erledigte Adile ein paar letzte Arbeiten. Aber ihre Anwesenheit galt nicht als Gesellschaft.

Deirdre war nicht zu Hause. Auch aus den anderen Häusern war nichts zu hören. Es gab nur die nächtlichen Geräusche und in den dunklen Sträuchern ein gelegentliches leises Scharren, das durch die offenen Türen kam.

Sie ging nach unten. Sie hasste das Gefühl der Dunkelheit draußen und wusste, dass Adile sie beobachtete, als sie die Hintertür zumachte und die Vorhänge zuzog.

Im Zimmer wurde es sofort unerträglich heiß und stickig. Alle paar Minuten sah Clara auf die Uhr. Halb acht. Fünf nach halb acht. Adile war mit der Küche fertig und öffnete den niedrigen Schrank, in dem sie ihre Tasche und ihre sonstigen Sachen verwahrte. Clara hob den Kopf und sprang auf. »Nein, Adile. Bitte bleiben Sie!«

»Madam?«

»Bitte bleiben Sie.«

Adile nickte, setzte sich an den Küchentisch und verschränkte die Hände ineinander.

Clara blieb auf der anderen Seite der Küche stehen. »Ich muss noch einmal weg«, sagte sie. »Weg. Passen Sie auf die Mädchen auf. Bitte.«

Adile nickte noch einmal und wich Claras Blick höflich aus.

»Gut«, sagte Clara. »Ich gehe kurz ins Kasino. Es wird nicht lange dauern.«

Sie ging den ganzen Weg den Hügel hinunter zu Fuß, den Blick auf das kleine Stück Straße vor sich gerichtet, das sie sehen konnte. Sie würde nicht in die Dunkelheit starren wie ein verängstigtes Tier. Sie würde nicht über die Schulter nach hinten sehen. Ihre Absätze gerieten auf dem losen Schotter immer wieder ins Rutschen. Lächerlich, dachte sie. Es ist lächerlich, vor Angst zu weinen, vor Angst vor nichts, vor absolut nichts. Sie haben schon eine Bombe gelegt. Wenn wir aufpassen, werden sie uns nicht noch einmal erwischen, jedenfalls nicht hier – aber die Bilder von Terroristen, die durch die Dunkelheit schlichen und Minen im weichen Sand vergruben, multiplizierten sich in ihrem Hirn, ließen sie nicht mehr los.

Erhitzt und atemlos erreichte sie die hell erleuchtete Normalität der Bar. Ihre Angst versickerte wie Meerwasser in trockenem Sand und ließ sie fast schwindlig zurück. Dann ging ihr auf, dass sie überhaupt nicht passend angezogen war. Sie sah bestimmt fürchterlich aus. Mit dem Handrücken fuhr sie sich über die Stirn. Sie musste als Erstes zur Toilette gehen und versuchen, sich ein bisschen herzurichten –

»Clara!«

Es war Susan MacKay, die mit Deirdre an einem Tisch saß.

»Alles in Ordnung?«

»Ja, hallo.«

Sie spielten Rommé. Sie tranken White Ladies.

»Setz dich doch«, sagte Susan. »Kein Henry?«

Die hellen Lichter und die Geräusche fluteten über sie hinweg. Sie setzte sich neben Susan. »Er ist noch nicht zu Hause.«

»Spielst du mit?«

»Nein, aber macht ruhig weiter. Ich habe gedacht, er ist vielleicht hier.«

»Wir haben ihn nicht gesehen, oder, Deirdre?«, sagte Susan.

»Nicht in letzter Zeit.«

»Ich bin überhaupt nicht angezogen. Ich bin einfach so aus dem Haus gelaufen.«

Deirdre bedachte sie mit einem kalten Blick. »Einfach so aus dem Haus gelaufen, um deinen Mann zu suchen, Clara? Du hast die Mädchen doch wohl nicht allein gelassen, oder?«

»Nein, natürlich nicht.«

Deirdre verzog den Mund zu einem Lächeln und klatschte eine Karte auf den Tisch. »Das will ich doch gehofft haben«, sagte sie.

Susan lächelte ebenfalls, aber in ihrem Fall war es ein freundliches Lächeln. »Sei nicht albern. Wie du aussiehst, stört doch keinen«, sagte sie. »Aber ich habe einen Kamm und eine Puderdose dabei, wenn du willst.«

Eine Weile sah Clara Susan und Deirdre beim Spielen zu. Gelegentlich tauschten sie eine Bemerkung über ihre Karten aus, oder über Leute, die am Tisch vorbeikamen, und Clara ließ den Blick über die Menge wandern. Mark war nirgends zu sehen – vielleicht war er mit Henry zusammen, oder auf der anderen Seite der Bar. Blauer Zigarettenrauch schwebte wie eine Fahne über den Köpfen der Leute. Das Grammophon in der Ecke spielte, aber die Gespräche waren so laut, dass sie den Text des Lieds nicht verstehen konnte.

Sie wusste nicht, was sie an diesem Morgen geritten hatte, wieso sie auf die Idee gekommen war, an den Strand zu gehen. Das entsetzliche Geschehen wurde ihr erst jetzt in seinem ganzen Ausmaß bewusst. Die Atmosphäre in der Bar erinnerte ein bisschen an eine Kneipe auf einem Moor oder auf einem Berg, in die alle sich vor einem Unwetter geflüchtet hatten – alles wirkte heimeliger als sonst. Die Treppe hinunter, auf der anderen Seite der Bar, bahnte sich Lieutenant Davis langsam seinen Weg durch die Menschen. Er sprach mit niemandem, und niemand sprach mit ihn.

An der Tür zur Terrasse blieb er stehen, sah sich um, suchte die Gesichter ab, biss sich von innen in die Unterlippe. Was, fragte sie sich. Was hatte er Henry so unbedingt erzählen wollen? Sie folgte seinem Blick, der sich auf jemanden richtete. Tony Grieves. Wieso starrte Davis ausgerechnet ihn an? Sie sah zurück zu Davis. Im gleichen Augenblick sah er durch die volle Bar zu ihr herüber. Ihre Blicke begegneten sich einen Moment, aber statt ihn mit einem Nicken zu grüßen, sah sie scheu in ihren Schoß hinunter.

»Ha, der Major!«, sagte Susan, und Clara drehte sich um, um Henry entgegenzusehen.

Er bemerkte sie nicht. Er sah erschöpft aus. In der Nacht hatte er starr und stumm neben ihr im Bett gelegen, und die Luft um ihn herum hatte vor Spannung geradezu vibriert. Clara stand auf und ging zu ihm hinüber. »Liebling, wo bist du gewesen?«, fragte sie.

»Was machst du denn hier?«

»Du siehst müde aus.«

Er sah sich im Raum um. »Es war ein langer Tag.«

»Oh – hast du vielen Soldaten den Kopf waschen müssen?«

»Ja. Hör zu, würde es dir sehr viel ausmachen, nach Hause zu gehen? Ich muss etwas erledigen und es wäre mir lieber, du wärst nicht dabei.«

Er hatte sie immer noch nicht angesehen, aber nun senkte er den Blick, wie um zu sagen: *Bist du immer noch da?*

»Oh – ich –«

»Kirby kann dich fahren. Er ist draußen. Sag ihm, er soll anschließend wieder hierher kommen.«

Claras Stimme war leise. Sie hoffte, dass nur Henry sie hören konnte, und sie wollte unbedingt, dass er ihr zuhörte. »Ich war zuhause so nervös«, sagte sie. »Ich hatte Angst.«

»Es gibt keinen Grund, nervös zu sein.«

»Das haben alle auch über den Strand gesagt!«

Ein oder zwei Leute drehten die Köpfe. Clara war sich bewusst, dass Deirdre und Susan sie beobachteten. Henry sah sie endlich an, senkte das Kinn, um ihr in die Augen sehen zu können. »Clara, bitte. Es ist nicht der richtige Zeitpunkt, um darüber zu reden. Ich arbeite noch. Sehe ich dich später?«

Clara spürte, wie ihr die Röte in die Wangen stieg. »Ich *kann* doch hier sein, oder?«

Er, leise: »Mir wäre es lieber, wenn du nicht hier wärst.« Dann: »Wie du willst.« Und er wandte sich abrupt von ihr ab.

Clara wartete nicht ab, was er tun würde. An ihm vorbei ging sie zur Damentoilette, dem einzigen Ort, den sie aufsuchen konnte, ohne dass es merkwürdig wirkte. Am Tisch von Susan und Deirdre blieb sie kurz stehen. »Wenn es dir nichts ausmacht, würde ich mir die Puderdose jetzt doch gerne borgen.«

Susan reichte Clara kommentarlos ihre Abendtasche. Als sie sie nahm, sah sie, dass Deirdres Augen sich amüsiert verengten.

Clara war irgendwie übel. Sie wusch sich die Hände, spritzte sich Wasser ins Gesicht und trug Puder auf, und als sie wieder zurückging, sah sie, wie Henry die Bar zusammen mit Tony Grieves verließ. Niemand schien die beiden zu beachten, aber irgendwie hatte Clara das Gefühl, dass die Tatsache, dass diese beiden zusammen weggingen, eine Bedeutung hatte. Eine Bedeutung, die ihr verborgen blieb. Sie ging zurück an den Tisch. Dabei fiel ihr Blick aufs Neue quer durch die volle Bar auf Davis. Auch er beobachtete, wie Henry und Grieves gemeinsam weggingen.

Sie legte Susans Tasche auf den Tisch und ging zu ihm. »Entschuldigung«, sagte sie, als sie sich zwischen trinkenden Männern hindurchdrängte, die sie nicht bemerkt hatten. »Entschuldigung, es tut mir leid.« Sie betrat den volleren Teil der Bar, den Teil, den die Frauen normalerweise mieden. Sie warteten lieber auf gepolsterten Sesseln, bis ihnen ihre Drinks gebracht wurden. Davis zog die Augenbrauen hoch, als er sie kommen sah.

»Können Sie mir sagen, was hier vorgeht?«, fragte sie ihn und empfand eine gewisse Befriedigung über seine Verlegenheit.

»Ich weiß nicht, was Sie meinen.« Er sah sie an.

»Was war das für eine dringende Besprechung mit Henry?«

»Oh.« Er fühlte sich sichtlich unwohl. »Hat er denn nichts gesagt?«

»Ich habe ihn den ganzen Tag noch nicht gesehen. Sie sehen mehr von ihm als ich, würde ich meinen. Und jetzt ist er mit Tony Grieves verschwunden.«

»Nicht verschwunden. Er hat ihn verhaftet.«

»Er hat einen Offizier verhaftet?« Sie war schockiert. »Wieso? Was kann so schlimm sein?«

»Möchten Sie einen Drink?«

»Nein. Ich möchte wissen, was hier vorgeht. Henry hat mich nach Hause geschickt.«

»Geschickt?«

»Ja.«

Er berührte ihren nackten Oberarm, damit sie ein bisschen näher an die Wand trat. Sie zitterte, und er beugte sich zu ihrem Ohr herab. »Ich weiß ja nicht, ob Grieves ein Freund von Ihnen ist, aber er ist ein –« Er stockte. »Er ist widerlich.« So, wie er das sagte, klang es so endgültig, so englisch – *widerlich*. »Aber jetzt wird er bekommen, was er verdient.«

Einen Moment dachte Clara an Deirdre und Grieves auf dem schmutzigen Asphalt, und dass Grieves wirklich widerlich war. Sie hatte die irrwitzige Vorstellung, dass Henry ihn verhaftet hatte, weil er es mit Deirdre getrieben hatte, und hätte fast gekichert.

»Was ist?«

»Nichts. Was hat er getan?«

»Das möchte ich einer Frau gegenüber lieber nicht sagen.«

Obwohl Davis furchtbar aufgeblasen klang, lief es Clara kalt den Rücken hinunter. Was nur konnte so schlimm sein?

»Gehen Sie?«, fragte er.

»Ja, ich denke schon.«

»Ich begleite Sie hinaus.«

Sie setzten sich gemeinsam in Bewegung. Unterwegs blieb Clara kurz stehen, um sich von Deirdre und Susan zu verabschieden. Deirdre stand auf. »Ich habe Henry gesehen«, sagte sie. »Er ist mit Tony weggegangen.«

»Ja, ich weiß«, sagte Clara und ging.

Auf der Auffahrt waren weder Henry noch Grieves zu sehen. Sie blickte sich nach Kirby um, der sie bemerkte, die Scheinwerfer anschaltete und langsam auf sie zufuhr.

»Ist das Ihr Fahrer?«

»Ja, Corporal Kirby.« Sie würde mit den Kindern allein im Haus sein.

Davis stand still neben ihr, und sie sagte schnell: »Ich weiß, dass Soldaten – Sie, Henry – die ganze Zeit mit Dingen zu tun haben, die wirklich gefährlich sind. Trotzdem scheinen Sie keine Angst zu haben.«

Er sah sie an. »Nun, man muss eben einfach tun, was getan werden muss«, sagte er.

»Ich habe Angst«, sagte sie.

»Nun ja, nach dem Montag –«

»Nein. Die ganze Zeit.«

Kirby stieg aus und hielt ihr die Tür auf. »N'Abend, Mrs T.«

»Hallo, Kirby.«

Er ging um das Auto herum zurück zu seiner Tür, schob seinen Körper langsam durch die warme Nacht. Clara wandte sich von der offenen Tür und dem dunklen Inneren des Wagens ab. »Es ist albern«, sagte sie. »Henry ist derjenige, der ständig draußen in den Dörfern ist oder unterwegs auf diesen abgelegenen Straßen kilometerweit von allem weg. Und ich bin so sicher wie – wie in einem Haus.«

Davis schob die Hände in die Taschen, wippte auf den Absätzen auf und ab und zog die Schultern zusammen. Er lächelte. »Komischer altmodischer Ausdruck. ›Sicher wie in einem Haus.‹ Vor allem nach dem Krieg. Eigentlich sollte man meinen, er wäre seitdem ausgestorben.«

Sie lächelte ebenfalls. »Vielleicht sollte man lieber sagen, ›sicher wie in einem Luftschutzkeller‹.«

Er sprach leise, obwohl Kirby ihn wegen des Motorengeräuschs sicher nicht hören konnte. »Als meine Einberufung kam, habe ich es auch mit der Angst zu tun bekommen. Ich habe mich elend auf einem Schlachtfeld krepieren sehen. Aber wie Sie sehen, bin ich nicht auf einem Schlachtfeld, und selbst wenn – nun, wie Sie gesagt haben, hätte ich keine Angst. Nicht so, wie ich dachte.«

»Sehen Sie. Vielleicht sind Männer einfach tapferer.«

»Allerdings habe ich mir einen Talisman mitgebracht und ständig bei mir getragen.«

»Was für einen Talisman?«

»Eine eher unbedeutende griechische Göttin – Iris. Sie soll Glück bringen.«

»Nicht ganz so offensichtlich wie ein Heiliger Christopherus.«

»Nein. Einfach ein kleines viktorianisches Kitschdings. Ich habe die Iris bei einem Trödler in Cambridge gefunden. Aber am Anfang hatte ich wirklich ein besseres Gefühl.«

»Ja, das kann ich verstehen.«

»Bis letztes Jahr war ich noch nie aus England weg.«

»Es hat nichts damit zu tun, aus England weg zu sein. Sondern damit, *hier* zu sein.« Einen Moment schwiegen sie. Sie wusste, dass sie gehen sollte. »Ich habe nicht einmal ein Kruzifix«, sagte sie.

Eine Pause, in der Kirby sich ausgiebig räusperte. Man hörte deutlich, dass er ein starker Raucher war.

»Ich sollte jetzt gehen«, sagte sie und stieg ein.

»Gute Nacht, Lawrence«, fügte sie hinzu, ohne seinem Blick zu begegnen.

»Gute Nacht – oh! Danke, dass Sie mir zugeredet haben, mit Ihrem – » Er geriet ins Stocken. »Mit Major Treherne zu reden«, sagte er. »Es war richtig, es zu tun.« Er grinste.

Kirby legte den Gang ein, das Auto rollte los.

Henry war immer noch nicht zu Hause. Clara war schon im Nachthemd und trocknete sich gerade das Gesicht ab, als es an der Tür klopfte. Sie zuckte zusammen, ging an den Kopf der Treppe, spähte ins Erdgeschoss hinunter und sah, dass etwas unter der Tür hindurchgeschoben worden war. Es sah aus wie ein zusammengefaltetes Stück Papier. Als sie nach unten tappte, hörte sie ein Auto wegfahren.

Sie bückte sich und hob das Papier auf, das vom Anfassen weich und ein bisschen feucht war. Als sie es aufschlug, fand sie eine kleine Kamee, wie man sie vielleicht an einer dünnen Kette trug. Die Einfassung aus billigem Gold war leicht verbogen. Sie trug das kleine Schmuckstück ans Licht. Der Hintergrund war blau, die Kamee selbst ein nicht sonderlich kunstvoll ausgearbeitetes Relief einer geflügelten Göttin, die eine Urne in der Hand hielt.

Clara strich mit dem Finger darüber. Sie schien Trost zu spüren, als sei das kleine Schmuckstück mit einem Segensspruch behaftet. Dass Lawrence Davis extra zu ihrem Haus gefahren war und es unter der Tür durchgeschoben hatte! Hoffentlich denkt er nicht, dass zwischen uns etwas ist, wenn ich es behalte, dachte sie, und dann: Wie nett von ihm. Sie schlug die Kamee wieder in das Papier ein und ging nach oben, um einen Platz zu suchen, wo sie sie unauffällig verwahren konnte.

Davis fuhr von Claras Haus weg. Er war froh, dass er nicht erwähnt hatte, dass die Göttin Iris nicht nur eine Glücksbringerin, sondern auch die Botin Aphrodites war. Wenn er das Wort »Liebe« ins Spiel gebracht hätte, hätte sie sein Geschenk vielleicht nicht angenommen, aber er wollte, dass sie es nahm und behielt. Er bog in Richtung Kaserne ab, weil er keine Lust hatte, ins Kasino zurückzugehen. Gott sei Dank, dass Major Treherne und die Militärpolizei diejenigen waren, die direkt mit der leidigen Angelegenheit der Verhaftung von Grieves befasst waren, nicht er selbst. Bald genug würden alle Bescheid wissen und ihn mit der ganzen schmutzigen Angelegenheit in Verbindung bringen. Er hatte keine Lust, ihnen gegenüberzutreten. Lieber war er allein.

Henry hatte Grieves um die Ecke des Gebäudes geführt, um die Verhaftung vorzunehmen und ihn der Militärpolizei zu übergeben. Als alle weg waren, blieb er allein in der friedlichen Dunkelheit stehen, um zur Ruhe zu kommen.

Grieves würde nicht in eine Zelle verfrachtet werden, sondern konnte, bewacht von Lieutenant Cross, in seinem Quartier bleiben. In seiner Schande sollte er von den anderen getrennt bleiben, ohne die Verurteilung der anderen Männer, aber auch ohne die Kameraderie ihrer Gesellschaft.

Wie üblich hing Grieves über der Theke, als Henry zu ihm trat. »Hallo, Major Treherne«, hatte er gesagt und einen Schluck von seinem Drink genommen.

»Hören Sie, Grieves –«

In diesem Augenblick war Deirdre Innes aufgetaucht, hatte sich zwischen sie gedrängt und über den Rand ihres Glases hinweg zu ihm aufgesehen. »Ich weiß genau, was für ein Spiel du spielst, Henry«, hatte sie neckend zu ihm gesagt. »Du wartest, bis Clara nach Hause gegangen ist, damit du dann ein bisschen Spaß haben kannst.«

»Würdest du uns einen Moment entschuldigen, Deirdre?«

»Also –«

»Und würden Sie einen Moment mitkommen?«, fügte er an Grieves gewandt hinzu.

»Sicher, Sir.«

Beleidigt sah Deirdre ihnen nach.

»Worum geht es denn?«, fragte Grieves, während sie sich zwischen den Leuten hindurchdrängten. Aber Henry antwortete nicht.

Draußen war es frischer. Die rosa Hibiskusblüten an den großen Büschen gleißten geradezu unter der elektrischen Beleuchtung. Sie waren um das Gebäude herumgegangen, und als Henry die Militärpolzei und Lieutenant Cross warten sah, empfand er wieder, wie abstoßend und falsch die ganze Situation war.

Grieves war ahnungslos auf der Auffahrt stehen geblieben, hatte sein Zigarettenetui hervorgezogen und den Kopf mehrmals kreisen lassen, um sich besser konzentrieren zu können. »Was ich in dieser Bar an Geld lasse – es ist eine Katastrophe«, sagte er. »Ich weiß ja nicht, wie es Ihnen geht, Major Treherne –«

»Grieves, der Captain ist hier, um Sie zu verhaften.«

»Was?«

Er schien den Captain der Militärpolizei erst in diesem Augenblick zu bemerken. Dieser, Lieutenant Cross und der zweite Militärpolizist, ein Sergeant, machten gleichzeitig einen Schritt auf Grieves zu. Alle waren verlegen.

Henry nickte dem Captain zu, der näher trat und sagte: »Ich verhafte Sie unter dem Verdacht der Beihilfe zu Mord und Vergewaltigung.«

Grieves wurde blass. Seine schlaffen Finger lagen reglos auf den Zigaretten im Etui. »Das soll doch wohl ein Witz sein«, sagte er.

Fragend drehte er den Kopf und sah Henry an. Henry fand, dass er betrunkener wirkte als noch vor einem Augenblick. Er hätte gedacht, eine Verhaftung würde einen Mann eher wieder nüchtern machen.

»Sir?«, sagte Grieves, der anfing zu schwitzen, noch einmal.

Henry wollte keine Szene. »Einen Augenblick«, sagte er zum Captain, und der Sergeant hinter ihm schien enttäuscht zu sein, dass er Grieves nicht in traditioneller Polizistenmanier am Kragen packen konnte.

Henry ging ein paar Schritte zur Seite, und Grieves folgte ihm aufgeregt.

»Sagen Sie denen irgendetwas!«, sagte er zu ihm.

»Seien Sie nicht albern.«

»Das ist doch absurd. Ich habe nichts getan. Geht es etwa um den Zyp von gestern?«

»Hören Sie, Sie müssen mit den Männern gehen. Wäre schön, wenn wir die Sache unauffällig abwickeln könnten, in Ordnung?«

»Wovon zum Teufel reden Sie?« Grieves' Stimme hatte jetzt den schrillen, winselnden Klang eines Flugzeugs im Sturzflug angenommen. »Hören Sie – meinen Sie etwa, ich weiß nicht, dass die Dinge zu weit gegangen sind? Aber das alles hier ist ein einziges Verbrechen – Major? Kommen Sie schon, Mann!«

»Halten Sie den Mund, Grieves. Von mir können Sie keine Gefälligkeiten erwarten. Sie sollten sich schämen!«

Grieves stieß ein bellendes Lachen aus. Als Reaktion auf Henrys Blick trat der Captain auf Grieves zu und ergriff seinen Arm.

Sie hatten ihn mitgenommen, so einfach war das, und Henry blieb in der Dunkelheit zurück, wo das Licht, das durch die Fenster fiel, breite Streifen um ihn herum zeichnete. Von drinnen konnte er die Stimmen seiner Freunde und Offizierskollegen hören.

Er nahm seine Mütze ab, senkte den Kopf und rieb sich mit der Hand über Augen und Stirn. Er war müde. Dann richtete er sich wieder auf, strich sich über die Haare und klemmte sich die Mütze unter den Arm. Er warf einen Blick durch das Fenster auf die lärmende Menge in der Bar, ging zur Vorderseite des Gebäudes und über den Asphalt zur Tür.

Drinnen wurden die redenden, lächelnden, von Schweiß und Gelächter glänzenden Gesichter seiner Freunde von den billig verkleideten Glühbirnen an der Decke hell beleuchtet. Rauch, der Geruch von Haaröl und Brandy, das freundliche Willkommen von Männern, die wie ein Mann waren, das er immer gekannt hatte, von dem er immer ein Teil gewesen war.

»Henry!«

Es war Mark, der mit ein paar anderen zusammenstand. Er grinste wie ein Schuljunge, so wie er es immer tat, wenn er getrunken hatte und vergaß, dass seine Frau ihn hasste. Wenn er einfach nur sein eigenes, unbekümmertes Ich war. »Henry, komm her, trink was mit uns –«

Henry ging zu ihm. Der Kellner, ein Profi in zerknitterter weißer Jacke, der es immer schaffte, das Tablett in der Geraden zu halten, ohne auch nur einen Tropfen zu verschütten, egal, wie groß das Gedränge war, tauchte an seiner Seite auf. »Sir?«

»Vielen Dank.« Henry nahm sich einen Drink und die Zigarette, die Mark ihm anbot.

»Heute musste ich Trask wegen einer Rüge zu mir kommen lassen«, sagte Mark, während er ein Streichholz für Henry anriss.

»Zusammen mit dem ganzen Rest«, sagte Henry.

»Ja, zusammen mit dem ganzen Rest. Aber er ist ein guter Mann, Trask. Jedenfalls habe ich zu ihm gesagt, ich habe gesagt: ›Trask‹ –« Mark war ziemlich abgefüllt und konnte sich vor Lachen kaum halten. »›Trask, verdammt noch mal, Mann, Sie sind doch Corporal, Sie müssen doch mit gutem Beispiel vorangehen‹ und so weiter und so fort, der übliche Schrott eben. Und er sagte –« Mark lachte. »Er sah mich mit todtraurigen Augen an und sagte: ›Ich fürchte, Sir, ich habe mich vergessen, Sir.‹ Mich vergessen! Er hat sich vergessen, Henry, wie der ganze verdammte Rest von ihnen.«

Mark lachte immer noch. Henry nickte, hörte aber nicht wirklich zu. Der Drink in seiner Hand war noch unberührt und es hatte keinen Sinn, die Zigarette zu rauchen, wo der Rauch so dick wie Hechtsuppe im Raum hing. Morgen früh würden alle wissen, dass ein Lieutenant unter Bewachung gestellt worden war und er derjenige war, der das veranlasst hatte. Er spürte einen Schatten, der sich über ihn senkte, obwohl Mark lachte und sich beim Reden zu ihm hinüberbeugte. Es war, als schaue er zurück auf einen Ort, den er bereits verlassen hatte. Im Augenblick war Davis der Einzige, der über die ganze Sache Bescheid wusste, und erfüllt von einem Gefühl der Einsamkeit sah Henry sich nach ihm um, konnte ihn aber nirgends entdecken. Er empfand Ungeduld mit sich selbst, und nicht das kleinste bisschen Stolz, und schüttelte sich innerlich, wie ein Hund, der aus dem Regen ins Haus kommt. »Also gut«, sagte er leise und richtete sich auf.

Er griff nach dem Standaschenbecher ein Stück weiter und drückte seine Zigarette aus, drückte sie energisch in den Berg aus Kippen aus Asche und verzog angewidert das Gesicht, als seine Finger mit dem Inhalt des Aschenbechers in Berührung kamen. Er fing den Blick des Kellners auf und stellte sein unangerührtes Glas auf dem Tablett ab. »Ich muss nach Hause, Mark«, sagte er. Und aus einem plötzlichen Impuls heraus – weil er Mark mochte, weil ihm so seltsam emotional zumute war –, tätschelte er kurz seine Schulter. »Bist ein prima Kerl. Wir sehen uns morgen früh.«

Er verließ das Kasino und fand Kirby, der auf ihn wartete. Er würde zu seiner Frau nach Hause fahren und zu Gott beten, dass sie schon schlief – oder zumindest so tat.

8. Kapitel

Die Anhörung wurde zügig angesetzt, innerhalb von 48 Stunden nachdem die Verbrechen gemeldet worden waren.

Sowohl das Büro von Colonel Burroughs als auch das von Henry waren zu klein für alle, deren Anwesenheit erforderlich war. Deshalb bekamen sie einen Raum im Club zugewiesen, der manchmal für private Feiern benutzt wurde. Es gab dort einen großen, polierten Tisch, diverse verblasste Fotos an den Wänden und Lamellenjalousien, die die Sonne ausschlossen.

In Anbetracht der Umstände wurde alles so offiziell und einem Gericht so ähnlich wie möglich gehalten. Der Raum war voller Menschen. Grieves, der unter Bewachung stand, sah blass aus. Offiziere, Militärpolizisten und SIB-Männer in Zivil waren anwesend. Lieutenant Davis kam als letzter herein.

Viel Zeit verging, bis unter gemurmelten Höflichkeiten und dem Rascheln von Papieren entschieden war, wo alle stehen und sitzen sollten.

Henry stand rechts von Burroughs, hoch aufgerichtet und korrekt. Trotz der Unbequemlichkeit empfand er einen Frieden, der fast wonnevoll war.

Die Hitze, die die vielen Männer ausstrahlten, die unter ihren steifen Uniformen schwitzten, machte die Luft, in die sich der Rauch griechischer Zigaretten mischte, schon bald sehr stickig. Die glitzernden Wassergläser rund um den Krug in der Mitte des Tischs blieben unberührt. Der Krug war zum Schutz gegen die Fliegen mit einem dünnen weißen Tuch abgedeckt, dessen Rand mit Perlen besetzt war, um ein Verrutschen zu verhindern. Aber die Fliegen kreisten, landeten, kreisten und landeten während der ganzen Anhörung.

Der Colonel stellte die Fragen und sagte gelegentlich leise etwas zu seinem Adjutanten, dem einzigen Mann, der saß. Er hielt einen Füllfederhalter in der Hand, schrieb aber nicht.

Francke wurde unter Bewachung hereingeführt. Flankiert von zwei Soldaten, stand er Henry und dem Colonel gegenüber.

Henry machte sich Vorwürfe, weil er schon viel früher hätte erkennen müssen, wie Francke war. Vor seinem inneren Auge sah er, wie Francke die Frauen ins Gesicht schlug, die Hand in ihre Haare krallte, um ihre Köpfe still zu halten, wie Davis es beschrieben hatte. Er sah, wie er den auf dem Boden liegenden griechischen Mann mit Fußtritten traktierte, sah, wie er über die Frauen herfiel. Und dachte daran zurück, dass es Francke gewesen war, der damals im Dorf das Haus des alten Ehepaars demoliert hatte. Er erinnerte sich an die mit dem Bajonett aufgeschlitzte Matratze, sah das glitzernde Öl auf den Bodenfliesen und den Teller mit dem Olivenmuster. Er hatte gewusst, dass Francke gefährlich war. Er hätte ihn viel mehr im Auge behalten müssen. Er hätte irgendetwas tun müssen.

Colonel Burroughs fing an, Francke zu befragen, Henrys Notizen in der Hand, die er immer wieder konsultierte.

Francke hatte offenbar entschieden, dass selbstsicheres, großspuriges Auftreten die beste Strategie war. Seine Antworten waren dreist, fast anmaßend.

»Angemessene Gewaltanwendung, würde ich sagen, Sir – wir haben nur angemessen reagiert. Schließlich mussten wir sie doch aufhalten, nicht wahr?«

»Nein, Sir. Es waren zwar Frauen da, aber wir haben sie nicht angerührt.«

»Er stürzte auf mich zu, da habe ich ihn erschossen – er stürzte auf mich zu, Sir.«

Und so weiter.

Nach Francke kam Miller an die Reihe. Auch er konnte sich anscheinend nur vage erinnern, dass Frauen anwesend gewesen waren, und an Davis hatte er auch keine Erinnerung. Aber immerhin hatte er gesehen, wie Francke den Mann erschoss. »Zum Glück, Sir. Denn wenn er es nicht getan hätte, hätte der ihn umgebracht, Sir.«

Henry stand mit dem Gesicht zum Raum, Davis ein Stück seitlich von ihm. Aus dem Augenwinkel versuchte er, seinen Gesichtsausdruck zu sehen. Davis wirkte nervös; sein Mund bewegte sich, immer wieder biss er sich auf die Lippe oder von innen in die Wange. Henry hätte ihm gern mehr Selbstvertrauen vermittelt, ihm seinen Abscheu klar gemacht, behielt aber einen neutralen Gesichtsausdruck bei.

Dann kam ein Sergeant der Militärpolizei. Ja, sagte er, sie hatten in dem Haus in der Starsis Street eine Leiche vorgefunden. Ja, die Kugel hatte den Schädel durchdrungen, aber aus welcher Entfernung sie abgefeuert worden war, ließ sich ohne eine genauere Obduktion nicht sagen. Die Leiche war nach Nikosia geschickt worden, weil das Leichenschauhaus dort eine Kühlvorrichtung hatte, während es in Limassol nur einen mit Marmor verkleideten Kellerraum gab.

Burroughs erkundigte sich nach den beiden Frauen, wollte wissen, wo sie sich aufhielten und ob Aussagen aufgenommen worden waren. Der Sergeant bedauerte. Es gab zwar Gerüchte in der Starsis Street, aber trotz aller Bemühungen hatten sie keine Frau gefunden, die bereit gewesen wäre, sich zu äußern.

»Keine?«

»Nein, Sir.«

»Niemand, der sie kennt?«

»Nein, Sir.«

Davis machte seine Aussage und hielt seine Antworten kurz und präzise. Henry war beeindruckt. Im Raum wurde es still, als er nach der Nennung der Straße und der Männer, die bei ihm gewesen waren – »Lieutenant Grieves, Sir, Private Francke, Private Miller« – schilderte, wie die Soldaten gegen den Mann in der Tür vorgegangen waren. »Unangemessene Gewaltanwendung, würde ich sagen. Sie haben ihn getreten. Wie wild mit den Fäusten auf ihn eingeschlagen.« Dann das Auftauchen der Frauen. Doch als es um das Geschehen im Inneren des Hauses ging, änderte sich seine Geschichte.

Beim ersten falschen Ton hob Henry den Kopf, sich des Unterschieds bewusst. Er hatte seine Notizen immer wieder durchgelesen. Er hatte ganz genau gehört, was Davis gesehen hatte – zwei- oder dreimal in der Realität und unzählige Male in seinem Kopf. Das hier war anders.

»Das Zimmer, das ich betreten hatte, lag links. Es gab keine Tür, sondern nur einen Vorhang. Ich hörte einen Kampf.«

Hörte. Er hörte einen Kampf. Henry drehte den Kopf eine Spur, um Davis voll ins Gesicht zu sehen. Doch der hatte die Augen auf den Colonel gerichtet. Die Fragen und Antworten zwischen ihnen zogen sich hin, ein ausgedehntes Kräftemessen, ein langsames Festklopfen von Details.

»Sie waren also im Nebenzimmer?«

»Ja, Sir.«

»Was genau haben Sie gesehen?«

»Einen Angriff.«

»Haben Sie das Gesicht von Private Miller gesehen?«

»Nicht direkt. Aber ich wusste, dass er es war.«

»In welchem Winkel standen Sie zu ihm?«

»Schwer zu sagen.«

»Hinter dem Vorhang?«

»Ja.«

Es hatte einen Vorhang gegeben.

»Waren Sie die ganze Zeit in diesem ›Nebenzimmer‹?«

»Ja, Sir.«

»Und Sie haben ... zugesehen?«

»Nein, Sir. Ich habe nach Waffen gesucht, Sir.«

Er hatte nach Waffen gesucht.

»Sie sagen hier, Sie hätten die Vergewaltigung ›gehört‹?«

»Sir?«

»Können Sie mir erklären, wie sich eine Vergewaltigung anhört?«

Im Raum wurde es immer heißer. Ein Schweißtropfen rieselte langsam unter dem eng sitzenden ledernen Schweißband von Henrys Mütze hervor, rann über seine Schläfe, dann über seine Wange. Davis' Augen waren immer noch auf das Gesicht des Colonels gerichtet. Henry sah ihn an, versuchte, ihn dazu zu zwingen, seinen Blick zu erwidern, aber selbst als Davis entlassen wurde und sich – mit untypischer Korrektheit – zum Gehen umwandte, sah er Henry kein einziges Mal an.

Ein anderer Sergeant der Militärpolizei, der am Ort des Geschehens gewesen war, wurde hereingerufen.

Colonel Burroughs fragte ihn, ob er im Haus gewesen sei,

wen er dort gesehen und ob er mit den Frauen gesprochen habe.

»Wir konnten niemanden dazu bringen, mit uns zu reden, Sir.«

Wie es aussah, gab es außer Lieutenant Davis keinen Zeugen für die Vergewaltigung und für den Mord, und keinerlei Tatsachenbeweise – bis auf die Leiche des jungen Mannes, die auf dem Weg nach Nikosia war.

Dann war Mittagspause.

Burroughs und Henry aßen gemeinsam in Burroughs' Haus, an einem offenen Fenster nach hinten heraus, an einem Tisch mit einem weißen Tischtuch, die Mützen auf dem Fensterbrett neben sich. Evelyn war nicht da. Der Blick aus dem Fenster war weit und hell.

Henry war schweigsam. Er versuchte, seine Gedanken zu ordnen. Noch angestrengter versuchte er, sich seinen Unmut nicht anmerken zu lassen.

»Was für ein Vormittag«, sagte Burroughs, als er die Serviette über seinen Schoß breitete.

Es gab kalte Gurkensuppe und Weißbrot. Anschließend würde es Lammbraten und Kartoffeln geben.

»Ja, das stimmt«, fing Henry an. »Was für ein Vormittag. Hören Sie, Sir, Davis hat –«

»So etwas ist immer eine heikle Angelegenheit. Vor allem, wenn es um Vergewaltigung geht. Sehr schwer, etwas Definitives herauszufinden.«

»Ja, Sir, aber das war nicht –«

»Es ist immer schwer, in so einem Fall konkrete Beweise zu finden.« Der Colonel war hungrig und sägte mit schnellen Bewegungen des Messers an seinem Brot herum. »Und Sie wissen ja, dass es in Limassol an jeder Ecke ein Bordell gibt,

Henry. Für viele der Männer ist eine Vergewaltigung von ein oder zwei Frauen nichts großartig anderes als ein Ladendiebstahl. Sie sehen das nicht so, wie Sie oder ich es tun.«

»Aber es ist kein verdammter Ladendiebstahl!«

»Ich bitte um Mäßigung, Henry. Beruhigen Sie sich.«

Burroughs' Ton hätte einen angriffslustigen Hund dazu gebracht, sich zu ducken und den Schwanz einzuziehen.

»Hören Sie, Henry. Ich weiß nicht, warum um alles in der Welt Sie mit dieser Sache zu mir gekommen sind.«

»Sie haben doch meine Notizen gesehen, Sir.«

»Ja natürlich – aber ... Was haben Sie sich bloß dabei gedacht? Ich kann diese Angelegenheit nicht weiter verfolgen. Ich habe nichts als Hörensagen. Davis ist offensichtlich absolut unzuverlässig. Ich bin nur froh, dass er die meiste Zeit für das SIB arbeitet. Er ist nicht der Typ –«

»Aber am Anfang war er absolut überzeugend. Absolut! Er hat seine Geschichte abgeändert.«

»Binnen 24 Stunden? Sein Gedächtnis scheint nicht das beste zu sein. Sie hätten sich vergewissern müssen, was für eine Art Zeuge, was für eine Art *Typ* er ist, bevor Sie alle in Aufregung versetzt haben. Ehrlich gesagt, Henry, ist das Ganze ein Fiasko, und ich bin wirklich sehr enttäuscht. Sie haben alle in den Dreck gezogen. Und ich brauche Sie wohl nicht daran zu erinnern, dass es *Ihre* Kompanie war, die sich am Montagabend wie eine Schlägerbande aufgeführt hat –«

»In Befolgung Ihrer Befehle!«

»Was haben Sie gerade gesagt?«

Henrys Ehrlichkeit hatte ihn in eine Ecke manövriert, aus der es kaum einen Ausweg gab. »Sir«, sagte er mit gerunzelter Stirn. »Die Verhaftung und Befragung der halben Bevölkerung war – mit Verlaub – ein ziemlich vermessenes Unterfangen. Es war vorauszusehen, dass es dabei zu Disziplinlosigkeiten kommen würde. Es war sozusagen unvermeidlich.«

Schweigen. Das Lächeln von Colonel Burroughs war eisig. »Disziplinlosigkeit ist niemals ›unvermeidlich‹, Henry«, sagte er betont. »Und Sie als Offizier sollten das nicht so leichthin akzeptieren.«

Dann fing Burroughs sehr ruhig und mit sehr präzisen Bewegungen an, seine Suppe zu essen. Henry schwieg. Er hatte damit zu tun, diesen Seitenhieb zu verdauen. Als Burroughs den Löffel ablegte, klang seine Stimme wieder freundlich. »Bedenken Sie auch, wie beschämend das alles für die Frauen ist. Vor allem für orthodoxe Frauen.«

Henry hob die Augen und begegnete dem blassen Blick des Colonels.

»Ich muss wenigstens die einigermaßen plausible Hoffnung auf eine Verurteilung haben«, sagte Burroughs. »Zweck einer Anhörung ist es, festzustellen, ob das wahrscheinlich ist oder nicht. Diese Männer vor ein Militärgericht zu stellen wäre, wie Sie sicher einsehen, eine Absurdität. Der Übereifer der beiden bei der Befragung und die Anwendung von Gewalt können auf Kompanie-Ebene abgehandelt werden. Der Tod des Mannes ist natürlich eine andere Sache, und wir werden uns mit gebührender Sorgfalt damit befassen. Ich werde Franckes Position einer kritischen Beurteilung unterziehen, im Licht dessen, was dank Ihres vorschnellen Handelns zweifellos zu einem sehr hässlichen Skandal werden wird.«

Colonel Burroughs trank einen Schluck Wasser und sah Henry aufs Neue an. »Wie wäre es jetzt mit einem Glas Wein? Oder meinen Sie, dass wir dann heute Nachmittag einnicken werden? Der Raum, in dem wir tagen, ist wirklich unerträglich heiß.«

9. Kapitel

Lawrence Davis war nicht wirklich überrascht, als sein Bursche ihm mitteilte, Major Treherne wolle ihn auf der Stelle sprechen.

Die Anhörung war an diesem Tag um halb fünf beendet worden, und nachdem sich Davis in seinem Quartier umgezogen hatte, war er auf die Klippen gegangen und halb rutschend in die winzige Bucht hinuntergestiegen, die östlich neben der direkt unterhalb von Episkopi lag. Schweiß und Tränen der Wut mischten sich mit dem Schmutz auf seinem Gesicht. An dem kleinen Strand hatte er sich ausgezogen und war ziemlich weit hinausgeschwommen, um zur Küste zurückzublicken.

Eine Weile ließ er sich auf dem dunklen, salzigen, tiefblauen Wasser treiben und rief sich in Erinnerung, wie riesig der Globus war und wie klein im Vergleich dazu die menschlichen Erfahrungen, um sich in seinem Unglück zu trösten. Aber die Tatsache, dass er nur eine von Millionen Ameisen war, war ihm heute kein Trost. Nicht, wenn er daran dachte, wie schamlos er gelogen hatte.

Die Sonne versank lautlos hinter den Hügeln, als Davis sich abtrocknete und anzog. Wieder zurück in seinem Quartier, hatte sein Bursche ihn aufgespürt. Major Treherne wollte ihn auf der Stelle sprechen. Und er war »in selten schlechter Laune, Sir«.

Henry war tatsächlich in selten schlechter Laune. Er erwartete Davis vor dem Gebäude, in dem sein Büro lag – hatte dort in der zunehmenden Dunkelheit auf ihn gewartet, kaum in der Lage, seine Ungeduld zu zügeln. »Was ist das für ein beschissenes Spiel, das Sie da spielen, Davis?«

Er drehte sich um und stürmte, nacheinander Licht anschaltend, durch den Flur, während Davis ihm widerstrebend folgte, bis sie die Tür seines Büros erreichten. Er machte sie von innen zu und schloss auch die Tür zum angrenzenden Büro von Mark Innes, obwohl außer ihnen niemand mehr im Gebäude war.

Dann standen sie sich gegenüber. Davis konnte Henry nicht in die Augen sehen und senkte nervös zwinkernd den Blick.

»Erklärung«, sagte Henry.

»Ich weiß nicht, was Sie –«

»Erklärung!«

Schweigen.

Dann sagte Davis mit unsicherer Stimme. »Ich habe mich überzeugen lassen, dass eine öffentliche – eine, wie man es mir darlegte, sehr öffentliche Verhandlung der Vorwürfe gegen Grieves und die anderen nicht im Interesse des Regiments sein kann. Dass Verleumdungen –«

»Sie haben sich ›überzeugen lassen‹?«

»Ja.«

»Und das hatte nichts mit eventuellen Eigeninteressen zu tun? Das Interesse des Regiments war Ihr oberstes Anliegen, ja?«

»Ich –«

»Und dass Sie als Lügner und Verräter dastehen? Sind Sie auch der Überzeugung, dass Ihnen das bei Ihren Kameraden und Untergebenen zugute kommen wird?«

»Nun, ich – nun, nein, aber was das angeht, waren die Brücken hinter mir sowieso mehr oder weniger abgebrochen. Ich bin nicht besonders beliebt –«

»Und da dachten Sie, Sie brechen meine Brücken auch gleich ab?«

»Sir?«

»Nicht so wichtig. *Überzeugen lassen*. Von wem haben Sie sich *überzeugen lassen*?«

»Von meinen Vorgesetzten.«

»Vom SIB? Von Major Eggars?«

»Ja, Sir. Von allen. Sie schienen sich alle einig zu sein. Sie sagten, solange es nur meine Aussage gibt, würde der Fall sowieso im Sand verlaufen.«

Schweigen.

»Die Zeugen, Davis, die Opfer«, sagte Henry sehr langsam. »Hat jemand mit ihnen gesprochen?«

Davis schien in sich zusammenzusacken. »Wir …«

»Reden Sie!«

»Ja. Gestern Abend.«

»Sie sind gestern Abend in das Haus in der Starsis Street gegangen? Sie haben diese Frauen aufgesucht und sie ebenfalls ›überzeugt‹? Und dann haben Sie die ganze Sache heute durchgezogen –«

Plötzlich brach Davis zusammen und sagte flehentlich: »Ich musste! Es war ein Befehl! Sie haben mir klar und deutlich zu verstehen gegeben, dass ich musste! Wir haben den armen Frauen nicht gedroht. Nichts dergleichen! Aber was hätte es denn gebracht, wenn wir sie gezwungen hätten, eine Aussage zu machen –« Abrupt verstummte er wieder.

Henry ging zu seinem Schreibtisch, blieb lange mit dem Rücken zu Davis stehen und drehte sich dann wieder zu ihm um. »Lieutenant Davis, man kann nicht gerade behaupten, dass Sie ein Mann sind, der zu seinen Überzeugungen steht, nicht wahr? Man kann nicht gerade behaupten, dass sie ein moralisch mutiger Mann sind. Vielmehr sind Sie zynisch und feige, ein Mann, der nur an sich selbst denkt. Würden Sie sagen, dass das stimmt?«

Davis' Gesicht verzog sich weinerlich. Ein Sechstklässler, der mit einer Missetat konfrontiert wird. »Sir –«

»Sie haben etwas geopfert, von dem Sie wussten, dass es richtig war, um Ihre eigene Haut zu retten, nicht wahr, Davis? Ohne an etwas anderes zu denken als sich selbst.«

»Ich habe nur Befehle befolgt, Sir.«

»Sie haben nur Befehle befolgt?«

»Ja, Sir.«

»Das ist mir nicht gut genug. Abtreten. Raus hier!«

Als Davis weg war, ging Henry in seinem Büro auf und ab. Im Geist drehte und wendete er die Dinge hin und her, formte sie zu immer neuen Mustern, suchte eine Ordnung. Dann blieb er stehen, griff nach seiner Mütze und verließ den Raum.

»Kirby, zum Haus des Colonels.«

»Sir.«

Am Anfang der Straße stieg er aus, ging mit schnellen Schritten zum Haus und klopfte energisch.

Wie beim letzten Mal öffnete der afrikanische Bedienstete. Hinter ihm kam der Colonel gerade die Treppe herunter. Er schickte den Bediensteten weg und trat zu Henry an die Tür. Ganz offensichtlich hatte er keine Besucher erwartet – er trug ein hellblaues, kurzärmeliges Hemd und Shorts. Ohne die Uniform sah er älter aus. Die Hand auf dem Türgriff fragte er: »Was gibt es, Henry?«

»Ich muss mit Ihnen sprechen, Sir.«

»Kann es nicht warten?«

»Nein!« Das klang aufgebracht. Ruhiger setzte er hinzu: »Nur für einen Moment.«

»In Ordnung.«

Sie gingen wieder auf die Terrasse, aber dieses Mal bekam Henry keinen Drink angeboten. Er machte ein paar Schritte von Burroughs weg, der in der offenen Tür stand, und drehte sich dann zu ihm um. »Ich möchte, dass Sie mir sagen, wie viel Sie über diese Sache wissen«, sagte er.

»Wie bitte?«

Henry mäßigte seinen Tonfall. »Sind Sie sich der Situation bewusst, Sir?«

»Situation?«, fragte Burroughs trocken.

»Es geht um diese Sache in der Starsis Street. Die Opfer wurden – eingeschüchtert.«

»Eingeschüchtert?«

»Man hat ihnen nahegelegt, keine Aussage zu machen. Die SIB-Leute waren bei ihnen, Sir, und die Militärpolizei. Wussten Sie davon?«

»Henry, ich finde, Sie sollten nach Hause gehen und sich beruhigen.«

Henry sprach schnell, es war, als stürzten die Worte aus ihm heraus: »Ich kann nicht glauben, dass Sie nichts davon gewusst haben. Nur Sie können das veranlasst haben.« Es war irgendwie befreiend, sagen zu können, was er dachte. »Diese ganze Schweinerei, dieses ganze Vertuschungsmanöver, ging doch von Ihnen aus. Es gibt keine andere Möglichkeit, oder?«

»Ihr Verhalten ist hochgradig unangemessen, Henry«, sagte Burroughs und kam auf ihn zu. »Ihr Ton gefällt mir ganz und gar nicht. Muss ich Ihren Äußerungen entnehmen, dass Sie mich irgendwelcher Dinge beschuldigen?«

»Ich will es einfach nur wissen!« Er merkte selbst, dass er schrie. Um sich zu beruhigen, ging er noch einmal ein paar Schritte, beschrieb einen kleinen Kreis. Wieder beim Colonel angelangt, sagte er mit leiser Stimme: »Es geht hier nicht um irgendeine kleine *Regelübertretung*, die man übersehen und bei der man Nachsicht walten lassen kann –«

»*Meinen Sie, das weiß ich nicht?*« Die Stimme des Colonels war kaum mehr als ein Flüstern, aber sein Gesicht war dunkelrot angelaufen, seine hellen Augen leuchteten daraus hervor, fest auf Henry gerichtet. »Meinen Sie, ich bin mir dessen nicht bewusst? Diese ganze Sache widert mich an, Henry, aber was soll ich tun? Soll ich zulassen, dass wir alle durch den Dreck gezogen werden?«

»Nur Grieves, Miller und Francke. Nur sie.«

»Es gibt kein ›nur sie‹!«

»Es geht um Vergewaltigung und Mord – hören Sie? Um Vergewaltigung und Mord!«

»Ja, und für einen Mord kann man gehängt werden. Auch für den Mord an einem Zyp.«

»Dann soll Francke eben hängen.«

»Er soll hängen, ja? Und die ganze Welt soll davon erfahren? Sie würden uns alle nur Ihrer Prinzipien wegen den Hunden zum Fraß vorwerfen?«

»Es sind nicht *meine* Prinzipien ...« Henry suchte nach den Wahrheiten, die er nie in Frage gestellt hatte. »Es sind nicht *meine* Prinzipien, sondern die der ganzen zivilisierten Welt. Sie können sich doch nicht einfach darüber stellen«, fuhr er aufgebracht fort. »Dazu haben Sie verdammt noch mal kein Recht!« Der ältere Mann wich vor ihm zurück, geriet ins Straucheln, machte einen kleinen Ausfallschritt, um das Gleichgewicht zu halten und rutschte mit dem Fuß von der Kante der Terrasse ab, auf das derbe Gras, das darunter wuchs.

Erschrocken griff Henry nach seinem Arm, um ihn zu halten, aber Burroughs schüttelte seine Hand aufgebracht ab. Seine normalerweise trockenen schmalen Lippen waren feucht. »Was erlauben Sie sich! Ich werde das nicht länger dulden!«

Henry stand merkwürdig verrenkt vor ihm – halb umgedreht, um Burroughs zu helfen, halb auf dem Rückzug. Seine Hände zitterten vor Schreck über sich selbst, über den Anblick seines Vorgesetzten, der sich von ihm losriss, über das seltsame Durcheinander von Worten und Taten, die zu dieser Situation geführt hatten, in der sie beide völlig außer sich waren. Er hob beide Hände, fuhr sich damit über das Gesicht und ließ sie wieder sinken. So blieb er stehen, schockiert über seine Unbotmäßigkeit, die Augen gesenkt. Als er den Blick nach einer Weile wieder hob, sagte er, was er sagen musste: »Ich muss mich bei Ihnen entschuldigen, Sir.«

»Ja.«

»Ich hatte kein Recht, das alles zu sagen, Sir. Es tut mir leid.«

Burroughs dehnte das Schweigen. Henrys Augen waren feucht und brannten. Er erinnerte sich daran, wie Davis sich unter seinen Vorwürfen geduckt hatte, dachte an die feige, zitternde Angst des Dolmetschers, und verstand sie.

Endlich ergriff Burroughs das Wort: »Lassen Sie uns das alles vergessen«, sagte er. »Ich hoffe, Sie wissen nach wie vor, dass Sie offen mit mir reden können, Henry. Innerhalb angemessener Grenzen.«

»Ja, Sir. Ich danke Ihnen, Sir.«

»Hinsichtlich dieser Angelegenheit und in Beantwortung Ihrer Frage«, fuhr Burroughs fort, »habe ich tatsächlich die Anweisung gegeben, mit Lieutenant Davis zu sprechen. Wenn nötig, werde ich es noch einmal selbst tun. Abgesehen davon muss ich eine gewisse Schuld auf mich nehmen, weil ich zugelassen habe, dass die Dinge so weit gegangen sind. Die Militärgesetze sind ebenso streng wie die Zivilgesetze, Henry. Und sie verlangen mehr als nur die Beschuldigungen eines einzigen Mannes, wenn es darum geht, jemanden vor Gericht zu bringen.«

»Ich verstehe, Sir. Ja.«

»Lieutenant Grieves sollte Episkopi verlassen. Es gibt eine Reihe anderer Einsatzorte, wo er von Nutzen sein kann. Es ist bedauerlich, dass wir nicht auch auf Davis verzichten können, aber leider ist er nicht so leicht zu ersetzen. Und ich denke, wir sollten die beiden anderen voneinander trennen, meinen Sie nicht auch?«

»Doch, Sir.«

»Kümmern Sie sich darum.«

»Ja, Sir, das werde ich.«

Der Colonel begleitete ihn durch das Haus zur Tür und machte sie weit auf. »Solange Lektionen gelernt werden, gibt es keinen Grund für öffentliche Mea Culpas.«

Henry, das Gesicht der Nacht zugewandt, sagte nichts.

»Henry? Vielleicht können wir uns damit trösten«, sagte der Colonel, »dass Gott alles sieht.«

Henry sah ihn an. »Gott?«

»Ja. Er sieht alles. Und richtet über alles.«

Entschlossenen Schritts ging Henry über die unfertigen Straßen nach Hause.

Das Haus des Colonels lag am Ende einer neuen Straße, die

angrenzende Doppelhausreihe war noch nicht fertig. Henry ging vorbei an weißverputzten Mauern mit Türöffnungen, aber noch ohne Türen, vorbei an leeren Fensterhöhlen. Dann kam eine breite Lücke, durch die salzige Meerluft zu ihm wehte, bevor ein Eckhaus den Beginn einer weiteren halbmondförmigen Straße ankündigte.

Episkopi breitete sich über unebenes Gelände aus: Kasernen, Poloplätze, Zelte, Ställe, leere und halbfertige Häuser. Und bereits bewohnte, in denen Menschen ihren kleinen, alltäglichen Beschäftigungen nachgingen. Das Ganze umgeben von Stacheldraht. Und über allem hing, wie die Glaskuppel einer Schneekugel, der glitzernde Himmel.

Henry ging wie blind, sah sich wie von hoch oben: auf dem kurzen Weg vom Haus seines obersten Vorgesetzten zu seinem eigenen.

Was richtig und was recht war, war für ihn immer untrennbar miteinander verbunden gewesen, aber in diesem Fall musste das eine vielleicht wie ein siamesischer Zwilling vom anderen getrennt und zerstört werden, damit eins am Leben bleiben konnte. Wenn es getan werden musste, musste er es eben tun.

Als er versuchte, sich zu beruhigen und seine Gedanken unter Kontrolle zu bringen, empfand er aus Gründen, die er nicht verstand, nicht etwa den kühlen Trost der Disziplin, sondern eine Hitze, eine Schwäche, als sei er am Ertrinken – die überraschende Leere einer billigen Kapitulation.

Clara war dabei, die Mädchen ins Bett zu bringen.

»Ich bin wieder da«, sagte er, zu niemandem.

»Komm rauf«, rief sie. »Wir sind ein bisschen spät dran und noch nicht mit der Geschichte fertig!«

Henry ging nach oben und küsste die frisch gebadeten Mädchen. Ihre feinen Haare rochen nach Seife. Die schwere Pistole in ihrem Holster stieß gegen den Rand ihrer Betten, als er sich über sie beugte. Dann wartete er in der Tür auf Clara.

Er hatte weder Mütze noch Gürtel abgelegt und tat es, als Clara die kleinen Hände der Mädchen zusammenfügte und lächelnd für sie sprach: »Ich bin klein, mein Herz ist rein, soll niemand drin wohnen als Jesus allein, Amen.«

Adile war dabei, vor dem Nachhausegehen letzte Kleinigkeiten zu erledigen. Henry und Clara blieben an der Anrichte stehen, während sie ihre Tasche holte, ein Netz, das mehrere in Zeitungspapier eingewickelte Päckchen enthielt.

»*Ho ça kalin efendim*«, sagte sie leise.

Aus irgendeinem Grund antwortete Clara ihr nicht.

»Vielen Dank, Adile«, sagte Henry. »Gute Nacht.« Als Adile gegangen war, sah er Clara an. »Wieso redest du nicht mit ihr?«

»Ich weiß nicht.«

Er hängte Pistole, Koppel und Mütze an ihren üblichen Platz neben der Tür, außerhalb der Reichweite der Kinder. »Redest du nie mit ihr?«

Sie antwortete ihm nicht. Er ging zum Kühlschrank, öffnete die schwere Tür, nahm den Glaskrug mit dem abgekochten Wasser heraus und goß sich und Clara ein Glas ein, aber sie machte keine Anstalten, ihr Glas zu nehmen. Er ging ins Wohnzimmer, setzte sich aufs Sofa und stellte das feuchte Glas auf den Tisch vor sich.

Dann ließ er sich, die Hände auf den Knien, die Beine gespreizt, zurücksinken, lehnte den Kopf an die Wand und schloss die Augen.

Eine angenehme Dunkelheit umfing ihn. Vielleicht war es fast so gut wie schlafen, auf diese Weise zu ruhen. Vielleicht sollte er die Nächte ganz vergessen und stattdessen tagsüber immer wieder ein kurzes Nickerchen machen. Die Dunkelheit war schön. Aber seine Hände waren zu still. Sie fühlten sich viel zu still an. Er war sich nicht sicher, ob sie überhaupt noch da waren. Er schlug die Augen wieder auf.

Ohne den Kopf zu bewegen, beobachtete er Clara. Sie hatte die Schuhe ausgezogen und ging sehr langsam durch den Raum, bei der Haustür angefangen. Sie beugte sich vor, um einen Blick in den Papierkorb zu werfen – weswegen, konnte er nicht sagen –, und ging weiter zu der großen Topfpflanze am Fuß der Treppe. Sie kontrollierte den ganzen Rand, und den Untersetzer aus Ton, in dem der Topf stand. Sie merkte nicht, dass er sie unter gesenkten Lidern beobachtete.

Als Nächstes ging sie zum Schrank unter der Treppe, der wie die Treppe weiß gestrichen war und mit einem kleinen Riegel geschlossen gehalten wurde. Sie hob den Riegel mit einem leisen metallischen Klicken an und öffnete die Tür. Dahinter war Dunkelheit. Sie machte die Tür ein Stück weiter auf und spähte in den Schrank hinein. Dann machte sie die Tür wieder zu, schob den Riegel vor und ging weiter. Sie sah unter den kleinen Holztisch, der an der Wand stand. Sie untersuchte den Spiegel. Henry hätte gern etwas gesagt, wagte aber nicht, sich zu bewegen. Er hielt den Kopf still und nach hinten gelehnt und beobachtete, wie sie auf nackten Füßen leise weiterging.

Kurz darauf befand sie sich ihm gegenüber. Als sie über die Schulter zu ihm zurücksah, machte er die Augen schnell zu. Als er sie wieder öffnete, sah sie unter dem Schreibtisch nach, dann hinter der Vase –

»Was machst du da?«, fragte er, und sie fuhr zusammen.
»Nichts.«
»Natürlich machst du etwas.«
Seine Stimme klang scharf; er erkannte sie selbst nicht, sondern hatte das Gefühl, sehr weit weg zu sein. Mit auf dem Rücken verschränkten Händen stand sie nervös vor ihm.
»Wonach suchst du?«
»Nach nichts.«
»Hast du etwas verloren?«
»Nein, ich –«
»Ja?«
»Es ist albern«, sagte sie. »Ich suche nach Bomben.«
»Du suchst nach Bomben?«, sagte er langsam.
»Ja. Seit der Bombe im NAAFI in Larnaka – und seit der am Strand.«
»Du warst nicht am Strand.«
»Nein. Aber du.«
»Ja, das stimmt.«
»Ich habe in der Zeitung ein Bild gesehen –«
»Wir haben diese Bilder alle gesehen, Clara.«
»Sie stellen sie aus allen möglichen Sachen her. Aus Olivenöldosen.«
»Ich weiß.«
»Ich fühle mich besser, wenn ich nachsehe.«
»Du musst damit aufhören«, sagte er. »Hier gibt es keine Bomben. Adile war doch die ganze Zeit hier. Und überall sind Wachtposten. Wir sind hier sicher.«
»Lass mich das einfach zu Ende bringen.« Sie ging zum Schreibtisch zurück und öffnete vorsichtig die Schubladen.
Henry blieb still sitzen. Wenn in den Schubladen tatsächlich eine Bombe wäre, dachte er, würde sie sie beim Öffnen

auslösen. Sie würde ihr die Hände abreißen, bis zum Ellbogen – mindestens.

Wieder schloss er die Augen, aber zu hören, wie sie alles Mögliche kontrollierte und berührte und verschob, war unerträglich. Sie war jetzt ganz in seiner Nähe. Er konnte ihre Bewegungen spüren. Halb machte er das eine Auge auf. Kniend sah sie unter dem kleinen Tisch neben dem Sofa nach.

Ohne jede Vorwarnung, ohne auch nur den leisesten Versuch, sich selbst davon abzuhalten, sprang er auf sie zu und packte grob ihre Arme. »Hör auf! Hör verdammt noch mal auf!« Vor ihr kniend, schüttelte er sie, verstärkte den Druck seiner Hände um das weiche Fleisch ihrer Oberarme. »Da ist nichts!«

Unvermittelt erkannte er, was er tat, und ließ sie los. Er versuchte, nach ihrer Hand zu greifen, aber sie riss sich los, zuckte verängstigt vor ihm zurück.

»Mein Gott, Clara«, sagte er, als sei die ganze Welt wegen dem, was er gesagt und getan hatte, zum Stillstand gekommen.

Er merkte, dass er vor dem Sofa kniete, den Kopf auf die Arme gelegt. »Clara«, sagte er noch einmal. »Es tut mir so leid. Es tut mir leid, es tut mir leid, es tut mir leid …« Er schloss die Augen so fest er konnte, blieb zusammengekauert vor dem Sofa knien, versteckte sich, bis er schließlich ihre Hände auf den Schultern spürte, ihre Finger auf seinem Nacken.

»Nicht«, sagte sie.

Ihre Finger streichelten ihn mit kleinen Bewegungen, an der Stelle, wo die Haare in die nackte Haut übergingen. Es war wie eine Absolution.

Schweigen.

»Es ist gut«, sagte sie.

»Nein, ist es nicht.«

»Doch, ist es. Und nun komm. Du hast noch nicht einmal deine Jacke ausgezogen.«

Etwas später war es Zeit fürs Abendessen. Sie aßen in liebevoller Gemeinsamkeit, aber Claras Arme taten immer noch weh – anscheinend hatten Henrys Hände einen Muskel erwischt. Sie spürte den leisen Schmerz und wusste, dass sie auch ihn annehmen und verzeihen musste. »Henry?«, sagte sie leise. »Was ist passiert?«

»Was meinst du?« Er sah sie überrascht an.

Sie war geduldig, aß einen kleinen Bissen, kaute langsam. »Musst du wegen der Verhandlung nach Nikosia fahren?«

Henrys Stimme war ruhig und ausdruckslos. »Die Beweise reichen nicht aus.«

Claras Kopf fuhr hoch. Sie legte Messer und Gabel ab. »Was soll das heißen?«

»Dass wir die Sache nicht weiter verfolgen werden«, sagte er.

»Aber das ist nicht fair.«

»Wir müssen auch an übergeordnete Interessen denken.«

»Übergeordnete Interessen?«

Äußerlich ungerührt aß Henry weiter.

»Aber Henry! Lawrence Davis –«

»Reg dich nicht auf, Clara. Dazu besteht kein Grund.«

Völlig beherrscht gelang es ihm mühelos, die Diskussion zu beenden.

»In Ordnung«, sagte sie.

»Iss weiter.«

Sie sah auf den Tisch hinunter.

»Clara?« Seine Stimme klang sanft. »Das vorhin tut mir

leid. Ich weiß nicht, was in mich gefahren ist. Ich weiß nicht, wie das passieren konnte.«

»Ist schon gut.«

Als Henry nach dem Essen mit seinem Brandy nach draußen ging, um eine Abendzigarette zu rauchen, blieb Clara am Tisch sitzen.

Sie dachte an Lieutenant Davis, der, genau wie auch sie selbst, sein Vertrauen in Henry gesetzt hatte. Er war so aufgewühlt gewesen. *Widerlich*, hatte er gesagt, und dass die Männer ihre Strafe bekommen würden. Sie war sicher, dass er gekämpft hätte. Sie dachte daran, wie er ihr sein naives, jungenhaftes Gesicht entgegengereckt und gefragt hatte: »Was ist er für ein Typ, ihr Mann?« Und sie hatte voller Überzeugung geantwortet: »Versuchen Sie es mit ihm.«

Die Kamee, die kleine Iris, steckte zwischen den Seiten ihres Tagebuchs. Es war ihr ein Trost, sie dort zu wissen, ganz innen, in der Falz, wo sie eine freundliche Delle in das Papier drückte.

Sie hatte nicht wie sonst nach draußen gehen wollen, um die Zigarette mit Henry zu teilen oder an seinem Brandy zu nippen. Sie betrachtete ihre Arme, an denen die roten Druckstellen allmählich verblassten. Er hatte ihr weh getan, sie würde sicher blaue Flecken bekommen, aber das war nicht der Grund, weswegen sie im Haus blieb. Auch nicht, weil er die widerlichen Verbrechen seiner eigenen Männer anscheinend einfach unter den Teppich kehren konnte, als seien sie nicht weiter von Belang. Das konnte sie ertragen, sie konnte versuchen, ihm zu verzeihen. Nein, sie wollte nicht zu ihm nach draußen gehen, weil ihr allein vom Rauch der Zigarette schlecht wurde, und sie wollte auch nichts trinken, nicht einmal einen kleinen Schluck. Im Geist rechnete Clara zurück zu einer anderen Nacht, die sie Henry verzeihen musste, und wusste mit absoluter Sicherheit, dass sie schwanger war. Im Grunde wusste sie es schon seit Tagen. Sie hatte es sich nur nicht eingestehen wollen.

10. Kapitel

Francke und Miller wurden zu verschiedenen Einheiten versetzt und sahen sich nie wieder. Sie und auch Grieves verbrachten den Rest ihres Lebens, ohne je angeklagt oder gar verurteilt zu werden. Gelegentlich meldete sich ihr Gewissen zu Wort, bei jedem unterschiedlich und ohne dass es Konsequenzen gehabt hätte.

Henry erlebte zum ersten Mal, dass er bei seinen Männern unbeliebt war. Erstens wurde vielen wegen der Vorfälle in Limassol der Sold gekürzt oder sie bekamen Arrest aufgebrummt, und zweitens nahmen sie es ihm übel, dass er für die Strafversetzung von Francke und Miller verantwortlich war. Er musste nicht von ihnen geliebt werden, aber er brauchte ihren Respekt. Er setzte nächtliche Patrouillen an, ließ sie tagsüber stundenlang exerzieren oder auf dem Schießstand üben. Es machte ihn nicht beliebter, aber die Disziplin verbesserte sich. Er betrachtete es als Sieg in einer Schlacht, die immer unbedeutender geworden war und in der nur wenig Spielraum für einen Sieg blieb.

Henry war vielleicht unbeliebt, Davis jedoch wurde gehasst. Er hatte in Episkopi nie wirklich seinen Platz gefunden, allein schon wegen seiner Verbindung zum SIB. Sie schuf eine Kluft zwischen ihm und den anderen Männern, und jetzt, wo er auch noch als Verräter dastand, der seine Kameraden ans Messer geliefert und dann noch nicht einmal den Mut gehabt hatte, bei seiner Geschichte zu bleiben, wurde er von allen gemieden. Er litt unter der Abneigung seiner Kameraden und unter dem Hass der Männer, die ihm den Verrat auch übel nahmen. Manchmal fühlte er sich fast von ihnen bedroht. Er, der aus einer anderen Schicht stammte als sie, hatte geradezu Angst vor ihnen und schloss sich, um nicht völlig allein zu sein, den anderen Unteroffizieren an, bei denen er allerdings auch nicht gern gesehen war.

Grieves kam zu einer Pionierabteilung hoch oben in den Tróodos. Es war seine letzte Stationierung im Rahmen seiner Wehrdienstzeit, die im Herbst ablaufen würde. In den Bergen gab es nur ein Zeltlager, sehr unbequem und isoliert, und er hätte gern an Deirdre geschrieben, eine lange Litanei einsamer Obszönitäten, konnte aber nicht, ohne dass ihr Mann etwas gemerkt hätte, und so gab es keinerlei Kontakt mehr zwischen ihnen.

Deirdre blieb mit einer tiefen Abneigung zurück, der sie nur zu gern Ausdruck verliehen hätte. Sie fand Mark unerträglich. Mit Tony Grieves zu schlafen, hatte die Spannungen zwischen ihnen in gewisser Hinsicht abgemildert. Jetzt war sie ganz allein auf ihn fokussiert – nicht im Guten. Er wünschte sich ein Geschwisterchen für Roger, und Deirdre spielte bei seinen Bemühungen wohl oder übel mit. Henry hörte in seinen langen, schlaflosen Nächten durch die Wände hindurch, wie sie sich stritten oder gelegentlich Sex hatten, und dachte daran, dass Clara und er immer versucht hatten, so leise wie möglich zu sein, nur geflüstert hatten, den Mund an Hände oder Ohren oder Nacken des anderen gepresst.

Henry wusste nicht, ob Mark über Deirdre und Grieves Bescheid wusste, aber anders als die anderen schien er Henry keinen Vorwurf daraus zu machen, dass er ihn verhaftet hatte. Er hatte sogar gesagt: »Faule Äpfel müssen nun mal aussortiert werden, Henry. Du darfst bloß nicht erwarten, dass du dadurch die Welt veränderst oder einen Popularitätspreis gewinnst.« Was Henry als durchaus fair akzeptiert hatte.

Es war die Rede von einem baldigen Waffenstillstand, und die EOKA, die die Gelegenheit nutzte, um sich neu zu bewaffnen, verhielt sich relativ still. Die Briten versuchten, mit dem im Exil lebenden Erzbischof Makarios zu verhandeln und ihn – zähneknirschend – als Mann Gottes und als Politiker zu behandeln, statt als den doppelzüngigen Terroristen, für den sie ihn hielten, wenn es nicht gerade um Waffenstillstandsverhandlungen ging.

Während die Spannungen zwischen Briten und Griechen nachließen, nahm die Gewalt zwischen griechischen und türkischen Zyprioten zu, wie um ein Vakuum zu füllen. Die Soldaten in Episkopi und auf dem ganzen Rest der Insel waren ständig damit beschäftigt, Auseinandersetzungen zwischen den beiden Bevölkerungsgruppen zu schlichten, sie durch Stacheldraht voneinander zu trennen oder in gemeinsam benutzten Straßen zu patrouillieren, um den Frieden zu wahren.

Zypern verlebte einen unbehaglichen Sommer. Großbritannien behielt das Empire gerade so im Griff, und Zyprioten und Soldaten setzten das endlose Spiel von Miteinander und Gegeneinander fort, von Verbrüderung und Rebellion, und jedes neuerliche Blutvergießen verfestigte die Positionen ebenso, wie die Freundschaft es tat.

Mark und Henry, die eines Sonntags eine Patrouille durch ein griechisches Dorf begleiteten, fanden sich als Ehrengäste bei einer Hochzeit wieder. Honig, Feigen und Flaschen mit dem derben, schlichten Wein wurden in ihr Auto geladen, während sie selbst gedrängt wurden, nacheinander mit der Braut zu tanzen. Das Dorf war mit Blumen und bunten Girlanden geschmückt und schien wie eine wunderschöne Fata Morgana über der gewaltigen, in der Sonne gleißenden Szenerie zu schweben. Am nächsten Tag gerieten zwei britische Soldaten nur drei Kilometer vom selben Dorf entfernt in einen Hinterhalt und trugen schwere Verletzungen davon.

Dann, gegen Ende Juli, verloren die Probleme Zyperns an Bedeutung, als der ägyptische Präsident Nasser den Suezkanal verstaatlichte – auf hochdramatische Weise, während einer triumphalen Rede, die weltweit im Radio übertragen wurde. Briten, Franzosen und Amerikaner stürzten in Chaos und Konflikte, nicht nur mit Ägypten, sondern auch miteinander. Für die Briten war die Verstaatlichung ein Fehdehandschuh. In Episkopi und anderswo wurde fast über nichts anderes geredet. Die übliche Polarität von Ungewöhnlichem und Gewöhnlichem, die das Leben in Zypern charakterisierte, wurde noch extremer. Truppen, die aus Ägypten hinausgeworfen worden waren oder von Gott weiß woher herbeibeordert wurden, überfluteten die Insel. Sie wurden in Zeltlagern untergebracht und standen unter enormem Druck, neue Landeplätze fertigzustellen und alte instand zu setzen. Fahrzeuge und Waffen wurden in aller Hast von hier nach da geschafft, während das Kolonialleben ungestört weiterging, unerschütterlich und trotzig angesichts der Krise. Die Frauen veranstalteten nach wie vor ihre Lesungen und trafen sich in Theatergruppen; nach wie vor wurden Musikkapellen für den Club in Limassol gebucht. Mütter mit kleinen Kindern, so wie Clara, stellten fest, dass sie von vielen Vergnügungen ausgeschlossen waren, die trotziger und frivoler waren als zuvor, eine Gesellschaft, die der Gefahr eine lange Nase drehte.

Clara wusste, dass sie Henry von ihrer Schwangerschaft

erzählen sollte, schob es aber immer wieder hinaus. Sie gestand es sich kaum selbst ein. Aber sie beschloss, es ihm endlich zu sagen.

Er war mit den Mädchen in dem kleinen Garten, damit beschäftigt, das Planschbecken aus dem Wasserhahn in der Küche zu füllen. Henry hatte eine Gießkanne, die Mädchen ihre winzigen Strandeimer aus bemaltem Blech. Die drei marschierten unermüdlich hin und her, wobei die Mädchen den größten Teil des Wassers auf die Fliesen und das Gras verschütteten. Das Planschbecken schien sich nur sehr langsam zu füllen. Clara, die in der Küche Tomaten schnitt, machte auf das »Mummy!« der Mädchen und Henrys »Entschuldige« jedes Mal Platz.

Die Mädchen hatten Spielanzüge an, Henry ein am Hals offenes Hemd. Als er einmal von dem blitzenden, plätschernden Wasser zum Haus zurücksah, rief sie: »Könntest du bitte einen Moment reinkommen, Henry?«

»Was ist denn?«

»Bitte.«

»Weitermachen, Mädels«, sagte er und kam herein.

Sie fuhr sich mit dem Handrücken über die Stirn, da ihre Hand vom Tomatenschneiden feucht war. »Henry«, sagte sie. Sie würde es ihm jetzt sagen. Und er würde wissen, in welcher Nacht das passiert war. Sie säbelte mit dem Messer an der dicken Haut einer Tomate herum.

»Vorsicht.« Er nahm ihr das Messer aus der Hand.

Sie drehte sich um und trocknete sich die Hände ab. Das Wasser draußen sandte gleißende Lichtblitze in ihre Augen.

»Clara?«

»Ich bin schwanger.«

»Wirklich?«

»Ja.«

»Das ist ja wundervoll«, sagte er.

»Findest du?« Sie sah in seine klaren Augen, und er erwiderte ihren Blick.

»Natürlich. Wann ist es denn so weit?«

»Ich weiß nicht genau. Im Januar, denke ich. Ich muss noch zum Arzt gehen.«

»Geht es dir gut?«

»Ja, bestens.«

Es war, als hätten sie ihre Worte vorher einstudiert und beherrschten ihren Text fehlerfrei.

Henry legte die Hand auf ihren Arm und sagte: »Jedenfalls ist das eine wundervolle Neuigkeit.«

Den nächsten Tag verbrachte er damit, in einem der Bergdörfer nach Terrorverdächtigen zu suchen. Er und Kirby standen mit dem Rücken zur Kirche, vor sich den Stacheldrahtverhau, der in einer dem grellen Sonnenlicht ausgesetzten, schattenlosen Ecke des Platzes aufgebaut worden war. Soldaten bewachten die fünfzehn Männer, die sich darin befanden. Ganz in der Nähe lag ein kleines Café, das man nur an den Metallstühlen erkennen konnte, die an der Wand davor aufgereiht waren. Normalerweise saßen hier die alten Männer des Dorfes. Heute waren sie nicht da.

Alles hier war winzig – das Café, der Platz, die Kirche, das ganze Dorf. Die schmalen Straßen rochen nach Eselskacke, die auf den unebenen Steinen festgetreten war.

Der Dreitonner mit dem Informanten hatte nicht auf den Platz fahren können. Er war zu breit und stand vielleicht hundertfünfzig Meter entfernt, eingekeilt in einer Seitenstraße. Eine dicke Plane, in die ein fransiges Loch hineingeschnitten worden war, damit der Informant hinaussehen konnte, hing von der Rückseite herab.

Die Soldaten ließen die Männer hintereinander Aufstellung nehmen, um sie an dem Guckloch vorbeizuführen.

Die grelle Sonne wurde von den Straßen, den weißlichen Steinen und dem Verputz der Häuser mit ihren altesschwachen Holzbalkonen und den kaputten Ziegeln auf den durchhängenden Dächern zurückgeworfen.

Henry blinzelte ins grelle Licht. Einen bitteren Geschmack im Mund beobachtete er, wie die Männer langsam an dem unsichtbaren Informanten vorbeigeführt wurden. Sie hatten Angst. Alle. Obwohl sie den verschiedensten Altersgruppen angehörten und vom Typ her völlig unterschiedlich waren, machte die Gefangenschaft sie fast ununterscheidbar.

Davis saß mit dem Informanten und einem SIB-Mann im Laster. Seit der Anhörung hatten er und Henry nur das Nötigste miteinander gesprochen.

Die Kirche hinter Henry hatte den Grundriss eines kleinen, gedrungenen Kreuzes, mit Kuppeln über jedem der vier Arme. Kirby, der hinter ihm stand, zündete sich eine Zigarette an. Der beißende Geruch brennenden Schwefels stieg Henry in die Nase und löste in seinem Geist Bilder aus – von gleißendem Sand, von dickflüssigem Blut. Er schüttelte den Kopf, irritiert und gereizt über die Störung, aber sein Herz, nicht von ihm zu beeinflussen, schlug hart und wild in seiner Brust. Claras zarter, schwangerer Körper, die blutüberströmten Körperteile der Männer … »Die kennen die Routine doch alle«, sagte er zu Kirby. »Wenn es hier jemanden gäbe, bei dem sich eine Überprüfung lohnen würde, hätte er sich aus dem Staub gemacht, als sie uns kommen sahen.«

»Nicht zu ändern, Sir«, sagte Kirby gelassen.

Henry war sich der Kirche hinter sich sehr bewusst. Er spürte, wie sich die unebenen Pflastersteine des Hangs unter seinen Füßen absenkten. Sein nach unten gerichteter Blick fiel auf die Männer, die am Laster vorbeischlurften. Er sah sie irgendwie verzerrt an diesem heißen Tag, wie in einer Laterna magica falscher Perspektiven.

In diesem Augenblick kam Unruhe in die Reihe der Männer, irgendeine Bewegung. Ein Soldat stieß einem alten Mann den Kolben seines Gewehrs in die Nieren. Der alte Mann brach in die Knie und streckte eine knochige Hand aus, um sich abzufangen.

Henry sah ihn stürzen, sah die schnelle Genugtuung auf dem Gesicht des neunzehnjährigen Soldaten, der ihn gestoßen hatte, und sagte nichts.

Er drehte sich um, weil er glaubte, etwas zu spüren, aber da war nichts, nur die Kirche. Einen Moment später sah er noch einmal hin, ohne sich bewusst zu sein, dass er es gerade eben schon einmal getan hatte. Er fühlte eine Gegenwart, fühlte sich unbehaglich.

Er wandte sich der Kirche zu und merkte, dass er darauf zuging. Einmal sah er zurück, dann drückte er die Tür auf und ging hinein. Innen war die Kirche merkwürdigerweise geräumiger, als sie von außen aussah. Das Licht war dämmrig, es war angenehm kühl, ganz in seiner Nähe brannten mehrere in Sand steckende Kerzen. Er spürte ihre Wärme. Seine Augen wanderten zwischen den schattigen Kuppeln, die die friedliche Höhe der Kirche überwölbten, hin und her.

Kirchen in England bestanden aus altem, grauem Stein, Feuchtigkeit, Trockenheit, waren umstanden von tropfenden englischen Bäumen. Henry hatte die bleiverglasten Scheiben dieser Kirchen und ihre steinernen Kreuzbögen millionenmal betrachtet. Er war immer gern in die Kirche gegangen, wegen der Ordnung, der vertrauten Gebete, der Wiederholungen, der Lieder. Und wegen der Tatsache, dass ein Kirchgang eine Art friedliche Pause zwischen einem Teil des Tages und dem nächsten darstellte. Er fühlte sich dort zu Hause, in der Langeweile der Schulandacht ebenso wie im überschäumenden Glück seiner Hochzeit. Die Kirche war für ihn sein Zuhause, so wie England sein Zuhause war. Diese Kirche war völlig anders als die, die er kannte, und doch war sie ihm vertraut – auf eine Weise, die ihm fast unheimlich war. Die Vertrautheit schien ihn aufzuspüren, Schichten von ihm abzustreifen, ein Gefühl, das zu intensiv war, um angenehm zu sein.

Zwischen den Bankreihen hindurch ging er den Mittelgang entlang auf den Altar zu, der so tief in einem der Kreuzbögen lag, dass er ihn kaum sehen konnte.

Henry hatte unzählige Stunden in der Kapelle von Sandhurst verbracht. Die Teilnahme an den Andachten war obligatorisch gewesen und zwang einen zu langen Betrachtungen des Altars, der Decke, der weißen Steinplatten mit den eingravierten Ehrenlisten, der gemeißelten Köpfe anderer Männer, und, über ihren Köpfen, das Offiziersgebet, ebenfalls in Stein gemeißelt. »Allmächtiger Gott, dessen Sohn, unser Herr, Jesus Christus, der Herr über alles Leben, nicht auf die Erde kam, daß er sich dienen lasse, sondern daß er diene …«

Als er sich diesem Altar näherte, hatte er das Gefühl, vielleicht beten zu wollen.

Es gab nur das Licht, das durch die Fenster hoch über ihm fiel, und den schwachen Schein der Kerzen. Die Farben des hölzernen Altarbildes hinter den goldenen Kerzenhaltern waren dunkel vor Alter und Armut. Es gab zwei Tafeln, die dritte fehlte – entweder kaputt oder gestohlen. Die mittlere

Tafel, genau vor ihm, zeigte eine sitzende Madonna mit Kind, aus verkürzter Perspektive, so dass es aussah, als hinge das Jesuskind an ihr herunter, ohne Beine oder Schoß, die es stützten. Die beiden Gesichter, primitiv gemalt, blickten starr geradeaus. Auf der Tafel daneben – noch seltsamer, weil das Gegenstück auf der anderen Seite fehlte – war Christus als Mann zu sehen. Er kam geradewegs auf ihn zugeschritten, mit einem diagonalen Muster aus Kreuzen auf dem weißen Hintergrund seines Gewand, das Henry nicht richtig erkennen konnte. Hinter ihm waren, in Gold, Engelsscharen zu sehen.

Der Rest der kleinen Kirche war schmucklos. Es gab keine weiteren Bilder, keine Behänge oder Schnitzereien, nur die Steine und das Altarbild.

Das Gesicht Christus' war byzantinisch, ein leeres Oval, geschwungene Linien für Brauen und Nase, eine steife weiße Hand segnend erhoben, während ER dahinschritt, der Anführer der Engel, die ihm folgten.

Henry betrachtete das gemalte Gesicht und empfand eine Angst, eine Trauer, die er nicht verstand. Hastig drehte er sich um und ging durch die Kirche zurück nach draußen. Seine Schritte hallten laut durch die Stille. Er zog die schwere Tür mit der abblätternden Farbe auf, trat auf die Pflastersteine und wäre fast gestolpert, als er mit einem Fuß in eine flache Rinne abrutschte.

Das Licht blendete ihn. Er war zutiefst erschüttert; seine Hände zitterten.

Kirby stand an genau derselben Stelle, an der er ihn zurückgelassen hatte, und sah sich nicht um, als Henry zurückkam. Es war, als hätte sein Besuch in der Kirche überhaupt keine Zeit in Anspruch genommen oder als hätte er ihn sich nur eingebildet. Er hätte gern gefragt – musste sich zwingen, es nicht zu tun –, ob er tatsächlich in die Kirche gegangen war oder die ganze Zeit neben Kirby gestanden und zugesehen hatte, wie die verängstigten Männer der Reihe nach zur Identifizierung an dem ausgeschnittenen Loch vorbeigingen, während andere Männer, Männer in Uniform, sie nicht aus den Augen ließen.

11. Kapitel

Zutiefst beschämt über seinen Verrat und seine Feigheit als es darum gegangen wäre, Grieves und die anderen zur Rechenschaft zu ziehen, suchte Davis einen leichteren Weg der Absolution – und dachte an Clara. Er versuchte, es nicht zu tun, aber sie besaß die unwiderstehliche Anziehungskraft des Verbotenen. Dass sie verheiratet war, war für ihn genug reizvolle Gefahr. Er wusste, dass das, was er empfand, keine erotische Besessenheit sein konnte, schließlich war sie verheiratet und außerdem Mutter: es musste also Liebe sein.

Ein Junge, vielleicht 15 Jahre alt, war auf der Wache abgeliefert worden und die SIB-Männer überlegten, ob sie ihn nach Camp K. schicken sollten. Davis verbot sich, darüber nachzudenken, was dem Jungen passieren könnte oder welche Rolle er selbst dabei spielen würde. In den letzten Wochen waren die Verhöre nicht sehr scharf gewesen. Dafür war er dankbar.

Der Junge wurde in eine Zelle gebracht, und obwohl niemand ihn bisher angerührt hatte, ließ die Tatsache, dass er da war, Davis nicht zur Ruhe kommen. Sie war wie ein Staubkörnchen im Auge, das sich nicht entfernen ließ, ihm ständig zu schaffen machte und seine Sicht beeinträchtigte. Wenn er an der Zelle des Jungen vorbeigehen musste, drehte er jedes Mal den Kopf weg. Ihm graute davor, zum Verhör dazugerufen zu werden, und er hoffte, dass die Aufforderung nicht kommen würde.

Aber sie kam, an einem wolkenverhangenen Tag, an dem die Fliegen träge in der Luft schwebten und kein Lüftchen sie wegwehte. Davis rauchte gerade auf dem Hang hinter der Wache, als ein Soldat ihn holen kam. Es war später Vormittag.

»Wir nehmen uns Alexis Dranias vor«, war alles, was der Soldat sagte.

Bis jetzt war dem Jungen nichts geschehen; vielleicht würde ihm auch weiterhin nichts geschehen.

»Wie heißt du?«

»Du hast einen Onkel namens Thanos Artino. Erzähl uns von ihm.«

»Welche Verbindung hast du zur EOKA?«

»Dein Name taucht in diesem Brief auf, der von Dighenis persönlich unterschrieben ist. Und in diesem. Wieso?«

Davis war überrascht, dass seine Fähigkeit, Grauen und Abscheu zu empfinden, nicht geringer geworden war. Der Junge wurde wach gehalten, musste stundenlang stehen. Bei jeder weiteren Befragung, bei der Davis sah, wie sehr sein Zustand sich verschlechtert hatte, sprang er durch dieselben Reifen im Zirkus seiner geistigen Prozesse. Voller Scham verurteilte er sich selbst, aber im Hinterkopf dachte er immer: *Das hier liegt noch im Bereich des Akzeptablen. Wenn etwas wirklich Schlimmes passieren würde, würde ich etwas unternehmen.* Er wusste, dass er schon einmal versagt hatte, dass Claras Mann jedes Recht hatte, ihn einen moralischen Feigling zu nennen, aber er konnte sich nicht von der Vorstellung trennen, dass er im Grunde genommen doch ein ehrenhafter Mensch war. Er klammerte sich an den Gedanken, dass es für ihn eine Grenze gab, eine Schwelle, die noch nicht überschritten worden war, ihn aber retten würde, wenn sich die

Gelegenheit bot. Bis jetzt war er noch nicht aufgefordert worden, das Verhör zu verlassen, der Junge war noch nicht angerührt worden, aber Davis' Magen krampfte sich nervös zusammen, als er übersetzte:

»Wir wissen, dass du Kontakt zu diesen Männern hast. Wir wissen alles über dich. Antworte.«

Und der Junge, äußerlich unbeschadet und noch voller Selbstvertrauen, sah ihn nur stumm an.

Die Befragung dauerte lange, vielleicht drei Stunden. Dann zog man ihm eine Kapuze über den Kopf und brachte ihn wieder in seine Zelle, aber nicht, damit er sich ausruhen konnte. Vielmehr musste er die hoch erhobenen Hände an die Wand legen und so stehen bleiben. Davis ging in sein kleines Büro, die SIB-Männer in ihres. Tee wurde gebracht, und Davis' Gedanken, die sich chaotisch überschlugen, flüchteten sich zu Clara.

Clara Treherne. In seiner Unschuld, was Frauen anging, errötete er beim Gedanken an sie. Er kippte seinen Stuhl nach hinten, schloss die Augen und dachte an sie – ihr Bild Balsam für die Wunden seines Gewissens –, bis er sich ruhig und getröstet fühlte, weich umfangen von vertrautem Begehren und vertrauter Zurückweisung. Hätte er nicht klassische Philologie sondern Psychologie studiert, hätte er vielleicht genauer darüber nachgedacht, wieso er, was die Romantik anging, auf die Frau eines Mannes fixiert war, dessen Autorität und dessen Prinzipien er gleichermaßen bewunderte und verabscheute.

Am letzten Tag der zwei Wochen, die Henrys Kompanie Einsatzbereitschaft hatte, kam es an den Schulen in Limassol zu Unruhen. Henrys Fahrzeug stand ein gutes Stück zurückgesetzt auf der breiten Straße, und er sah die Schulkinder – die meisten davon Mädchen mit weißen Söckchen – auf die Soldaten zulaufen. Sie bewarfen sie mit Steinen und Flaschen, und die britischen Soldaten hinter ihren Plastikschilden versuchten nur, sich vor den Geschossen zu schützen. Keiner von ihnen wollte gegen kleine Mädchen kämpfen. Sie nahmen Verletzungen in Kauf, die sie nicht hätten hinnehmen dürfen – Platzwunden am Kopf, Verbrennungen durch selbst gebastelte Molotowcocktails –, nur um einen Zusammenstoß mit ihnen zu vermeiden. Es war ein hässlicher Anblick: die Verlegenheit und die höfliche Professionalität seiner Männer wurden durch die Provokationen der wütenden Kinder untergraben, bis sie allmählich doch mit zunehmender Härte reagierten. Jungen und Mädchen wurden, wenn auch widerwillig, mit Gewalt abgeschleppt, und natürlich kam von griechischer Seite sofort der Aufschrei, die Briten seien brutal. Am selben Tag tötete eine Mine einen von Henrys Männern, Private Hopkins, den Fahrer eines Lastwagens, und verletzte drei weitere Soldaten.

Henry hatte immer noch regelmäßige Besprechungen mit Colonel Burroughs.

»Bei den Männern alles in Ordnung?«

»Ja, Sir.«

»Bald wird es hier noch voller werden. Das dritte Bataillon der G- G- wird nächste Woche eintreffen.«

»Ich verstehe.«

»Keiner von Ihren Jungs wild darauf, Hopkins' Tod zu rächen?«

»Nicht dass ich wüsste, Sir.«

»Die Stimmung ist also gut?«

»Einigermaßen.«

»Sehr schön.«

Burroughs erkundigte sich nicht mehr nach Henrys Vater, und Henry vertraute ihm keine Details mehr an – weder aus seinem beruflichen noch aus seinem Privatleben.

Jetzt ging es hauptsächlich um den Papierkram, alle möglichen Berichte und das Warten auf den nächsten Einsatz.

Henry saß an seinem Schreibtisch. Alles um ihn herum war still. Die Tür zu Mark Innes' leerem Büro stand offen. Wahrscheinlich war er mit den anderen am Strand von Evdhimou. Kein Wind wehte in diesen stillen Nachmittagsstunden, in denen niemand sonst da war.

Henry, der sich immer unwohl fühlte, wenn er mit dem Stift in der Hand vor Papieren sitzen und versuchen musste, Sätze zu formen, die sich ihm störrisch verweigerten, hatte aufgehört, das Büro schon am späten Nachmittag zu verlassen, sondern blieb an seinem Schreibtisch sitzen, weil er dort allein sein konnte und nicht gezwungen war, mit Mark oder den anderen zu reden. Wenn er die Wahl hätte zwischen Schreibtischarbeit und Schulmädchenkrawallen, würde er sich jederzeit für die Krawalle entscheiden, und beides war besser, als nach Hause zu gehen, zu Claras still prüfendem Gesicht, der Unmöglichkeit, sich zu entspannen, und seinen unerträglich süßen Töchtern.

Er schrieb an Hopkins' Familie. »Sehr geehrte Mrs Hopkins, als der vorgesetzte Offizier Ihres Sohnes habe ich die traurige Pflicht …« Der Stift in seiner Hand war glitschig vor Schweiß. Es war wichtig, die richtigen Worte zu finden. Er schrieb langsam, formulierte Sätze vor, bevor er sie ins Reine schrieb. Er musste versuchen, an den lebendigen Mann zu denken, musste sich in Erinnerung rufen, wie er gewesen war, als er noch lebte, soweit er das überhaupt konnte. Er musste sich vorstellen, welche Wirkung sein Brief haben würde, durfte diese Vorstellung aber nicht zu weit treiben, durfte nicht an sich selbst denken: es war nicht sein Kummer, nicht seine Trauer. Er hatte insofern Glück, als das hier erst der vierte Brief dieser Art war, den er schreiben musste. Der letzte war der an Jensons Mutter gewesen. *Beliebt bei seinen Kameraden. Während er tat, was er am meisten liebte.* In anderen Kriegen, in richtigen Kriegen, wurden solche Briefe zahlreicher und schneller verschickt als in den wenigen kurzen Monaten seiner Stationierung in Zypern. Andere Offiziere machten ihre Sache sicher besser. Anders als er stellten sie sich nicht so ungeschickt an, nahmen nicht jede Kleinigkeit unter die Lupe, drehten sich nicht ständig im Kreis, so wie er es tat. Sie hätten sicher etwas Besseres gefunden als: »Er war mit seinem Lastwagen zur falschen Zeit auf der falschen Straße unterwegs.« Wenigstens eine Schlacht – wenigstens hätten sie den Namen einer Schlacht nennen können, in der es sich sterben ließ, statt wie er nur ein paar griechische Buchstaben bieten zu können, die die meisten nicht einmal lesen konnten, ein Land, gegen das man kämpfen oder das man verteidigen konnte, nicht dieses kleine, billige, schmutzige Gerangel. Er zog sein Taschentuch hervor und wischte sich die schweißnassen Hände ab.

Die Hitze war unglaublich. Das Fenster stand offen, ließ aber nur glühendheiße Luft herein. Es fühlte sich an, als hätte er einen Hochofen im Rücken. Sein Hemd war durchgeschwitzt, sein Nacken schweißnass, seine Unterarme auch. Die hohe, winzige Sonne heizte die Erde auf wie ein Brennofen und alles, egal, ob aus Metall, Glas, Holz oder Fleisch, saugte die Hitze auf, so sehr, dass sich sogar das Papier unter seinen Händen feucht und warm anfühlte. Normalerweise kühle Dinge – das Tintenfass, seine Gürtelschnalle, das Wasserglas – waren glitschig vor Hitze. Die Tinte trocknete viel zu schnell. Seine Augen waren heiß vor Blut, das in seinen Adern kochte. Er würde nicht nach Hause gehen. Er würde arbeiten.

In Marks Büro klingelte das Telefon. Mark war nicht da. Niemand war da. Es klingelte weiter.

Und hörte auf.

Und fing von Neuem an, schrillte beharrlich. Henry stand auf und ging in Marks Büro mit den ordentlich gestapelten Papieren und den heruntergelassenen Jalousien. »Hallo?«

»Captain Innes?«

»Nein, hier ist Major Treherne. Wer spricht?«

»Sergeant Wells, Sir, von der Wache.« Der Sergeant brauchte einen Offizier vor Ort. »Es geht um Private Nugent, Sir. Er hatte eine Art Anfall, und ich kann den Bataillonsarzt nicht finden –«

Nugent war einer von Henrys Männern. Er selbst hatte ihn wegen Trunkenheit im Dienst zu dreißig Tagen verdonnert.

»Er scheint inzwischen wieder in Ordnung zu sein, Sir, aber ich bin natürlich kein Fachmann und kann es nicht wirklich sagen.«

Er hätte nicht ans Telefon gehen sollen. Normalerweise hatte er mit solchen Dingen nichts zu tun. »Ist denn niemand sonst da, Sergeant Wells?«

»Tut mir leid, Sir, aber es ist kein einziger Offizier hier. Sie sind alle anderweitig beschäftigt.«

›Anderweitig beschäftigt‹ hieß, zu Hause bei ihren Frauen oder am Strand von Evdhimou. Schließlich war es vier Uhr nachmittags.

»Ist gut«, sagte Henry. »Ich komme.«

Da er Kirby nach Hause geschickt hatte, nahm er sich eins der Autos, die für Offiziere reserviert waren, und fuhr selbst zur Wache. Das Auto hatte in der prallen Sonne gestanden, und das Lenkrad war zu heiß, um es anfassen zu können. Er steuerte mit den Handballen. Auf dem Weg den Hügel hinunter schlug das alte Auto immer wieder hart in Schlaglöcher.

Er erwiderte den Salut mehrerer Soldaten, während er die durchgetretenen, rauen Holzstufen zum Eingang der Wache hinaufging.

Er war noch nie hier gewesen, was eigenartig war, wo er doch schon so viele Männer hierher verfrachtet hatte. Hinter einem ziemlich hohen Schreibtisch saß ein Sergeant, der nachlässig salutierte.

»Major Treherne«, sagte er zu dem Sergeant, der ihm nicht bekannt war. »Wegen Private Nugent.«

Der Eingangsbereich sah vollgestopft und chaotisch aus. Schlüssel hingen in langen Reihen an Haken, übereinander gestapelte Ablagekästen, von denen die marmorierten Papierrücken abblätterten, füllten klobige Holzregale an zwei Wänden. Es war ziemlich dunkel.

»Ach ja, Sir, vielen Dank, Sir. Einen Augenblick, bitte.«

Der Sergeant verschwand durch eine Tür mit einer dicken, staubigen Scheibe aus Sicherheitsglas. Henry betrachtete die Regale mit den gesammelten dokumentierten Missetaten. Die Kästen waren so vollgestopft, dass die Papiere überquollen. Der Sergeant kam zurück. »Hier entlang, Sir«, sagte er, hob die Absperrplatte an, um nach vorne zu kommen, und öffnete eine Tür.

Der Korridor dahinter sah sauber aus, stank aber säuerlich nach Schweiß und noch etwas anderem – vielleicht nach Urin, vielleicht auch nach altem Holz, nassen Lappen, Desinfektionsmittel. Trotz der Hitze, die Henry ins Gebäude gefolgt war und durch die Luft waberte, lief ein kalter Schauder über seine Haut – vielleicht wegen der Dunkelheit: die Fenster waren vergittert und teils zusätzlich mit einem feinem Drahtgeflecht versehen.

»Würden Sie bitte hier warten, Sir?«, sagte der Sergeant und öffnete die Tür zu einem Büro – zumindest wurde der Raum als Büro benutzt. Er enthielt einen Schreibtisch, auf dem sich Papiere und Aktenordner stapelten, war aber ursprünglich eine Zelle gewesen. Er hatte genau die richtige Größe für eine Zelle, und an der Außenseite der Tür befanden sich mehrere dicke Riegel.

Wieder ließ der Sergeant ihn allein. Gedämpfte Geräusche waren zu hören – genagelte Stiefel auf dem Fußboden, und Stimmen, mehrere unterschiedliche Stimmen, fern und undeutlich. Die Wände bestanden aus Holz und Fasergipsplatten, die Geräusche drangen sehr leise von unterschiedlichen Stellen des labyrinthischen Gebäudes zu ihm.

Jemand brüllte etwas, auf Englisch, glaubte er zumindest. Der Schrei, der auf das Gebrüll folgte, ließ sich nicht identifizieren. Nach dem Schrei kam wieder das Gefühl, mitten in einem Gebäude voller Menschen zu sein, die er nicht sehen konnte, von denen die einen Geräusche von sich gaben, andere sich hin und her bewegten. Und dann ein keuchendes, würgendes, ersticktes Geräusch. Ein Geräusch, wie Henry es noch nie zuvor gehört hatte.

Er ging zu der mit Riegeln versehenen schweren Tür des kleinen Raums und sah rechts und links den Korridor entlang. Niemand zu sehen. Zu hören war nur das Murmeln einer Unterhaltung, dann das Klappern von Tassen oder Tellern aus Blech irgendwo in der Ferne.

Er wartete.

Da war es wieder – ein gurgelndes, erstickendes Geräusch, unmittelbar gefolgt von einem hohen Lachen und einem dumpfen Schlag. Es kam von rechts, von jenseits einer Ecke.

Der Sergeant war noch nicht zurückgekommen.

Henry stand immer noch wartend in der Tür. Der Sergeant war und blieb verschwunden, auch sonst war niemand zu sehen. Wieder hörte Henry Geschrei, gedämpft durch mehrere Türen, aber trotzdem unverkennbar wütend, außer Kontrolle, unbeherrscht.

Er ging den schmalen Korridor entlang – der Geruch von Desinfektionsmittel überlagerte das Säuerliche – und durch die Tür am Ende. Die Stimmen waren jetzt lauter. Mehrere Meter weiter bog er um eine Ecke und stand in einem weiteren, ähnlichen Korridor mit Türen auf beiden Seiten. Unvermittelt hörte das laute Geschrei auf. Stille. Er wartete. Weitere Geräusche, verwirrende Geräusche, und wieder das Gurgeln und Würgen, das er in der kleinen Zelle gehört hatte, nur lauter. Dann eine Stimme, gut zu verstehen: »Wird's endlich?«

Henry empfand die widerwillige Neugier eines Voyeurs und fühlte sich, woran er überhaupt nicht gewöhnt war, wie ein Eindringling. Die Zellentüren waren alle geschlossen, bis auf eine, etwa auf der Hälfte des Flurs. Er ging leise darauf zu, ohne sich bewusst zu sein, dass er fast auf Zehenspitzen schlich. Der Türrahmen kam immer näher, sein Bedürfnis zu sehen, was dahinter vor sich ging, wurde immer größer.

Wegen der Richtung, aus der er kam, und weil der Vorraum so klein war, war er den beiden Männern sehr nahe, als er die Tür erreichte. Im Raum rechts des Vorraums befanden sich ein Soldat und ein Gefangener.

Man hatte dem Gefangenen, der mit dem Rücken zu ihm stand, einen leeren Sandsack über den Kopf gezogen und er hatte Stressposition einnehmen müssen, die hoch erhobenen Hände an der Wand. Sein knochiger Rücken war dunkel gebräunt und nackt, seine weite Hose befleckt, seine Beine zitterten. Henry sah, dass der Boden – hölzerne Dielen, die stellenweise dicht an dicht verlegt waren, stellenweise aber auch Lücken hatten – nass war. Rund um die Stiefel des Gefangenen hatte sich eine Pfütze gebildet, die ins Holz einsickerte.

Ein paar Schritte von ihm entfernt stand Davis. In diesem Moment fing das Gebrüll wieder an. Es kam von jemandem, der nicht zu sehen war – sehr laut und wütend –, ein Schwall obszöner Beleidigungen.

Davis sah Henry. Sein Blick schien Verwunderung und Liebe auszudrücken, als sei er ein kleiner Junge, der sich in Dunkel und Konfusion verirrt hat und nun seinen Vater sieht. Dann schoss ihm vor Scham das Blut ins Gesicht.

Der Soldat, der den Gefangenen bewachte und aus Henrys Rang schloss, dass seine Anwesenheit hier rechtmäßig war, salutierte. Henry beachtete ihn nicht, sondern drehte sich so, dass er in dem kleinen Vorraum stand und in die Zelle zu seiner Linken sehen konnte. Er hatte das Gefühl, dass Davis hinter seinem Rücken auf ihn zukam.

Die Zelle schien voller Leute zu sein. Henry brauchte weniger als eine Sekunde, um alles in sich aufzunehmen.

Ein Junge, fast noch ein Kind, lag auf dem Boden. Auf seiner Brust war Blut zu sehen. Das Blut war rosig, weil es mit Wasser vermischt war. In Rinnsalen, Tropfen und dunkleren Linien lief es über die Brust des Jungen, versickerte unter seinen dünnen Armen, die, wie auch der Bauch, von roten Striemen überzogen waren. Sein Gesicht war voller blauer Flecke und Platzwunden, die Augen zugeschwollen. Er hatte die Knie angezogen, um seine Genitalien zu schützen, da seine Hände auf dem Rücken gefesselt waren. Er war barfuß. Der Boden um ihn herum war nass vor Blut und Wasser, ein gefüllter Eimer stand griffbereit neben ihm. Der Atem des Jungen ging laut und mühsam, er hustete, er zitterte.

An einem klapprigen Tisch saßen zwei SIB-Männer in Zivil. Henry kannte ihre Namen – er hatte sie in den sechs Monaten, die er hier war, gelegentlich gesehen und auch schon mit ihnen gesprochen, wusste aber nur wenig über sie. Auf dem Tisch lag ein weiterer leerer Sandsack, klatschnass, außerdem sah er ein Radio, Zigaretten und Streichhölzer. In der Nähe der SIB-Männer stand ein weiterer Soldat, in Hemdsärmeln, verschwitzt, nass, einen Knüppel in den Händen.

Niemand sagte etwas, nur das angestrengte Atmen des halbnackten Gefangenen war zu hören.

»Wer ist das?«, fragte Henry ohne nachzudenken.

Niemand antwortete. Der liegende Junge hörte auf, sich zu bewegen, war plötzlich wachsam, obwohl er immer noch zitterte. Er sah zu Henry auf, oder wandte zumindest das Gesicht in seine Richtung, aber das schwärzliche Blut und die Schwellungen machten es schwer, zu erkennen, ob seine Augen offen waren.

»Wer ist das?« fragte Henry noch einmal und wunderte sich über den Klang seiner Stimme. »Was geht hier vor? Was hat das alles zu bedeuten?« Er war ein Mann, der an prompte Antworten gewöhnt war. »Davis? Was wird hier gespielt?«

Davis, der hinter ihm stand, antwortete nicht.

Einer der beiden SIB-Männer, der, der ihm am nächsten war, stand auf und trat vor. Er hatte eine näselnde Stimme und wirkte völlig ungerührt. »Ich füchte, Sie sind hier falsch«, sagte er.

»Was soll das heißen?«

»Ich muss Sie bitten zu gehen.« Er kam auf Henry zu, als wolle er ihn begleiten. »Das hier ist mein Zuständigkeitsbereich«, sagte er.

Henry hörte Männer mit schnellen Schritten durch den Korridor kommen. Ihre Schritte klangen laut, das Geräusch wurde von den Wänden zurückgeworfen, als sie immer näher kamen, aber er drehte sich nicht um. Dann sagte eine Stimme: »Major Treherne, entschuldigen Sie, Sir.« Und er drehte sich langsam um und sah den Sergeant vom Eingang und einen zweiten Mann hinter ihm. Beide salutierten. Davis war für sie zur Seite getreten und hielt den Blick zu Boden gesenkt. Der Sergeant ergriff erneut das Wort. »Sir, würden Sie bitte mit mir kommen? Wegen Nugent?«

Henry sah zu dem SIB-Mann zurück, der lächelte.

»Herzlichen Dank«, sagte er.

»Sir?«, fragte der Sergeant.

Henry ging zur Tür. »Davis, mitkommen«, sagte er, ohne ihn anzusehen.

Er ging mit den beiden Sergeants, weg von den Gefangenen, vorbei an dem ersten Raum, in dem er vorhin gewartet hatte. Die beiden gingen mit schnellen Schritten vor ihm her. Henry spürte einen Luftzug, als sie sich wieder dem Eingang näherten.

»Wir dachten schon, wir hätten Sie verloren«, sagte einer der beiden.

Henry konnte Davis nicht hinter sich hören.

»Hier entlang, Sir. Hier durch.«

Aber Henry beachtete sie nicht, sah sie kaum, ging an ihnen

vorbei aus dem Gebäude, die hölzerne Treppe hinunter auf die ausgedörrte Erde, die im Licht der prallen Sonne lag. Die Sonne blendete ihn. Unbewusst blieb er stehen. Sein Geist setzte aus, sein Körper verweigerte ihm den Dienst. Er konnte im hellen Licht immer noch nichts sehen, atmete die Luft aber in tiefen Zügen ein, während seine Augen sich an die Helligkeit gewöhnten.

Kein Davis hinter ihm. Er war ihm nicht gefolgt. Henry sah sich um.

»Sir?«

Die Stimme eines der Sergeants. Henry fischte die Schlüssel aus seiner Tasche und ging zum Auto zu.

»Sir!«

»Nicht jetzt!«

Er öffnete die Tür, nur den einen Gedanken im Kopf, dass er in Ruhe nachdenken musste, weg von den nach Holz riechenden, nassen, düsteren Korridoren dieses Gebäudes, außer Sicht davon. Er spürte, wie das Blut hinter seinen Augen pulsierte. Sein Hirn wollte eingreifen, retten, handeln – aber er tat nichts, außer zu versuchen, so schnell wie möglich von hier wegzukommen. Der schmale Schlüssel glitt ins Zündschloss, drehte sich, das Metall widersetzte sich seinen Fingern, kein Geräusch, kein Funke. Er schaltete aus, drehte den Schlüssel erneut und hörte ein leises Summen, sonst nichts. Der Geruch des Gebäudes ließ ihn nicht los, auch nicht das Wissen, dass der Junge dort drin blutete. Er drehte den Schlüssel noch einmal. Dieses Mal sprang das Auto an, aber langsamer, als es sollte. Er gab Gas, knallte den Rückwärtsgang rein, setzte so schnell zurück, dass der Motor protestierend aufheulte. Der erste Gang ließ sich ohne Murren einlegen, und er raste den Hügel hinauf, weg von der Wache.

Niemand folgte ihm.

Der Weg führte den Hügel hinauf zu einer Kreuzung. Hier, weg von der Wache, hielt Henry das Auto an. Er stand oben auf der Kuppe, weit und breit niemand zu sehen. Die Windschutzscheibe war von feinem Staub überzogen.

Straßen, asphaltierte und unasphaltierte, trafen hier aufeinander, uneben, überzogen von Reifenspuren. Schilder ragten aus der trockenen Erde. »Offizierskasino«, »Lionheart«, »Kensington«. Er brauchte sie nicht. Er kannte alles hier. Alles.

Straßen, die aufeinander zuliefen, sich vereinten, sich verbreiterten, je näher sie ihrem Ziel kamen. Die zu seiner Rechten führte zum Haus der Burroughs, wo der Diener des Colonels, oder seine Frau, sicher wussten, wo er zu finden war – aber der Gedanke erstarb, bevor Henry Zeit hatte, ihn zu verwerfen. Er hatte keine Verbündeten mehr. Sein Land, sein Schuljungenland der gerechten Hierarchien, hatte eine vernichtende Niederlage erlitten. Es hatte keinen Botschafter mehr, den es aussenden konnte.

12. Kapitel

Corporal Kirby hatte festgestellt, dass starker britischer Tee und eine Selbstgedrehte, kratzig und schnellbrennend, eine sehr belebende Wirkung hatten, selbst wenn das Thermometer an die vierzig Grad zeigte. Im Glauben, den Nachmittag frei zu haben, saß er in der Mannschaftskantine, als Major Treherne ihn rufen ließ.

»Tja, Jungs, das war's dann wohl mit meinem freien Nachmittag«, sagte er, trank seinen Becher leer und ging.

Der Major war in seinem Büro und schien ihn nicht zu hören, als er an die Tür klopfte. Erst als er »Sir?« sagte, hob er den Kopf und sah ihn an. »Würden Sie mich runter nach Evdhimou fahren, Kirby?«

»Sir.«

Henry überquerte den glühendheißen Strand auf dem Weg zum Café. Er hatte gehofft, Mark hier zu finden, und tatsächlich war er da, lag fast in der Horizontalen im Schatten der Markise, die Stiefel in den Sand gestemmt. Vom dunkelblauen Meer wehte eine kaum merkliche Brise zu ihnen herüber.

»Lust auf einen Abstecher in die Stadt?«, fragte Henry und hörte zu seiner eigenen Überraschung, dass seine Stimme so knapp und ruhig klang wie immer.

»*Avec* oder *sans* Ehefrauen?«, wollte Mark wissen.

»Ohne.«

»Nichts wie los.«

Sie fuhren in ein Lokal namens Maxim's Cabaret in Limassol und trafen ein, als die Türen geöffnet wurden.

Im oberen Stock befand sich ein Bordell mit einem ganz passablen Ruf, das aber keiner von ihnen aufsuchen wollte. Sie setzten sich an einen Tisch in einer hinteren Ecke und fingen mit Keo-Bier in Flaschen an, um sich eine Grundlage zu schaffen. Mark sah, dass Henry entschlossen war, sich zu betrinken und begrüßte sein Vorhaben, egal, welchen Grund er dafür haben mochte.

In Kräuter eingelegter Feta und öltriefende Oliven wurden mit jeder Runde gebracht, und der Tisch zwischen ihnen und der Boden um sie herum waren bald mit Zigarettenkippen und Olivenkernen übersät. Und immer noch hatten sie kaum miteinander gesprochen. Henry stierte vor sich hin und trank sehr schnell, und Mark ließ ihn in Ruhe und stellte keine Fragen.

Nach etwa einer Stunde oder so – die Show fing gerade an, mit Tänzerinnen aus aller Welt – gingen sie zu Brandy Sours über und bestellten Brot dazu, zum Aufsaugen des Alkohols, mischten den Geschmack des weißen Brots mit dem des dunklen Tabaks und des starken Alkohols.

Die spanische Tänzerin blieb lange auf der Bühne – zu lange. Sie hatte Kastagnetten und stieß kehlige Laute aus, die die Soldaten um sie herum lachend nachäfften. Henry und Mark waren inzwischen ziemlich angetrunken. Mit schweren Zungen debattierten sie darüber, ob die Tänzerin wirklich eine Spanierin war und an anderen Abenden auch als Stripperin arbeitete oder als Prostituierte. Sie tranken noch mehr Brandies, inzwischen ohne Sour, und ein bauchiger Tonkrug mit Wasser wurde gebracht, aber nicht angerührt.

Eine türkische Bauchtänzerin und mehrere griechische Volkstänzerinnen folgten, dann ein schleiertragendes Mädchen unbestimmter Nationalität, vielleicht persisch. Jedenfalls arbeitete sie an den anderen Abenden mit an Sicherheit grenzender Wahrscheinlichkeit als Stripperin.

»Wollen wir wetten, dass der gute alte Kirby die Unterhaltung im oberen Stockwerk genießt?«, sagte Mark, und sie lachten beim Gedanken an den x-beinigen Kirby, der seinen Sold verjubelte und das Risiko einging, sich eine Geschlechtskrankheit zu holen oder von der Militärpolizei, die immer wieder Razzien durchführte, eingebuchtet zu werden, während sie unter ihm die Bauchtänzerinnen bewunderten.

Sie hatten ihre Jacken über die Stuhllehnen gehängt. Außer den Tänzerinnen waren keine Frauen anwesend, nur andere Soldaten und britische Zivilbeamte oder Ingenieure mit dunkel gebräunten Gesichtern, aus denen die Augen weiß hervorleuchteten in dem nur schummrig beleuchteten Raum mit den billigen exotischen Lampen auf den rotbestickten Tischdecken.

Sie tranken weiter. Entspannt zurückgelehnt teilte Mark seine Aufmerksamkeit zwischen der Betrachtung der Decke und der Frauen. Henry spürte, wie der Alkohol in ihm brannte. Das Auslöschen von Schmerz, Betäubung, Flucht – das fanden andere Männer im Alkohol. Sein Magen dagegen rebellierte, verkrampfte sich, aber er trank weiter, begierig auf – nicht Absolution, sondern völliges Vergessen, absolutes Nichts. Wenn er schon keinen Anstand besaß, konnte er zumindest den Wunsch danach auslöschen.

Sein Handrücken fühlte sich taub an, als er sich damit über den Mund fuhr.

Er stieß den Wasserkrug um, der auf den Bodenfliesen zersplitterte, ohne dass sie es auch nur bemerkten. Ein Kellner in sauberer weißer Jacke kniete zu ihren Füßen nieder, um die Scherben aufzusammeln. Henry registrierte seinen gesenkten Kopf, als er für sie saubermachte, in der Nähe ihrer Stiefel auf dem Boden herumsuchte. Die Show ging ihrem Ende entgegen, die Musik wurde lauter, alle Mädchen kamen auf die Bühne, es wurde geklatscht, ihre Hacken klapperten laut auf dem Holz – Stiefel auf dem Holzboden des Wachgebäudes – stampfend. Lautes Stampfen auf Holz, Jubel in plötzlicher Dunkelheit.

In der Dunkelheit schloss Henry die Augen. Blind.

»Verdammte Scheiße Jesus Christus o Gott«, sagte er in die anonyme Geräuschkulisse um ihn herum. »O Gott. Bitte. Hilf mir. Gott.« Und der Lärm der klatschenden Männer, ihre Bravo-Rufe, die Pfiffe, nahmen seine Worte auf.

Schummriges Licht wurde eingeschaltet, als das Klatschen aufhörte. Die Mädchen waren verschwunden. Henry stützte den Kopf in die Hände, ließ ihn halb auf den Tisch sacken, richtete sich dann aber wieder auf, ohne etwas zu sehen.

Mark machte dem Kellner ein Zeichen, eine neue Runde zu bringen.

»Meine Frau bekommt ein Baby«, sagte Henry zu seiner eigenen Überraschung, denn daran hatte er überhaupt nicht gedacht. Und Mark sagte nichts Dummes, wie »Glückwunsch«, sondern schwieg.

Henry nahm einen Schluck von dem neuen Drink, hatte aber keine Lust mehr. Der Raum entglitt ihm. Er merkte, dass er die Dinge, die so heftig wie zuvor an ihm zerrten, nicht mehr zu fassen bekam, und war dankbar. Aber dann, in dieser schutzlosen Entspannung, als er sich im Inneren seines Kopfes fallenließ, ganz tief, kamen die alten vertrauten Schrecken wieder zum Vorschein. Sie hatten nur darauf gewartet, dass er nicht mehr auf der Hut war.

Er konnte die Versuchung zurückweisen, die traurigen Inhalte seines Hirns zu beschreiben, er konnte sich weigern zu sagen: »Ich habe einen Jungen gesehen – wahrscheinlich habe ich ihn selbst verhaftet –, ich kann nirgends hin, um mir helfen zu lassen, und ich selbst kann keinem helfen.« Er konnte die Debatte mit sich selbst verweigern, in dem Wissen, dass er machtlos war, versagt hatte, aber die Bilder kamen zurück, ganz frisch, ihn verspottend, all die unterschiedlichen Qualen, und er war ihnen gegenüber hilflos, und voller Scham.

»Komm«, sagte Mark. »Fahren wir nach Hause.«

Sie verließen den Nachtclub um Mitternacht, traten hinaus in den kräftigen Wind, der vom Meer wehte, und Kirby, einigermaßen nüchtern und sexuell befriedigt, kutschierte sie aus Limassol hinaus.

»Wie war Ihr Abend, Kirby?«, fragte Mark.

»Nicht schlecht, Sir«, sagte Kirby und lenkte das Auto auf die Landstraße.

»Freut mich zu hören«, sagte Mark. »Freut mich sehr.« Und ließ das Kinn auf die Brust sinken.

Henry, der neben ihm saß und sich nach Bewusstlosigkeit gesehnt hatte, obwohl er jetzt wusste, dass darin keine Befreiung lag, kämpfte um Kontrolle. Er hielt die Augen offen und betrachtete den hellen Mond, der schnell und hoch über ihnen dahinzog.

Das Mondlicht malte Streifen auf das Bett, in dem Clara lag. Sie betrachtete die Schatten an der Wand und versuchte vergeblich, sich an Kirchenlieder zu erinnern. Sie erinnerte sich an Worte oder Melodien, aber nicht an beides zusammen, und immer nur in Bruchstücken. Ein heftiger Wind wehte die kurzen Vorhänge ins Zimmer hinein, so dass sie steif aussahen, wie etwas Hartes, aber dennoch Bewegliches.

Sie setzte sich im Bett auf und strich sich die Haare hinter die Ohren. Der Wind rüttelte an den Fenstergriffen und ließ sie in unregelmäßigen Abständen quietschen. Unsterblich. Unsichtbar. Unsterblich. Unsichtbar. Im Dunkeln griff sie nach ihrem Tagebuch, schlug es auf und tastete sich blind durch die Seiten, bis sie die Kamee fand. Sie hielt sie in den Streifen silbrigen Lichts, der über ihre Beine fiel.

Die Kamee war nur ein Talisman und konnte ihr nicht wirklich helfen. Sie war allein. Sie spürte, wie sich tief in ihrem Inneren ein Zorn aufbaute, der so groß war, dass er ihr Angst machte. Sie schämte sich, weil sie die Kamee vor Henry versteckt und sich durch die Aufmerksamkeiten eines Mannes, an dem sie wirklich keinerlei Interesse hatte, geschmeichelt gefühlt hatte. Sie schloss die Faust um die Kamee und legte sie dann weg, ein Stück von sich fort.

Und dann spürte sie ein kleines Klopfen, wie von einem winzigen Finger, in ihrem Inneren, eine winzige Bewegung, als würde sie an etwas erinnert. Das Baby bewegte sich. Einen Augenblick lang empfand sie es als ein Wunder, dann kippte ihre Stimmung.

Sie erinnerte sich an dieses Gefühl, an diese erste Bewegung, von damals, als sie mit den Zwillingen schwanger war. Damals war das Wissen um das Leben in ihr strahlend gewesen, eingebettet in eine Freude, die ihr jetzt in ihrer Erinnerung teleskopisch fern schien. Sie stellte sich vor, wie das kleine Ding in ihr immer größer wurde, blind auf ihren Schutz vertrauend. Nur ein paar Zentimeter weichen Fleisches bildeten die Barriere zwischen ihm und der furchtbaren

Außenwelt. Aber sie war nicht die starke Hüterin, die es brauchte. Wenn es einen Verstand hatte, würde es ihre Gedanken lesen. Selbst wenn es nur den Verstand einer Maus hatte, würde es wissen, dass es nicht willkommen war, dass es vom Moment seiner Zeugung an nicht willkommen gewesen war. Sie hatte versucht, ihm und auch sich selbst etwas vorzulügen, aber sie wusste, dass sie versagt hatte. Das kleine Klopfen widerholte sich, wie eine Frage.

Clara hörte das Auto vorfahren, hörte, wie Henry sich von Kirby und Mark verabschiedete. Nach einer Weile wurde die Tür geöffnet.

Sie setzte sich erneut im Bett auf, als er die Treppe hinaufkam und in der Tür stehenblieb.

»Hallo«, sagte er.

»Hallo.«

Er rührte sich nicht, fing nicht an, sich auszuziehen, kam nicht näher. Er stand einfach nur da, eine Soldatensilhouette.

»Das Baby hat sich bewegt«, sagte sie, denn trotz allem hatte sie immer noch die Gewohnheit, ihm Dinge zu erzählen.

Er antwortete nicht. Sie konnte sein Gesicht nicht erkennen.

»Es war das erste Mal«, sagte sie. »Ich wäre froh, du wärst dabei gewesen.«

Er sagte nichts.

Er sah, dass sie wollte, dass er etwas sagte, kam näher und setzte sich auf die Bettkante, allerdings ohne sie anzusehen. Ihre Hand legte sich auf seinen Arm. »Hast du gehört?«, fragte sie. »Was ich über das Baby gesagt habe? Bist du betrunken?«

»Nein. Ja – ich habe dich gehört. Das ist schön.«

»Was ist los?«

»Nichts, ich bin froh.«

»Verdammt, Henry!«

Seine Hand berührte etwas Kleines, Rundliches, das sich in seine Handfläche presste. Er ergriff es. »Gehört das dir?«, fragte er und reichte ihr die Kamee. Sie nahm sie, und er stand auf und ging ins Badezimmer.

13. Kapitel

Er erwachte mit entsetzlichen Kopfschmerzen und völlig ausgetrocknetem Mund. Er setzte sich auf und betrachtete seine schlafende Frau. Ihr Gesicht war ihm zugewandt, ihr Arm vertrauensvoll ausgestreckt, die Hand gelöst, halb geschlossen. Wenn er einen Finger in ihre Hand legte, dachte er, würden ihre Finger sich darum schließen wie die eines Babys. Er hob die Hand, als sie die Augen aufschlug.

»Morgen«, sagte er.

Langsam sah sie ihn an.

»Guten Morgen«, sagte er noch einmal und wartete darauf, dass sie mit Wärme auf ihn reagierte. Sie tat es nicht.

Die Mädchen riefen nach ihr, und Henry ging ins Kinderzimmer, holte sie und brachte sie ins Schlafzimmer. Clara setzte ein strahlendes Lächeln auf, küsste sie und fing an, mit ihnen zu reden. Sie war in eine Rolle geschlüpft – die der unbeschwerten Mutter –, so wie sie in ein Kleid schlüpfte. Was für eine großartige Leistung, dachte er. Aber er hatte gesehen, wie sie sich aus ausdruckslosem Nichts herausgerissen, sich gewappnet und dieses tapfere Kunstgebilde übergestreift hatte, und es fröstelte ihn.

Sie gingen alle zum Frühstücken nach unten.

Henry betrachtete seine Familie durch den Nebel seiner Kopfschmerzen. Die Sonne fiel durchs Fenster. Clara kniete hinter Lottie und knöpfte ihr das Kleid zu. Adile kam herein. »Guten Morgen, Adile«, sagte Clara mit munterer Stimme.

Sie sah Henry an und lächelte. Draußen sang jubilierend ein Vogel.

Er fühlte sich an einen Film erinnert, den er in Deutschland gesehen hatte, an einem »Donnerstag ist Kinotag« in der Sporthalle der Kaserne. Der riesige Raum war erfüllt gewesen von Rauch und vom Gelächter der Männer auf den Klappsitzen, und die weiße Leinwand hatte grellweiß geleuchtet, wenn die Spulen gewechselt wurden. Es war eine ziemlich alberne Geschichte gewesen, deren Titel Henry nicht mehr wusste. Er hatte seit damals nie wieder daran gedacht. Es ging um die Menschen einer Stadt – alles wohlgenährte Amerikaner, die ihm absolut fremd waren. Sie wurden von Wesen aus einer anderen Welt vereinnahmt, die in sie hineinschlüpften, so dass nicht einmal ihre nächsten Angehörigen und Freunde merkten, dass etwas anders geworden war. Sie gingen und sprachen wie immer, taten alles, was sie auch sonst immer getan hatten, aber sie hatten keine Gefühle mehr. Ihre Normalität war eine Täuschung, bei der es einem eiskalt über den Rücken lief, denn in ihnen lebten Monster, und sie wussten es nicht einmal.

Um acht ertönte Kirbys schnelles zweifaches Klopfen, so wie immer, und Henry sagte »Yup!«, so wie immer, und stand auf.

Er setzte seine Mütze auf, nahm seine Sachen – Schlüssel, Zigaretten – von der Ablage neben der Tür, wo er sie in der Nacht abgelegt hatte, und steckte sie ein.

»Schönen Tag, Liebling«, sagte Clara.

Er verließ das Haus. Kirby hatte den Motor abgestellt und lehnte rauchend an der Motorhaube. Als er Henry sah, trat er die Zigarette aus. »Morgen, Sir.«

»Morgen, Kirby. Ins Büro.«

In seinem Büro schloss Henry die Türen zu Marks Zimmer und zum Korridor.

Er setzte sich und griff nach seinem Füllfederhalter. Fensterladen und Fenster hinter ihm waren offen. Die Sonne fiel noch nicht ins Zimmer und es war angenehm kühl. Sein Schreibtisch, aus dick lackiertem, kastanienbraunem Holz, schimmerte glasig. Aber als er ein frisches Blatt Papier aus der Schublade nahm, bemerkte er, dass der Lack des Schreibtischs verschmiert war – der Putzdienst musste ihn mit einem viel zu nassen Lappen abgewischt haben. Das Wasser war an manchen Stellen tröpfchenförmig getrocknet.

Er rieb mit dem Ärmel über die kleinen Flecken. Einige verschwanden, andere blieben, nur verschmierter. Er zog sein Taschentuch hervor, polierte einen kleinen Bereich und merkte, dass der Rest des Schreibtischs immer noch schmierig aussah.

Er räumte Löschunterlage, Stifte, Locher, Stempel und Tintenfass fort und stellte sie auf den runden Tisch neben der Tür.

In der Spülküche machte er einen Lappen nass. Er war grau, mit einem dünnen roten Streifen. Das Grau war Schmutz, nicht die richtige Farbe, ging aber nicht weg, auch nicht, als er den Lappen mehrmals unter dem Wasserhahn ausgewrungen hatte.

Er wischte die Oberfläche des Schreibtischs ab und rieb sie mit seinem Taschentuch trocken, dem weißen, mit den roten Initialen in Kettenstich, bis der Lack nicht mehr verschmiert war. Das Taschentuch würde in die Wäsche müssen. Er hatte immer geglaubt, ein relativ ordentlicher Mensch zu sein, aber das stimmte nicht. Die Schubladen quollen über vor Büroklammern, Papieren, Quittungen, Briefen aus London, aus Nikosia, aus allen möglichen Ländern.

Er kniete sich hin. Die Kanten der Schubladen waren leicht abgebröckelt, da sie immer wieder über die hölzernen Laufschienen schabten. Staub, Sägemehl und Flusen hatten sich in den Ecken angesammelt, zwischen dem eigentlichen Inhalt. Alles schien an seinen Fingern kleben zu bleiben und präsentierte ihm immer kleinere Asymetrien, mit denen er sich befassen konnte: Bleistifte von unterschiedlicher Länge, Papiere mit weichen, umgeknickten Ecken, die Maserung des billigen Holzes im Schubladeninneren, das nicht behandelt war und Staub und die Feuchtigkeit des Tuchs in veränderlichen Schlieren in seinen Unebenheiten festhielt, die nie, nie, wirklich glatt sein konnten.

In der Spülküche wusch er den Lappen aus, wrang ihn aus, zählte die Umdrehungen, betrachtete die Rinnsale, die in das schmutzige Becken liefen.

Er aß im Kasino zu Mittag, wo sich alle Gespräche um ein verlassenes Auto drehten, das in der Nacht auf der Straße zwischen Limassol und Larnaka gefunden worden war – mit den nackten, verstümmelten Leichen von vier Griechen. Man hatte allen die Hände abgehackt und ihnen den Penis in den Mund gesteckt. Zwischen Bemerkungen über das Essen, die Politik, die neuesten Truppenbewegngen und Neuigkeiten aus Ägypten ging es immer wieder um diesen Fund. Die Verstümmelungen – so hieß es jedenfalls – hatten einen religiösen Hintergrund: die muslimischen Türken glaubten, dass ein Feind, dessen Körper auf diese Weise verstümmelt wurde, nicht ins Paradies eingehen konnte. Die Mörder hatten ihren Opfern die Genitalien also aus religiösen Gründen abgeschnitten?

Nackte Leichen mit abgehackten Händen, die Soße, Gerüchte über einen neuen Gouverneur, die inakzeptable Folterung eines Jungen im Teenageralter – wenn man es genau betrachtete, dachte Henry, waren die Themen gar nicht so unterschiedlich. Es war angenehm, von Männern umgeben zu sein: das Essen, das Klirren von Besteck, der Zigarettenrauch und der Lärm, gedämpfter als abends, waren irgendwie tröstlich. Er wünschte, seine Hände röchen nicht nach dem dreckigen Lappen, den er benutzt hatte, um seinen Schreibtisch sauberzumachen. Nach dem Essen ging er in sein Büro zurück, um weiter aufzuräumen und Briefe zu schreiben.

Die Schreibmaschine auf dem Tisch des Schreibers, der mit herabstechenden Stakkatofingern auf die Tasten einhämmerte, gab rhythmische, metallische Geräusche von sich, immer wieder unterbrochen von dem leisen Klingeln, wenn der Wagen das Ende der Zeile erreichte, gut geölt zurückschnarrte und einrastete. Dann das glatte Ratschen herausgezogenen Papiers. In der darauf folgenden Stille hob Henry einen Moment den Kopf und dachte: *Ich muss Clara und die Kinder von hier wegschicken.*

Clara saß auf dem Sofa und versuchte zu lesen. Sie hatte die Türen geschlossen. Nachtfalter umflatterten die großen, orangefarbenen Lampenschirme. Der mit kleinen Knötchen versehene Stoff sah aus, als glühe er. Kleine, tappende Geräusche waren zu hören, wenn die Falter gegen die Schirme oder die dünnen Metallstreben prallten, die die Birnen hielten. Manchmal kamen die Falter wieder frei, manchmal streiften fedrige Flügel Claras Haare, flatterten dicht an ihr vorbei, und sie wedelte sie fort, immer wieder zur Tür hinübersehend, auf ihren Mann wartend.

Als er hereinkam, sagte sie »Hallo« und gab vor, weiterzulesen.

Er antwortete nicht, sie hob den Kopf. Er hatte weder seinen Gürtel noch das Holster ausgezogen, sondern stand einfach nur da, als sei er völlig vom Raum losgelöst, und sah sie an.

»Was ist?«

Da erst setzte er sich in Bewegung, als sei ihm gar nicht bewusst, dass er stehengeblieben war. »Schlafen die Mädchen schon?«, fragte er.

»Ja. Was ist denn?«

Er schüttelte leicht den Kopf, leerte seine Taschen und tat all die Dinge, die er immer tat, wenn er nach Hause kam. Aber Clara war sich einer Veränderung in ihm bewusst und legte das Buch weg.

»Es ist stickig hier drin«, sagte er. »Soll ich die Tür aufmachen?«

»Wenn du willst.«

Er durchquerte das Zimmer und öffnete die Tür. Angenehm frische Luft kam herein.

Clara stand auf. »Henry, ich muss mit dir reden.«

Er sah sie überrascht an. »Ja?«, sagte er.

»Ja.«

Sie standen sich im Abstand von mehreren Schritten gegenüber.

»Worum geht es denn?«

»Ich mache mir Sorgen um dich«, sagte sie.

Die Klarheit des Satzes überraschte sie beide. Er sah sie einen Moment an und lächelte verkrampft, die Augen schmal. Fast sah es ironisch aus. Sie glaubte nicht, dass er wusste, dass er das tat. »Mit mir ist alles in bester Ordnung«, sagte er.

Sie suchte nach Worten. »Du bist nicht du selbst«, sagte sie nach einer Weile mit leiser Stimme.

Der gewöhnliche kleine Satz hing in all seiner Bedeutung zwischen ihnen. Wie ertappt senkte er den Blick. »Nein«, sagte er.

»Henry ...« Sie trat auf ihn zu und legte die Hände auf seine Arme.

Er machte die Augen wieder schmal. Fast sah es aus wie ein Lächeln, aber irgendwie auch wieder nicht. Dann sagte er »Clara«, als wolle er sich von ihr abwenden, aber sie ließ seine Arme nicht los.

Am Fortgehen gehindert, war er ganz Bewegung, zappelig, unter der Haut, hinter den Augen.

»Warte«, sagte sie. Sie spürte eine harte Anspannung, eine Art Vibrieren, durch ihn gehen, aber er bewegte sich nicht.

Sie legte die Hand flach auf sein Herz und machte noch einen Schritt auf ihn zu. Ihr Atem ging leicht, seiner überhaupt nicht. Er war wie erstarrt, als sie sich ihm vorsichtig näherte und seinen Nacken mit den Fingerspitzen berührte. Sie spürte sein Herz sehr schnell gegen ihre Hand pochen.

Er nahm die Augen nicht von ihr. Dann musste er blinzeln. Sie fing an, ihn anzulächeln.

»Ich möchte, dass du von hier weggehst«, sagte er.

Stille. Dann: »Was?«

»Ich finde, du solltest mit den Mädchen nach Nikosia gehen.«

Clara nahm die Hände fort. Ihre Augen waren weit aufgerissen.

Henry steckte die Hände in die Taschen. »Ich bin sicher, dass es sich problemlos arrangieren lassen wird. Wenn du willst, rede ich mit dem Quartiermeister.«

»Du willst, dass ich von dir weggehe?« Sie machte einen Schritt zurück.

»Meinst du nicht, dass es das Beste wäre?«

Als sie sprach, klang ihre Stimme klein und zittrig. »Für wen?«

»Für dich natürlich. Und für die Mädchen. Es gibt dort Ärzte, viel bessere als Godwin, und viele Engländer. Du bist hier nicht glücklich, du wirst dich dort viel wohler fühlen, und wenn die Dinge sich dann ein bisschen beruhigt haben, können wir noch einmal überlegen.«

Während er redete, wandte sie sich von ihm ab, so dass er nur noch ihren Rücken und ihren gesenkten Kopf sah. Über ihrem Kleid, zwischen den stoffbezogenen Knöpfen und den Haaren, war ein Stück nackte Haut zu sehen. Er betrachtete dieses Stückchen Haut, während er fortfuhr: »Hier war in letzter Zeit alles ein bisschen heftig.«

»Ach ja?«, sagte sie, sehr leise, ohne sich umzudrehen. Ihre Hände krallten sich in den Rock ihres Kleides und zerknüllten den Stoff.

»In Nikosia wird es dir viel bessergehen. Hier geschehen Dinge, von denen ich nicht will, dass du – dass du etwas damit zu tun hast. Das Baby –«

Aufgebracht fuhr sie zu ihm herum, erfüllt von einem Zorn, den er noch nie in ihr gesehen hatte, von dem er nicht gewusst hatte, dass sie dazu fähig war, aber als sie sprach, erkannte er, dass er ihn seit langem gespürt hatte. Jetzt kam er offen an die Oberfläche. »Das Baby?«

»Ja.«

»Meinst du, ich weiß nicht selbst, was für mich am besten ist? Meinst du, ich weiß nicht, was für mich und die Mädchen am besten ist. Und für dieses *Baby*?« Sie sprach das Wort aus, als sei es ihr verhasst.

»Doch, aber –«

»Na dann? Wieso? Wieso?«

»Das habe ich doch gesagt. Du bist in Nikosia besser aufgehoben.« Henry bemühte sich angestrengt, die richtigen Worte zu finden. »Ich bin mir nicht sicher, aber ich glaube, ich tue dir im Augenblick nicht sehr gut«, sagte er.

»Glaubst du?« Sie lachte rau auf.

»Ja, glaube ich.«

»Und wenn ich weg bin, kannst du dich wieder auf deine Arbeit konzentrieren?«, sagte sie, nicht mehr lachend, bitter.

»Es wäre vielleicht leichter.«

»Und du bräuchtest mich nicht ständig anzusehen?«

»Ich –«

»Das tust du nämlich kaum noch. Und wenn du doch einmal bei mir bist, tust du mir *weh*, Henry. Dieses *Baby* –« Sie deutete auf ihren Bauch »– das du nicht einmal *willst* – und tu ja nicht so, als wäre es anders oder als hättest du auch nur einen Moment darüber nachgedacht – und gestern, als ich dich *gebraucht* habe –«

Was meinte sie damit? Gestern – das Bild des Jungen auf dem nassen Boden, das Blut und das Wasser auf seiner Brust. Henrys Mund schien sich mit heißem, metallisch schmeckendem Blut zu füllen.

»Als du *betrunken* warst –«

»Ich hatte –«

»Unser Baby ist *hier*, Henry. In mir. Und weißt du, wie ich mich deswegen fühle? Ich werde es dir sagen. Ich will es verdammt noch mal auch nicht. Jene Nacht – die Nacht deiner Feier, hurra, alles wunderbar gelaufen, jetzt geh nach Hause und nimm dir deine Frau vor. Erinnerst du dich?«

»Clara –«

Ihre Stimme war rau. »Nein! Du sagst, du willst, dass ich in Sicherheit bin, aber du bist derjenige, der mir weh tut!«

»Clara –«

»Nein!«

Sie wich vor ihm zurück und setzte sich, ganz unvermittelt, in den Sessel ihm gegenüber. Und fing an zu weinen, das Gesicht in den Händen vergraben. Ein verzweifeltes Weinen. Er fühlte sich furchtbar. Die gewaltige Erkenntnis ihrer Gefühle – und seines Versagens – schlug über ihm zusammen. »Das habe ich nicht gewusst«, sagte er.

»Was hast du nicht gewusst?«

Dass er ihr Feind war. Das hatte er nicht gewusst. Er ging zum Sessel neben dem Sofa, setzte sich, fuhr sich mit den Händen über das Gesicht und versuchte, seine Gedanken zu ordnen. »Wenn ich dich unglücklich gemacht habe, tut es mir leid.« Es klang lächerlich, selbst in seinen eigenen Ohren. Lächerlich und überhöflich, er war unfähig, einen Weg zu finden, mit ihr zu sprechen. Sie antwortete nicht. Er versuchte, etwas zu retten. Vielleicht konnte er alles zurücknehmen. Wenn er sie fragte, blieb sie vielleicht. »Ich weiß nicht, ob du – ich weiß nicht, was du willst«, sagte er, sich durch die Worte tastend, »aber vielleicht könntest du –«

»Ja, Henry«, unterbrach sie ihn. »Wir werden gehen. Mach dir keine Sorgen. Wir werden gehen – und zwar gern. Wir werden dich deiner Arbeit überlassen, wie es so schön heißt. Du hast gewonnen. Ich gebe auf.« Sie ließ ihm keine Chance. »Ja, ich gebe auf.«

Teil Drei

Nikosia, September

1. Kapitel

Das Hotel in Nikosia, ein großes Gebäude aus hellem Stein, erbaut in den 1920er Jahren, nahm fast einen ganzen Block in der Nähe des Gouverneurspalasts und nicht weit von der alten Stadtmauer ein. Es hatte Spitzbögen über den Fenstern, Balkone und dekorativ durchbrochene Mauerbrüstungen, die in Claras Augen maurisch aussahen. Nikosia lag im Inland; die Fahrt von Limassol, über die Ebene, war lang und staubig gewesen. Als sie die breite Hoteltreppe hinaufstieg, wobei die Mädchen immer wieder stehenblieben und vor und unter ihren Füßen herumstolperten, empfand sie nichts als Erschöpfung.

Sie öffnete die hohe Tür zu ihrem Zimmer, einem großen, quadratischen, hellen, schlicht gehaltenen Raum mit zwei Einzelbetten und einer Tür zu einem schmalen Badezimmer, die offen stand. Dahinter lag ein kleineres Zimmer mit zwei aufgeschlagenen Feldbetten. Auf den Betten lagen lachsfarbene Tagesdecken aus Chenille, und an der Decke hing eine mehrarmige Lampe mit kleinen, orangerosa Lampenschirmen im nicht exakt selben Farbton. Clara zog ihre Handschuhe aus, die schmutzig und feucht waren. Die Sonne fiel erbarmungslos durch die hohen Fenster.

»Hierher, Lottie. Nein, Meg, komm her.«

Sie zeigte dem Gepäckträger, wo er die Koffer abstellen sollte, und er ging nach unten, um den Rest zu holen. Clara trat ans Fenster. Es lag zwei Stockwerke über einer breiten

Straße, auf der britische Soldaten patrouillierten. Die wenigen Autos, die unterwegs waren, fuhren, wie es ihr vorkam, sehr schnell an den modernen Gebäuden vorbei. Unter dem Fenster gab es einen Zebrastreifen, britische Flaggen flatterten von den Dächern. Sie musste sich um das Abendessen der Mädchen kümmern. Ihre Beine fühlten sich geschwollen und schwer an. Sie setzte sich auf die Bettkante, und die Mädchen tappten im Zimmer umher, kamen näher, sahen ihr ins Gesicht und zupften an ihrem Rock. Der Gepäckträger erschien mit den restlichen Koffern, gefolgt von einer Frau – einer Engländerin.

»Sie müssen Clara Treherne sein«, sagte sie, um den Gepäckträger herumgehend. »Ich bin Gracie Bundle.«

Gracie war hellblond, hatte perfekt geschminkte Lippen und trug ein hellgraues Kostüm, das ihren kleinen, gut proportionierten Körper betonte. »Haben die Ihnen schon ein Mädchen besorgt?«

»Ich weiß nicht«, sagte Clara und stand auf, aber ihr wurde schwindlig und sie setzte sich wieder.

»Sie sehen ziemlich erledigt aus«, sagte Gracie. Die Mädchen starrten sie an. »Seid ihr vielleicht süß«, sagte sie zu ihnen und fuhr an Clara gewandt fort. »Halten Sie einen Moment durch. Ich organisiere eine kleine Stärkung. Rühren Sie sich nicht vom Fleck.«

Clara rührte sich nicht vom Fleck, und schon bald kam der Zimmerservice mit Brot und Tee, ein Mädchen für den nächsten Tag war in Aussicht gestellt und die Netzvorhänge sperrten die Sonne aus.

»Wissen Sie was, ich hole meine Miss Sila, ja? Sie kann Ihnen die beiden für eine Stunde oder so abnehmen«, sagte Gracie und flitzte aus dem Zimmer. Ein paar Minuten später war sie mit ihrer griechischen Kinderfrau wieder da, einer Frau in den Fünfzigern, die einen kleinen Jungen auf dem Arm trug und einen anderen an der Hand führte.

»Sag ›Hallo‹, Tommy. Du auch, Larry.«

Sie taten es natürlich nicht.

»Prima«, sagte Gracie. »Ganz prima. Und jetzt ab mit euch, Kinder.« Und schon hatte Miss Sila die vier Kinder energisch aus dem Zimmer gescheucht.

»Sie sind sicher froh, wenn Sie sich einen Moment ausruhen können. Machen Sie sich wegen der Kinder keine Sorgen – ich halte meine Adleraugen offen. Sollen wir nachher zusammen zu Abend essen?«

»Ja«, sagte Clara voller Dankbarkeit, und Gracie zog sich mit einem Zwinkern zurück und machte die Tür zu.

Clara sah sich um. Sie sollte Henry Bescheid geben, dass sie angekommen waren.

Sie hob den Hörer des Telefons ab. Ein Surren, dann meldete sich der Empfang, eine hohe, kratzige griechische Stimme. »Hier ist Zimmer zwei eins fünf«, sagte Clara. »Würden Sie mir bitte die Vermittlung geben? Danke.«

Sie hörte Klingelgeräusche und ein Vibrieren, als Leitungen gekreuzt und freigeschaltet wurden. Dann begrüßte eine weitere Stimme, weiblich und effizient, sie auf Griechisch. Clara sagte langsam und deutlich: »Hallo? Eine Nummer in Limassol. Stützpunkt Episkopi. Die Kaserne in Episkopi.«

Wieder musste sie warten. Stille. Aufgeregtes Surren. Ferne Stimmen, als belausche sie heimlich die Gespräche ganzer Nationen. Dann war sie verbunden. Eine Soldatenstimme mit Londoner Akzent fragte sie nach Namen und Durchwahl. »Major Treherne, Anschluss 43, bitte.«

Eine lange Pause. Klicken in der Leitung. Klingeln. Das

Geräusch war fast wie ein Kontakt. Es klingelte und klingelte. Das ferne Schrillen hörte und hörte nicht auf, aber das Telefon wurde nicht abgenommen. Sie lauschte, jede Sekunde fiel von der vorherigen ab, jedes Klingeln klang leerer, aber sie wartete, bis die Soldatenstimme zurückkam und sagte: »Major Treherne meldet sich nicht, Madam.« Da erst legte sie den schweren Hörer sanft und mit einem Gefühl der Erleichterung auf die schwarze Gabel.

Clara und Gracie aßen im Speisesaal des Hotels zu Abend und Gracie erzählte Clara, was sie in Nikosia erwartete. Der Speisesaal war groß und schäbig, mit hölzerner Kastendecke und einer Tanzfläche am einen Ende. Sie aßen Brathähnchen und tranken abgekochtes Wasser aus einer Karaffe, an der Tropfen perlten. Clara fühlte sich in dieser neuen Umgebung nicht wie sie selbst, während sie Gracie aufmerksam zuhörte, sich an ihre Worte klammerte wie an eine Rettungsinsel.

»Hier sind Sie viel besser aufgehoben. Im Vergleich zu Limassol ist es praktisch wie Paris«, sagte Gracie, deren beide Söhne in den englischen Kindergarten gingen und die mit einem Major David Bundle verheiratet war, der schon seit einem Jahr in den Tróodos stationiert war. Sie zog ein Foto – schwarzweiß, mit weiß-geriffeltem Rand – aus ihrer kleinen Krokodilledertasche und zeigte es Clara. Auf dem Foto war ein grinsender David Bundle zu sehen, der seine Uniform rundlich ausfüllte. »Jetzt ist er wahrscheinlich nur noch ein Schatten seiner selbst«, sagte Gracie lachend, und dann: »Sie sehen schrecklich blass aus. Und ich rede viel zu viel. Sie müssen ja völlig erschlagen sein.«

Sie beendeten das Essen und zeichneten die Rechnung ab.

Dann ging Clara allein die breite Treppe zum zweiten Stock hinauf.

Gracies Kinderfrau, die ganz in Schwarz gekleidet war, saß in dem langen Korridor auf einem vergoldeten Stuhl. Sie hatte die Schuhe, deren dünne Schnürsenkel sich steif kringelten, ordentlich neben sich gestellt. Der Korridor war von gleißendem Licht erfüllt, viel zu hell für den späten Abend.

Clara zog ihre Schuhe ebenfalls aus, öffnete die Tür so leise wie möglich, um die Mädchen nicht zu wecken, und betrat das Zimmer.

Etwas später lag sie zwischen den Laken. Das Flurlicht schimmerte unter der Tür hindurch.

Sie war allein. Langsam, zögernd, streckte sie sich in dem fremden Bett aus. Die lange Reise lag zwischen ihr und der letzten, heftigen Auseinandersetzung mit Henry. In ihr verschlossen und unsichtbar, war ihr Zorn immer mehr angewachsen, aber jetzt war sie leer, wie eine kühle Patronenhülse aus Stahl, nachdem die Kugel endlich abgefeuert wurde – sauber. Sie vermisste Henry nicht. Sie würde nicht an ihn denken.

Nach Claras Abreise fuhr Henry ins Café am Strand von Evdhimou, verbrachte den Nachmittag dort und ließ sich, nachdem er sich zu Hause umgezogen hatte, zum Essen ins Kasino fahren. Er hätte dort geschlafen, wenn er gekonnt hätte.

Ohne Clara und die Mädchen war alles leichter. Einmal die Woche schrieb er ihr kurze, nichtssagende Briefe. »In Epi ist alles wie immer«, schrieb er. »Der arme Mark hat immer noch unter Deirdre zu leiden, und das Essen ist so ungenießbar wie eh und je.« Oder: »Heute habe ich Evelyn Burroughs gesehen. Sie hat mich gebeten, dir die Nummer von Harold und Eileen Empson zu geben. Du erinnerst dich sicher – wir haben sie in Krefeld kennengelernt, es muss Weihnachten 53 gewesen sein, oder?« Und wenn er unterschrieben hatte, faltete er den Brief jedesmal sehr sorgfältig und sehr schnell zusammen und steckte ihn in den Umschlag, um ihn nicht mehr sehen zu müssen.

Sie schrieb nicht zurück. Tage vergingen, dann Wochen, ohne dass er etwas von ihr hörte. Er rief im Hotel an, um zu hören, ob sie wohlbehalten angekommen war, und obwohl es ein Schock für ihn war, dass sie ihm nicht schrieb, konnte er mit ihrem Schweigen leichter umgehen.

In Claras Abwesenheit lud Evelyn Burroughs ihn mindestens einmal die Woche zum Essen ein. »Wie geht es der guten Clara?«, fragte sie jedes Mal und beugte sich über den Tisch näher zu ihm. »Natürlich fehlt sie Ihnen, aber ich glaube wirklich, dass es so für alle Beteiligten das Beste ist, finden Sie nicht auch?«

Der Colonel fing wieder an, sich nach seinem Vater zu erkundigen, und eines Abends, als er sich nach der Suppe die Lippen abtupfte, sagte er: »Die erste Zeit hier war wirklich eine Feuerprobe für Sie, nicht wahr? Aber jetzt hat sich alles beruhigt, oder?«

Henry sah in seine blassblauen Augen und antwortete: »Ja, Colonel, jetzt hat sich alles beruhigt.«

»Ein Glück, dass wir diese Dreckskerle los sind. War eine Art Frühjahrsputz, was? Keine Probleme mehr mit Lieutenant Davis?«

»Nein, nein, keine Probleme von dieser Seite. Ich habe nichts mehr von ihm gehört.«

Aber dann kam der Augenblick, wo er sich ausziehen musste, um ins Bett zu gehen.

Jede Nacht schälte er die Kleiderschichten von sich ab, zog sich bis auf die nackte Haut aus, die keine Nacktheit zum Schlafen war, oder für seine Frau, oder eine andere Version seiner selbst, die er ertragen konnte. Nach einer Weile fing er an, die Nächte angekleidet zu verbringen, oder halb angekleidet, manchmal im Bett sitzend, manchmal in einem Sessel, und stand morgens auf, wusch sich und zog ein frisches Hemd an. Er merkte, dass er so mehr Ruhe fand – im Halbschlaf. Einem Halbschlaf für einen halben, halb angezogenen Soldaten. Er fühlte sich so geschützter.

Lawrence Davis erfuhr erst mehrere Tage nach Claras Abreise, dass sie nicht mehr da war. Es gab keinen Grund, weswegen er es hätte erfahren sollen, aber obwohl er sie nicht gesehen hatte, hatte er ein tröstliches inneres Bild von ihr gehabt, hier, im Stützpunkt, und jetzt war sie ihm weggenommen worden. Im Geist war sie für ihn eine Art Beichtvater geworden, und seine Fantasien über sie waren eher romantischer als sexueller Natur. Natürlich waren sie auch sexuell gewesen, aber Lawrence Davis war noch Jungfrau und hatte keinerlei Erfahrungen, die er nicht auch seiner Mutter hätte erzählen können.

Es war Deirdre Innes, die ihm sagte, dass Clara nicht mehr in Episkopi war. Er war nach Limassol gefahren, um Schnürsenkel und Rasierklingen zu kaufen und ihr auf der Straße über den Weg gelaufen. Sie hatte einen Korb bei sich, trug eine große Sonnenbrille und sagte seinen Namen als Erste: »Lieutenant Davis!«

»Guten Morgen.« Er war vom schmalen Bürgersteig auf die Straße getreten, um sie vorbeizulassen.

»Vielen Dank. Was treiben Sie hier?«

»Ach, nichts Besonderes.« Und er hielt die braune Papiertüte mit seinen Einkäufen hoch.

»Amüsieren Sie sich jetzt in der Stadt?«, sagte sie und klärte ihn, als sie seine Verwirrung sah, über Claras Abreise auf.

»Nikosia? Oh.« Plötzlich fühlte er sich sehr verloren. Einer seiner Anker hatte sich losgerissen, jetzt trieb er haltlos vor sich hin.

»Soviel ich weiß, gab es ein paar kleinere Misshelligkeiten mit ihrem Mann. Ich hätte gedacht, sie hätte es Ihnen gesagt.«

»Wieso sollte sie?«

»Waren Sie denn nicht befreundet?«

»Nun ...«

»Sie werden ja rot. Sie werden ja richtig rot!«

»Ich bin mir nicht sicher, dass ich verstehe, was Sie meinen –«

»Dass Männer sich immer so anstellen müssen. Sie hatten doch ein freundschaftliches Verhältnis, oder?«

»Vermutlich ja.«

Dann hatte sie sich umgesehen und gesagt: »Hören Sie, sollen wir vielleicht irgendwohin gehen?«

Er war so verblüfft, dass er ihren Vorschlag nicht auf Anhieb begriff. »Ich bin mit dem Auto da, falls Sie gern mit –«

»Nein, ich will nicht nach Hause. Und auch nicht in den Club. Kommen Sie schon, es wird Spaß machen.«

Er hatte sie, oder vielmehr, sie hatte ihn, in eine Bar neben dem Kino geführt, und er hatte die ganze Zeit unter grässlicher, schweißtreibender Anspannung gestanden. Sie hatte drei große Gin Tonics getrunken, und dann waren sie in das heiße, pechschwarze Kino gegangen und hatten blicklos auf

»Der König und ich« gestarrt, während ihre Hand an seinem Bein hochkroch und anfing, ihn dort zu streicheln.

Es war aufregend, zu tun, was er von da an mit der Frau von Henry Trehernes Stellvertreter tat. Jedenfalls lenkte sie ihn von der Arbeit ab. Deirdre Innes zu treffen, in einer der verlasseneren Buchten, nach Einbruch der Dunkelheit, oder im Fuhrpark, zwischen den Dreitonnern und Fords, war berauschend. Sie zu haben – die Heimlichkeit, das harte, auslöschende Gefühl, in dem Wissen, dass sie ihn nicht einmal mochte – passte zu seinem neuen Bild von sich selbst. Er war sich nicht sicher, was er inzwischen zu einem netten Mädchen sagen würde. Er wüsste nicht, wie er sich verhalten sollte.

Wenn er an Clara dachte, so voller Bedauern und Scham.

Sie und die Göttin Iris, die er ihr geschenkt hatte, waren wie Gestalten aus einem Märchenbuch, von denen er einmal geträumt und die er dann hinter sich gelassen hatte, zusammen mit Fantasien über eine Wehrdienstverweigerung. Jetzt zählte er, genau wie Grieves, die Tage bis zum Ende seiner Dienstzeit.

Und was Clara anging – sie hatte die kleine Kamee verloren, als sie aus Episkopi fortging. Vielleicht war sie in die sandigen Falten eines Koffers gerutscht oder beim Zusammenfalten aus einer Kleidertasche gefallen. Die kleine Göttin war ihr sowieso kein wirklicher Trost gewesen. Dafür hatte sie Lawrence Davis nicht gut genug gekannt, und die Tatsache, dass sie die Iris vor Henry versteckt hatte, hatte ihr jeden Nutzen genommen, den sie vielleicht gehabt hätte.

2. Kapitel

Clara hatte Gracie nicht gesagt, dass sie schwanger war. Im späten September, mit viereinhalb Monaten, konnte sie gerade noch damit durchkommen, wenn sie ihre Gürtel hoch und locker trug – zumindest redete sie sich das ein. Und obwohl Gracie einen so forschen Eindruck machte, konnte sie sehr taktvoll sein. Statt zu fragen und zu bohren, erzählte sie Clara von ihrem Mann, David. »In zwei Wochen hat er endlich Urlaub. Aber wir können nicht wegfahren, dafür reicht die Zeit nicht, es sind nur ein paar Tage. Die gerade mal reichen werden, um ihn ein bisschen aufzupäppeln. David isst für sein Leben gern, und er leidet fürchterlich unter dem Kantinenfraß, den sie da oben vorgesetzt bekommen.«

Gracies Söhne waren drei und fünf. Sie hatte noch zwei andere, die aber schon in England in der Schule waren. Es war unglaublich, dass ihr winziger Körper vier Jungen hervorgebracht haben sollte und immer noch so mühelos in jeden Hüfthalter passte. Sogar ihre Knöchel waren immer noch schmal. Der fünfjährige Tommy lernte gerade lesen und schreiben, und Larry, der Kleinere, hatte vor kurzem einen Roller bekommen, den er wie seinen Augapfel hütete und mit dem er die Zwillinge nicht spielen lassen wollte. Gracie mahnte ständig: »Larry, ich nehme ihn dir weg, wenn du so eigensüchtig bist«, tat es aber natürlich nicht, und die Zwillinge rannten Larry auf heißen Terrassen und Gehwegen unermüdlich hinterher.

Sie verbrachten ihre Tage größtenteils im Offiziersclub, vermieden die Straßen, in denen es vor Griechen und britischen Soldaten wimmelte. Der Club war größer als der in Limassol und hatte einen Swimmingpool, und sie gingen abwechselnd mit den Kindern ins Wasser oder schlenderten durch den Garten und setzten sich in der Nähe des Brunnens unter die Palmen in den Schatten. Der Club gab sich ziemlich vornehm, als wisse er nicht, in was für einem schäbigen, unbedeutenden Außenposten er sich befand. Ständig waren Soldaten mit Stens oder .303ern an der Hoteltür und vor dem Club postiert, aber Clara, die an das Leben in Kasernen gewöhnt war, bemerkte sie kaum, sondern genoss die Freiheit, die das Leben in einer Stadt bot.

Sie und Gracie spazierten mit den Kindern durch den Garten und setzten sich im Schatten auf eine der dunkelgrünen Bänke. Die Verkehrsgeräusche der Stadt drangen über die Mauern zu ihnen, und gelegentlich hörten sie die Kellner, die auf der Terrasse die Tische fürs Mittagessen deckten.

»Etwas von Henry gehört?«, erkundigte sich Gracie und tat so, als müsse sie einen Fussel von ihrem Bein zupfen.

»Heute morgen kam ein Brief.«

Clara hatte ihn den Mädchen pflichtgetreu vorgelesen und ihn dann zu den anderen gelegt. Er enthielt nur Belanglosigkeiten.

»Er vermisst dich sicher.«

Clara nickte.

»Larry! Larry! Hör sofort damit auf!«, rief Gracie, die sah, dass Larry sich auf Tommy gestürzt hatte, ihm den Kopf in den Bauch rammte und ihn umstieß. Die Zwillinge unterbrachen ihr Spiel, um mit Unschuldsmiene zuzusehen.

»Sieh dir deine Mädchen an! Wie brav sie sind«, sagte

Gracie im Aufspringen. »Wieso verdammt noch mal kann ich keine Mädchen haben?« Sie rannte zu Larry, wobei ihr enger Rock sie fast zum Straucheln brachte.

Einen Augenblick allein, atmete Clara tief ein und stieß die Luft langsam wieder aus.

Sie sah sich um, betrachtete die weißgestrichenen Stämme der Palmen. Frauen in hellen Sommerkleidern, in Begleitung ihrer Männer, die meisten von ihnen in Uniform, kamen und gingen durch die Türen des Clubs oder standen plaudernd am Pool. Der Klang ihrer Stimmen drang zu ihr, das Lachen spielender Kinder. Im Inneren des Clubs fing ein Lied an zu spielen, leise, ein Radio oder Grammophon, in einem der oberen Räume. ›Hey mambo, mambo Italiano! Hey mambo, mambo Italiano ...«

Eine Frau an einem der Tische am Pool stand von ihrem Stuhl auf. Sie trug einen zweiteiligen gelben Badeanzug und schüttelte tänzelnd ihr Handtuch aus.

Was für ein albernes Lied, dachte Clara. Die sorglose Schönheit der Welt, und sie selbst mittendrin, umhüllte sie wie Nebel, der sich in der Morgensonne auflöst. Und dann spürte sie, dass sie zitterte. Kleine Schauder durchliefen sie. Sie spürte Leben. Und es kam wieder, das leise Tippen in ihrem Inneren, die weiche Bewegung ihres Babys. Sie schloss die Augen.

Deutlich, aber wie aus weiter Ferne, hörte sie, wie Gracie ihren Sohn ausschimpfte.

Wenn sie mit Henry tanzte, dachte sie, nahm er die Augen keinen Moment von ihr und gab ihr dadurch das Gefühl, schön zu sein.

Sie legte eine Hand auf ihren Leib, und die kleinen, tippenden Bewegungen, wie zerplatzende Luftbläschen, schienen ihr zu antworten. Sie bewunderte das winzige Ding, das in ihrem Inneren schwamm. Es war bei ihr geblieben, hatte sich durch ihre Schwäche nicht beirren lassen. Sie war nicht einmal wirklich da gewesen, dachte sie, nur ein Gefäß, das es trug. Eine weitere kleine, zarte Bewegung, weit entfernt von einem Tritt, belohnte sie. Mach dir keine Sorgen, dachte sie. Ich sorge dafür, dass alles gut wird. Das verspreche ich dir.

Sie merkte, dass sie lächelte. Sie hätte gern mit dem kleinen Wesen geredet, hätte gern gesagt: »Sieh nur! Wir sitzen in einem wunderschönen Garten, und bald werden wir rübergehen und etwas essen.«

Sie hörte Gracie zurückkommen und machte die Augen wieder auf. Gracie hatte Larry, der den Roller nach wie vor nicht hergab, fest an der Hand.

»Wieso lächelst du?«, fragte sie.

»Ich bin schwanger«, sagte Clara.

»Gott sei Dank. Ich habe es gewusst, aber ich wollte nicht aufdringlich sein«, sagte Gracie, ließ sich auf die Bank plumpsen und zog Larry auf ihren Schoß. »Wie weit bist du?«

»Im fünften Monat.«

»Meine Güte, das sieht man dir aber nicht an. Du musst Henry sehr vermissen. Es sind inzwischen Wochen.«

»Wir haben uns furchtbar gestritten, bevor ich abgereist bin.«

»Oh … das ist hart.«

»Er war derjenige, der wollte, dass ich hierher komme. Ich wollte nicht.«

»Aber es ist doch besser so, oder?«

»Vermutlich.«

»Ach ja – das Los von Soldatenfrauen.«

»Stimmt.«

»Du trägst es ziemlich stoisch.«

»Finde ich nicht. Ich bin ein schrecklicher Feigling.«

»Also ich finde dich großartig«, sagte Gracie bestimmt, und Clara musste wegsehen, um nicht in Tränen auszubrechen. Gracie tätschelte ihre Hand. »Ich hab jeden Tag geheult, als ich mit Larry schwanger war«, sagte sie. »Wahrscheinlich ist er deswegen so grässlich geworden.«

Larry umklammerte seinen Roller noch fester und schmollte.

Als Clara die Mädchen zum Mittagsschlaf hingelegt hatte, blieb sie in dem halbdunklen Schlafzimmer sitzen und holte Henrys Briefe hervor.

Es waren zehn. Das Papier war weiß, ziemlich dick, aus der Schachtel, die ihre Mutter letztes Jahr zu Weihnachten geschickt hatte. Henrys Schrift war ordentlich und akkurat, und fast nie strich er ein Wort durch. Er hatte jeden der Briefe mit »In Liebe, Henry« unterschrieben. Mehr nicht. Er schrieb über das Wetter. »Höllisch heiß, musste drei Männer wegen Sonnenbrand zum Arzt schicken.« Über die EOKA. »War in letzter Zeit ziemlich beschäftigt. Es hat ein paar Verwundete gegeben.«

Sie hielt die Briefe in den Händen und dachte an seine Briefe aus Sandhurst (»Essen ungenießbar. Freue mich auf den 16.«) und aus Deutschland (»Kann diesen Papierkram nicht ausstehen. Die ganze Woche nichts als Regen.«).

Eins der Mädchen bewegte sich hinter ihr und murmelte im Schlaf vor sich hin.

Sie hatte immer zwischen den Zeilen von Henrys Briefen lesen müssen.

Sie öffnete die Schreibtischschublade und entnahm ihr ein

Blatt blaues Schreibpapier mit der leicht verdruckten Aufschrift »Ledra Palace Hotel«.

Sie schraubte den Füllfederhalter auf. »Henry«, fing sie an, zwischen den Sätzen immer wieder zögernd. »Es tut mir leid, dass ich so lange nicht geschrieben habe.« Zu Anfang wollte die Tinte nicht richtig fließen und die Buchstaben waren voller Lücken. »Ich hoffe, es geht dir gut. Den Mädchen und mir geht es hervorragend.«

Sie strich alles durch und fing noch einmal an.

Erinnerst du dich an die vielen Briefe, die wir uns früher geschrieben haben? Ich viel mehr als du. Deine waren immer ›nebulös‹, wie man vielleicht sagen könnte. Aber inzwischen bin ich auch aus der Übung und kann nicht wirklich sagen, was ich sagen möchte. Ich habe wegen vieler Dinge ein sehr schlechtes Gewissen. Aber ich habe mich wie eine Ehefrau gefühlt, der Unrecht angetan wurde, Henry. Ich habe dich sogar gehasst. Nun aber hatte ich Zeit zum Nachdenken und bin wieder besserer Dinge. Wollen wir darüber reden, ob ich zurückkommen soll? Im November bekommst du Urlaub, aber bis dahin scheint es noch so lange hin zu sein. Wollen wir demnächst miteinander reden, Liebling?

Sie hielt inne und fing die neue Zeile ganz bewusst noch einmal an mit: »Liebling, heute war ich mit meiner Freundin Gracie im Club …«

Und sie erzählte ihm von den weißgestrichenen Palmen, von David, den sie noch nicht kennengelernt hatte, von Gracie und ihren kleinen Jungen, vom Speisesaal des Hotels. Sie schrieb ihm, dass die Mädchen den Strand vermissten und inzwischen viel mehr Wörter kannten. Sie konnten »Badewanne« und »Ich will ins Wasser« sagen. Sie erzählte ihm, dass das Baby sich bewegt hatte. »Vergiss bitte, was ich neulich darüber gesagt habe. Es war niederträchtig und nicht so gemeint.«

Sie schlich auf Zehenspitzen aus dem Zimmer, brachte den Brief nach unten und gab ihn an der Rezeption ab. Dann blieb sie, die Arme um sich selbst geschlungen, einen Moment stehen. Sie schien Henry vor sich zu sehen, in seiner Uniform, ein wenig staubig und erhitzt vom Tag, und völlig fehl am Platz in der Hotelhalle.

3. Kapitel

Henry saß am Frühstückstisch, trank seinen Kaffee und betrachtete Claras Brief, der vor ihm lag. In der Woche zuvor hatte er Adile entlassen, weil es ihm als alleinstehendem Mann unangenehm gewesen war, sie ständig im Haus zu haben. Seitdem kam alle paar Tage eine Putzfrau. Sie hatte nicht viel zu tun. Er machte nicht viel Dreck.

Er betrachtete Claras geschwungene Schulmädchenschrift auf dem dünnen Umschlag, der so zerknittert war, als wäre er über irgendein Sortierungsamt in Schottland oder Arabien zu ihm gelangt. Allein ihre Schrift zu sehen, machte ihm zu schaffen. Es war, als habe sie die Hand ausgestreckt und ihn berührt. Es brachte ihn in Gefahr.

Er legte einen Finger auf den Brief, zog ihn näher und griff nach seinem Taschenmesser. Die Spitze fand den Schlitz, das Papier gab unter der Klinge nach. Er zog den Brief hervor und breitete ihn flach vor sich aus.

»Henry«, hatte sie geschrieben. Er las den durchgestrichenen Teil und schien zu sehen, wie sie ihn durchstrich. Er hörte ihre Stimme. *Erinnerst du dich an die vielen Briefe, die wir uns früher geschrieben haben?*

Nein, er konnte nicht. Schon ihre Schrift zu sehen, war unerträglich. Er deckte die Hand darüber, hob den Kopf und sah aus dem kleinen Fenster auf der anderen Seite des Tischs. Er zog die Hand weg, warf aus dem Augenwinkel einen neuerlichen Blick auf den Brief und las:

Aber ich habe mich wie eine Ehefrau gefühlt, der Unrecht angetan wurde, Henry. Ich habe dich sogar gehasst.

Er hatte jetzt keine Zeit für das hier. Kirby war unterwegs. Er konnte nicht. Sorgfältig faltete er den Brief wieder zusammen, erst an den ursprünglichen Knickstellen, dann noch einmal und noch einmal, bis er nur noch ein kleines, dickes Quadrat war, strich mit dem Daumennagel darüber, damit das Papier sich nicht wieder auffaltete. Er stand auf, räumte den Tisch ab, spülte den Teller unter dem Wasserhahn und wischte die Krümel weg.

Als er sich die Hände abtrocknete, fuhr Kirby draußen vor. Er faltete das Geschirrtuch zusammen, griff auf seinem Weg am Tisch vorbei nach dem Brief und steckte ihn in seine Tasche. Dann verließ er das Haus.

Claras Frühstück mit dem Mädchen im Ledra Palace war alles andere als einsam, sondern laut und lärmend, denn da waren all die anderen Gäste, darunter viele Kinder. Kellner mit dicken Leinenservietten über den Armen liefen mit schweren Silberkannen hin und her, wichen Stühlen und vorlugenden Füßen aus. Clara hatte keinen Brief von Henry bekommen und versuchte, gelegentlich einen Blick in die eine Woche alte *Times* zu werfen, während sie den Toast für die Mädchen mit Butter bestrich.

»Nein, Meg, nicht!«

Meg hatte eine große Ecke der Zeitung abgerissen und versuchte, das Stück Papier in der Mitte zu falten.

»Na gut, pass auf, so macht man das.« Clara half ihr, die abgerissene Ecke ordentlich zu falten, einmal, dann noch einmal, strich die Kante mit dem Daumen glatt. »Siehst du, Schatz? So geht das …«

Meg tätschelte das Papier mit ihren kleinen Händchen, die an Seesterne erinnerten. Clara hob eine davon an und küsste die Grübchen auf den Knöcheln.

»Da bist du ja!«

Clara hob den Kopf und sah Gracie auf sich zukommen, perfekt geschminkt und schon fertig mit dem Frühstück.

»Wollen wir einkaufen gehen?«

Das Hotel lag außerhalb der alten Stadtmauern. Die Straßen innerhalb der Mauern waren eng und labyrinthisch, malerischer zwar, aber auch schmutziger. Aber es gab dort die besten Geschäfte, und alle gingen zum Einkaufen in die Hauptgeschäftsstraße, die Ledra Street, die lang und schnurgerade quer durch die alte Stadt verlief.

Henrys Landrover befand sich auf einer hochgelegenen, schmalen Straße zwischen Dörfern, die ohne die Armeefahrzeuge, die über den ausgedörrten Boden rumpelten, nur selten befahren worden wäre.

Sie schimmerte weiß. Auf allen Seiten breitete sich die Insel aus. Im Norden lagen mit Kiefern bewachsene Berge, die majestätisch abfielen, hinunter zu Meilen und Meilen von ausgedörrten Felsen, Gräben und Gullies im Westen, und vor ihnen schlängelte sich die kleine Straße in die Tiefe, zu einer kleinen Ansammlung baufälliger, windschiefer Gebäude.

Nur Henrys Fahrzeug war unterwegs. Kirby fuhr sehr langsam. Henry, der neben ihm saß, hatte die Hand in die Tasche mit Claras Brief gesteckt und umschloss das kleingefaltete Quadrat mit den Fingern. Sie hatten Lieutenant Thompsons Zug in Omodos zurückgelassen und fuhren jetzt nach Kalo Chorio, wo McKinney mit zwei Soldatengruppen eine Haus-zu-Haus-Durchsuchung durchführen sollte.

In der Ledra Street reihten sich Kleidergeschäfte mit importierter Mode und zahlreiche Cafés aneinander. Gracie liebte es, hier einzukaufen, und wäre am liebsten jeden Tag hingefahren, wenn Clara mitgekommen wäre. Man konnte seine Briefe in die roten Kästen einwerfen, man konnte Talkum-Puder, Schokolade, Handschuhe kaufen.

Sie ließen sich immer oben auf der Höhe absetzen, in der Nähe der Mauer, und spazierten dann hinunter, plaudernd, sich die Schaufenster ansehend, Bekannte grüßend. Sie begegneten immer irgendjemandem, den sie kannten – das heißt, den Gracie kannte: Diplomatenfrauen, Soldatenfrauen, alle möglichen Engländer. Allmählich kannte Clara sie auch.

»Hier ist gut«, sagte Gracie zum Fahrer. »Genau hier. Vielen Dank.«

Die Fahrräder tauchten winzig klein und sehr weit weg auf der weißen Straße auf. Es waren zwei. Dünner weißer Staub stieg schimmernd unter ihren Reifen auf.

Henry achtete nicht weiter auf sie, abgesehen davon, dass er sie wahrnahm, bis eine der Gestalten beim Anblick des Landrovers vom Fahrrad sprang und den steilen Hügel hinunter in den Büschen verschwand.

»Hal-lo«, sagte Kirby, und Henry beugte sich aus dem Fenster, um besser sehen zu können.

Das zweite Fahrrad hielt an. Sie waren inzwischen etwas näher gekommen und nur noch vielleicht zweihundert Meter entfernt. Der Junge – es war ein Junge – der noch auf seinem Fahrrad saß, rief etwas den Hügel hinunter, wo sein Freund verschwunden war, während das fallen gelassene Fahrrad auf der Seite lag.

Einen Moment später hörte der Junge auf zu rufen, sah zu

Henrys Landrover hinüber und setzte sich wieder in Bewegung. Das Rad hatte vorne einen Korb, der mit einem Tuch abgedeckt war.

Kirby hielt an und machte den Motor des Landrovers aus. Sie konnten das Fahrrad quietschen hören, als der Junge mühsam den steinigen Hügel hinauf auf sie zustrampelte. Er pfiff dabei vor sich hin. Netter Zug, dachte Henry und stieg aus. Kirby tat es ihm nach.

»Halt«, sagte er. »*Stamata. Dur.*«

Der Junge hielt an. Er war vielleicht fünfzehn. Einen Fuß auf der Straße, die Unterarme auf den Lenker gelegt, sah er blinzelnd zu ihnen hinüber.

Henry ging zu ihm. Wenn der andere Junge nicht abgesprungen und verschwunden wäre, hätte er ihnen keinerlei Beachtung geschenkt. Er wusste immer noch nicht genau, ob er diesen Jungen hier tatsächlich durchsuchen sollte.

»Was hast du da drin?«, fragte Kirby, der nicht damit rechnete, verstanden zu werden, und deshalb deutete.

In diesem Moment hörte der Junge auf, so zu tun, als sei alles in Ordnung, und machte einen Satz von ihnen weg, aber Kirby, der trotz seiner großen Füße erstaunlich flink war, bekam den dünnen Arm des Jungen mit seiner Pranke zu fassen und hielt ihn fest.

»Wir wären an ihm vorbeigefahren«, sagte Henry.

Er ging zu dem Fahrrad, das während des Handgemenges umgekippt war. Ein in ein weißes Tuch eingeschlagenes Bündel war aus dem Korb auf die steinige Straße gefallen. Henry hob es auf, schlug die Ecken um und fand eine frisch geölte Pistole, eine britische Armeepistole, eine Webley .38. Der Junge versuchte, sich aus Kirbys Griff herauszuwinden.

Wie konnte man nur so dumm sein, dachte Henry. So absolut dumm. Irgendein verdammter Onkel, oder sogar der Vater, oder sonst ein hinterhältiger zypriotischer Schweinehund brachte Kinder dazu, so etwas zu tun. Und jetzt? Er sah den Jungen an. Jetzt würde er ihn mitnehmen müssen.

»Sir? Was sollen wir jetzt machen? Nehmen wir ihn mit nach Kalo? Aber wo lassen wir ihn dann die ganze Zeit? Oder bringen wir ihn zurück nach Epi?«

Es war elf Uhr. Sie konnten ihn zur Wache in Episkopi bringen und immer noch rechtzeitig in Kalo sein.

Der Junge starrte stumm zu Boden. In weniger als einer Stunde würde er in Episkopi in einer Zelle sitzen und darauf warten, verhört zu werden.

»Wie heißt du?« Und, als keine Antwort kam: »Du weißt doch, dass wir dich jetzt mitnehmen müssen.«

»Sir«, sagte Kirby. »Er versteht Sie nicht.«

Henry ging zehn Schritte von den beiden weg und holte die Pistole aus dem Tuch heraus. Sie lag glatt und schwer in seiner Hand. Er überprüfte die Kammer. Leer. Mit schnellen Schritten ging er zu dem Jungen zurück. »Wie kann man nur so dumm sein?«, schrie er ihn an. »So dumm, dumm, dumm!« Er hielt ihm die Pistole an den Kopf, drückte sie gegen seine Schläfe und schrie: »*Weißt du, was jetzt mit dir passieren wird? Weißt du das?*«

Einen Moment war es absolut still. Der Junge sah Henry nur mit großen Augen an. Dann senkte Henry die Pistole und ging ein paar Schritte. Kirby, der nervös geworden war, wischte sich mit der freien Hand den Schweiß von der Stirn.

Mit dem Rücken zu den beiden blieb Henry stehen.

Kirby sah in beiden Richtungen die leere Straße entlang und sagte: »Sir, er ist alt genug, um zu wissen, was er tut.« Nach einem kurzen Augenblick fügte er hinzu: »Wir haben schon Jungen festgenommen, die jünger waren als er, Sir. Diese Pistole war irgendwohin unterwegs.«

Vor seinem inneren Auge sah Henry den anderen Jungen, sah das Blut und das Wasser auf seinem Körper und auf dem Boden, hörte seinen mühsamen, gequälten Atem. Er wusste nicht, ob er selbst diesen Jungen abgeliefert hatte – er hatte sein Gesicht nicht richtig sehen können. Abgesehen davon hätte er sich bei all den vielen Gesichtern sowieso nicht erinnern können.

Er drehte sich wieder zu den beiden um, ging zurück und sah den Jungen an, die eine Hand in der Tasche, in der anderen immer noch die Pistole.

Dieser Junge, dieser spezielle Junge, hatte struppige, schlecht geschnittene, im Nacken kurze Haare, die aber schon anfingen, wieder auszuwachsen, eine leicht platte Nase und hohe Wangenknochen, die ihn irgendwie slawisch aussehen ließen. Seine Knie waren verschorft. Schweiß färbte sein Hemd stellenweise dunkel, und eine Armbanduhr mit einem schmuddeligen Leinenband, das viel zu groß für ihn war, schlackerte um sein Handgelenk. Tapfer erwiderte er Henrys Blick.

Henry hatte keine andere Wahl. »Wir bringen ihn nach Epi«, sagte er.

Als er in den Landrover stieg, zog er, ohne weiter darüber nachzudenken, die Hand aus der Tasche und warf das dicke kleine Briefquadrat auf die Straße, während Kirby dem Jungen Handschellen anlegte und ihn auf den Rücksitz verfrachtete.

Clara und Gracie stiegen um elf Uhr am Eleftheria Square aus dem Auto und schlenderten in dem Moment, als die volle Stunde schlug, durch die dunklen, tiefen alten Bögen der

Stadtmauer. Clara hatte eigentlich keine große Lust gehabt, in die Ledra Street zu gehen, aber Gracie wollte sich unbedingt ein neues Kleid kaufen, um David zu beeindrucken, der Ende der Woche auf Urlaub kommen würde.

Sie hatten die Kinder bei sich. Die Mädchen trugen kurze Kittelkleidchen, Larry und Tommy Shorts und weiße Hemden. Tommy hatte außerdem auch Hosenträger an, weil seine Shorts immer rutschten.

Clara hatte nicht das Gefühl, verfolgt oder beobachtet zu werden. Ihre Furcht, diese Strömung der Angst, die sich in alles andere hineingedrängt hatte, hatte sich in letzter Zeit gelegt. Und überhaupt gab es hier so viele Menschen und es war heller Tag. Überhaupt kein Grund also, Angst zu haben. »Ich glaube, ich muss mich ins Unvermeidliche fügen«, sagte sie.

»Ach ja?«

»Von jetzt an werden ich wohl oder übel in Schwangerschaftskleidern herumlaufen müssen. Ich kann mich genausogut gleich an den Gedanken gewöhnen. So geht es jedenfalls nicht weiter – sieh mich an!«

»Immerhin wirst du es dann viel bequemer haben«, sagte Gracie. »Und kühler. Vielleicht finden wir ja heute was.«

»Ich werde wie eine griechische Oma aussehen.«

»Niemals. Eleganz ist oberstes Gebot.«

Sie waren jetzt an der Innenstadt angelangt und überquerten die Straße, die den inneren Kern wie ein Ring umschloß, um zur Ledra Street zu kommen, in der am späten Vormittag ein unglaubliches Gedrängel herrschte.

Angesichts der vielen Menschen nahmen die beiden Frauen die Kinder fest an die Hand.

»Ich habe neulich einen bedruckten Organza gesehen«,

sagte Gracie. Genau in diesem Augenblick hörte Clara die Schüsse.

Im ersten Moment erkannte sie sie nicht als Schüsse, sie konnte das Geräusch nicht einordnen. Es war eine Art Krachen, eine Art heller Knall. Und sie sah, wie Gracie seitlich von ihr wegkippte und stürzte.

Die Welt verlangsamte sich. Clara sah, wie die Menschen um sie herum zurückwichen, als Gracie fiel. Eine Frau in einem gelben Kleid schlug die Hände vor das Gesicht, eine Handtasche baumelte von ihrem Handgelenk. Ein alter Mann, dessen Bauch über den Gürtel seiner Hose hing, breitete die Arme aus. Und dann, den Bruchteil einer Sekunde später, noch einmal der hohe, helle Knall, und Clara spürte ein heißes Kribbeln im Unterleib.

Komisch, dachte sie langsam, und ließ Lotties Hand los. Sie hörte Schreie. Sie kamen nicht von ihr. Sie sah, dass die fallende Gracie Tommy mit sich auf den schmutzigen, von Zigarettenkippen übersäten Bürgersteig gerissen hatte. Die Hitze in Claras Unterleib breitete sich aus, aber sie spürte keinen Schmerz. Sie dachte: Der arme Tommy. Dann zogen schwarze Flecken durch ihr Blickfeld. Dunkle Feuerwerksblitze schossen vor ihren Augen vorbei. Sie senkte den Blick und sah durch die dunklen Flecke hindurch, dass Lottie sie anstarrte. Sie sah, dass ihre Hand und ihr Kleid voller Blut waren und konnte sich nicht erklären, wo es herkam. Dann fiel sie. Sie sah das Pflaster auf sich zukommen, spürte aber nicht, wie sie aufschlug.

Wie Gracie hatte auch sie Megs Hand festgehalten. Sie fielen gemeinsam – während Lottie allein daneben stand und sie beobachtete –, wie Menschen, die beim Sackhüpfen ins Stolpern geraten, fielen übereinander und blieben verknäuelt liegen, während sich eine Blutlache schimmernd auf dem Bürgersteig ausbreitete.

Die Umstehenden reagierten, zogen sich zurück wie eine Welle. Panik breitete sich aus, Menschen versuchten zu erkennen, woher die Schüsse gekommen waren. Aber der Schütze hatte die Pistole längst unauffällig eingesteckt und war verschwunden.

Wenige Sekunden später fassten sich englische, griechische, türkische Menschen, alles Fremde, ein Herz und traten näher. Jemand beugte sich über sie. Jemand kniete sich neben sie. Die Frau in dem gelben Kleid zog die Kinder weg, ihr Mann half ihr dabei. Die meisten aber gingen mit abgewandtem Gesicht weiter, einige schlugen die Hand vor den Mund, als seien die beiden niedergeschossenen Frauen überfahrene Hunde, bei deren Anblick man die Augen abwandte und die man so schnell wie möglich hinter sich lassen wollte.

Gracie lag auf dem Rücken, Hüften und Beine in die andere Richtung gedreht als ihre Schultern. Ihre Augen blinzelten nicht gegen die Helligkeit an. Kinder fingen an zu schreien. Es war schwer zu sagen, welche.

Clara blinzelte mehrmals mit den Augen, versuchte, sich aufzusetzen und an den schwarzen Flecken vor ihren Augen vorbeizusehen, schien sich aber überhaupt nicht bewegen zu können. Sie war sich ihrer Kinder bewusst, und dass sie auf dem Boden lag. Die Hitze hatte sich jetzt auf ihre Hüften und ihren Magen ausgebreitet und war zu ihrem Mittelpunkt geworden. Sie versuchte zu sprechen, konnte aber nur stammeln. Ein Teil von ihr sah, dass sie auf der Straße lag, aber der Rest von ihr hatte sich irgendwo verloren. Sie wollte sagen: »Meine Mädchen, bitte, Hilfe«, konnte aber nicht. Sie sah, dass Menschen sich über sie beugten. Sie kannte keinen von ihnen. Fremde beugten sich über sie, berührten sie. Sie konnte nichts hören. Und dann plötzlich war da diese schreckliche Angst. Sie dachte *oh nein, oh nein, oh nein, oh nein …*

Die Fahrt zurück nach Episkopi dauerte eine Stunde.

Henry lieferte den Jungen auf der Wache ab und ärgerte sich darüber, wie lange der Papierkram dauerte. Es fiel ihm schwer, ruhig zu bleiben, während der Sergeant ungeschickt mit dem Kohlepapier herumhantierte und es nicht schaffte, es so einzulegen, dass es nicht knitterte. Er ließ sich weder von Henrys Ungeduld noch von dem verängstigten Jungen aus der Ruhe bringen. Die Luft im Raum war stickig. Und es stank immer noch.

»Nur noch einen Moment«, sagte er, strich die Falten glatt, nahm die geölte Pistole, versah sie mit einem Anhänger. Es würde mindestens eine Stunde dauern, bis sie hier fortkamen.

Aber endlich war alles erledigt und der Junge wurde nach hinten gebracht. Henry sah ihm nicht nach.

Er ging die Treppe hinunter und stieg in den Landrover, und Kirby fuhr los, über die Hitze murrend, und dass sie zu spät zum Mittagessen kommen würden. Henry hängte den Ellenbogen aus dem offenen Fenster und legte die Finger an den Türrahmen.

Links von ihnen spielten mehrere Männer mit nacktem Oberkörper Fußball. Eine dicke Staubschicht über dem Boden ließ sie aussehen, als seien sie unterhalb der Knie abgeschnitten. Gelegentlich flog der schwere Ball bis auf Schulterhöhe. Die Zurufe der Männer drangen über das Dröhnen des Landrovers, der langsamer wurde, um am Tor anzuhalten, zu ihnen.

Mit einem Rasseln flog der Ball in den Maschendrahtzaun

und prallte zurück in den Staub, aber der Wachposten am Tor hob die Schranke nicht an, um sie durchzulassen, sondern trat auf die Straße, hielt eine Hand hoch und bedeutete ihnen, an den Rand zu fahren. Über die Schulter sagte er etwas zu einem Kameraden, während er auf sie zukam.

Kirby bremste. »Was hab ich denn jetzt schon wieder gemacht?«, grummelte er. »Irgendwas ist doch immer.«

Der Motor des Landrovers summte im Leerlauf vor sich hin. Der Soldat bedeutete ihnen nochmals »Stehenbleiben!« und kam schwerfällig auf sie zugelaufen.

Henry sah ihm entgegen. Er sah seine Stiefel im Staub, sah sein aufgeregtes Gesicht, die auf und ab hüpfende Sten, die er mit einer Hand festhielt. Und plötzlich spürte er aus dem Nirgendwo eine kalte Angst, das Grauen einer schrecklichen Veränderung, die auf ihn zukam, und als er hörte, was passiert war, war es, als hätte er es die ganze Zeit gewusst.

4. Kapitel

Kirby fuhr ihn auf kürzestem Weg zum Krankenhaus in Nikosia, in dem Clara lag. Sie legten die vierstündige Fahrt absolut schweigend zurück. Es gab nichts zu sagen oder zu tun, außer zu versuchen, nicht zu viel zu denken. Vor der Abfahrt hatte man ihm gesagt, sie sei nicht tot. Als sie losgefahren waren, war sie nicht tot gewesen.

Er starrte aus dem Auto ins Leere, sah die lange weiße Straße und den Jungen auf dem Fahrrad, die glatte Pistole, liebevoll in ein weißes Tuch eingeschlagen, sah Blut auf dem kleinen Körper seiner Tochter.

Was geschehen war, war das Werk eines zornigen, rachsüchtigen Gottes, dachte er. Aber als sie losgefahren waren, war sie nicht tot gewesen.

Das Krankenhaus lag mitten in der Stadt. Sie wurden von Lastwagen aufgehalten, von denen Soldaten heruntersprangen, Soldaten mit Absperrgittern. Der Landrover musste sich zwischen ihnen hindurchzwängen. Weder Henry noch Kirby sagten etwas dazu. Henry nahm alles nur wie aus weiter Ferne wahr, brachte es nicht mit Clara in Verbindung, oder mit der anderen Frau, die tot war.

Sie erreichten das Krankenhaus, das in einer ruhigen Seitenstraße lag, und mussten bremsen, als ihnen mehrere Zivilisten, die zu ihren Häusern wollten, fast vors Auto liefen. Dann stand Henry vor dem Gebäude aus Stein, das hoch über ihm aufragte. Die Eingangshalle war riesig und hatte einen auf Hochglanz polierten Fußboden. Er ging über diesen glänzenden Fußboden zur Aufnahme. Er rannte nicht. Er hörte seine Stimme sagen: »Ich möchte zu meiner Frau. Clara Treherne.«

Ein Soldat trat auf ihn zu, stellte sich vor – irgendein Name, irgendein Regiment. Man ließ ihn nicht warten, er wurde sofort nach oben gebracht, wo Krankenschwestern mit weißen Kopfbedeckungen, wie Nonnen, leise durch die ebenfalls glänzenden Flure glitten. Überall Türen. Jede davon konnte ihre sein. Sie gingen an mehreren vorbei, um zu ihr zu gelangen. Dann hielt ein Arzt ihn auf.

»Wo ist meine Frau?«, fragte Henry.

»Kommen Sie bitte einen Augenblick mit«, sagte der Arzt.

»Nein. Wo ist meine Frau?«

»Bitte, Mr Treherne, kommen Sie mit.«

Der Mann war Grieche. Wieso gab es hier keinen richtigen Arzt? Wieso sprach er ihn nicht korrekt an? Wenn der Mann einen Soldaten nicht erkannte – oder wusste, wie man ihn korrekt ansprach – war sie in den Händen von Ausländern, war ihr nicht mehr zu helfen, wo war sie?

»Wer sind Sie?«

»Ich bin Dr Antoniadis.«

»Ich will zu meiner Frau.«

»Lassen Sie mich Ihnen erklären –«

»Verdammt –«

»Bitte.« Der Mann hatte die Hand auf seinen Arm gelegt, und Henry setzte sich in dem langen weißen Korridor mit dem polierten Boden und den kühlen Jalousien auf einen Stuhl.

»Ist sie tot?«

»Nein.«

»Ich kann nicht, es tut mir leid –«

»Ist schon gut. Sie können sie gleich sehen. Aber lassen Sie mich Ihnen die Situation erklären. Möchten Sie vielleicht ein Glas Wasser?«

»Sagen Sie es mir einfach.«

»Ihre Frau wollte mit einer Freundin zum Einkaufen.«

Henrys Blick ließ das Gesicht des Arztes nicht los.

»Sie wurde um zwölf Uhr bei uns eingeliefert. Sie war angeschossen worden, mit einem Revolver.«

»Und weiter?«

»Zweimal. Hier.« Er zeigte es. »In den Unterleib. Es tut mir leid, Sir, aber das Baby, das sie trägt, ist tot.«

Es war ihm egal. Das verdammte Baby war ihm egal. »Und weiter?«

»Wir haben die Blutungen gestoppt. Aber sie ist noch bewusstlos. Nur damit Sie Bescheid wissen. Bitte, trinken Sie einen Schluck Wasser.«

»Ich will sie sehen. Jetzt.« Er stand auf.

Der Arzt stand ebenfalls auf. »Hier entlang.«

Eine Tür wurde geöffnet. Henry trat in das weiße Zimmer. Es war erfüllt von hellem, gedämpftem Licht und roch nach Desinfektionsmittel, mineralisch und süß. Clara lag im Bett. Ihre Haare waren das einzig Dunkle im Zimmer. Für Henry waren sie wie eine Vision.

Der Arzt blieb dicht hinter ihm stehen. Henry sah, dass sie atmete. Eine glitzernde Glasflasche, mit irgendeiner Flüssigkeit gefüllt, hing über ihr. Schläuche führten in ihre Arme. Ihre Schultern über dem Laken waren nackt, sie hatte weiße Verbände an den Handgelenken, an den Händen. Sie war noch nie so still gewesen.

»Wo sind meine Töchter?«, fragte er.

»In Sicherheit.«

»Aber wo sind sie?«

»Hier. Hier im Krankenhaus.«

Henry ging zum Bett. Das Bettgestell war weiß. Die Kissen, die Laken, die Decken, der Tisch, der Boden – alles war weiß. Claras Haare und Wimpern waren dunkel. Ihr Mund war rot. Auf dem Laken war ein roter Fleck.

»Sie blutet noch«, sagte er.

Sie schickten ihn aus dem Zimmer.

Er wartete.

Er saß auf einem Stuhl in einem anderen Zimmer. Eine Krankenschwester brachte ihm Wasser, stellte das warme Glas vor ihn. Er wusste nicht, wie lange er dort saß.

Ein anderer Arzt kam. Ein älterer Mann, im Anzug. »Es tut mir leid, aber der Zustand ihrer Frau ist immer noch sehr ernst«, sagte er. »Wir haben den Fötus noch nicht entfernen können. Können Sie mir genau sagen, in der wievielten Woche sie ist?«

»Das weiß ich nicht.«

»Die Kugel ist in die Plazenta eingedrungen. Das Wichtigste war, die Blutung zu stoppen, verstehen Sie?«

»Ja«, sagte Henry und dachte daran, wie er am Strand Taylors Beinstumpf abgebunden hatte. Wie schnell das Blut aus der Wunde in den Sand gepumpt wurde!

»Wir können im Moment nur versuchen, sie stabil zu halten. Danach sehen wir, was wir wegen des Fötus tun können. Es tut mir sehr leid.«

Henry sah ihn an. Er hatte dunkelbraune Augen hinter einer dicken Brille. Die Brille ließ die Augen größer wirken.

Sie sahen ihn aufmerksam an. »Sie könnten in Episkopi anrufen«, sagte Henry. »Der Bataillonsarzt, Major Godwin, weiß sicher, in der wievielten Woche sie ist.«

Die Armee schickte Leute zu seiner Unterstützung. Er nahm nicht wahr, was alles für ihn getan wurde. Niemand versuchte, ihn zum Gehen zu bewegen.

Sie ließen ihn wieder in Claras Zimmer. Es war leer – es war nur ein leeres Zimmer, ein Alptraum! Sein Magen verkrampfte sich. Dann wurde ihr Bett an ihm vorbeigeschoben – als sei er nicht da, als sei er nur ein unbeteiligter Beobachter. Gummiräder auf dem polierten Boden. Krankenschwestern, die ihn nicht ansahen und das Zimmer anschließend leise wieder verließen, schoben das Bett an seinen Platz. Er wusste nicht, was sie außerhalb des Zimmers mit ihr gemacht hatten, ob sie fast von ihm gegangen wäre oder ob sie jetzt außer Gefahr war. Sie lag genauso da wie vorher. Sie hatten die Laken gewechselt.

Er setzte sich auf denselben Stuhl. Der Arzt kam herein und blieb neben ihm stehen. »Sie können hierbleiben«, sagte er. »Wir werden etwas für Sie arrangieren. Versuchen Sie, sich nicht zu viele Gedanken zu machen.«

Es war Nacht. Bei Sonnenuntergang hatte er Sirenengeheul gehört. Es war geschossen worden, Polizeisirenen hatten geheult, aber jetzt war es stiller. Er begann, das Gebäude um ihn herum zumindest ansatzweise wahrzunehmen.

Er hörte die Abläufe des Krankenhauses, hastende Schritte, Stimmen, Türen, die irgendwo geöffnet und geschlossen wurden.

Er saß auf einem Stuhl neben ihrem Bett, aber nicht zu nah.

Immer wieder, er wusste nicht, wie oft, kamen Krankenschwestern herein und sahen nach Clara.

Was sie machten, waren weibliche, private Dinge. Wenn die Krankenschwestern die Tür öffneten, trat Henry ans Fenster und sah hinaus, hinunter auf die Straße, wo winzige Autos lautlos an den patrouillierenden Soldaten vorbeifuhren, bis die Tür wieder geschlossen wurde. Während der Nacht waren erst weniger Autos auf der Straße unterwegs, dann gar keine mehr. Dann, nach eine Weile, wurde der Himmel über den Häusern heller. Als die Schwester das nächste Mal kam, stand die Sonne rosig über den Bäumen und Dächern.

Das nächste Mal kam sie nicht wegen Clara, sondern wegen ihm. Sie brachte ihm Tee. Starken, indischen Tee mit Kondensmilch, in einer blassgrünen Tasse mit Untertasse.

Henry bedankte sich höflich, nahm die Tasse entgegen und hielt sie in einer Hand, wie jemand auf einer Teegesellschaft.

Die Schwester ging.

Seltsam, leer – er hörte wieder Autos, Lastwagen, Menschen, die durch die Korridore gingen. Und da lag Clara, bewegungslos, an einem neuen Tag.

Heiße Tränen der Angst machten ihn blind. Er stellte Tasse und Untertasse so ungeschickt auf den Boden, dass er etwas von dem Tee verschüttete, drückte die Handballen in die Augen, um sich wieder in den Griff zu bekommen. Stattdessen sackte sein Kopf in die Hände, sein Körper krümmte sich zusammen. Mehr Tränen. Wie ein Mann, der vor einem Altar angstvoll das Gesicht in den Händen verbirgt, verbarg er sich vor ihrem Anblick.

Er betete, aber seine Gebete waren nur Gebettel. Mit geschlossenen Augen stammelte er lautlose, angstvolle Versprechungen, aber dafür war es zu spät. Er kannte Gottes Antwort: seine Frau zerschossen, sein Baby tot.

Später an diesem langen Vormittag, als Clara immer noch nicht aufgewacht war, die Hand aber leise bewegt und sich auf dem Bett ein wenig gedreht hatte, ging Henry zu den Mädchen.

Er fand sie in einem anderen Stockwerk, in einem leeren Krankensaal, wo sie vor einem Tisch, an dem eine der Schwestern nähte, auf dem Boden saßen. Die Schwester reichte den Mädchen bunte Stofffetzen zu, und sie taten so, als nähten sie ebenfalls. Henry sah durch die Glastür, vorbei an der langen Reihe leerer Betten mit den zusammengefalteten Decken am Fußende, dahin, wo seine Töchter spielten. Er kam sich vor wie ein Toter, der durch eine Glasscheibe in die Welt der Lebenden blickt.

Die beiden Mädchen kauerten auf dem Boden, wie Menschen, die um ein Lagerfeuer herumsitzen, und spielten mit den farbigen Stofffetzen, zu Füßen der Schwester, die sich liebevoll zu ihnen hinunterbeugte. Henry war weit weg, auf der anderen Seite der Tür, am Ende der langen Bettenreihe. Lottie und Meg sahen aus wie immer, soweit er das beurteilen konnte, friedlich, beschäftigt. Er beobachtete sie eine Weile, zuckte zurück, wenn sie sich bewegten, damit sie ihn nicht sahen und vielleicht Angst bekamen. Dann ging er zu Clara zurück.

Gegen Mittag kam Dr Antoniadis, der erste Arzt, und sprach mit ihm. Er legte ihm eine Hand auf die Schulter. »Wie heißen Sie mit Vornamen?«, wollte er wissen.

»Henry.«

»Ich heiße Giorgius. Unten ist eine Dame, die nach Ihnen fragt.«

Evelyn Burroughs stand in der riesigen Halle. Henry, dem erst in diesem Moment auffiel, dass er sich weder gewaschen noch rasiert hatte, blieb zwei Schritte von ihr entfernt auf dem glänzenden Boden stehen. Evelyn trug einen Hut. Ihre Nase war gerötet. »Henry, es tut mir so leid«, sagte sie, ohne ihm in die Augen zu sehen. »Ich bin so schnell gekommen, wie ich konnte. Gibt es etwas Neues?«

»Im Augenblick nicht.«

Sie sah zu Boden. »Großer Gott. Was für eine schreckliche Geschichte«, sagte sie leise.

Sie blieben schweigend stehen.

»Hören Sie«, sagte sie dann auf einmal so energisch, dass es fast komisch war. »Ich habe mir ein Zimmer im Ledra Palace genommen. Wenn es ihnen recht ist, nehme ich die Mädchen mit dorthin. Das Hotel ist für sie ja eine Art Zuhause. Wir werden versuchen, alles für sie so normal wie möglich zu machen, ja? Ich werde ihnen nichts sagen, sie sind noch zu klein. Natürlich haben sie einen furchtbaren Schrecken bekommen, aber soviel ich höre, sind sie wieder ganz guter Dinge?«

»Ja, gut, vielen Dank.«

»Ich werde zwischendurch immer wieder einmal vorbeikommen. Und Sie dürfen sich keine Sorgen machen. Alle tun ihr Bestes. Wie sind die Ärzte?«

Er konnte nicht sprechen, er fühlte sich so klein. Allein hier zu stehen ging fast über seine Kraft.

»Jedenfalls«, sagte sie, »ist dafür gesorgt, dass sie die allerbeste Pflege erhält. Das können Sie mir glauben.«

Sie streckte eine behandschuhte Hand aus und legte sie auf seine, die an seiner Seite herabhing. Sie hätte seine Mutter sein können, war ihm näher, als seine Mutter es je gewesen war, so nah wie nur irgendwer, so nah, wie er Jenson gewesen war, als er starb, so nah, wie er Clara war, wenn er in ihr war. Sie hatten keine Geheimnisse mehr voreinander, keine Privatsphäre.

»Sie sehen müde aus«, sagte sie. »Wenn Sie sich umziehen und rasieren, fühlen Sie sich vielleicht ein bisschen besser. Wollen Sie nicht mit mir kommen?«

»Nicht jetzt«, sagte er und versuchte ein Lächeln, brachte aber nur eine Grimasse zustande.

»Dann lasse ich Ihnen ein paar Sachen schicken. Ich bin sicher, man wird Ihnen gern ein Zimmer zur Verfügung stellen, wo Sie sich umziehen und ein bisschen frisch machen können. Letzte Nacht wurden zwar eine Menge Leute eingeliefert, nach allem, was los war, aber ich bin sicher, man findet was für Sie.«

Er wusste nicht, was sie damit meinte – *nach allem, was los war.*

Am Nachmittag brachte ihm Kirby – wie ein Besucher aus einem anderen Leben – eine Tasche mit sauberer Kleidung. Sie trafen sich in der Halle, wo Henry auch mit Evelyn gesprochen hatte. Kirby war verlegen und hielt die Augen auf den Boden gerichtet, scharrte mit den Füßen und fühlte sich sichtlich fehl am Platz. Er sagte kein Wort, abgesehen von dem »Sir«, mit dem er Henry die Tasche übergab.

In einem langen, gekachelten Badezimmer mit einem Plastikvorhang um die Badewanne zog Henry ein frisches Hemd an und rasierte sich. Es hallte laut, als er den Rasierer am Rand des Waschbeckens ausklopfte. Das Baby in ihr war tot, hatte die Kugeln abgefangen. Er wusste nicht, wie sie es herausholen wollten.

Anschließend saß er wieder an ihrem Bett und bedauerte die kurze Zeit, die er nicht bei ihr gewesen war.

Am Nachmittag schlug sie die Augen auf, sah ihn an und schloss sie wieder.

Am Abend verkündete eine Sirene den Beginn der Ausgangssperre. Henry beobachtete, wie die Straßen sich leerten, während die Krankenschwestern intime Dinge mit Claras reglosem Körper anstellten. Er hörte, wie der Tropf gewechselt wurde. Die Glasflaschen schlugen gegeneinander, Instrumente klirrten auf dem metallenen Rollwagen. Er beobachtete die Soldaten auf der Straße tief unter sich. Sie sahen aus wie Spielzeugsoldaten.

Wenn er als Kind in den Schulferien nach Hause gekommen und endlich wieder allein gewesen war, hatte er viel mit seinen Spielzeugsoldaten gespielt. Seine Armeen waren riesig, und er liebte sie heiß und innig. Im hinteren Teil des Hauses gab es im ersten Stock einen langen Flur mit Türen auf der einen und zugigen Fenstern auf der anderen Seite. Auf dem Holzfußboden lag ein Läufer mit Messingbefestigungen an den Enden und vielen fadenscheinigen Stellen, an denen das Muster verblasst oder gar nicht mehr zu erkennen war. Henry lag auf dem Bauch, vor sich die aufgestellten Bataillone mit ihren Kanonen und Pferden und Flaggen, den winzigen, mutigen Gestalten seiner Träume. Über ihm blickten gemalte Soldaten den ganzen Flur entlang aus ihren stumpf gewordenen vergoldeten Rahmen auf ihn herab. Er hatte das Gefühl gehabt, dass sie ihn anlächelten. Er hatte sich nicht allein gefühlt. Er war von Legionen umgeben gewesen. Aber jetzt ging ihm plötzlich mit eisiger Kälte auf, dass in Wirklichkeit kein Mensch bei ihm gewesen war.

Sie stellten ein Feldbett in ihr Zimmer, und er schlief darauf, auf dem Bauch, die Arme von sich gestreckt wie ein Baby, das Laufen lernt, ein todesähnlicher Schlaf. Um zwei wurde er wach, weil sie seinen Namen rief, aber sie hatte sich nicht bewegt. Er hatte Angst, er hätte nur geträumt, dass sie seinen Namen sagte, weil sie bald sterben würde, und wagte nicht, wieder einzuschlafen.

Er lag in der Dunkelheit und lauschte auf ihren Atem, der sehr flach ging. Er begleitete sie bei jedem Atemzug, ein, aus, dann warteten sie zusammen – zu lange – bis zum nächsten Atemzug, ein …

Ihre Hand war kühl gewesen, als sie mit den regennassen Blumen im Arm aus dem Garten ins Haus gekommen war. Sie hatte gelächelt und ihm die Hand hingestreckt. »Ja, ich bin Clara«, hatte sie gesagt.

Ihr flacher Atem kam und ging. An ihrem Hochzeitstag waren sie unter schimmernden Schwertern hindurchgegangen. Er hatte ihr Versprechungen gemacht, und zuerst hatten die Versprechungen standgehalten, ohne auf die Probe gestellt zu werden. Als sie vom Schiff gekommen war, hatte alles an ihr gestrahlt. Sie war ihm gefolgt. Er hatte sie hierher gebracht, und dann hatte er sie allein gelassen.

Die Stunden der Nacht vergingen in Angst und Unehre.

Am nächsten Tag war sie ab und zu wach und sie sprachen ein paar Worte miteinander. Aber Henry sagte nichts von dem, was ihm ständig im Kopf herumging. Er sagte nur »Hallo« und »Pst«.

Sie sah ihn weich aus dunkelblauen Augen an, aber ihre Stimme war nur ein Flüstern. »Die Mädchen?«

»Denen geht es gut. Mach dir keine Sorgen.«

»Und Gracie? Gracie ist tot.«

Er hielt ihren Blick fest und nickte.

Ihre Gedanken schienen zu wandern. »Ist mit mir alles in Ordnung?«, fragte sie. »Ist mit ihm alles in Ordnung?«

Ihre Zunge war geschwollen. Sie versuchte, sich die trockenen Lippen zu lecken. Die Schwester betupfte sie mit angefeuchteter Watte. Henry empfand es als zudringlich, dabei zuzusehen und wandte den Blick ab.

Am Telefon in Dr Antoniadis' Büro sprach er mit ihrer Mutter in England. Moira und George waren bereits von der Armee informiert worden, und natürlich hatte es in den englischen Zeitungen gestanden – in Zeitungen in der ganzen Welt. Man hatte Moira gesagt, wann er anrufen würde. Sie nahm beim ersten Klingeln ab.

»Es tut mir leid, aber George kann nicht ans Telefon kommen«, sagte sie. »Er kann es einfach nicht ertragen.«

Sie war tapfer, stellte ihm Fragen, von denen er das Gefühl hatte, dass sie sie vorher aufgeschrieben hatte. Henry gab sich zuversichtlich, beruhigte sie, wartete, während sie weinte und sich wieder fasste. Er erwartete, dass sie ihm Vorwürfe machen würde, war darauf vobereitet und hätte sich nicht verteidigt. Aber Moira tat nichts dergleichen. Sie war besorgt und unglücklich und verschwendete keine Zeit mit Schuldzuweisungen. Sie erkundigte sich nach den Mädchen.

»Es geht ihnen gut. Mit ihnen ist alles in Ordnung.«

»Danke, Henry«, sagte sie. »Danke.« Und Henry schämte sich so sehr, dass er nicht antworten konnte.

Am nächsten Tag wogen sie das Risiko einer Infektion gegen das weiterer innerer Blutungen ab und beschlossen, sie zu operieren. Der Operationssaal lag im vierten Stock. Henry sah bei den OP-Vorbereitungen zu, ging aber nicht mit, als sie weggefahren wurde. Er stand fühllos in dem leeren Zimmer und hörte, wie die Stimmen der Schwestern und die Rollen des Betts sich von ihm weg den Korridor hinunter entfernten.

Evelyn kam ihn holen. Sie nahm seinen Arm, hakte ihn unter und führte ihn aus dem Krankenhaus auf die Straße. Sie saßen im Speisesaal des Hotels. Hier hatten Clara und Gracie gesessen – was er nicht wusste. Evelyn bestellte ihm etwas zu essen, und er aß tatsächlich ein paar Bissen.

»Es gibt keinen Grund zu der Annahme, dass sie nicht wieder gesund wird«, sagte sie.

Nach dem Essen gingen sie zu Fuß zurück ins Krankenhaus und saßen wartend beieinander. Staub tanzte im Sonnenlicht.

Evelyn zog ein Taschenbuch aus ihrer Handtasche. »Soll ich Ihnen erzählen, wovon es handelt?«

»Bitte.«

»Also, da hätten wir zunächst einmal einen schrecklich schneidigen Grafen – das Ganze spielt Ende des 17. Jahrhunderts, der sein ganzes Vermögen für schöne Frauen, Alkohol und was weiß ich verschleudert, bis er eines Tages eine wunderschöne Erbin kennenlernt …«

Clara starb nicht an diesem Tag. Sie blieb am Leben. Sie entfernten die zerfetzte Plazenta, den Uterus, die Eierstöcke und den Fötus, der ausgestreckt schon über 20 Zentimeter maß und ein Junge war.

Das Zusammenflicken eines Körpers ist eine ziemlich primitive Angelegenheit. Es geht nur darum, Löcher zu schließen, Adern zu versiegeln, Sachen wegzuschneiden, die nicht mehr gebraucht werden. Sie mussten eine Menge Blut in ihre Adern pumpen, als Ersatz für das Blut, das sie verlor.

Der Schnitt, vom Nabel bis zum Schambein, wurde säuberlich zugenäht, war aber an den Stellen, wo die Kugeln eingedrungen waren, hässlicher und breiter. Dann wurde alles mit Watte und Gaze abgedeckt. Als man ihnen sagte, alles sei gutgegangen, weinte Evelyn, als sei sie nicht daran gewöhnt, das Gesicht von ihm abgewandt. Henry schloss die Augen und sah eine Unendlichkeit der Erleichterung.

Dann fiel ihm ein, dass er seinem toten Sohn dafür danken musste, dass er die Mutter beschützt hatte. Falls das die oberste Pflicht eines Mannes war, hatte dieses kleine Lebewesen sie erfüllt. In seinem Opfer lag mehr Ehrenhaftigkeit als in allem, was Henry seit seiner eigenen Empfängnis getan hatte.

5. Kapitel

Er musste es ihr sagen. Bisher hatte sie sich an einem Zwischenort aufgehalten, wo sie geschützt war. Er hielt sie immer noch für zu schwach und hätte es noch länger für sich behalten, aber am Morgen des fünften Tages sagte sie auf einmal selbst: »Das Baby ist tot. Irgendwie habe ich geahnt, dass es nicht bei uns bleiben würde. Was haben sie damit gemacht?«

»Ich weiß es nicht.«

»War es ein Junge?«

»Ja.«

»Ich habe es gewusst.«

Schweißperlen standen auf ihrer Stirn, sie war sehr blass.

Henry war neben ihr. Aber er konnte ihr nicht ins Gesicht sehen und senkte den Kopf, um ihr auszuweichen.

»Es tut mir leid«, sagte er.

Danach schlief sie ein.

Am nächsten Nachmittag brachte Henry die Mädchen zu ihr. In ihrem Eifer, die Mutter endlich wiederzusehen, beachteten sie ihn überhaupt nicht. Und er hatte recht gehabt. Sein Wiederauftauchen brachte sie eher durcheinander. Clara hatte ihn gebeten, ihr ein paar Schminksachen mitzubringen, und er und die Mädchen warteten draußen, damit sie sich die Haare kämmen und etwas Lippenstift auftragen konnte. Evelyn hatte ihm außerdem ein Bettjäckchen aus griechischer Baumwolle für sie mitgegeben.

Henry hinderte die Mädchen daran, aufs Bett zu klettern. Lottie zerrte auf und ab hüpfend an der Hand ihrer Mutter, während Meg, einen Finger im Mund, dicht neben dem Bett stand und zuhörte.

Henry beobachtete sie, beschützte Clara eifersüchtig vor ihrer Liebe.

Sie schlief so urplötzlich ein, dass die Mädchen es mit der Angst zu tun bekamen. Auch Henry hatte Angst und wollte die beiden nur weg haben. »Meg, gib deiner Mutter einen Kuss, es ist Zeit, nach Hause zu gehen«, sagte er. »Nach Hause« war natürlich das falsche Wort.

Er zog die Mädchen von ihr fort und schob sie durch die Tür, obwohl sie weinten. Im leeren Korridor war nirgends eine Schwester zu sehen. Gegen den Widerstand der kleinen Körper der Mädchen drückte er die Tür von innen zu. Clara war nicht wach geworden. Er ging zurück an ihr Bett, während die Mädchen im Korridor weinten, und befühlte ihre Stirn. Sie war gleichzeitig heiß und kalt. Schnell, schnell –

Im Korridor nahm er eins der Mädchen auf den Arm und das andere bei der Hand.

»Kommt mit. Wir gehen zu Mrs Burroughs.«

Er ging mit ihnen durch den leeren Flur und spürte die Panik in seiner Brust. Am Ende des Korridors tauchte eine Krankenschwester auf. Er kannte sie und wusste, dass sie kein Englisch sprach. In diesem Moment musste er an Davis denken. Er hätte die richtigen Worte gewusst.

»Meine Frau«, sagte er, mit der Hand deutend. »Meine Frau. Ist es normal, dass sie die ganze Zeit nur schläft? Bitte, würden Sie zu ihr gehen? Würden Sie nach ihr sehen?«

Die Krankenschwester lächelte ihn an. Sie war in der falschen Richtung unterwegs gewesen und machte jetzt nicht kehrt.

»Clara Treherne«, sagte er, noch einmal deutend. »Bitte.«

Sie nickte freundlich. »Ja«, sagte sie. »Ja.«

Er brachte die Mädchen nach unten zu Evelyn. Sie weinten und wehrten sich und klammerten sich an ihn. Henry hatte keinerlei Gefühle für sie.

»Wie geht es ihr?«, fragte Evelyn, die versuchte, die Kinder von ihm loszumachen.

»Ich weiß es nicht«, sagte er, schon im Umdrehen.

»Henry, einen Moment noch. Das da ist Captain Wallace, vom Brigadehauptquartier.«

»Ja?«

Der Captain, ein blasser, vielleicht sechsundzwanzigjähriger Mann mit weißen Wimpern, trat vor und salutierte.

»Major Treherne, wäre es Ihnen vielleicht möglich, kurz mit mir zu kommen?«

»Jetzt?«

Das Geheul der Mädchen erschwerte jedes Gespräch. Lottie stieß einen lauten Schrei aus, als Evelyn versuchte, mit ihnen wegzugehen. Henry konnte sich nicht konzentrieren.

»Los jetzt«, sagte er, packte Lottie um die Taille und folgte Evelyn, die Meg fest an der Hand hatte, zum Eingang.

»Danke«, sagte Evelyn. »Nur bis zum Auto.«

Der Captain blieb dicht hinter ihnen. Er wirkte verlegen. »Sir, ich habe Anweisung, Sie ins Hauptquartier zu begleiten, wenn es Ihnen genehm ist. Es gäbe da ein paar Dinge wegen Ihres Urlaubs zu klären, Sir. Der Papierkram –«

»Es ist aber nicht genehm.«

Captain Wallace hielt ihnen die Eingangstür des Krankenhauses auf, und Henry und Evelyn erreichten den Randstein, wo ein Auto mit Fahrer wartete.

»Meine Güte, man hat mit den beiden wirklich alle Hände voll zu tun!«, sagte Evelyn.

Henry schob Lottie auf den Rücksitz.

»Sie sollten mit ihm gehen, Henry. Es ist nur das übliche Prozedere –«

»Es tut mir schrecklich leid, Sir, aber es wird nicht lange dauern, Sir«, sagte der Captain, der die Autotür offenhielt und die sich mit Meg abmühende Evelyn ansah, als hätte er noch nie im Leben eine Frau mit einem Kind gesehen.

»Also gut, in Ordnung«, sagte Henry und schlug die Tür zu.

Das Auto mit den immer noch heulenden Mädchen fuhr los.

»Geht es Mrs Treherne besser, Sir?«, erkundigte sich der Captain.

Henry nickte, antwortete aber nicht. Es stand dem Mann nicht zu, ihm so eine Frage zu stellen.

Es war eine sehr kurze Fahrt. Das Brigadehauptquartier war ein säulenverziertes Gebäude in der Nähe des Palais des Erzbischofs.

Henry folgte Captain Wallace in die Stille des dämmrigen Eingangs. Wachtposten salutierten. Nach dem weißen, fremdländischen Krankenhaus empfand Henry den Wechsel in diese Umgebung als gewaltig. Sie betraten Flure, die mit ihrer Holzverkleidung warm und anheimelnd wirkten und in denen ihre Schritte einen geordneten Rhythmus ergaben. Schreibmaschinengeklapper aus zahlreichen Vorzimmern erfüllte die Flure, die mit Trophäen und mit Fotografien von vergangenen Zeremonien geschmückt waren. Obwohl Henry nur zu Clara zurückwollte, umfingen ihn die Arme der Vertrautheit, als wollten sie ihn in einen Traumzustand lullen.

Sie erreichten eine Tür.

Der Captain klopfte zweimal und öffnete sie.

Der Brigadier erhob sich.

»Brigadier Bryce-Stephens – Major Treherne«, sagte der Captain, salutierte und machte kehrt.

Henry betrat das Zimmer.

»Ich denke, wir können uns die Förmlichkeiten sparen. Bitte, setzen Sie sich.«

Brigadier Bryce-Stephens war um die fünfzig. Seine tadellose Uniform mit den zahlreichen Abzeichen passte nicht so recht zu seinem Gesicht, das tief gebräunt war. Die breite Nase war zu irgendeinem Zeitpunkt gebrochen und ziemlich stümperhaft gerichtet worden.

»Ich möchte Ihnen sagen, wie leid mir tut, was Ihrer Frau zugestoßen ist«, sagte er. Seine Aussprache mit den kurzen, flachen Vokalen verriet den Aristokraten.

»Danke.«

»Wir haben hier alles getan, was getan werden konnte, um Ihnen die Situation so weit wie möglich zu erleichtern. Ich habe mehrmals mit Colonel Burroughs in Episkopi gesprochen und brauche wohl nicht zu betonen, dass alle dort wissen wollten, wie es Ihrer Frau geht. Mrs Burroughs ist Ihnen eine Hilfe?«

»Ja, eine große Hilfe.«

»Kann ich Ihnen etwas anbieten? Eine Tasse Tee? Etwas Stärkeres?«

»Nein, danke.«

»Sind Sie sicher?«

»Ich möchte so schnell wie möglich wieder zurück.«

Das Bild Claras, die von ihm fortglitt, hinein in einen mysteriösen Schlaf, stand vor seinen Augen auf. Es besaß nicht mehr die Dringlichkeit, die es zuvor gehabt hatte.

»Ich verstehe. Ich kann mir sicher nicht einmal annähernd vorstellen, wie schwierig das alles für sie sein muss. Die Beerdigung von Mrs Bundle findet am Freitag statt. Meinen Sie, Ihre Frau wird daran teilnehmen können?«

In drei Tagen!

»Ich glaube nicht. Noch kann sie sich kaum aufsetzen.«

»Es sind zahlreiche Karten mit Genesungswünschen eingetroffen. Ich werde sie Ihnen zukommen lassen. Viele aus England, nicht nur von Armeeangehörigen. Die allgemeine Öffentlichkeit ...« Er rückte einen Stift auf seinem Schreibtisch zurecht. »Ich weiß nicht, ob Sie schon Gelegenheit hatten, darüber nachzudenken, wie es jetzt weitergehen soll?«

»Sir?«

»Wird Ihre Frau mit Ihnen nach Episkopi zurückkehren?«

»Nein. Sie wird nach Hause fahren.«

Es war, als hätte jemand anderes für ihn gesprochen. Die Entscheidung war getroffen worden.

»Dann werden wir für den Transport sorgen. Eine Schiffsreise wäre sicher nicht sehr angenehm für sie. Ich werde sehen, was ich wegen eines Flugs tun kann und mit der Royal Air Force reden. Vielleicht können wir für sie einen Platz in einer Valetta ergattern.«

Einen Platz in einer Valetta ergattern.

»Wäre das ein Direktflug?«

»Normalerweise, ja. Allerdings herrscht wegen dieser

Suez-Geschichte im Augenblick ein ziemliches Durcheinander. Sie verstehen sicher.«

»Ihr Zustand ist wirklich nicht besonders gut.«

»Natürlich wird sie erst reisen, wenn sie dazu in der Lage ist. Wissen Sie schon, wann sie entlassen werden soll?«

»Nein.«

»Womit wir bei der Frage Ihres Urlaubs wären. Soviel ich weiß, stand Ihnen erst Mitte November eine Woche zu.«

»Richtig.«

»Der Vorfall ereignete sich am Freitag. Ihre Kompanie hat zur Zeit Einsatzbereitschaft?«

»Ja, Sir, noch die nächsten anderthalb Wochen.«

Schweigen.

»Wirklich zu dumm, wie alles gelaufen ist.«

»Sir?«

»Gestern gab es in Limassol Krawalle. Wir stoßen im Augenblick ziemlich an den Rand unserer Kapazitäten, wie Ihnen sicher klar ist. Ägypten –«

»Es gab Krawalle?«

»Die Schulkinder haben randaliert. Aber das hat sich inzwischen erledigt.«

Henry sagte leise: »Die Schulkinder in Limassol haben randaliert.« Er wusste nicht, wieso er den Satz wiederholte, einfach nur, um den Klang der Worte im Mund zu spüren, vermutete er, um sich die Schulkinder vorzustellen, und wie seine Männer versuchten, sie aufzuhalten.

»Inzwischen ist alles wieder ruhig.«

»Gab es Tote?«

»Nicht dass ich wüsste.«

»Und hier?«

»Hier lief es leider etwas unglücklicher ab. Die Stimmung

war ziemlich aufgeheizt. Es war eine wirklich abscheuliche und feige Tat. Die EOKA streitet natürlich jede Beteiligung ab, aber es ist schwer zu glauben, dass es nur ein Zufall war, dass die Frauen britischer Offiziere dem Anschlag zum Opfer fielen. Es ist unseren Jungs schwer gefallen, sich so zu beherrschen, wie sie sollten. Was Mrs Bundle und Ihrer Frau angetan wurde, hat die Gefühle ziemlich hochkochen lassen. Sie wissen schon.«

Ja. Henry wusste es. Schulkinder randalierten. Und Clara, die einen langen Schnitt im Leib hatte und deren Baby tot war, konnte vielleicht einen Platz in einer Valetta zurück nach England ergattern.

»Wie schon gesagt, ist inzwischen alles wieder ruhig. Heute Abend werden wir die Ausgangssperre aufheben. Und ich kann Ihnen versichern, dass ich alles in meiner Macht Stehende tun werde, um sicherzustellen, dass Ihre Frau jede Pflege erhält, jede Rücksichtnahme. Wir schaffen sie sicher nach Hause, Major. Normalerweise würde ein solcher Fall natürlich auf Bataillonsebene entschieden, aber in Anbetracht der Umstände würden wir Ihnen gerne ein paar zusätzliche Urlaubstage zubilligen. Ich kann Ihren Urlaub bis zum nächsten Wochenende verlängern. Ihr Stellvertreter ist Captain Innes, richtig?«

»Ja, Sir. Mark Innes. Ein sehr fähiger Mann.«

»Sehr schön. Ich bin sicher, die in Episkopi kommen bis zum Wochenende auch ohne Sie aus.«

Henry sah den Brigadier über den Schreibtisch hinweg an. Er wusste, dass er ihm Dank schuldete.

Vom Auto aus betrachtete er die Menschen auf den sonnigen Bürgersteigen.

Das Innere des Krankenhauses war ihm ebenfalls vertraut, war ebenfalls fast wie ein Nachhausekommen. Die Spiegelungen auf den blitzenden Böden, die hallenden Geräusche – Metallschalen, die ineinander gestapelt wurden, Rollwagen, die durch Schwingtüren geschoben wurden – der Anblick von Claras Tür, als er sich ihr näherte, die Angst, die Übelkeit, die er empfand, als er sie öffnete –, das alles war ihm vertraut.

Er ging hinein. Clara saß in Evelyns Bettjäckchen aufrecht im Bett. Absurderweise wallte Überraschung darüber, dass sie da war, durch ihn hindurch. Er wollte sagen – wollte irgendetwas sagen – wollte sagen –

»Hallo. Fühlst du dich besser?«

»Etwas«, sagte sie.

»Du bist vorhin einfach eingeschlafen. Ich habe mir Sorgen gemacht.«

»Wie ging es mit den Mädchen?«

Er sah sich selbst, wie er sie mit Gewalt zum Auto schleifte. »Prima«, sagte er.

Er ging zu ihr, setzte sich aber nicht. In diesem begrenzten weißen Raum musste er doch in der Lage sein, Worte zu finden, die er ihr sagen konnte. »Sie haben mir zusätzlichen Urlaub gegeben. Bis Samstag.«

»Und dann?«

»Dann muss ich zurück nach Episkopi.«

Er senkte den Blick und versuchte dabei, die Stelle zu vermeiden, wo die Decken ihre Verbände verbargen. »Ich dachte, du willst vielleicht nach England zurück?«, sagte er.

»Ohne dich?«

Er nickte.

»Oh.«

Der Blick ihrer blauen Augen flackerte zu ihm hinüber und gleich wieder weg, als habe er etwas Bedrohliches gesehen. »Ich will wirklich nach Hause«, sagte sie.

Als er sich verabschiedete, sagte sie: »Henry, würdest du zur Beerdigung gehen? Zu Gracies Beerdigung?«

»Natürlich, wenn du es willst.«

»Ja, bitte.«

6. Kapitel

Man hätte meinen können, Gracie sei ein General gewesen, so viele Militärs waren da. Zusammen mit den zivilen Trauergästen hatten sie sich zwischen den Grabsteinen versammelt. Major David Bundle stand am Grab. Die beiden kleineren Söhne waren nicht da, nur die zwei älteren – auch sie eigentlich noch kleine Jungen – in dunklen Anzügen. Gracies Mutter, eine korpulentere Version von Gracie, hielt sie an den Händen.

Kirby fuhr Henry zum britischen Friedhof außerhalb der Stadt. Der sorgfältig gegossene und gepflegte Rasen umrahmte säuberlich die Kanten der Grabsteine, die sich in langen Reihen dahinzogen. Henry blieb ein Stück von der Familie entfernt bei Menschen stehen, die er nicht kannte. Soldaten trugen den kleinen Sarg. Die zypriotische Sonne schien auf sie herab, blitzte auf ihren Knöpfen, Abzeichen und Schnallen auf, hüllte alle in den Duft von Gras und Blumen.

Alles war still, als der Sarg in die Erde gesenkt wurde. Der Friedhof lag sehr offen da, auf flachem Gelände, in der gleißenden Sonne. Ein heißer Wind strich von der Seite her durch die Menge und zerrte an den Seiten der Bibel, die der Militärgeistliche in der Hand hielt.

Hoch aufgerichtet ließ Henry den Sarg, der langsam in das tiefe Grab hinabgelassen wurde, nicht aus den Augen. Er hatte Gracie nicht gekannt.

Der Sarg war unten angekommen. Der Geistliche begann

zu lesen: »›Ich bin die Auferstehung und das Leben‹, spricht der Herr. ›Wer an micht glaubt, der wird leben, ob er gleich stürbe.‹«

Henrys Blick wanderte von den Soldaten zu den Trauergästen, zu dem Geistlichen und weiter zu David Bundle, auf dessen Gesicht derselbe leere Ausdruck unfassbaren Schocks lag, den er selbst empfand. Was für ein hilfloses Streben nach Würde es doch war, dachte er, Gracies zierlichen Körper zwischen die im Kampf gefallenen Männer zu betten. War es ihrem Mann ein Trost, dass sie zwischen herausragenden statt zwischen ganz gewöhnlichen Sterblichen lag? Gracie hatte nicht gewusst, dass sie heldenhaft ihr Leben aufs Spiel setzte. Sie hatte nicht gewusst, dass man ihr dafür Ehre erweisen würde. Er dachte an seinen Brief an Jensons Eltern, an seine vergebliche Suche nach Heldenhaftigkeit im Leben oder im Tod des Mannes. Jenson hatte gut mit Pferden umgehen können. Gracie war nett zu Henrys Frau gewesen.

»... ich weiß, daß mein Erlöser lebt ...«

Hinterher, als alle den Friedhof verließen, sprach Henry, sich seiner Pflicht bewusst, kurz mit David Bundle. Dabei hätte er am liebsten einen großen Bogen um ihn gemacht, aus dem Gefühl heraus, sie könnten durch den kurzen Kontakt durch irgendeinen Zauber ausgetauscht werden, und dann wäre er derjenige, dessen Frau tot war, nicht der andere Mann.

David jedoch, erfüllt von der Energie seines Kummers, wünschte Henry alles Gute und erzählte ihm, wie oft Gracie in ihren Briefen von Clara gesprochen hatte. »Dem Himmel sei Dank, dass wenigstens *sie* am Leben geblieben ist«, sagte er, anscheinend ehrlich froh, und griff mit beiden Händen nach Henrys Hand. »Dem Himmel sei Dank.«

Henry ließ die Familie und ihre Nächsten allein und ging langsam über den riesigen Friedhof, vorbei an den Reihen der Gräber, bis er stehenblieb und las:

Capt. Thomas S. Thurlough
1888–1917
Ein tapferer Soldat, ein wahrhaft perfekter Gentleman

Mehrere Minuten betrachtete er den Grabstein, dann nickte er diesem in so hoher Gunst stehenden Soldaten neidisch und bedauernd zu und ging weiter.

In der Ferne erhoben sich die Berge und umfingen alle mit ihrer Schönheit.

Den Eingang des Friedhofs bildete ein hohes Eisentor in einem langen, schwarzen Eisenzaun, wie es sie rund um viele Londoner Gartenanlagen gab. Henry ging hindurch. Leichter Staub umschwebte die Füße der Menschen, die in ihre Autos einstiegen, um in die Stadt zurückzufahren. Kirby wartete ein paar hundert Meter die Straße entlang auf ihn, aber als er zu ihm gehen wollte, sah er Captain Wallace gegen den Strom der Trauergäste auf sich zukommen.

»Sir?«

»Was gibt es?«

»Sir, es tut mir schrecklich leid, Sie schon wieder belästigen zu müssen. Aber es wäre wichtig, dass Sie mit mir kommen.»

»Worum geht es denn?«

»Das wird Ihnen der Brigadier sagen. Er wartet im Hauptquartier auf Sie.«

Dieses Mal erwartete Brigadier Bryce-Stephens ihn an der Tür zu seinem Büro, begrüßte ihn mit einem festen Händedruck und machte die Tür zu. »Henry, es gibt eine Planänderung. Ich habe mit Colonel Burroughs gesprochen, die Situation in Limassol erfordert Ihre Anwesenheit. Zum Glück trifft es sich, dass es mir gelungen ist, für Ihre Frau einen Platz in einem Flugzeug zu bekommen. Einem Flugzeug des Außenministeriums, in dem sie es bedeutend bequemer haben dürfte als normalerweise. Es wird heute Nachmittag auf dem RAF-Stützpunkt hier in Nikosia landen und gleich wieder zurückfliegen. Sie könnte schon heute Nacht zu Hause oder in einem englischen Krankenhaus sein.«

Seine Dringlichkeit und Entschiedenheit waren ansteckend, und Henry spürte das vertraute Zupfen unsichtbarer Mechanismen. »Einen Moment«, sagte er.

»Es tut mir leid, Sie so zu überfallen. Setzen Sie sich doch.«

»Danke, ich stehe lieber. Wie ist denn die Situation in Limassol, Sir?«

»Die Einzelheiten sind mir leider nicht bekannt. Aber mein Büro erhielt eine Mitteilung von Ihrem Kommandeur – er wird Sie bei Ihrer Ankunft informieren. Jedenfalls gibt es eine Planänderung. Wie geht es Ihrer Frau?«

»Meinen Sie wegen des Flugs?«

»Geht es ihr gut genug, um reisen zu können?«

»Ich habe keine Ahnung. Ich müsste –«

»Das Krankenhaus hatte vor, sie in ein paar Tagen zu entlassen. Und soviel ich weiß, ist ihr viel daran gelegen, wieder bei Ihren Töchtern zu sein.«

»Woher wissen Sie das?«

»Mein Büro hat mit einem Dr ...« Er ging zu seinem Schreibtisch und zog ein Blatt Papier zu Rate. »... einem

Dr Antoniadis gesprochen.« Er hob den Kopf und sah Henry an. »Das Ganze hat eine gewisse Dringlichkeit. Sie können das alles natürlich nicht wissen, da Sie die ganze Zeit im Krankenhaus waren, aber ich kann Ihnen versichern, dass Sie dringend gebraucht werden.«

Es war also entschieden. »Wann soll das Flugzeug starten, Sir?«

»Gegen 18.00 Uhr.«

»Dann fahre ich, sobald ich sie ins Flugzeug gesetzt habe.«

Er ließ sich von Kirby am Krankenhaus absetzen und schickte ihn mit dem Auftrag ins Hotel, alles zu packen. Er selbst ging nicht direkt zu Clara, sondern suchte zunächst Dr Antoniadis auf.

»Ja, wir hatten Besuch von zwei Männern, zwei Soldaten. Ihre Namen weiß ich nicht mehr. Wie ich es verstanden habe, ist es wichtig, dass Mrs Treherne sofort nach England zurückkehrt.«

»Aber ist sie reisefähig?«

»Ja, Mr Treherne, wenn es sein muss.«

»Sind Sie sicher?«

»Es besteht keine Gefahr.«

»Keine Gefahr?«

»Keine größere Gefahr einer Infektion oder einer Blutung, wenn sie vorsichtig ist. Sie ist natürlich noch sehr geschwächt und muss so viel ruhen, wie es irgend geht.«

Es war also entschieden. Clara und dic Mädchen würden nach England zurückfliegen, und er würde seinen Dienst wieder aufnehmen.

7. Kapitel

Sie fuhren zum Flugplatz der Royal Air Force in Nikosia, als die Sonne unterging. Der Himmel loderte in allen Farben, wie von Flammen überzogen.

Die Mädchen zwischen sich, saßen Clara und Henry im Auto. Das Gepäck stapelte sich auf dem Beifahrersitz und hinter dem Rücksitz. Henry hatte den Arm um beide Mädchen gelegt, damit sie nicht auf Clara herumkrabbeln konnten. Sie hatte lange gebraucht, um sich anzuziehen, und auch der Weg zum Auto hatte sehr lange gedauert. Jetzt sackte sie in die Polster zurück, als hätte sie überhaupt keine Muskeln mehr und legte die Hände schützend über den Leib, aber als er ihr gesagt hatte, dass sie noch an diesem Tag nach Hause fliegen würde, hatte sie ihn plötzlich lebhaft und wie von innen erleuchtet angesehen und gesagt: »Wir fliegen heute schon nach Hause?«

Die lodernden Farben des imposanten Sonnenuntergangs verblassten allmählich. Sie erreichten den Flugplatz und hielten am Kontrollpunkt an.

Dann fuhren sie langsam an Betongebäuden mit runden Wellblechdächern vorbei, vorbei an Leichtbau-Hangars mit schmalen Straßen dazwischen. Die Start- und Landebahnen verliefen sich in der Ferne, getüpfelt von Lichtern, die im restlichen Tageslicht kaum zu sehen waren, im Hintergrund die schwarzen Berge.

Das Auto hielt an. Henry ging auf die andere Seite, machte

Clara die Tür auf und hielt ihr den Arm hin, damit sie sich beim Aussteigen an ihm festhalten konnte.

Ein Lieutenant der Luftwaffe und ein Mitarbeiter des Außenministeriums, der vorhin als Begleiter eines Ministers mit dem Flugzeug angekommen war, das Clara nach Hause bringen würde, erwarteten sie. Als dicht gedrängte kleine Gruppe standen sie beieinander, im Licht der großen, niedrigen Sonne, deren Halbscheibe langsam versank.

Kirby beschäftigte sich mit dem Gepäck und allen möglichen Papieren, während ein RAF-Corporal versuchte, alles zu organisieren. Clara stand benommen und mit reglos an den Seiten herabhängenden Händen da und sah zum Flugzeug hinüber – keine Valetta, sondern eine zweimotorige Hastings –, das mit Blöcken hinter den Rädern fünfhundert Meter weiter wartete. Die Mädchen klammerten sich, ebenfalls reglos, an ihren Rock. Henry sah auf sie hinunter, dann über die Schulter zurück zur Straße, die zum Tor mit den Wachtposten führte.

Inzwischen hatte Kirby das Gepäck zu zwei Stapeln aufgeschichtet – einen mit Henrys wenigen Sachen, und einen mit dem Gepäck seiner Familie – und fing leise vor sich hinstöhnend an, Henrys Sachen wieder ins Auto zu laden.

Clara drehte sich zu ihm um. »Henry?«

Der Mann vom Außenministerium überreichte dem Lieutenant diverse Papiere. Keiner der beiden achtete auf Henry oder seine Frau.

»Was machen Sie da, Kirby?«, sagte Henry.

»Sir?« Kirby unterbrach verwundert seine Arbeit.

»Das kommt alles ins Flugzeug.«

»Aber nein, Sir, das hier sind doch Ihre Sachen.«

»Sie kommen ins Flugzeug.«

»Aber Sir …«

»Einen Augenblick.« Er wandte sich dem RAF-Lieutenant zu. »Ich hoffe doch sehr, dass nicht schon wieder etwas schiefgelaufen ist. Würden Sie die Flugpapiere bitte überprüfen? Wir fliegen alle vier. Ich bin sicher, dass das klar gesagt wurde.«

Der Lieutenant blinzelte verwundert mit den Augen.

»Nein, Sir. So wie ich es verstanden habe, fliegen nur Mrs Treherne und die Kinder.«

»Dann haben Sie es falsch verstanden. Oder kommt es Ihnen vielleicht richtig vor, dass eine schwerkranke Frau eine so lange Reise allein antreten und sich dazu auch noch um zwei kleine Kinder kümmern soll?«

»Die Passagierliste –«

»Überprüfen Sie das bitte«, sagte Henry, warf Kirby ein »Nun machen Sie schon« zu und meinte zu Clara gewandt: »Du musst dich unbedingt setzen. Lieutenant, wann soll es losgehen?«

»Um 18.30 Uhr, Sir.«

»Geht es nicht schneller?«

»Nein, Sir, die Maschine wird noch aufgetankt.«

»Bitte, Lieutenant, machen Sie. Meine Frau muss sich zumindest setzen. Wäre das möglich?«

»Natürlich, Sir, es tut mir leid, Sir. Bitte folgen Sie mir, Sir.«

Henry stützte Clara beim Gehen. Sie hielt sich an seinem Arm fest, sah zu ihm auf und sagte, als sie dem Lieutenant folgten, noch einmal: »Henry?« Aber Henry hatte sich halb von ihr abgewandt, um die Kinder einzusammeln und beachtete sie nicht.

Als er sich, Lottie auf dem Arm, wieder aufrichtete, holte Kirby ihn ein. »Sir – Sir?«

Henry blieb stehen und drehte sich langsam um. Kirbys

Gesicht, blass, trotz der vielen Stunden in der Sonne, war verschwitzt und teigig. Die Augenbrauen fragend zusammengezogen, sagte er: »Sir, Sie wollen doch nicht wirklich fliegen, Sir?«

»Würden Sie die Sachen bitte ins Flugzeug schaffen? Vielen Dank.« Kirby rührte sich immer noch nicht. Henry hielt seinen Blick fest. »Das wäre dann alles, Kirby. Danke.«

Kirby drehte sich um und tat, was ihm gesagt worden war.

Sie wurden in ein überhitztes kleines Büro geführt, in dem ein Corporal mit zwei Fingern Briefe tippte, und setzten sich auf eine sehr schmale Holzbank. Die Mädchen versuchten ständig, auf Claras Schoß zu klettern, und mussten von Henry abgewehrt werden. Clara hatte sich zurückgelehnt und die Augen halb geschlossen, aber dann hob sie den Kopf und sah ihn an. »Henry, was ist hier los?«

Er antwortete nicht. Leicht durch halbgeöffnete Lippen atmend, lehnte sie den Kopf wieder nach hinten. Der Corporal versuchte, das Formblatt, das er ausfüllte, gerader einzuspannen. Unwirsch fummelte er am Lösemechanismus der Maschine herum und zerrte an dem Papier. Ab und zu verklemmte sich eine Taste und sprang nicht in ihre Ausgangsposition zurück, und er machte sie gereizt los und hämmerte dann weiter auf die Tasten ein.

Henry rechnete jeden Augenblick mit dem Klingeln des Telefons. Sie hatten die Passagierliste, höchstwahrscheinlich in dreifacher Ausfertigung. Der Lieutenant würde nicht lange brauchen, um jemanden im Hauptquartier zu erreichen. Das Ganze war Wahnsinn. Das Telefon würde klingeln – aber das Telefon stand stumm neben der Schreibmaschine, während der Corporal mit zwei vorne ziemlich platten Fingern auf den Tasten herumhackte.

Auf der Uhr an der Wand verfolgte Henry, wie die Sekunden vertickten. Der schmale Sekundenzeiger verharrte, ruckte weiter, verharrte, ruckte weiter. Elf Minuten nach sechs. Elfeinhalb Minuten nach sechs. Zwölf Minuten nach sechs –

Die Tür ging auf. »Sir?« Der Lieutenant, einen Stapel Papiere in der Hand, sah besorgt aus. Henrys Kopf wurde ganz leer. »Sie können jetzt jeden Augenblick an Bord gehen, Sir«, sagte er.

Das Telefon klingelte. »Sir?«, sagte der Lieutenant noch einmal, über das Klingeln des Telefons hinweg.

Der Corporal hob ab. »Corporal Billings ... Hangar fünf? Soll das ein Witz sein? Davon hat mir keiner was gesagt.«

»Sir?«, wiederholte der Lieutenant.

Henry stand auf. »Es geht los, Kinder«, sagte er. »Clara?«

Er hielt ihr die Hand hin, und sie nahm sie.

Das Innere des Flugzeugs war für die Verwendung als Regierungsmaschine umgebaut worden. Statt der üblichen Bänke längs der Seitenwände gab es Zweier-Sitze mit Blick nach vorn, aber der Rest war geblieben. Die Wände waren aus genietetem Metall und dämpften die Geräusche kaum, als die Maschinen mit ihrem harschem, tiefem Klang angelassen wurden.

Clara lehnte sich blass an die unbequeme, gerade Rückenlehne ihres Sitzes. Sie hatte die Füße auf einen Koffer gestellt, der auf dem Boden des Flugzeugs festgezurrt war – mehr war an Zusammenrollen nicht möglich. Henry hatte seine Jacke zusammengefaltet und schützend zwischen ihre Schulter und das Fenster geklemmt. Er selbst saß mit den Mädchen hinter ihr, damit er beide festhalten konnte.

Lottie hielt sich die Ohren zu, während Meg sich vorbeugte und versuchte, die Hand zwischen den Sitzen hindurchzustrecken, um ihre Mutter zu berühren. Henry tätschelte beruhigend ihren Rücken, aber sie machte sich von ihm los und versuchte, über die Rückenlehne des Vordersitzes zu klettern. Er zog sie zurück, klemmte sie sich unter den Arm und ging vor, um sich neben Clara zu setzen.

»So«, sagte er, zog Lottie nach und setzte beide Kinder auf seinem Schoß. »Ihr müsst mit Mummy ganz vorsichtig sein«, sagte er, sie festhaltend. »Schön still sitzen.« Er sah zu Clara hinüber, die den Kopf an die zusammengerollte Jacke gelehnt hatte. Ihr Lider flackerten ein- oder zweimal und fielen dann zu.

Durch das dicke, schmutzige Glas sah er den Lieutenant zum Hangar zurücklaufen. Die kurzen Segeltuchschnallen der aufgerollten Jalousien fingen an, hin und her zu schwingen, als das Flugzeug sich in Bewegung setzte. Sie beschrieben einen weiten, langsamen, rumpelnden Bogen über die Asphaltfläche und stoppten am Anfang der Startbahn.

»Hast du Angst?«, fragte er.

»Nein, ich habe keine Angst«, sagte Clara, als die Maschinen aufheulten.

Er blickte wieder nach vorn. An der Schulter des Piloten vorbei konnte er durch die Scheibe des Cockpits die leise vibrierende Nase des Flugzeugs sehen. Die Startbahnbeleuchtung schrieb ihnen ihren schnurgeraden Weg vor. Sie fingen an zu rollen.

Als das Flugzeug mit einem Ruck abhob und steil nach oben stieg, drückte Henry beide Mädchen fest an sich. Lottie schrie einmal kurz auf, weil es plötzlich so laut war, wurde dann aber still. Das Flugzeug stieg immer höher hinauf, und in Henry mischte sich der Rausch des Fliegens mit der furchtbaren Erkenntnis dessen, was er getan hatte.

Er sah nach unten: keine Jeeps, die fächerartig über den Asphalt rasten, kein Signalgeber, der sein Verbrechen kundtat, nichts. Nur das steigende Flugzeug und die immer freiere und weitere Luft. Über die Schulter sah er nach hinten, sah die schief gekippten, kleiner werdenden Gebäude des Flugplatzes und über, neben und unter sich den weiten Abend. Zypern kippte vollends in die Schräge, neigte sich und verschwand.

Draußen war es dunkel. Man hatte kein Gefühl von Höhe mehr, nicht einmal von Geschwindigkeit. Innen war der größte Teil des Passagierraums unbeleuchtet. Im Cockpit sah Henry die Instrumente und die Silhouette des Piloten. Sogar das Funkgerät war verstummt, so dass nur das Geräusch der Maschinen, schon bald vertraut, sie umhüllte.

Seine Töchter, vom Schlaf übermannt und ihm anvertraut, lagen schwer in seinen Armen. Clara schlug die Augen auf. »Mir ist kalt«, sagte sie.

Ja, es war kalt so hoch oben am Himmel, wo nur eine dünne Metallschicht zwischen ihnen und der eisigen Luft lag.

»Die Jacke«, sagte er, und sie zog seine Jacke unter ihrem Kopf hervor, setzte sich anders hin, so dass sie sich an seine Schulter lehnen konnte, und faltete die steife Jacke aus grünem Wollstoff mit kraftlosen Händen auseinander. Er deckte sie über sie.

Zugedeckt schlief sie fast sofort wieder ein. Umgeben von der Wärme der drei sah Henry zum Fenster hinüber, hinter dem nicht das Geringste zu sehen war. Er würde sich nicht bewegen, er würde sie nicht wecken, er würde hier, hoch über dem Meer, viele Nachtstunden mit ihnen verbringen können.

Teil Vier

England, Oktober

1. Kapitel

Um kurz nach Mitternacht kamen sie auf dem RAF-Flugplatz Boscombe Down die Metalltreppe herunter. Ein kühler Wind wehte und brachte den Geruch von Kerosin und frisch gemähtem Gras mit sich. Der Himmel über ihnen war von einer tiefen, stillen Dunkelheit. Alles um sie herum – Flugzeuge, Hangars, Fahrzeuge – lag ebenfalls im Dunkel, zeigte sich nur als Vielzahl unterschiedlicher Schatten. Nur gelegentlich erhellte eine einsame, von einem Gitter eingefasste Glühbirne den Weg, und ab und zu hörte man nächtliche Stimmen, oder Schritte auf Asphalt, die in der herrschenden Spätschichtatmosphäre gedämpft klangen.

Beide Kinder schliefen. Henry hatte Lottie auf dem Arm, der Offizier, der sie abgeholt hatte, trug Meg, die ihre Kleinkinderwange vertrauensvoll an seinen unbekannten Arm schmiegte. »Willkommen zu Hause, Sir«, hatte er gesagt, als er die Treppe heraufkam, um ihnen behilflich zu sein.

Henry wusste nicht, was er erwartet hatte. Wie jeder Flüchtling fürchtete er die Entdeckung, aber der Offizier, sehr jung und respektvoll, hatte nur ihre Bequemlichkeit im Sinn.

Aus der Dunkelheit rollte ein Auto auf sie zu. Seine Scheinwerfer beleuchteten die Unterseite des Flugzeugs.

»Sir, Madam – bitte hier entlang.«

Autotüren wurden geöffnet, laut in der Stille. Die Trehernes und der junge Offizier zwängten sich für die kurze

Fahrt in das kleine Auto, in dessen kalter Enge Füße aneinander stießen und jeder Atemzug deutlich zu hören war.

Am Rand des Flugfelds – Henry konnte das Außentor schon sehen – hielt das Auto vor einem Gebäude an. Durch die nasse Scheibe sah Henry eine Tür aufgehen. Ein Mann zeichnete sich als Silhouette vor dem hellen Innenraum ab. Er trug einen Hut und einen dunklen Zivilanzug und hatte leicht abfallende, schmale Schultern – »Daddy!«, rief Clara.

Einen Moment später war sie aus dem Auto, entfernte sich von Henry. Und George kam auf sie zu, hielt sie, und sie lag in den Armen ihres Vaters. »Mein armes Mädchen. Ist ja gut, ist ja gut. Ich bin mit dem Auto da, es steht gleich da drüben –«

Henry stieg langsam aus, die Hand auf Lotties Kopf gelegt, damit sie sich nicht am Türrahmen stieß.

Clara ging eng an ihren Vater geschmiegt neben ihm her, gestützt von seinen Armen. Henry folgte ihr mit Lottie, neben sich den Offizier mit Meg. Am Auto angelangt, drehte George Ward sich zu ihm um und sagte mit ausgesuchter Höflichkeit: »Willkommen daheim, Henry. Du bist sicher müde.«

»Guten Abend, Sir. Es geht schon.«

George sah ihm nicht in die Augen. »Oh, gut … gut.«

Er weiß es. Woher weiß er es? Hat jemand mit ihm gesprochen?

»Für Clara war es anstrengend«, sagte Henry.

»Ja«, lautete die kurze Antwort, gefolgt von einem: »Jetzt haben wir es ja bald geschafft.«

Es schien Stunden zu dauern, bis alle eingestiegen und die Koffer am Auto festgezurrt waren, einem Riley, der in erster Linie schön sein sollte und nicht dazu gedacht war, Unmengen von Gepäck aufzunehmen. Während Henry dem Lieutenant half, das Gepäck zu verstauen, stand George Ward mit den Händen in der Tasche einfach nur da und pfiff leise durch die Zähne – er war nun einmal kein sehr praktisch veranlagter Mann – und Clara saß, in eine Decke eingehüllt, mit den schlafenden Mädchen auf dem Rücksitz.

»Zumindest wird kaum jemand auf der Straße sein«, sagte George zu Clara. »Wir werden nicht lange brauchen. Deine Mutter ist natürlich aufgeblieben und erwartet uns.«

Henry saß neben Claras Vater auf dem Beifahrersitz. Clara breitete die Decke über Meg und Lottie, während der junge Offizier sich durch das Fahrerfenster verabschiedete. Licht fiel durch die offene Bürotür zu ihnen hinüber, streifte die Rückenlehnen der Sitze, beleuchtete die Männer auf den Vordersitzen. Henrys Nacken war braun gebrannt, seine kurz geschorenen, von der Sonne ausgebleichten Haare schimmerten hell. Der Nacken ihres Vaters war weiß. Clara konnte nur die vertraute Form seiner Nase im Halbprofil und seine blasse, glattrasierte Wange sehen. Seine Haare, dunkel und mit Brillantine gebändigt, sahen genauso aus wie während ihrer Kindheit. Sie schloss die Augen.

Das Auto glitt an den Wachtposten vorbei, dann an den Außenwachen, und ungehindert durch das Tor. Alles fühlte sich unwirklich an.

Ihr Auto war das einzige auf der Straße. Sie hatten den Flugplatz hinter sich gelassen und fuhren durch die leeren Weiten der Ebene von Salisbury. Die schmale Straße wurde nur von den breiten, gelben Lichtkegeln der Scheinwerfer erhellt. Im Inneren des Autos sah Henry das hölzerne Armaturenbrett und George Wards blasse Hände auf dem Lenkrad.

Draußen, ganz in ihrer Nähe, lag die kühle, gewaltige Masse von Stonehenge. Er kannte die uralten Steine, hatte sie berührt, und musste sie nicht sehen. Er dachte daran, wie sie aus dem kargen Land aufragten und erinnerte sich an seine Hände, heiß vom Laufen, flach gegen die Steine gepresst, als er an einem Sommertag in seiner Kindheit zwischen ihnen gespielt hatte. Er musste noch sehr klein gewesen sein, denn lange hatte er gedacht, die Steine seien von König Artus aufgestellt worden. Er hatte sich vorgestellt, wie sie, beaufsichtigt von Rittern, von Gespannen von Zugpferden, die sich keuchend und schnaubend ins Geschirr stemmten, über gepflügte Felder und struppige Wiesen gezogen wurden. Die Steine hatten unter seinen Händen geradezu vibriert, erfüllt vom Zauber lang vergangener Jahrhunderte.

Das Haus seiner Eltern lag weniger als zwanzig Meilen westlich davon. Die Ebene mit ihrer vertrauten Endlosigkeit umfing ihn.

Henrys Seele begrüßte die englische Nacht mit dem stillen Wiedererkennen des Rückkehrers, aber er hatte sich verbotenerweise nach Hause zurückgeschlichen. Verbunden und gleichzeitig verbindungslos, hatte er sich selbst von jedem Willkommen abgeschnitten.

Das Haus der Wards war das einzige im Dorf, in dem um halb drei Uhr morgens noch Licht brannte. Moira Ward hörte das Auto schon von weitem kommen und öffnete die Tür, um ihnen entgegenzugehen. Die Begrüßungen fanden im Flüsterton statt, gedämpfte Ausrufe ängstlicher, besorgter Freude – Clara war wieder zu Hause, aber sie war verletzt. Henry wirkte noch größer, als sie ihn in Erinnerung hatte, und die Mädchen – so braun!

Henry und George hoben je eins der Mädchen aus dem Auto.

»Mummy!«

»Mein Liebling!«

Alle umarmten sich und flüsterten quer durcheinander, und nachdem Henry die kleine Lottie an Moira weitergereicht hatte, machte er sich daran, die Koffer loszubinden.

Die Familie – auch Henry – ging ins Haus und machte die Tür zu.

Drinnen wurden sie unter weiterem Geflüster und zahlreichen Gängen die Treppen hinauf und hinunter, um Dinge zu holen und hochzubringen, und weiblichen Nettigkeiten stets am Rand der Tränen, in verschiedenen Zimmern untergebacht. Praktische Dinge ersparten es ihnen, die schwereren anzusprechen, und über allem lag die Sorge um Clara. Sie überließ die Mädchen der Obhut ihrer Mutter und ging sofort ins Bett – von ihren Eltern auf dem Weg nach oben gestützt, während Henry folgte.

Das Haus schlief allmählich ein, jeder einzelne darin, einer nach dem anderen.

Endlich konnte Henry die Schlafzimmertür zumachen. Clara schlief schon halb. Es war ein freundliches Zimmer, mit Blumen an den Wänden und Spitzendecken auf den sorgfältig polierten Möbeln. Mit dem Rücken zur Tür blieb er stehen.

Er war immer noch vollständig angezogen. Die Koffer auf dem Boden sahen dunkel und ziemlich mitgenommen aus. Nur der von Clara stand offen und verbreitete mit seinen diversen, halb heraushängenden Sachen, die auf der Suche nach ihrem Nachthemd hervorgekramt worden waren, eine heimelige Unordnung.

Obwohl ein Teppich auf dem Boden lag, zog Henry die Schuhe aus, um Clara nicht zu stören, und trat ans Fenster, das auf den Garten hinausging. Ganz leise konnte er die Stimmen ihrer Eltern durch die Wände hören, oder durch die Holzdielen oder Fußleisten. Er öffnete das Fenster, das erst ein wenig klemmte, sich dann aber glatt nach oben schieben ließ.

Die Nacht roch nach feuchten Wäldern, Gras und Herbstlaub. Sie war erfüllt von einem Hauch von Kühle, die durchdringend, aber angenehm war. Es roch auch nach Holzrauch, ein Duft, den er immer geliebt hatte. Er trennte diesen Geruch – nach Lagerfeuern und Herbst – von dem anderen verbrannten Geruch, der nicht real war. Er hörte das leise Wispern der Bäume, und irgendwo war Wasser, sogar in der Luft – stille Wälder und Wasser. Säfte, nasse Blumen, Erde, Rasen, alle lebendig in der ungewissen Nacht. Weiter weg rief eine Eule.

Er sah zurück zum Bett. Claras Augen waren geschlossen. Er ging zu ihr und kniete sich neben sie.

Es war dunkel und er konnte sie nicht deutlich sehen, aber er spürte ihre Gegenwart, spürte die saubere Blässe ihrer Haut, ihre Hände, die sich in der Wärme unter den Decken versteckten. Sie war umhüllt von Kissen und Decken, all den weichen Dingen, die zu einem englischen Bett gehörten. Er hatte sie sicher nach Hause gebracht – wenigstens das.

Moira, George und die Mädchen saßen am Küchentisch mit der Wachstuchdecke, auf dem ein heilloses Durcheinander von Frühstückssachen herrschte – gekochte Eier, Toast, Teekanne, die nicht zueinander passenden Teller und Tassen eines Lebens, das aus Familienmahlzeiten mitsamt dem dazugehörigen ein oder anderen Malheur bestand.

»Lassen wir sie schlafen«, sagte Moira. »Der Arzt kommt erst um zehn.«

»Sehr beachtlich, dass sie Henry in Anbetracht der Suez-Geschichte Urlaub gegeben haben«, sagte George, die Hand nach dem Toastständer ausgestreckt. »Ich hätte gedacht, dass sie ihn trotz der Sache mit Clara dabehalten würden.«

Die Zeitung, dick, einmal gefaltet, lag zwischen Krümeln und Messern. Unter Nachrichten aus Empire und Ausland lautete die tintenschwarze Überschrift: »Marine schickt Flugzeugträger nach Zypern.« Claras Bruder James befand sich auf dem Weg von Malaya dorthin, auf einem Truppentransporter im Indischen Ozean.

»Alle stehen kampfbereit, bis auf Henry«, fuhr George fort, betupfte sich den Mund mit der Serviette und griff erneut nach der Zeitung. Empörung sprach aus jedem seiner ruhigen Worte, aus jeder kleinen Bewegung.

Clara war angeschossen worden und fast gestorben, James war immer noch weit weg, aber Henry war hier, völlig unversehrt. Georges Abneigung gegen Henrys Beruf und damit auch gegen Henry selbst, hatte sich gelegt, weil Clara so glücklich war, aber jetzt, wo sie diesem unsäglichen Anschlag zum Opfer gefallen war, flammte sie erneut auf.

Die Zwillinge saßen nebeneinander, Lätzchen um den Hals, kaum in der Lage, über die Tischkante zu gucken. Moira, die nicht mehr in Übung, von den beiden aber absolut hingerissen war, reichte ihnen in Eidotter getunkte Brotstreifen.

»Lass das Granny machen, Meg«, sagte sie, und »Vorsicht, Vorsicht, gut gemacht. Mummy kommt später. Mummy ist noch müde.«

Dann klingelte das Telefon.

George stand auf, klopfte Krümel von seiner Hose und verließ die Küche.

»Mummy!«, sagte Lottie.

»Ja, gleich gehen wir nach oben zu Mummy und Daddy«, sagte Moira.

Dann wieder der Klang von Georges Schritten im Flur.

»Es war Henrys Vater, der ihn sprechen wollte. Ich musste ihm sagen, dass er noch schläft, was ihm gar nicht gefallen hat. Er hat praktisch den Hörer aufgeknallt.«

»Wirklich?«, sagte Moira desinteressiert und wischte Lotties Finger ab.

Moira, Lottie und Meg klopften leise an Claras Tür, bevor sie sie öffneten. Im ersten Augenblick waren die Mädchen schüchtern, aber dann rannten sie zum Bett und versuchten, hinaufzuklettern.

»Vorsicht«, rief Moira, die auf dem Treppenabsatz stehengeblieben war.

Clara setzte sich auf, zuckte zusammen, als ein plötzlicher Schmerz sie durchfuhr und stützte sich mit den Armen ab. »Hallo, meine kleinen Lieblinge«, sagte sie. »Komm ruhig rein, Mummy. Es ist in Ordnung, Henry ist nicht da.«

Moira steckte den Kopf durch die Tür. »Oh? Wo ist er denn?«

»Ich weiß nicht. Vielleicht spazieren?«

Major a.D. Peter Jameson fuhr von seinem Haus in Warminster zum Haus der Wards in Buckinghamshire. Es war ein feuchter Oktobertag und er musste die Windschutzscheibe immer wieder mit dem Fensterleder abwischen, das er extra für diesen Zweck im Auto, einem Rover, liegen hatte.

Er wurde nicht zum ersten Mal auf Suchmissionen geschickt, hatte aber noch nie einen Major aufspüren müssen. Meistens ging es dabei um die unteren Ränge, einmal um einen Captain. Er konnte unglaublich verständnisvoll sein, das war sein Talent. Die Männer fühlten sich von ihm verstanden. Und kamen zurück.

Ein hübsches Haus, dachte er, als er das Gartentor aufdrückte, über den mit Steinplatten ausgelegten Weg ging und an die Tür klopfte. Eine Frau in einer Kittelschürze öffnete.

»Guten Morgen, Sir«, sagte sie.

»Guten Morgen. Ich möchte zu Major Henry Treherne.«

»Einen Moment bitte.«

Eine zweite Frau kam an die Tür, attraktiv, in einem dunklen Wollkleid. Die Mutter der Ehefrau, vermutete er. Sie wirkte sehr nervös.

»Sie möchten meinen Schwiegersohn sprechen? Er ist nicht da.«

»Wissen Sie vielleicht, wo er ist?«

»Entschuldigen Sie, aber Sie sind?«

Jameson lächelte liebenswürdig. »Jameson. Wie der Whisky. Major a. D. Peter Jameson.«

»Geht es um etwas Berufliches?«

»Äh, ja. Hören Sie, es tut mir leid, Sie so unangemeldet zu überfallen, aber dürfte ich vielleicht einen Augenblick hereinkommen?«

Clara saß im Wohnzimmer und klebte mit den Mädchen Bilder in ein Album ein. Sie saß in einem Sessel, die Mädchen zu ihren Füßen. Es tat weh, sich vorzubeugen, ihre Bewegungen waren steif. Als Moira mit Jameson hereinkam, sah sie auf.

»Schatz, das hier ist Mr Jameson – entschuldigen Sie, Major a. D. Jameson. Meine Tochter Clara.«

»Ich denke, wir können die Förmlichkeiten lassen. Wie geht es Ihnen, Mrs Treherne?«

»Danke«, sagte Clara.

Die kleinen Mädchen sahen mit großen Augen zu dem fremden Mann hoch. Überall lagen ausgeschnittene Zeitschriftenschnipsel herum, und sie hielten kleine Kleberpinsel in den Händen.

»Er will zu Henry.«

»Sie wissen wahrscheinlich auch nicht, wo er ist?«, sagte Jameson.

»Nein. Ich dachte, er ist weggegangen, weil er etwas Dienstliches ...«

»Falls das so wäre, wüsste ich es«, sagte Jameson, dessen Liebenswürdigkeit jetzt etwas gezwungener wirkte. »Das Ganze ist sehr eigenartig. Wie es scheint, ist er gestern ohne Erlaubnis mit ihnen aus Zypern abgeflogen.«

Ihm fiel auf, dass ihr Erstaunen echt wirkte. »Das wussten Sie nicht?«

»Nein«, sagte Clara langsam, die Augen auf sein Gesicht gerichtet, während sie diese Neuigkeit langsam verarbeitete.

»Setzen Sie sich doch«, sagte Moira, ging zur Tür und rief: »George!«

Jameson setzte sich Clara gegenüber auf die Kante eines Sessels.

»Ich verstehe das nicht«, sagte sie. »Wollen Sie damit sagen, dass er gar keinen Urlaub hat?«

»Ja.«

»Aber das kann nicht sein. Er hatte Sonderurlaub, aus dringenden familiären Gründen. Wegen mir.«

»Ja, aber –«

George kam ins Zimmer. Jameson stand auf, und die beiden Männer schüttelten sich die Hand und stellten sich vor.

»Niemand weiß, wo Henry ist«, erklärte Moira ihrem Mann.

»Letzte Nacht war er hier«, sagte George.

»Aber jetzt nicht mehr.«

»Sehr merkwürdig.«

»Clara?«

Claras Augen waren groß. »Ich weiß nicht, wo er ist. Wir haben geschlafen. Das heißt, ich bin eingeschlafen – ich –« Sie verstummte, senkte den Blick und hob ein paar der Papierschnipsel auf, die überall auf dem Teppich herumlagen.

»Verstehe ich Sie recht, dass dieses Verhalten untypisch für ihn ist?«, fragte Jameson.

»Absolut untypisch«, sagte Clara kurz, ohne aufzusehen.

»Ich möchte einfach nur mit ihm reden. Vielleicht lässt sich alles ja ganz einfach aufklären. Aber dafür müsste ich ihn erst einmal finden.«

Clara verteilte Klebstoff auf den dicken Seiten des Hefts.

George ergriff das Wort. Seine Stimme klang ruhig und gelassen. Er wollte die Dinge nicht dramatisieren. »Die Sache ist also ernst?«

Eine kurze Pause.

»Ja«, sagte Jameson dann.

Ein schneller Blickwechsel zwischen Clara und ihrer Mutter.

»Meine Tochter hat eine ziemlich schlimme Zeit hinter sich. Sie ist immer noch äußerst geschwächt. Henry ist sehr besorgt um sie, und ich bin sicher, dass er sich mit uns in Verbindung setzen wird, sobald – sehr bald, jedenfalls.«

»Haben Sie schon mit seinen Eltern gesprochen?«, fragte George. »Vielleicht versuchen Sie es da.«

»Da war ich schon, heute Morgen. Vergeblich.«

Moira trat einen kleinen Schritt zurück, gab die Tür frei. »Lassen Sie uns Ihre Telefonnummer da, für den Fall, dass wir etwas hören.«

Jameson verstand den Wink und verabschiedete sich kurz darauf.

Moira machte die Tür hinter ihm zu, blieb einen Moment mit der Hand auf dem Griff stehen und ging dann zurück ins Wohnzimmer.

Clara hatte den Kopf gesenkt und schnitt Figuren aus – oder tat zumindest so. George stand am Fenster und sah hinaus.

»Clara«, sagte Moira und setzte sich neben sie. »Schatz?«

Clara sah nicht auf. »Ich weiß nicht, wo er ist«, sagte sie.

»Meinst du, es ist alles in Ordnung mit ihm?«, fragte Moira sehr sanft.

Eine kleine Pause. Dann sagte Clara gepresst: »Ich habe nicht die leiseste Ahnung.«

2. Kapitel

Henry ging durch die nicht sehr dunkle Nacht. Ein gelber, von langgezogenen Wolkenstreifen umfranster Mond hing niedrig über den Feldern und enthüllte ihm die dunklen Umrisse der Bäume.

Seine Zivilistenschuhe waren nicht besonders gut für langes Gehen geeignet, aber er war nicht müde und legte die Meilen ohne Mühe zurück.

Der Morgen brachte einen grauen Himmel und feinen Nieselregen, der ihn jedoch überraschend schnell – er hatte keinen Mantel an – bis auf die Haut durchnässte. Aber nach der extrem heißen Sonne, an die er gewöhnt war, genoss er das Gefühl der Feuchtigkeit auf dem Gesicht.

Er durchquerte oder umrundete Dörfer, sich seiner Richtung absolut sicher, stapfte über Wiesen, auf denen das lange Gras nass um seine Hosenbeine schlug und Vögel unvermittelt aus hohen Hecken und von Böschungen aufflogen, wenn sie ihn kommen hörten.

Immer wieder mal spielte er mit dem Gedanken, einen Bahnhof zu suchen oder sich von irgendjemandem mitnehmen zu lassen, aber das Gehen wurde zu einem friedvollen Zwang und er merkte, dass er nicht damit aufhören konnte. Er wollte nicht einmal anhalten müssen, um über Zäune zu klettern oder den besten Weg über die Bäche zu finden, auf die er gelegentlich stieß. Es fiel ihm schwer, auch nur einen Moment stehenzubleiben.

Zuerst registrierte er die Landschaft um sich herum nur, weil sie anfing, sich aus der Nacht herauszulösen, und natürlich, um sich zu orientieren, aber als das Gehen ihn immer mehr in seinen Bann zog, fühlte es sich fast an wie ein Fieber, und auch sein Blick wurde fiebrig. Die Erde unter seinen Füßen war schwer und unendlich, Wiesen und Felder umfingen und umschlossen ihn unter dem Himmel. Nasses Gras, dichte Hecken, die wolkigen, dunklen Äste ferner Wälder und die klaren Umrisse der näheren – ganze Täler taten sich ihm auf. Das Land umgab ihn. Manche Felder waren so klein, dass er meinte, sie in Hand nehmen zu können. Andererseits wirkte das rötliche Gewirr der Zweige im Inneren der Hecken, an denen er vorbeikam, aus der Nähe betrachtet so riesig wie ein Universum, besaß eine vollkommene Symmetrie, die er – fast – enträtseln konnte, hätte er nur die Formel dafür. Die Sonne, hinter dichten Wolken verborgen, breitete ihr vages Licht über den Tag. Er sah die Blätter von Brombeerhecken, alle unterschiedlich, gelb verfärbt, mit braunen Flecken oder ausgefransten Rändern, übersät von winzigen Löchern, die kleine fette Raupen hineingefressen hatten, und dazwischen gespannte Spinnennetze, die zitterten, während er sie betrachtete. Er sah kleine, aufgeplatzte Brombeeren, die die Vögel verschmäht hatten. Er sah nasse rote Füchse unter dem weiten, sich immer dunkler zuziehenden Himmel in geheime Wälder huschen. Er spürte den Regen, der auf ihn fiel, und seine eigene, eigenartige Wärme. Sein Atem ging regelmäßig, verlässlich, er war nicht müde, er hatte sich nicht verirrt, er würde nicht stehenbleiben, außer, fast, wenn – Er erreichte die Kuppe eines Hügels, trat unter dünnen schwarzen Bäumen hervor, unter denen sich Farne nass an seine Beine klammerten, und sah die Kaserne unter sich liegen. Da waren sie – die langgestreckten Gebäude, der Paradeplatz, und in der Ferne die Stadt, die sich durch das Tal fädelte.

Der Weg hinunter war schnell geschafft, eine Sache von nur wenigen Augenblicken, ein betäubtes Schweben, ohne den Boden zu berühren. Feld, Zaun, Schotterstraße, Tor, Halt. Halt. Halt. Halt.

Der Wachtposten sah den Mann den Hügel hinunterkommen und am Zaun entlanggehen, bis er die Straße erreichte.

In der Zeit, die er dafür brauchte, hatte der Wachtposten zwei Selbstgedrehte geraucht, so lange hatte es gedauert. Das Hemd des Mannes war durch und durch nass, sein Gesicht tiefbraun, wie das eines Südländers. Seine Hosenbeine waren schlammbespritzt und auch seine Hände waren schmutzig. Aber er sprach wie ein Gentleman und hatte einen ordentlichen Haarschnitt, deshalb nannte der Wachtposten ihn ›Sir‹.

»Woher, Sir?«

»Aus Woburton.«

»In Buckinghamshire?«

»Richtig.«

»Aber das sind über dreißig Meilen!«

»Ja.«

»Warten Sie hier.«

Der Wachtposten würde ihn auf keinen Fall einfach aufs Gelände spazieren lassen, und wenn er noch so sehr ein feiner Pinkel war. Sie schickten jemanden, um ihn abzuholen.

Im Flur vor dem Büro standen Posten. Über seinen Schreibtisch hinweg sah der Captain ihn stirnrunzelnd an. »Haben Sie schon zu Mittag gegessen?«

»Nein.«

»Gefrühstückt?«

»Nein. Ich habe Ihnen doch gesagt, ich komme –«

»Ja, ja, danke. Nur einen Augenblick. Warten Sie hier.«

Der Captain verließ das Zimmer. Henry, im Geist immer noch unterwegs, richtete den Blick auf den Horizont.

Die Tür ging wieder auf.

»Kommen Sie mit, damit Sie sich etwas frischmachen können«, sagte der Captain.

Nachdem Henry sich die Hände gewaschen hatte, führte der Captain ihn in den Speisesaal für die Offiziere, der leer war. An einem langen, dunkel polierten Tisch, wie in einer Schule, bekam er Tomatensuppe aus der Dose und Weißbrot vorgesetzt. Der Captain, ein zierlicher Mann mit Schnurrbart, saß ihm gegenüber und beobachtete ihn schweigend.

»Danke«, sagte Henry, als er mit Essen fertig war.

Die Tür ging auf. Ein weiterer Mann, ein Major, kam herein. »Da sind Sie ja, Harris«, sagte er.

»Sir!«

Der Major wandte sich an Henry. »Wir sind uns noch nicht begegnet«, sagte er. »Charles West. Wissen Sie, weswegen es hier so ruhig ist, Treherne? Weil fast alle auf dem Weg dahin sind, von wo sie sich gerade abgesetzt haben.«

In einem kleinen Zimmer musste er warten. Um Punkt halb sechs öffnete Captain Harris die Tür. Bei ihm war ein Mann in einem braunen Anzug. Der Anzug war aus einem weich fallenden Material, aber der Mann hatte eine militärische Haltung. »Henry Treherne«, sagte er. »Sie haben uns ganz schön an der Nase herumgeführt. Mein Name ist Jameson. Wie der Whisky. Major a. D. Peter Jameson.«

Henry stand auf. »Sehr erfreut«, sagte er, und sie schüttelten sich die Hand.

»Schön, dass Sie wieder aufgetaucht sind. Sie sind den ganzen Weg von Woburton zu Fuß gekommen?«

»Ja.«

»Dann können Sie bestimmt einen Drink gebrauchen. Ein Stück die Straße lang gibt es ein Pub, das gar nicht mal so übel ist. Vielleicht kennen Sie es?«

»Nein, aber in Ordnung.«

In dem Pub mit den dunklen Deckenbalken schlief ein Hund vor einem Gasfeuer. Die kleine Theke in der Ecke war geschwungen, außer ihnen war niemand da. Trotzdem deutete Jameson, nachdem er zwei Whisky Macs geholt hatte, auf einen Tisch in der hintersten Ecke. Der Raum war nur spärlich beleuchtet und so weit weg von dem flackernden Feuer sicher auch kalt.

»Sollen wir?«

Er ließ Henry vorgehen, setzte sich ihm gegenüber, zog ein goldenes Feuerzeug hervor, legte es neben den schweren gläsernen Aschenbecher auf dem Tisch, schlug die Beine übereinander und sah Henry bedeutungsvoll an. »Ich lebe in Chippenham«, sagte er, »und musste heute morgen den ganzen Weg nach Woburton fahren, um Sie zu suchen.«

»Tut mir leid.«

Jameson hob sein Glas und roch daran. »Genau das Richtige an so einem nasskalten Tag«, sagte er, trank einen Schluck und griff in seine Tasche. »Zigarette?« Er hielt Henry ein Etui hin.

Henry schüttelte verneinend den Kopf und beobachtete ihn.

»Wie ich höre, haben Sie eine ziemlich üble Zeit hinter sich«, sagte Jameson, während er sich die Zigarette anzündete.

»Es geht so«, sagte Henry.

Durch den Rauch blinzelnd, betrachtete Jameson das goldene Feuerzeug, bevor er es wieder hinlegte. »Das würde ich nicht sagen. Ich möchte nicht an offene Wunden rühren und bin sicher, das ist auch in Ihrem Sinn, aber ich kann Ihnen versichern, als ich hörte, was Ihrer Frau zugestoßen ist, da … Es stand in allen Zeitungen. Es tut mir wirklich sehr leid.«

»Ich habe keinen Nervenzusammenbruch, falls Sie das meinen.«

Jameson fand es amüsant, dass ausnahmslos alle das sagten. Die, die sehr wohl einen Nervenzusammenbruch hatten, als auch die, die keinen hatten. Er schwieg.

Zwei Männer betraten das Lokal, sahen kurz in ihre Richtung und wandten sich der Theke zu, um ihre Drinks zu bestellen. Sie trugen alte, abgewetzte Tweedjacken und sahen aus wie Gewohnheitstrinker. Der Hund richtete sich auf tatterigen Beinen mühsam auf, streckte sich gähnend und legte sich wieder hin.

»Ich habe nicht behauptet, dass Sie einen Nervenzusammenbruch haben. Aber können Sie mir vielleicht sagen, was Sie sich bei dieser Sache gedacht haben?«

»Ich musste einfach weg.«

»In Ordnung. Aber wieso?«

Keine Antwort.

»Wissen Sie was, Henry? Machen wir es so. Sie erzählen mir erst einmal, was auf dem Flugplatz in Nikosia passiert ist.«

»Meinetwegen«, sagte Henry mit ruhiger Stimme. »Ich habe sie hinbegleitet, um sie ins Flugzeug zu setzen. Clara und die Mädchen. Danach wollte ich nach Episkopi zurückfahren.«

»Und?«

»Ich habe sie hingebracht, aber dann, aber dann –«

Er verstummte, als sei er gegen eine Wand gelaufen.

»Konnten Sie Ihre Frau nicht allein lassen? Ihre Kinder? Es muss schrecklich gewesen sein.«

Schweigen.

»Ich könnte mir trotzdem denken, dass Sie über sich selbst entsetzt sind. Sich einfach so aus dem Staub zu machen.«

Henry runzelte die Stirn. »Ich kann mich immer noch nicht daran gewöhnen«, sagte er.

»Ja. Es ist völlig verkehrt, nicht wahr? Überhaupt nicht das, was Sie normalerweise tun würden, nicht wahr?«

»Nein.«

»Wissen Sie«, sagte Jameson betont, »die ganze Sache ließe sich ganz einfach aus der Welt schaffen.« Er lächelte. »Sie haben keinen Nervenzusammenbruch, sagen Sie?«

»Natürlich nicht.«

»Es war also ein plötzlicher Impuls? Dem Sie nachgegeben haben?«

Eine Pause. Dann sagte Henry: »Also ...«

Jameson drängte weiter: »Die Armee hält nicht sonderlich viel von unerlaubtem Entfernen von der Truppe – aber das brauche ich Ihnen nicht zu erzählen. Sie sind schließlich kein einfacher Soldat, der von einer Sauftour am Wochenende nicht zurückkommt. Das hier ist etwas anderes. Es ist verständlich. Aber nur bis zu einem gewissen Punkt, mein Guter. Wenn Sie bedauern, was passiert ist, es wirklich und ehrlich bedauern ... Es lässt sich natürlich nicht einfach übersehen, es lässt sich nicht ungeschehen machen, aber schließlich kennen wir Ihren Hintergrund, wir sehen, dass dieses Verhalten völlig uncharakteristisch für Sie ist.« Er beugte sich vor.

»Ich brauche Sie wohl nicht daran zu erinnern, unter welchem Druck wir im Augenblick stehen. Wir stoßen an die Grenzen unserer Kapazitäten. Die Situation da unten spitzt sich immer mehr zu. Auf lange Sicht gesehen muss diese Sache Ihrer Karriere nicht unbedingt schaden. Sie kann ein vereinzelter, unglückseliger Ausrutscher bleiben. Wir können dafür sorgen, dass Sie binnen vierundzwanzig Stunden wieder bei Ihrer Einheit sind und Ihren Dienst wieder aufnehmen können.«

Jameson drückte seine Zigarette aus, zerrieb sie an dem harten Glas. Immer noch vorgebeugt, fixierte er Henry mit einem Blick und einem Lächeln. »Wie klingt das?«, fragte er. »Wie klingt das, Henry?«

Und Henry antwortete ihm. »Nein«, sagte er.

Draußen auf der schlammigen Straße wirbelte der Wind Blätter um ihre Füße.

»Das ist wirklich sehr bedauerlich«, sagte Jameson, der inzwischen nur noch Verachtung für Henry empfand und nur noch nach Hause wollte. »Es macht die ganze Sache bedeutend komplizierter.«

»Wie geht es jetzt weiter?«

Jameson zog seine Handschuhe an. »Das weiß ich nicht, es liegt nicht mehr in meiner Hand. Ich werde nur noch mit Ihrem Hauptquartier reden und denen den Fall zurückgeben. Kommen Sie, ich fahre Sie in die Kaserne zurück, wo Sie unter Bewachung stehen werden. Je länger Sie bei Ihrer Einstellung bleiben, desto schlimmer wird es für Sie werden, fürchte ich.«

»Ich verstehe.«

Außer Henry waren nur ein paar Dutzend Rekruten und die ständigen Mitarbeiter des Hauptquartiers in der Kaserne. Wie Major West bereits gesagt hatte, konzentrierte sich fast die ganze Aufmerksamkeit des Regiments auf das östliche Mittelmeer. Dort stand das israelische Militär an der ägyptischen Grenze und konnte jeden Augenblick einmarschieren, und auf den RAF-Stützpunkten auf Zypern trafen so viele britische und französische Soldaten ein, dass man auf Malta ausweichen musste. Soldaten wurden mit der langsamen, schwerfälligen Hast, die immer damit verbunden ist, wenn große Menschenzahlen in Bewegung gesetzt werden, von hier nach da verlagert. Ein Krieg stand unmittelbar bevor. Linien wurden auf Karten gezogen – Tausende müssen von hier nach da gebracht werden, um dort mit der Bombardierung beginnen zu können, während die Logistik – Ausrüstungen, Rationen, Essensmarken, das Problem, all die vielen Tausend in Feldküchen zu versorgen, Schlafplätze für sie bereitzustellen, Stiefel – alles andere in den Hintergrund treten ließ. Informationen wurden per Telefon, Funk, Kabel weitergegeben; Befehle wurden vorbereitet, ausgearbeitet, formuliert und in Umlauf gebracht, von Nikosia bis Port Said, von London bis Malta, von Paris bis Israel. Auch wegen Henry zirkulierten Meldungen. Das rapide größer werdende organisierte Chaos von Suez, Henrys Rang, seine Vorgeschichte, sein Hintergrund, seine bisherige Laufbahn, alles zusammen hatte Einfluss auf seine Bestrafung. Es gab eine ganze Reihe von Mitspielern in diesem Spiel, in dem über seine Zukunft entschieden wurde. Der Einsatz war hoch, es stand viel auf dem Spiel.

Im Offiziersquartier seiner Stammkaserne hörte Henry einen Feldwebel Befehle bellen. Seine Stimme wurde von den umliegenden Mauern der Gebäude zurückgeworfen, das Knallen von Stiefeln auf Steinen zeigte, dass seine Befehle befolgt wurden. Henry wanderte auf und ab, lauschte den Geräuschen und maß die verstreichenden Stunden anhand erinnerter Routineabläufe.

3. Kapitel

Clara konnte nicht Auto fahren. Das heißt, sie konnte schon, aber der Arzt hatte es ihr verboten, für mehrere Wochen. Ihr Vater brachte sie zur Kaserne, während Moira mit Lottie und Meg zu Hause blieb. Ihre Eltern hatten versucht, ihr diese Fahrt auszureden. »Macht euch keine Sorgen«, sagte sie. »Den Flug habe ich doch auch gut überstanden.«

Sie zog sich mit großer Sorgfalt an, wie ein Soldat, der sich auf eine Schlacht vorbereitet. Sie entschied sich für ein olivgrünes Wollkostüm mit einer cremefarbenen Seidenbluse und einer Brosche, die ihrer Großmutter gehört hatte. Sie trug den roten Lippenstift in zwei Schichten auf, tupfte die erste Schicht mit einem Tuch ab und überpuderte sie, damit der Lippenstift matt wirkte und länger hielt. Sie musste den Knopf hinten am Rock offen lassen, weil der Bund sonst zu sehr auf den Verband über ihrer Wunde drückte. Der Verband war am selben Morgen gewechselt worden und sie hatte die rote, wulstige Narbe gesehen. Sie war dankbar für den Schutz des Verbands, und die in den Rockbund gestopfte Seidenbluse fühlte sich auf der nackten Haut rund um die Wunde angenehm glatt an.

Vor dem Eingang der Kaserne hielt ihr Vater auf dem breiten Randstreifen an. Clara sah zu ihm hinüber. Er lächelte sie an und sah ihr fest in die Augen.

»Dann mal los, mein Mädchen«, sagte er. »Ich bin sicher, alles wird in Ordnung kommen.«

Er drückte ihre Hand. Da er Autohandschuhe und sie dünne Lederhandschuhe trug, konnte sie seine Wärme nicht wirklich spüren.

Durch die feuchte Luft ging sie an den Wachtposten vorbei in Richtung Hauptgebäude. Ihre Absätze hallten auf den Steinen. In der Ferne konnte sie das Echo von Schüssen hören und sah Krähen aufgeschreckt aus den Wäldern auffliegen.

Sie wartete im Billardzimmer des Offizierskasinos, an dessen hinterer Wand sich zwei Sofas gegenüberstanden und ein kleines Kohlefeuer brannte. Sie beobachtete die Tür, lauschte auf Henrys Schritte und erblickte sich selbst in dem Spiegel über dem Kamin, blass und nervös, der Lippenstift grell im Vergleich zu ihrer Blässe.

Die Tür ging auf. Er kam herein.

Sein Anblick – eine Welle der Erleichterung. Sie hatte nicht erwartet, so schnell so viel Liebe zu empfinden. Einen Moment war sie völlig entwaffnet. Er war anders. Nein, er war wie immer. Er trat auf sie zu, runzelte die Stirn, schüchtern – und etwas anderes. Er sah sie nicht richtig an.

»Ist mit dir alles in Ordnung?«, fragte er und steckte die Hände in die Taschen.

»Ja, natürlich.«

Er kam näher, aufgeregt, zu lebhaft. »Setz dich. Jemand bringt dir gleich einen Tee«, sagte er und sah aus dem Fenster. »Wer hat dich gefahren?«

»Mein Vater. Er ist ins Pub gegangen, glaube ich.«

»Besser, als im Auto zu warten.«

»Ja.«

Sie sahen einander an. Ein Stück Kohle verrutschte im Kamin.

»Setz dich doch«, sagte er, nicht abrupt wie vorhin, sondern als wirkliche Aufforderung.

Sie setzte sich. Er selbst schien unentschlossen, sah sich noch einmal um, kam dann herüber und setzte sich ebenfalls, in die andere Sofaecke.

»Du stehst unter Bewachung«, sagte sie.

Er nickte.

»Ich dachte, du hast Urlaub«, fuhr sie fort, nur um etwas zu sagen. »Ich hatte keine Ahnung. Ich war nicht sehr – ich hatte keine Ahnung, was los war. Als sie anriefen –«

Plötzlich umschloss er ihre Hand mit beiden Händen, und sie verstummte. Er hielt ihre Hand leicht umfasst, betrachtete sie, hörte nicht damit auf. Er berührte ihren Diamantring, verschob ihn mit einem Finger. Ihre Hand war ihm so vertraut wie seine eigene, so fremd, wie sie ihm nur sein konnte.

»Ich bin mir nicht sicher, was ich tun soll«, sagte er.

Der Schnitt in Claras Leib fing an, dumpf zu schmerzen, zu ziehen. Sie hatte die Tabletten, die man ihr gegeben hatte, nicht genommen, weil ihr davon übel wurde und sie sie benommen machten, und merkte jetzt, dass sie trotzdem benommen und schwindlig war, bloß dass sie außerdem auch noch Schmerzen hatte. »Ist schon gut.«

»Ich muss mich entschuldigen«, sagte er. »Ich habe alles kaputtgemacht.«

»Das konntest du doch nicht wissen. Und ich bin in Ordnung.«

Er sah zu ihr hoch.

Die Tür ging auf – er ließ ihre Hand los. Ein Soldat, ein gebeugter, uralter Corporal, kam mit einem Teetablett herein. »Madam«, sagte er und stellte es mit zitternden Händen auf den Couchtisch.

Henry wippte mit sehr schnellen, winzigen Bewegungen mit dem Fuß.

Clara hatte einen harten, heißen Kloß im Hals. Der Corporal ging und machte die Tür wieder zu. Sie betrachtete ihre Knie, betrachtete den grünen Wollstoff ihres Rocks, die Stiche am Saum. Vorsichtig sagte sie: »Du darfst dir keine Vorwürfe machen, Henry.«

»Wenn ich nicht –«

»Du kannst immer noch nach Zypern zurückgehen.«

»Nein.«

»Ich werde bald wieder ganz in Ordnung sein.«

»Das weiß ich –«

»Möchtest du, dass wir zu dir kommen?«

»Zu mir kommen?«

»Weihnachten vielleicht?«

»Clara – ich kann nicht.«

»Ich verstehe nicht. Wieso kannst du nicht zurückgehen?«

»Ich kann einfach nicht.«

»Sie werden dich vor ein Militärgericht stellen.«

»Ich weiß.«

»Wegen mir?«

Er antwortete nicht.

»Henry? Wegen mir?«

Er kämpfte um Worte. »Ich kann nicht –«

Sanft: »Versuch es.«

Die Worte wurden schmerzlich hervorgestoßen: »Ich kann einfach nicht weitermachen.«

»Henry?«

»Ich weiß nicht, was ich tun soll. Es tut mir leid.«

»Bitte, nicht –«

Er vergrub den Kopf in den Händen.

Clara wartete, sah sich im Zimmer um. Dünner Dampf stieg aus der Tülle der Teekanne, sie konnte die Schwaden in der kalten Luft deutlich sehen. Die Vorhänge hingen reglos vor den gelben Wänden. Die Decke war weiß und erinnerte mit ihrer Stuckeinfassung an einen Hochzeitskuchen. Der Raum wirkte still und klar, und auch sie empfand Klarheit.

Es war, als sähe sie ihrer beiden Leben von oben, wie es sich hinter ihnen erstreckte – die Kinder, die Häuser, in denen sie gelebt hatten, die Reisen, die Liebe, die Verletzungen der jüngsten Vergangenheit, fremde und vertraute Betten, gemeinsame Abendessen, Heimkehren. Alles führte hier in dieses Zimmer. Und dann – danach – das Weitermachen. Das Schlimmste war bereits passiert. Und sie war nicht tot. Sie hatte keine Angst. Sie fühlte sich stark.

Sie sagte: »Dieses Mal waren wir fast zwei Monate getrennt. Länger als sonst. Du weißt, wie schlecht ich mich gefühlt hatte. Zuerst hat es mir furchtbar zu schaffen gemacht, dass wir uns gestritten hatten. Und es tut mir leid, dass ich dir nicht geschrieben habe.«

Er hob den Kopf eine Spur, hörte ihr zu. Sie fuhr fort: »Trotz allem, was passiert ist, bin ich glücklich, wieder zu Hause und bei meiner Familie und in England zu sein. Ist es nicht wunderbar, das Herbstlaub zu sehen? Ich denke, mit der Zeit, und wenn wir einfach – wenn wir einfach allen erklären, wie alles gewesen ist, wirst du dich besser fühlen. Ich fühle mich jetzt schon besser. Es gibt keinen Grund, uns gegenseitig Vorwürfe zu machen. Oder uns selbst. Es ist dein Beruf, er bedeutet dir alles. Du solltest nach Episkopi zurückgehen und weitermachen und –«

»Ich kann nicht, Clara.«

Er hatte sie unterbrochen, ihre Zuversicht schwand. »Aber – was soll denn dann werden?«

»Ich weiß es nicht.«

»Was soll aus mir und den Mädchen werden?«

»Es tut mir leid.«

»Es tut dir leid?«

»Ich muss ein paar Dinge klären.«

»Ja. Und zurückgehen.«

»Nein.«

»Sie werden dich einsperren. Wofür? Wieso? Was ist mit mir? Was ist mit den Konsequenzen?«

Ein langes Schweigen. Clara stand langsam auf. »Ich muss gehen.«

Er hob nicht den Kopf.

4. Kapitel

Colonel Burroughs führte ein Ferngespräch mit Henrys Vater in Somerset. Burroughs stand in seinem Büro in Episkopi und betrachtete die Gesichter auf den Steckbriefen an der gegenüberliegenden Wand, Arthur Treherne saß in seinem kalten Arbeitszimer am zugigen Fenster, vor dem der Wind an den Bäumen rüttelte.

Henry hatte sich unehrenhaft verhalten und war in Ungnade gefallen, aber sie hatten beide Unehrenhaftigkeiten erlebt und sich darüber erhoben.

»So etwas habe ich noch nie gehört. Wenn es um jemand anderen ginge, Arthur, wenn sein Rang nicht wäre, hätten sie ihn hierher zurückverfrachtet und vor ein Militärgericht gestellt. Er könnte vierzehn Jahre bekommen.«

»Ich werde mit ihm reden.«

»Wollen Sie zu ihm fahren?«

»Wenn ich ihn nur zur Vernunft bringen könnte …«

»Dafür ist die Sache schon zu weit fortgeschritten.«

»Hat er denn nicht gesagt – gab es denn überhaupt keine Anzeichen?«

»Ich kann mir nur vorstellen, dass diese schreckliche Geschichte mit Clara ihn aus dem Gleichgewicht geworfen hat.«

Beide erinnerten sich an eigene *schreckliche Geschichten*. Gefallene Brüder, Furchtbares, das ihnen selbst zustieß und überwunden wurde. Sie hatten sich nicht unerlaubt von der Truppe entfernt. Sie hatten sich zusammengerissen. Die Leitung zwischen ihnen knisterte und rauschte. Es war eine Schande. Eine gewaltige Schande.

Am nächsten Morgen fuhr Arthur Treherne von Somerset zur Kaserne. Er ging mit schnellen Schritten hinter Captain Harris her, ohne die salutierenden Soldaten zu beachten, an denen sie vorbeikamen.

»Wenigstens sitzt du nicht in einer Arrestzelle«, sagte er, als er seinen Sohn nach drei Jahren zum ersten Mal wieder sah.

Er kannte ihn, hatte er gedacht, wusste genau, was ihm wichtig war, aber diese Begegnung verlief kurz und ergebnislos. Henry hatte sich geweigert, mit ihm zu kommen oder sein Verhalten zu erklären. Er hatte seinen Vater nur ein einziges Mal angesehen – als die Rede auf Clara kam.

»Was ist mit ihr? Was ist mit deinen Kindern?«

»Ich weiß es nicht.«

Er hatte bei Henry überhaupt nichts erreicht und war, als er ging, besorger als vorher.

Als er nach Hause kam, sprach er mit seiner Frau, noch in der Tür, noch im Mantel. Er versuchte nicht einmal, so zu tun, als steckten sie nicht mitten in einer Krise. »Er sagt, er hat keinen Nervenzusammenbruch. Das hat er immer wieder gesagt, aber –« Sie standen dicht beeinander in der kalten Diele, unausgesprochene Worte hingen zwischen ihnen. Die ganzen einunddreißig Jahre, in denen sie ihren Sohn definiert hatten. *Ein Mann wie Henry ... Henry gehört zu den Jungen, die – Henry macht immer* –

»Sein Aussehen hat mir überhaupt nicht gefallen«, kam er zum Schluss. »Und wenn er nichts zu seiner Verteidigung anführt, dann – ich weiß es nicht. Er will einfach kein Einsehen haben.«

Henry verblieb zwei weitere Tage unter Bewachung in der

Kaserne. Bei unerlaubtem Entfernen von der Truppe gab es normalerweise ein einfaches Militärgerichtsverfahren. Aber er war Major. Ein Major entfernte sich nicht unerlaubt von der Truppe. Es war nicht geschehen. Es würde nur eine informelle Befragung geben.

Sie fand im großen Saal neben dem Büro des Colonels statt, im Verwaltungsgebäude im Queen Anne Stil – aus weiß abgesetztem Backstein, hübsch, mit einem bewussten Anspruch an Schönheit zur Behausung von Soldaten errichtet. Colonel Hay war derjenige, der die Befragung durchführte. Sein Adjutant, Captain Harris, der als Erster mit Henry gesprochen hatte, saß links von ihm, Major West rechts.

Henry betrat den Raum, als Sonnenlicht, das eine plötzlich aufreißende Stelle in den Wolken fand, den Raum mit schneller Dringlichkeit überflutete. Der Duft nach Bienenwachspolitur. Hinter dem auf Hochglanz polierten Tisch, ihm entgegensehend, hoben sich die Offiziere mit den Orden und Auszeichnungen an ihren dunkelgrünen Uniformen, rot, gold, messingfarben, scharf im grellen Licht ab. Dann verblasste das Sonnenlicht wieder, Halblicht kehrte ein.

Salutierend gehobene Hände, Stühle, die beim Zurückschieben über den dicken Teppich scharrten. Räuspern.

Henry wurde aufgefordert, seinen Namen und Rang zu nennen. Die drei Männer ließen ihn nicht aus den Augen. Er verhielt sich absolut korrekt.

Colonel Hay kannte Henry, war ihm oft begegnet, hatte ihm die Hand geschüttelt, ihn willkommen geheißen, ihn gelobt, hatte mit seinem Vater zusammen gedient und sah ihn nun in seiner Schande. »Setzen Sie sich, Henry.«

Ihnen lagen schriftliche Aussagen aus Zypern über sein Verhalten vor.

Captain Harris raschelte mit Papieren, räusperte sich und las vor. In der Aussage von Mark Innes hieß es, Henry sei »bedrückt und deprimiert« gewesen. Colonel Burroughs deutete sein in letzter Zeit »auffälliges Verhalten« als Beweis für eine geistige Störung, im Widerspruch zu seiner üblichen »exemplarischen Führung seiner Kompanie«. Es gab sogar eine Aussage Kirbys, über Henrys Verhalten auf dem Militärflugplatz in Nikosia. »Natürlich war ich überrascht, aber er hat gesagt, die Order ist geändert worden, und da hab ich mir nichts weiter dabei gedacht ... Er hat nicht anders ausgesehen als sonst. Er hat sich einfach fortgemacht.« Alle erlaubten sich ein Lächeln über Captain Harris' trockene Wiedergabe der Aussage Kirbys, eines Mannes aus einer anderen Gesellschaftsschicht.

Colonel Hay behandelte ihn mit ausgesuchter Höflichkeit und ehrlicher Neugier. »Sind Sie sich der Konsequenzen dessen, was Sie getan haben, bewusst?«

»Ja, Sir.«

»Möchten Sie uns eine Erklärung abgeben?«

»Nein, Sir.«

»Nein? Sie möchten nichts zu Ihrer Verteidigung anführen?«

»Nein, Sir.«

»Bedauern Sie Ihr Verhalten?«

Schweigen.

»Henry, so verhält sich doch nur ein Mann, den persönliche Umstände aus der Bahn geworfen haben.«

Schweigen.

»Versuchen wir doch, diese Sache von Mann zu Mann zu klären. Hatten Sie geplant, Zypern auf diese Weise zu verlassen?«

»Nein, Sir.«

»Es war also eine Augenblicks-Entscheidung?«

»Ja, Sir.«

»Wegen des Anschlags auf Ihre Frau? Dennoch sind Sie nicht auf dem Weg zurück nach Zypern. Wieso nicht?«

Henry antwortete nicht.

»Gibt es sonst noch etwas, was wir wissen sollten? Gab es vielleicht vor dem Anschlag auf Ihre Frau einen Vorfall auf dem Stützpunkt?«

»Einen Vorfall?«

»Ist in Episkopi irgendetwas vorgefallen, was uns vielleicht einen Hinweis geben könnte?«

Der Colonel beugte sich vor. Noch einmal, langsamer, sagte er: »Ich frage Sie noch einmal, Henry. Gab es in Episkopi einen Vorfall, der Sie dazu veranlasst hat, sich auf diese Weise abzusetzen?«

Alles an Henry hatte sich verändert. Sie musterten ihn. Das Schweigen dehnte sich aus.

»Henry?«

»Ich kann nicht –« Eine Art Lächeln.

»Bitte, fahren Sie fort. Das hier genügt nicht. Wir kommen so nicht weiter.«

Ein langes Schweigen.

»Sie sind nicht sehr kooperativ.«

»Doch, Sir, das bin ich. Ich bin kooperativ«, sagte er klar und deutlich.

Weiteres Schweigen. Alle Augen waren auf ihn gerichtet.

Dann, nach einer Weile: »Verstehe ich Sie also recht, dass Sie, ein ranghoher Offizier der Armee Ihrer Majestät, der Königin, Ihre Kameraden und Ihre Kompanie im Stich gelassen haben, und zwar in einer Zeit der Krise, und sich unerlaubt von der Truppe entfernt und sich Ihren Pflichten entzogen haben, ohne Absicht, zurückzukehren, und dass Sie zu Ihrer eigenen Verteidigung nicht das Geringste vorzubringen haben?«

Sie warteten.

»Ja, Sir.«

»Was erwarten Sie jetzt von uns?«

Schweigen. Dann: »Ich werde alle Konsequenzen tragen.«

»Nun«, sagte der Colonel mit einer Bitterkeit, die seiner Enttäuschung entsprang, »dann gibt es nichts mehr zu sagen.« Er stand abrupt auf. Stühle wurden hastig zurückgeschoben und Hände salutierend gehoben, als er das Zimmer verließ, ohne einen von ihnen noch einmal anzusehen. Aber als er an Henry vorbeikam, blieb er kurz stehen und sagte leise, aufgebracht: »*Was hat das alles zu bedeuten?*«

Henry hielt die Augen starr geradeaus gerichtet. Alles andere wäre vermessen gewesen.

In Episkopi hielt Colonel Burroughs das Warten nicht mehr aus und meldete ein Gespräch mit Colonel Hay an, sobald er annehmen konnte, dass die Anhörung vorbei war. Auf seine Frage hin kam Hay sofort auf den Punkt. »Irgendetwas ist im Busch, aber er spuckt es nicht aus.«

Burroughs antwortete nicht, aber das statische Knistern in der Leitung hätte auch seinem Gehirn entspringen können, das diese Neuigkeit hektisch hin und her wendete. »Hatten Sie den Eindruck«, sagte er langsam, »es geht vielleicht um irgendeine – irgendeine – *Gewissensentscheidung*?«

»Möglich«, antwortete Hay. »Wäre das für Sie eine Überraschung?«

Burroughs klang sehr sicher. »Völlig undenkbar«, sagte er.

Hays Tonfall war extrem leicht. Es war, als beschreibe er das Wetter. »Ist er eine tickende Zeitbombe?«

»Könnte sein.« Burroughs' Antwort war kurz, als wolle er die Bedrohung nicht wahrhaben.

»Was immer auch passiert, den Makel der Unehrenhaftigkeit wird er nicht wieder los«, sagte Hay. »Aber ich will absolut ehrlich sein. Was mir Sorgen macht ist, ob dieser Makel auf andere abfärben wird.«

»Genau das war auch mein Gedanke.«

Hay, der es hasste, sich Zwängen beugen zu müssen, fing widerwillig an, in Bezug auf Henry einen neuen Plan zu erarbeiten. Er telefonierte mit General Marcus Emery – inoffiziell. Sie trafen sich im Army and Navy Club in St James, wo der General seit seinem Ausscheiden aus dem Dienst einen Großteil seiner Zeit verbrachte.

Der General war ein jovialer Mensch. »Ein guter Mann, wie ich höre. Zumindest bis jetzt. Schreckliche Geschichte, das mit seiner Frau.«

»Könnte sein, dass mehr dahinter steckt. Sein Colonel fürchtet, er könnte eventuell Dreck aufwühlen.«

»Die Presse? Das können wir nicht zulassen.«

»Wir wissen immer noch nicht genau, was er vorhat. Zu sagen, dass er sich einfach nur unerlaubt von der Truppe entfernt hat, ist nicht ganz richtig. Schließlich ist er Major, und er hat eine extrem schwierige Zeit hinter sich«, sagte Hay, nicht aus Mitgefühl, sondern aus kühler Berechnung.

Der General überlegte. »Lassen Sie den armen Tropf in aller Stille gehen – wenn er denn unbedingt gehen muss. Bloß kein Spießrutenlaufen. Schlecht für alle. Finden Sie eine Möglichkeit, es auf nette Weise zu machen.«

5. Kapitel

Das langgestreckte Fahrzeug passierte die Wachtposten am Tor zum Militärkrankenhaus Bulworth und hielt vor dem Haupteingang an. Colonel Hay und Henry stiegen aus und blieben einen Moment stehen. Dann gingen sie hinein.

Das Krankenhaus war eine umgebaute Kaserne, zweistöckig, aus grauem Stein. Es hätte immer noch eine Kaserne sein können, wären da nicht die vergitterten Fenster im oberen Stock gewesen. Kasernenfenster haben keine Gitter.

Vorbei an Krankenschwestern und Soldaten gingen sie durch lange Flure mit kleinen, weißen, an die grauen Wände geschraubten Holzschildern. »Station 1–3«, »Warteraum«. Die ebenfalls grau gestrichenen Türen hatten in der oberen Hälfte geteilte Glasscheiben.

Weiter durch mehrere Doppeltüren, einen schmalen Flur entlang, zu einem kleinen, quadratischen Vorraum mit zwei Stühlen. Dahinter lag die psychiatrische Abteilung. Der Psychologe hieß Dr Robin Tait. Der Colonel begrüßte ihn, stellte Henry vor und ließ die beiden allein.

»Kommen Sie bitte mit in mein Büro, Major Treherne. Setzen Sie sich«, sagte Dr Tait.

Das Zimmer war nicht groß, der Schreibtisch nahm fast den ganzen Raum ein. Dr Tait trug Uniform und einen penibel gestutzten Schnurrbart. Er war klein, hatte aber einen mächtigen Brustkorb, und seine Augen waren hinter spiegelnden Brillengläsern kaum zu sehen. Er setzte sich gleichzeitig mit Henry, verschränkte die Hände ineinander und legte sie auf die Schreibtischplatte.

»Sie wissen besser als ich, worum es bei dieser Sache geht«, sagte er zuvorkommend.

»Ich weiß nicht, weshalb ich hier bin.«

»Glauben Sie, dass Sie hier sind, damit ich Sie für unzurechnungsfähig erklären kann?«

Dr Tait beobachtete Henry mit professionellem Interesse und erkannte seine abwehrende Haltung. »Ich bin siebenundfünfzig Jahre alt, Major Treherne, und habe in meiner ganzen beruflichen Laufbahn noch nie erlebt, dass sich ein Major unerlaubt von der Truppe entfernt.«

»Immerhin bin ich hier.«

»Aber sollten Sie nicht bei Ihrem Regiment in Zypern sein?«

»Doch, schon.«

Der Arzt lächelte ihn an. »Nun, dann sollten wir vielleicht ein paar Dinge abklären, finden Sie nicht auch?«

»Vermutlich.«

»Fangen wir mit den Präliminarien an. Es gibt ein paar Dinge, die ich auf meiner Liste abhaken muss. Hätten Sie etwas dagegen, wenn ich Ihnen für den Anfang ein paar Fragen stelle, die Sie mir beantworten?«

»Nein.«

»Vielen Dank. Wie ich sehe, heißen Sie Arthur Henry, werden aber, soweit ich weiß, Henry genannt. Wie soll ich Sie nennen?«

»Das können Sie halten, wie Sie wollen.«

»Keine Präferenzen?«

»Nein.«

»Schön. Gut. Dann weiter. Sie sind in der Kaserne medizinisch untersucht worden?«

»Ja. Am Montagnachmittag.«

»Und Sie wurden für tauglich befunden?«

»Arresttauglich, ja.«

»Diese Fragen sind sehr persönlich, was mir leid tut, aber sie sind leider notwendig.«

»Ich verstehe. Das ist schließlich Ihre Aufgabe.«

»Schlafen Sie gut?«

»Ja, danke.« Die Antwort kam automatisch.

»Reden wir nicht um den heißen Brei herum.«

»Natürlich. Es tut mir leid. Nicht besonders gut.«

»Seit wann schlafen Sie nicht besonders gut? Schon immer?«

»Nein, normalerweise schlafe ich sehr gut.«

»Seit wann also? Ungefähr?«

»Seit ein paar Monaten. Hören Sie, das alles hat doch keinen –«

»Können Sie Ihren schlechten Schlaf auf ein bestimmtes Ereignis zurückdatieren?«

»Es war ziemlich viel los.«

»In Episkopi?«

»Ja.«

»Und Sie merkten, dass Sie schlecht schliefen?«

»Gelegentlich.«

»Wann haben Sie das letzte Mal eine Nacht richtig durchgeschlafen?«

»Ich habe keinen Nervenzusammenbruch.«

Der Arzt beugte sich vor. »Wollen wir die Entscheidung darüber nicht lieber mir überlassen? Schließlich ist es nicht Ihr Fachgebiet.«

Henry nickte. »Entschuldigen Sie.«

»Also gut. Sie sind also einfach nach Hause gekommen. Haben sich alle möglichen Schwierigkeiten eingehandelt. Jetzt hat man Sie zu mir geschleppt. Was glauben Sie, wie es weitergehen wird?«

»Ich glaube, dass man mich entlassen wird. Oder auf Dauer beurlauben – ich weiß nicht.«

»Wenn Sie zu entscheiden hätten, was würden *Sie* dann mit sich selbst anfangen?«

»Wie meinen Sie das?«

»Sie sind Offizier. Was würden Sie in Ihrem eigenen Fall tun?«

Henry lächelte. »Ich würde mir sagen, dass ich mich zusammenreißen soll«, sagte er.

»Und das würden Sie auch, wenn Sie könnten, nicht wahr?«

Henry antwortete nicht. Tait warf einen Blick auf seine Notizen. »Sie sind ein guter Offizier, nicht wahr?«, fragte er.

»Ich habe versucht, einer zu sein.«

»Ich möchte Ihnen etwas sagen, obwohl Sie sich dessen wahrscheinlich sowieso bewusst sind.«

»Bitte.«

»Alles, was Sie mir hier sagen, wird strikt unter uns bleiben.«

»Ja, natürlich.«

»Nein, Treherne, das ist wirklich wichtig für unser Gespräch. Ich möchte, dass Ihnen klar ist, absolut klar, dass nichts, was hier zur Sprache kommt, dieses Zimmer je verlassen wird.«

»Gut.«

»Dürfte ich Sie fragen, ob Ihre Frau weiß, wie Ihnen in letzter Zeit zumute war?«

»Es geht ihr gesundheitlich nicht besonders gut.«

»Ich weiß. Und es tut mir leid. Geht es ihr inzwischen besser?«

»Ich glaube schon. Ich habe nicht –«

Der Arzt sah, dass er den Blick abwandte. Nach einem Augenblick sah er wieder zu ihm zurück. »Ich habe es ihr nicht erklären können.«

»Was – und nehmen Sie sich bitte Zeit für die Antwort – was haben Sie ihr nicht erklären können?« Er wartete schweigend.

Viele der Männer, die zu ihm geschickt wurden, sahen, wenn die Rede auf die eigentliche Krise kam, auf ihre Hände hinunter, aus dem Fenster. Es war eine fast vorhersehbare Phase des Gesprächs: das Eingeständnis. Dieser Mann schien im Augenblick des Zusammenbruchs geradezu über sich hinauszuwachsen, falls so etwas möglich war. Er sah ihm in die Augen und sagte langsam: »Ich bin mir bewusst, ich *weiß*, dass ich alle im Stich gelassen und enttäuscht habe. Sie werden nicht sagen können, dass ich verrückt bin oder nicht weiß, was ich tue, weil ich mit absoluter Klarheit weiß, dass ich alle enttäuscht habe. Dass ich es immer noch tue. Ich sollte jetzt gehen, finden Sie nicht auch?«

»Es geht nicht um –«

»Lassen wir das alles doch beiseite.« Henry war absolut klar, ganz ruhig, ohne jedes Zögern. Er hielt Taits Blick beim Sprechen die ganze Zeit fest. »Diese ganze medizinische Suche nach Gründen – wenn wir das alles einmal beiseite lassen, finden Sie dann nicht auch, dass ich mich einfach nur armselig verhalten habe?«

Dr Tait hätte ihm gern erlaubt, den Augenkontakt abzubrechen, aber Henry selbst erlaubte es sich nicht.

»Ich habe meine Frau enttäuscht. Ich habe meine Untergebenen im Stich gelassen. Ich habe meinen Colonel enttäuscht. Meine Männer. Verstehen Sie? Jeden. Sie sind selbst Soldat, Sie wissen, was das bedeutet. Ich habe einfach *alle* enttäuscht.«

Dr Tait sagte ruhig: »Ich nehme an, Sie hatten Ihre Gründe.«

Henry lachte. »Ich glaube nicht, dass es dafür Gründe gibt, die gut genug sind. Sie etwa?«

»Das zu sagen steht mir nicht zu. Was für welche?«

»Wie bitte?«

»Was für Gründe.«

»Ich kann nicht –«

»Niemand wird es erfahren. Sie könnten sich beurlauben lassen. Diese schreckliche Sache mit Ihrer Frau. Bitten Sie um Verständnis. Ich bin sicher, Sie werden es finden.«

»Nein. Weil –« Er unterbrach sich.

»Weil?«

»Ich kann einfach nicht mit dem weitermachen, was ich immer gemacht habe.« Er war zornig, aber nicht wütend – dieses Ventil blieb ihm versagt. »Obwohl es lachhaft ist, dass ich es nicht kann.«

Er verstummte und sagte dann, fast leichthin: »Meine Frau wäre fast gestorben – sie hat unser Kind verloren und wäre fast gestorben – wegen eines EOKA-Terroristen. Die von der EOKA sagen, sie waren es nicht. Ich kann es nicht beurteilen. Trotzdem bin ich nicht bereit, zurückzugehen und zu tun, was meine Pflicht wäre. Sie zu bekämpfen. Klingt das nicht – falls Sie nach Anzeichen für Wahnsinn suchen – klingt das für Sie nicht nach Wahnsinn?«

»Wieso können Sie nicht?«

»Wieso? Es gibt kein ›Wieso‹. Wieso ist inakzeptabel. Ob ich mit mir selbst ins Reine komme, mit den Dingen, die ich getan, erlaubt, zugelassen habe. Ob ich noch *mit mir selbst leben kann*, spielt keine Rolle – es spielt keine Rolle.

»Mit sich selbst ins Reine kommen?«

»Es spielt keine Rolle. Es ist meine Pflicht. Menschen verlassen sich auf mich. Das müssen Sie doch verstehen. Es gibt kein ›Wieso‹.«

»Und doch sind Sie hier.«

»Ja, und doch bin ich hier.«

»Also schön.« Tait lehnte sich zurück. »Ich glaube, ich verstehe. Vielen Dank.«

Er griff nach seinen Notizen und ließ Henry unbeobachtet, als ob er ihm zugestehen wolle, sich auszuruhen. »Gehen wir also zu den Dingen zurück, die es gibt, Treherne.«

»Gut.«

»Ihre Schlafprobleme.«

Henry, kurz angebunden: »Ein, zwei Stunden die Nacht.«

»Alpträume?«

»Ja?«

»Wovon handeln sie?«

»Dingen, die geschehen sind.«

»Zum Beispiel?«

»Eine Mine, ein Verletzter, ein Toter. Ich träume von ihnen. Alles im Bereich des Üblichen, würde ich denken.«

»Etwas Spezielles?«

»Das möchte ich nicht sagen.«

»Und wenn Sie wach sind? Gibt es Erinnerungen, die Sie belasten?«

»Ja. Aber wahrscheinlich nicht mehr als andere Leute auch.«

»Was für Erinnerungen? Bilder?«

»Ja. Manchmal Geräusche. Oft rieche ich Dinge. Ich weiß, es ist albern. Aber ich rieche Dinge, die brennen.«

»Was für Dinge.«

»Menschen.«

»Trinken Sie mehr als üblich?«

»Eigentlich nicht.«

»Wie viel trinken Sie?«

»Nicht sehr viel. In Zypern gelegentlich ein Bier. Oder einen Brandy. Gelegentlich.«

»Würden Sie sagen, dass Sie sich verändert haben?«

»Verändert? Ja.«

»Inwiefern?«

»In kleinen Dingen. Ich kann Dinge nicht ruhen lassen. Ich habe mehr gearbeitet, als ich musste, nur um – nun ja, nur um ...«

»Wie ist Ihre Stimmungslage? Sind Sie leicht reizbar?«

»Manchmal.«

»Ja?«

»Ich war – ich war meiner Frau gegenüber nicht sehr fair. Ein oder zwei Mal. Deswegen schäme ich mich. Unter anderem.«

»Unter anderem? Sie schämen sich noch wegen anderer Dinge?«

»Ja, wie gesagt, unter anderem. Aber worauf wollen Sie mit all diesen Fragen hinaus? Doch nicht auf eine Kriegsneurose, oder?«

»Diesen Begriff verwenden wir nicht mehr. Aber wieso keine Kriegsneurose?«

»Sie sind doch mit meiner Akte vertraut, Dr Tait. Ich war in keinem Krieg.«

»Ich finde es wichtig anzuerkennen, wenn wir unter großem psychischem Druck gestanden haben –«

»Das habe ich nicht. Sie suchen doch nur nach Entschuldigungen.«

»Wenn Sie so wollen. Aber ich finde sie, nicht wahr? Ihre Frau –«

»Das geht nur mich persönlich etwas an.«

»Aber die Verletzung Ihrer Frau, zusätzlich zu anderen Dingen, Dingen, denen Sie dort ausgesetzt waren –«

»Ich war nur in absolut triviale Konflikte verwickelt. Ich war nichts ausgesetzt, was mein Vater oder mein Großvater oder mein Colonel nicht hundertmal schlimmer erlebt haben. Nichts davon ist von Belang.«

»Was waren Sie in Zypern ausgesetzt?«

»Nicht viel. Routine. Ein oder zwei Zwischenfälle. Kleinigkeiten.«

»Und doch sind Sie hier.«

»Noch einmal, ja, und doch bin ich hier. Wenn es nach mir ginge – nun, ich finde, es liegt keine Ehre in dem allen, aber wenn es nach mir ginge, und wahrscheinlich auch nach Ihnen, müsste es jetzt weitergehen wie in diesen alten Geschichten. Sie würden aus dem Zimmer gehen und die Pistole auf dem Schreibtisch liegen lassen, eine Tasse Tee trinken und zurückkommen und die Schweinerei wegwischen. Wenn Clara nicht wäre. Das alles hat keinen Sinn mehr. Es ist nichts. Es liegt keine Ehre darin.«

»Es tut mir sehr leid.«

Henry hob abrupt den Kopf. »Was haben Sie gesagt?«

»Es tut mir sehr leid, dass Sie sich so fühlen. Dass Sie unter so enormem Druck gestanden haben und feststellen mussten, dass Sie sich so fühlen.«

»Sie brauchen kein Mitleid mit mir zu haben. Haben Sie lieber Mitleid mit den hundert Männern, der einen Frau und den zwei kleinen Kindern, die ich im Stich gelassen habe, nur wegen meines Ge – Ge –«

»Ihres Gewissens?«

Die Frage hing in dem langen Schweigen zwischen ihnen. Der Arzt, entschlossen, ihn zu einer Antwort zu zwingen, wartete.

Schließlich beugte Henry sich vor. Er hatte seine Maske abgelegt. »Ich werde kein Wort gegen die Armee sagen«, sagte er leise. Seine Hände lagen auf dem Schreibtisch. Er sah Tait offen und voller Hoffnung an. »Meinen Sie, man weiß das?«

»Das kann ich nicht sagen.«

»Ich fände es schrecklich – ich fände es schrecklich, wenn Sie, wenn alle – denken würden, dass ich der Feind bin.«

»Niemand will Sie in Unehre sehen.«

»Niemand will es – aber …,« Er suchte immer noch nach einem Weg und sagte vorsichtig: »Ich habe mich unehrenhaft verhalten. Sie wissen es, ich weiß es. Die Armee kann es sich leisten, großzügig zu sein. Ich möchte nur, dass alle wissen, dass ich alles akzeptieren werde. Ich werde mich nicht widersetzen.«

»Ich verstehe.«

»Anscheinend kann ich es keinem erklären.«

»Ist schon gut. Ich bin froh, dass Sie mir das gesagt haben. Es wird alle beruhigen.«

Eine lange Pause. Henry nickte.

»Haben Sie in letzter Zeit andere unerklärliche Verhaltensweisen bei sich beobachtet?«, fragte Tait dann.

»Wie bitte?«

»Wir haben über Ihre geistige Verfassung geredet. Über die

Belastungen – wir bezeichnen so etwas manchmal als ›Angstneurose‹ – die Sie daran hindern, Ihre Pflicht zu tun.«

Henry sah ihn lange an. Er wirkte unschlüssig. Tait sah, wie ihm das Blut ins Gesicht stieg. Dann blinzelte er mit den Augen und senkte den Blick.

»Kommen Sie. Leiden Sie vielleicht unter Appetitlosigkeit?«

Henry hob das Kinn, völlig verändert. »Sie wollen wissen, ob ich unter Appetitlosigkeit leide?«, fragte er.

»Ja.«

Und Henry antwortete, lieferte dem Arzt die Gründe, die dieser brauchte, um ihm ein Attest auszustellen. Er tat es, weil er schwach war und gemerkt hatte, dass er nicht in der Lage war, Druck standzuhalten.

6. Kapitel

Am Tag, nachdem Henry die Kaserne verlassen hatte, bekam Clara die Fäden gezogen. Sie versuchte, ganz stillzuhalten, als sich der kalte Stahl zwischen ihre Haut und den dicken schwarze Faden schob und ihn aufschnitt. Muskeln in ihrem Inneren griffen den zupfenden, ziehenden Schmerz auf, als sehnten sie sich nach etwas, was nicht mehr da war. Man hatte ihr gesagt, nach einer Weile würde sie nichts mehr davon spüren. Es würde keine Perioden mehr geben, keine Babies. Aber sie ja hatte die Zwillinge. Sie hielt den Blick auf die Decke gerichtet, nicht auf den Arzt, der sich über sie beugte, und auch nicht auf die Krankenschwester, die daneben stand.

Ihr Vater, der sie ins Krankenhaus gefahren hatte, wartete auf sie. Clara spürte, wie eine heiße Träne aus ihrem Augenwinkel über ihre Schläfe lief und in ihren Haaren versickerte. Ihr Vater wartete auf sie. Ihr Vater. Ihre Mutter passte zu Hause auf die Zwillinge auf, und sie, ohne die Schwangerschaft, ohne die Organe ihres Erwachsenseins, wurde wieder in ein Kind zurückverwandelt.

Auch Henry war von seinem Vater in sein Elternhaus zurückgeholt worden, entlassen, ohne irgendeine Basis. Sie beide wieder Kinder, allein. Sie hatten alles verloren.

»Nur noch einen Moment«, sagte der Arzt und tupfte mit zarten weißen Wattebäuschen an ihr herum.

Zypern, rundum von einem harten blauen Meer und einem

harten blauen Himmel umschlossen. Sie hatten sich dort ihr kleines Zuhause geschaffen, hatten sich von der Insel vereinnahmen lassen, und dann hatten sie sich verloren. Die Insel war so klein, eigentlich zu klein, um einen Menschen zu verlieren, dachte sie. Und jetzt, wo sie von ihr fort waren, waren sie immer noch allein.

»Alles in Ordnung?«, fragte ihr Vater, nahm ihren Arm und drückte ihre Hand, als sie die Tür des Krankenhauses erreichten. Heftiger Regen prasselte auf die Autodächer. Ein Mann, der durch die Tür hereinwollte, hielt sie ihnen auf. Ihr Vater blieb stehen, um den Schirm aufzuspannen, aber Clara trat an ihm vorbei hinaus in den Regen.

Als Henry mit seinem Vater zu Hause ankam, hörte der Regen gerade auf, aber ihr Atem bildete Wolken in der feuchten Luft und ihre Finger waren nur vom Tragen des Gepäcks aus dem Auto ins Haus eiskalt. Sie betraten die Diele, die hohe, düstere Diele, deren kalte Fliesen sich unter den Füßen hart wie Stahl anfühlten. Als Kind war dieses Haus für ihn so tröstlich gewesen, wie Claras Zuhause es für sie war. Doch mit seinen dunklen Wänden, seinen goldgerahmten, an Ketten hängenden Bildern, zu hoch, um sie bequem betrachten zu können, seinen Teppichen und seinen durch Feuchtigkeit oder Licht verfärbten Ecken und Winkeln, seinen harten, dunklen, unbequemen Stühlen und zugigen Korridoren, hieß das Haus ihn heute nicht willkommen.

Seine Mutter – eine schmale, knochige Frau in einem dicken, dunkelgrünen Wollkostüm – kam ihnen entgegen. Eine einreihige Perlenkette lag starr auf den vorstehenden Sehnen ihres Halses. Sie hatte zwei weitere Söhne gehabt, die jedoch schon als Babies gestorben waren. Henry war der einzige kostbare Überlebende. »Ach Henry«, sagte sie und legte unvermittelt die Hand an seine Wange, während sie ihn küsste. Sie konnte ihm nicht in die Augen sehen.

Sein Vater war eine ältere Version von Henry. Das hatten alle immer gesagt, und es hatte beide immer mit Stolz erfüllt.

Sie hörten, wie eine Tür geöffnet wurde, hörten eine ferne Stimme und das dumpfe Poltern, mit dem die hereinkommenden Hunde gegen die Tür stießen. Das Scharren von Pfoten auf den Fliesen, Hecheln, Bellen, und dann jagten die beiden völlig verdreckten Spaniels sich gegenseitig durch die Diele.

Alle drei beschäftigten sich eine Weile mit den Hunden, die sich nicht an Henry erinnerten, da sie noch winzig gewesen waren, als er sie das letzte Mal gesehen hatte.

Er ging nach oben. Von seinem Schlafzimmer aus blickte er auf das graue Gras des Gartens und dahinter das der Ebene, wo in seiner Kindheit die Kavallerie in scharlachroten Röcken Attacken geritten und ihre bedauernswerten Gegner mit blitzenden Säbeln zu Klump gehauen hatte, während Henry vom Bett aus zusah, ans Haus gefesselt von Husten und Schnupfen. Durch das Donnern der Hufe hatte er die Signalhörner und die Schlachtrufe gehört.

Das Abendessen fand im Esszimmer statt, das im Winter so kalt war, dass man seinen eigenen Atem sehen konnte. An zufriedenes Schweigen gewöhnt, war das heutige Essen für alle eine Belastung. Hinterher zog sich Henrys Mutter in ihr Zimmer zurück, um Briefe zu schreiben, und Henry und sein Vater gingen zum letzten Mal für diesen Tag mit den Hunden nach draußen, bevor sie sie für die Nacht in den Wirtschaftsraum sperrten.

Die Nacht war kalt und klar und mondlos. Die Hunde verschwanden mit gesenkten Nasen in der Dunkelheit, um ihr Geschäft zu erledigen, während Henry und sein Vater nebeneinander stehenblieben.

»Vielleicht gehst du ja doch zurück«, sagte sein Vater, ohne ihn anzusehen.

Henry spürte, wie seine Brust sich mitleidig zusammenzog. Sein Vater hatte das nicht gesagt, um Henry zu trösten, sondern sich selbst. »Es ist anständig von ihnen, dass sie es Beurlaubung nennen«, sagte er schließlich.

Sein Vater sah zu ihm herüber, sah ihm prüfend ins Gesicht. »Was wirst du jetzt tun?«

»Mir eine Arbeit suchen. Ich fahre nach dem Frühstück. Nach London.«

»Hast du eine Vorstellung, was du machen könntest?«

»Nein.«

Die Hunde, die einen Fasan im hohen Gras mit den Flügeln schlagen hörten, fingen an zu bellen.

Henrys Vater sagte: »Ich werde dich nicht mit einer Menge Unsinn beleidigen und so tun, als wäre es nicht so schlimm, wie es ist.«

Henry nickte. Sein Vater drehte sich um. »Kommt, Hunde!«

Sie gingen ins Haus, wo sie schmutzige Fußabdrücke auf den Fliesen an der Hintertür hinterließen. Henrys Vater schob energisch den Riegel vor.

Am nächsten Morgen nach dem Frühstück brachte Henry seine Sachen ins Auto und wartete auf seinen Vater. Von seiner Mutter hatte er sich schon verabschiedet. Sie hatte geweint. Henry konnte sich nicht erinnern, schon einmal gesehen zu haben, dass sie weinte – gewiss nicht wegen ihm. Vielleicht wegen eines Tiers, oder beim Tod ihrer Schwester. Wieder hatte sie sein Gesicht mit trockenen Fingern berührt. Er sehnte sich danach, weg zu sein.

Im hinteren Teil des Hauses führte eine schmalere Treppe zu einem Flur mit Blick auf den Garten, wo er als Kind immer gespielt hatte. Es gab Türen zu Zimmern, früher vielleicht einmal Mädchenzimmer, die nie benutzt wurden, mit klammen Betten, auf deren Matratzen gefaltete Decken und hüllenlose Kopfkissen lagen. Aus irgendeinem Grund ging Henry diese schmale Treppe hinauf.

Er sah den grünlich schimmernden Flur entlang, während das Oktoberlicht, das durch die Fenster zu seiner Linken fiel, auf den gemalten Portraits und den Fotografien spielte.

Er ging vorsichtig, als bewege er sich durch die Legionen der Spielzeugsoldaten, die diesen Flur einst bevölkert hatten. Er betrachtete die Gesichter in den Bilderrahmen, die Uniformen, die Federn, die grauen Schnurrbärte alter Soldaten, die Hände von jungen Soldaten auf Säbeln, die glänzenden, ölgemalten Orden, die entschlossenen Gesichter fehlloser Ritterlichkeit. Es waren die Gesichter von Männern, die gekämpft hatten, geführt und gedient. Ihm war das nicht mehr vergönnt; er war keiner von ihnen, er war unfähig, zu dienen.

Der Zug ratterte durch Felder und Herbstwälder, durch Somerset, Wiltshire, Berkshire, durch ein Land, das immer kleiner wurde, und in Paddington vereinigten sich die Gleise mit anderen Gleisen und wurden zu einem undurchdringlichen Gewirr. Der Zug passierte Rangiergleise, abgestellte Waggons, Schuppen und Schornsteine, der Himmel wurde dunkler und grauer, als Rauch sich mit Wolken und Nebel und dem Dunst der Stadt mischte. Der Geruch und das dumpfe

Grollen der großen Stadt trafen ihn wie ein Schlag, als er ausstieg. Gepäckträger drängten an ihm vorbei, Pendler, Familien, die ihren Weg kannten, es eilig hatten, ein Ziel hatten.

Er verließ den Bahnhof, blieb an einem Zeitungskiosk stehen und kramte mit zitternden Fingern Münzen aus seiner Tasche, um sich einen *Evening Standard* zu kaufen. Gegenüber sah er ein Café. Umgeben von Wolken von Zigarettenrauch und dem Geruch nach gebratenem Speck, setzte er sich an ein beschlagenes Fenster, bestellte sich einen Tee und ging die Anzeigen im hinteren Teil durch, unterstrich Telefonnummern mit seinem Bleistift.

Ein paar Stunden später hatte er ein Zimmer in einer Pension im Westbourne Grove in Bayswater gefunden. Es war billig, im zweiten Stock einer Pension. Er zahlte der Vermieterin eine Kaution in Höhe einer Wochenmiete und die Miete für eine Woche im voraus, obwohl er nicht wusste, ob er so lange bleiben würde. Er hatte keinen Zeitplan, er wusste nicht, was sich ergeben würde, packte aber mit seiner üblichen Sorgfalt aus, faltete seine Sachen ordentlich in den Schrank, hängte andere auf, bewahrte so gut es ging eine Symmetrie. Dann setzte er sich auf das Bett. Am Fenster stand ein grüner Sessel mit schmuddeliger Sitzfläche und einem Schondeckchen über der Rückenlehne.

Er wusste, dass er Clara anrufen musste. Sie war immer noch schwach und angeschlagen, und er hatte Angst um sie, obwohl er wusste, dass sie bei ihren Eltern war. Angst um sie, aber, wenn er ehrlich war, auch Angst um sich selbst. Er konnte sich nicht vorstellen, dass sie noch irgendetwas mit ihm zu tun haben wollte. Diese kranke Angst war für ihn etwas völlig Neues. Wie die Scham hatte er sie nie zuvor gekannt. Jetzt jedoch war er mit beidem gut vertraut.

Im Erdgeschoss hing ein Telefon an der Wand, gleich neben einem Schirmständer.

Zwei andere Mieter teilten sich mit ihm das Bad auf diesem Stock. Im Stockwerk darüber gab es drei weitere Zimmer plus ein weiteres Badezimmer. Die Rohre waren laut, am lautesten da, wo sie aus der Wand kamen und über die Decke seines Zimmers verliefen, das ein Teil eines ursprünglich größeren Raumes war. Henry lauschte auf das Geräusch der Rohre und dachte, dass er sich Kleingeld für den Gaszähler besorgen musste, denn das Zimmer war kalt. Aber er stand nicht auf, um sich darum zu kümmern.

Die Oktoberdunkelheit kam früh, da es ein trüber Tag war. Er hörte einen Zeitungsverkäufer immer und immer wieder das selbe Wort rufen. Manchmal machte er eine kurze Pause, dann fing er wieder an. Die Straßenlampen wurden eingeschaltet. Henry dachte, dass er sich wirklich um Kleingeld für den Zähler kümmern musste, damit er das Gasöfchen anmachen konnte. Er hörte Schritte auf der Treppe, die Schritte einer Frau, dann weitere Schritte, laufende, dann war es wieder still.

Was ist mit mir, Henry? Was ist mit uns?

Er musste Clara anrufen und ihr sagen, dass er sich einen Job suchen würde.

Er dachte, dass er, bevor er sich einen Job suchen konnte, versuchen musste, in diesem Bett zu schlafen. Auf dem Bett lag eine Tagesdecke aus rosa Chenille. Der Schrank mit dem Spiegel in einer der Türen, in den er nicht hatte hineinsehen können, stand schief. Auf der Kante des kleinen Tischchens neben dem Bett lagen zwei Haarklammern. Vor ihm musste eine Frau das Zimmer bewohnt haben.

Er dachte an die Betten in Kasernen und Offiziersquartieren, die er gekannt hatte, an die Schulen, die Schlafsäle seines Lebens, diese freundlichen Institutionen, der Inbegriff von Gemeinsamkeit. Betten in Schlafsälen, in kleinen Wohnungen, die man sich teilte, den Flur hinunter andere Jungen, dann andere Männer, die Reihen der Betten, die Reihen der Türen, Schlafzimmer in Deutschland, Sandhurst, London, Winchester. Er hatte sein ganzes Leben in der Gesellschaft anderer verbracht, war davon gehalten worden, hatte alle um sich herum gekannt, Namen, Ränge, Gesichter, die über ihm lebten, unter ihm, neben ihm, überall um ihn herum.

Er musste Clara anrufen. Sie musste wissen, dass er sie nicht im Stich ließ – nicht vollständig.

Er rutschte auf dem Bett nach hinten, lehnte sich gegen die Wand, halb sitzend, das Kissen hinter den Rücken gestopft. Er schloss die Augen und war für einen Augenblick wieder in Zypern, zu der Zeit, als Clara schon in Nikosia war. Das unerträgliche Gewicht der vor ihm liegenden Stunden, die Einsamkeit.

Was ist mit mir, Henry? Was ist mit uns?

Er stand auf.

Das Telefon im Flur war besetzt. Ein Mädchen telefonierte. Sie sah aus wie eine Sekretärin und hatte die Haare auf Lockenwickler gerollt, die sie verlegen kurz berührte, als sie Henry die Treppe herunterkommen sah. Sie drehte sich von ihm weg.

»Ich weiß«, sagte sie mit einem west-englischen Akzent, der Henry an zu Hause erinnerte. »Ich weiß, aber wenn er sie nicht fragt, dann werden sie nie, oder?«

Die Haustür wurde geöffnet und ein Mann in Hut und Regenmantel kam herein. Er schüttelte seinen Schirm aus, und das Mädchen am Telefon plusterte sich auf wie eine nassgespritzte Katze.

»Entschuldigen Sie«, sagte er. Er hatte einen buschigen Schnurrbart und einen Koffer, der vielleicht Warenmuster enthielt. »Entschuldigen Sie.« Er deponierte den Schirm im Ständer und schob sich an Henry vorbei die Treppe hinauf.

Henry war nicht an schmale Korridore und Teppichläufer auf Treppen gewöhnt, sondern an sonnenverblichene Felsen und rissigen Putz, an den Geruch von Diesel in trockenem Wind. Hier füllte der Geruch von gekochtem Gemüse das Haus, und das Klappern von Töpfen.

»Ich muss Schluss machen«, sagte das Mädchen. »Jemand anderes wartet. Liebe Grüße an Mam.« Damit verabschiedete sie sich, hängte auf, warf Henry im Vorbeigehen einen neckischen Blick zu und lief, die Strickjacke enger um sich ziehend, auf Strümpfen die Treppe hinauf.

Henry stand vor dem schwarzen Telefon. »Bayswater 2254« stand in geschwungener Tintenschrift auf der Wählscheibe.

Er hob den Hörer ab, suchte Münzen zusammen und stapelte sie sorgfältig auf dem Telefon auf. Es war eine alte Gewohnheit. Wenn er sie früher angerufen hatte, hatten sie immer lange geredet.

Clara saß auf der Treppe und beobachtete das Telefon. Das hatte sie schon getan, als Henry noch in Sandhurst war, und dann in Deutschland, wenn er vorher gesagt hatte, er würde anrufen, oder versprochen hatte, es zumindest zu versuchen. Jetzt wartete sie wieder auf ihn. Moira und George sahen sie, als sie auf der Treppe an ihr vorbeigingen.

Es klingelte. Moira, die im Wohnzimmer war, hörte Clara abheben und »Oh, hallo« sagen, wusste, dass es Henry war, und machte die Tür zu.

Henry hätte den Münzstapel nicht gebraucht.

»Clara, alles in Ordnung bei dir?«

»Und bei dir? Wo bist du?«

»In London.«

»Du kommst nicht her?«

»Nein, ich habe hier zu tun.«

»Dann komme ich zu dir.«

»Nein. Du solltest nicht –«

»Henry, ich komme. Ich muss mit dir reden.«

»Dann hole ich dich am Zug ab.«

7. Kapitel

Der tiefhängende Himmel drohte Regen an, aber es war etwas wärmer als an den Tagen zuvor. Henry hatte am Vormittag zwei Termine gehabt. Den einen beim Arbeitsamt, den anderen bei einem Freund seines Vaters, einem Mann namens Henry Featherstone. Er war Weinhändler und einer der wenigen Bekannten von Henrys Familie, der nichts mit dem Militär zu tun hatte. Er hatte ein Büro in St James.

Henry hatte gegen sein Gefühl der Unwirklichkeit angekämpft, als er die Treppe hinaufging, nicht in Uniform, sondern in dem dunklen Anzug, den er seit fünf oder mehr Jahren besaß, aber kaum je getragen hatte. Die Treppe, die von der Eingangshalle nach oben führte, war golden abgesetzt und hatte ein Geländer aus Messing. Auf jedem Stock lagen Büros, und Featherstones Sekretärin war eine kompetente Dame mit frisch lackierten Fingernägeln und einer jüngeren Assistentin. Das Büro roch nach Seriosität und Selbstbewusstsein, falls diese Dinge einen Geruch hatten. Henry glaubte, einen Geruch nach Bedürftigkeit und Verwirrung zu verströmen. Er kam sich mit seiner aufrechten Haltung albern vor, hatte das Gefühl, hoch aufgerichtet dazustehen sei alles, was er könne. Es war in dieser großen Welt sicher keine große Hilfe.

Henry Featherstone war ein großer Mann von vielleicht sechzig Jahren, mit einem glatten, verbindlichen Auftreten. Er und Henry hatten sich mit ausgesuchter Höflichkeit unterhalten. Die Tatsache, dass Henry sein ganzes Leben als Erwachsener in der Armee verbracht hatte, war mit keinem Wort erwähnt und höchstens in der Feststellung angedeutet worden, dass er keinen Universitätsabschluss besaß. Das alles hier war für Henry wie ein fremdes Land, fremder, als jedes Bauerndorf in Südzypern oder jedes noch so düstere deutsche Wohnviertel es je gewesen war. Er war ohne eine klare Vorstellung gegangen, ob Henry Featherstone die Absicht hatte, ihn anzustellen oder nicht, aber mit einer sehr klaren Vorstellung davon, wie wenig er über Weinsorten, Anbaugebiete und Jahrgänge wusste, von den Feinheiten des Weinhandels ganz zu schweigen. Er hatte jedoch erfahren, dass er einen großen Teil seiner Zeit auf Weingütern in Frankreich und in der Bar des Savoy verbringen würde.

»Wären Sie bereit, es zu versuchen?«, hatte Henry Featherstone mit prüfendem, vielsagendem Blick gefragt.

Henry hatte das Kinn gereckt. »Selbstverständlich«, hatte er geantwortet.

Er war einunddreißig Jahre alt, ohne wirkliche Berufs- oder sonstige Ausbildung, ohne jede Erfahrung, die irgendjemandem von Nutzen sein könnte. Irgendwann einmal hatte er den Ausdruck gehört, »als wäre die Füllung aus ihm rausgerieselt«. Er hatte ihn witzig gefunden. Er hatte das Gefühl nicht gekannt. Dieser Mann, dieser verbindliche Mann, der einen goldenen Siegelring trug und so behaglich in seinem Sessel saß, musste gesehen haben, dass er innerlich hohl war. Er sollte Clara mittags treffen. Auch sie würde es sehen. Als er ging, als er die zu hell beleuchtete Treppe hinunterging, war es, als habe selbst die Luft mehr Gewicht als er. »Treherne aus dem Spiel«, dachte er, »Treherne ohne auch nur einen Punkt aus dem Spiel«, aber es half nichts. Kein schnelles Bild von grünem Gras und weißen Pavillons tauchte vor seinen Augen auf, nur die leere, vergoldete Eingangshalle vor ihm, der reglose Lift und die Reihen kleiner Bronzeglöckchen. Seine Füße verursachten kein Geräusch auf dem Teppich, als er das Gebäude verließ.

Im Bahnhof Marylebone ging er auf der Suche nach dem richtigen an den Bahnsteigen entlang. Die Pfiffe der Züge und das Zischen von abgelassenem Dampf mischten sich mit dem Rauchgeruch der Luft und der klammen Kälte. Er sah sie – lange, bevor sie ihn sah – vorsichtig aus dem Zug aussteigen. Sie bewegte sich sehr langsam zwischen den anderen Passagieren, hielt sich an der Tür fest wie eine alte Frau. Er wäre gern zu ihr gelaufen, hätte sie gern gehalten, ihr geholfen, aber er blieb weit von ihr entfernt stehen, erstarrt, beobachtend. Dann ging ein Ruck durch ihn hindurch und er setzte sich in Bewegung.

»Bahnsteigkarte«, sagte der Bahnwärter und streckte einen uniformierten Arm aus. Henry wartete gehorsam.

Sie kam auf ihn zu und begann zu lächeln.

»Du solltest das nicht tragen«, sagte er und nahm ihr den kleinen Koffer ab. »Wieso hast du einen Koffer dabei?«

»Ich wusste nicht, ob ich es heute noch zurückschaffe.«

Draußen winkte Henry einem wartenden Taxi und half ihr hinein. Sie lehnten sich in die tiefen Sitze. Keiner von ihnen sagte etwas. Clara sah geradeaus vor sich hin. Ihre Hand lag neben seiner auf dem schwarzen Sitz. Er hätte sie gern berührt, traute sich aber nicht. »Möchtest du etwas essen?«, fragte er.

»Wenn du möchtest.«

»Mein Zimmer ist – ich würde lieber nicht in dieses Zimmer gehen.«

»Also gut.«

Sie ließen sich im Westbourne Grove absetzen, ohne zu wissen, wo sie hinsollten. Sie wollten einfach nur sein Zimmer vermeiden und konnten beide nicht klar denken. Auf dem Bürgersteig herrschte ziemliches Gedrängel. Henry versuchte, Clara abzuschirmen. Sie gingen ein Stück, schweigend, nur mit einem gelegentlichen »Hier ...«, oder »Gehen wir doch ...«, bis sie beide stehenblieben, bis ihnen beiden die Ideen ausgingen. Henry führte sie am Ellbogen an den Rand des Bürgersteigs, an einer Ecke, gegenüber einem Kino.

»So hat das keinen Sinn«, sagte sie.

»Es tut mir leid, ich hätte mir vorher überlegen sollen ...«

Sie standen da, reglose Gestalten in einer wimmelnden Menge. Dann fing es an zu regnen.

»Hast du einen Schirm dabei?«

»Ich habe nicht daran gedacht.«

Rund um sie herum wurden schwarze Schirme aufgespannt. Clara hätte fast gelacht, verkniff es sich aber. Er sah ihr Gesicht, das zu ihm aufsah. Sein rot-weiß-blaues Mädchen. »Du willst mich verlassen«, sagte er.

»Nein«, antwortete sie. Und noch einmal: »Nein, Henry.«

»Oh«, sagte er, erfüllt von einer Erleichterung, die wie das Durchschneiden einer Fessel war, verängstigt über die Intensität seiner Gefühle. Seine Augen brannten. »Verdammt.« Er sah sich nach einem Versteck um.

»Henry.« Ihre Finger fanden seine Hand.

Er wandte sich von der Menge ab, von ihr.

»Henry – hör auf. Sieh mich an.« Er konnte es nicht. »Liebling ...«

Der bisher nur leichte Regen wurde immer heftiger. Dicke, kalte Tropfen, die sich nicht mehr ignorieren ließen, prasselten auf sie herab. »Verdammt«, sagte er. »Du holst dir noch den Tod. Da rein.«

Er deutete über die Straße auf das Kino, vor dessen Tür sich trotz der frühen Stunde eine Menschenmenge angesammelt hatte. Sie überquerten die Straße halb laufend, drängten sich unter die von Glühbirnen eingefasste Markise und sahen sich um. Er umfasste ihre Oberarme, hielt sie fest und sah ihr in die Augen. »Ich habe mich um eine Arbeit beworben.«

»Ja?«, sagte sie unbestimmt.

»Du solltest dich setzen. Du siehst – so geht das nicht.«

Vor der Kasse hatte sich eine Schlange gebildet.

»Nur bis der Regen –«

»Ist gut –«

Er kaufte Karten. Unmittelbar danach machte die Frau die Kasse zu.

»Ausverkauft«, sagte sie.

»Was läuft denn?«, fragte Clara.

»Keine Ahnung.«

Sie schoben sich in die Wärme, in den Zigarettenrauch, in die gepolsterte Dunkelheit.

Die weiße Leinwand flimmerte hell vor den Köpfen der Menschen, die sich am Eingang drängten. Die dunklen Silhouetten von Fremden in den Sitzreihen, der Geruch ihres Parfüms, ihrer Haarpomade, ihrer Körper, als die Platzanweiserin die Taschenlampe herumwandern ließ, um Sitze für sie zu finden. Die Lautsprecher gellten die Anfangstakte von *Pathé News*, grelle Geräusche und grellere Bilder, der gefiederte Hahn, alle Köpfe wandten sich der Leinwand zu. Das hier war der Grund für die Menge, das hier der Grund für die Dringlichkeit in der Atmosphäre, das hier hatte sie hereingelockt.

Henry löste die Hand von Claras Arm. Er wurde von nachdrängelnden Kinobesuchern gegen die Wand gedrückt, bemerkte aber weder sie noch sonst etwas. Er sah nur die Leinwand.

»Gestern. Kanalzone. Ägypten. Britische und französische Truppen. Einmarsch in Port Said ...«

Die riesige Leinwand, riesige Bilder der Invasion, füllten seine Sicht. Fallschirme, die zu triumphaler Musik herabschwebten, riesige Truppentransporter ...

»Zwanzigtausend Mann waren an der Invasion in der Morgendämmerung beteiligt«, sagte der Kommentator. Seine abgehackte, unheilschwangere Stimme unterstrich den Schock der Bilder. Dann Anthony Eden.

»In Whitehall sagte der Premierminister ...« Sein Gesicht in Großaufnahme, das in die Menge blickte, wie es schien, seine entschlossene, leidenschaftliche Stimme. »Großbritannien und Frankreich sind vereint in diesem Einsatz, der die Sicherheit der ganzen Welt garantieren ...«

Clara, von Henrys Körper abgeschirmt, sah zu ihm hoch. Er bemerkte es nicht.

Überall um ihn herum Menschen –, sitzend, stehend, zu zweit, in Gruppen, unruhig in ihren weichen Zivilistenkleidern –, die das Geschehen mit ihren vagen, ungeübten Zivilistenaugen verfolgten, und er, zwischen ihnen eingekeilt, in der dicken Stadtluft Englands ...

»Henry!«

Er spürte, wie sie sich an ihn schmiegte, die Arme in der Dunkelheit um ihn schlang. Ihre Hand berührte seine Wange, zwang ihn, von der Leinwand wegzusehen. Er senkte den Blick und sah nichts, spürte nur ihre Lippen auf seinen.

»Bitte«, sagte sie. »Nicht –«

Buhrufe aus der Menge, die Zuschauer verlagerten ihre Aufmerksamkeit. Manche verstummten, suchten nach der Quelle des Lärms, andere stimmten in die Buhrufe ein, ein tiefes Geräusch, fast zu tief, um es hören zu können.

»Wir können Frieden und Stabilität ...«, fuhr Eden fort, begleitet von weiteren Buh- und Zischlauten. Jemand warf etwas gegen die Leinwand. Pfiffe, Gelächter, Hohnrufe.

»Lass uns gehen«, sagte Clara.

»In Ordnung. Komm.«

Sie wandten sich um. Auf der Leinwand hinter ihnen Protestszenen, Menschenmengen, Banner auf dem Trafalgar Square. Die Stimme folgte ihnen nach draußen: »... während heute in London eine große Gruppe von Demonstranten ihrem Unmut Luft machte ...«

Er nahm ihre Hand, führte sie hinaus, benutzte den Koffer, um Leute unter Entschuldigungen aus dem Weg zu drängen, bis sie wieder in dem leeren Foyer standen.

Es regnete in Strömen. Der Regen prasselte so heftig auf das Pflaster, dass die Tropfen wieder hochsprangen, lief in Rinnsalen an Türen und Fenstern hinunter, klatschte auf die teppichbelegte Treppe, bildete Pfützen. Henry sah Clara an, deren Gesicht blass war, und als sie seinen Blick erwiderte, waren ihre Augen fast schwarz, die Pupillen riesig in der blauen Iris.

Sie konnte in diesem Regen unmöglich zu Fuß gehen. »Komm. Es ist nicht weit.«

Er hob sie und den Koffer mit Leichtigkeit hoch. Sie schmiegte das Gesicht an seine Schulter, schlang die Arme um seinen Hals. Er überquerte die breite Straße, auf der die vor Regen fast blinden Autos nur langsam voranrollten.

Clara auf den Armen hastete Henry durch den Regen. Etwas später standen sie völlig durchweicht vor der Tür seiner

Pension, er außer Atem, ihr Gesicht feucht, während es aus seinen Haaren kalt auf sie heruntertropfte. Ihr Rock war klatschnass, seine Hose voller Spritzer und schwer vor Nässe. Er stellte sie ab. »Alles in Ordnung?«, fragte er, während er den Schlüssel aus seiner Tasche fischte, und sie betrat die dunkle Diele. »Erster Stock links. Nach vorne heraus.«

Die Zimmertür hing locker und lose in den Angeln. Henry hatte das Gasfeuer angezündet und ihren Rock zum Trocknen davor gehängt. Sie lagen nebeneinander auf dem schmalen Bett, auf dem für zwei kaum Platz war, berührten sich mit ganzer Körperlänge. Er strich ihr die Haare aus dem Gesicht, zog die rosa Tagesdecke über sie. Sie war nicht besonders sauber. Sie sahen lieber nicht genauer hin.

»Du hättest nicht den weiten Weg hierherkommen dürfen«, sagte er. »Ich weiß nicht, was du dir dabei gedacht hast.«

Ihre Füße in den Strümpfen waren nass, dunkel verfärbt von den Schuhen. Die weiße Haut ihrer Oberschenkel war sehr glatt. Er hob ihre Bluse leicht von ihrem Bauch ab, und Clara schloss die Augen. Sie trug einen Nylongürtel zum Befestigen der Binde – eine fragile weibliche Notwendigkeit. Er schob den Finger unter den nicht sehr straffen Gummizug ihres seidenen Schlüpfers, hob das Band von ihrem Körper weg. Der lange Schnitt war noch leicht wulstig, die Einstichstellen der Naht noch leicht gerötet. Sie legte die Hand über seine. »Nicht anfassen«, sagte sie.

»Nein«, sagte er, streichelte aber mit zwei Fingern mit kleinen Bewegungen über die gesunde, unversehrte Haut rund um die Narbe, da, wo sie weich war, wo seine Berührung weder kitzeln noch weh tun würde. »Erzähl mir von den Mädchen«, sagte er. »Irgendwas.«

»Es geht ihnen wunderbar, Henry. Sie sind richtig glücklich. Meg sagt die ganze Zeit ›Nicht machen‹, und Lottie hilft meiner Mutter im Garten …«

Während sie erzählte, zog er ihre Bluse wieder zurecht und breitete die Decke wieder über sie.

»Sie finden es beide furchtbar kalt und sind letzte Nacht zweimal wach geworden. Sie brauchen ordentliche Flanellnachthemden, auch wenn sie ein schrecklicher Schock für sie sein werden.«

»Wärmflaschen«, sagte er.

»Ja, aber wir haben nur eine.«

Das Gasfeuer knackte und zischte. Draußen fiel der dunkle Regen stetig herab, als fernes, leises Getröpfel und als näheres Klopfen und Tappen. Sie hielten sich an der Hand.

Das Schweigen weitete sich aus.

»Meg sagt ›Leibe‹ statt ›Liebe‹ …«, sagte sie langsam.

Er wartete, bis ihr die Augen zufielen. Dann erst bewegte er seinen eingeschlafenen Arm ein kleines bisschen. Nach einer Weile schmiegte sie sich im Schlaf an ihn, und Henry lag mit offenen Augen in der Dunkelheit und lauschte auf den Regen.

8. Kapitel

Am nächsten Morgen gab es Ärger mit der Vermieterin, die gesehen hatte, wie Clara aus dem Badezimmer kam. Clara versteckte sich unter der Bettdecke, während Henry der Frau in der nur einen Spalt weit geöffneten Tür versicherte, dass sie verheiratet waren. Er entschuldigte sich, weil er das nur an eine Person vermietete Zimmer für zwei Personen benutzt hatte, und betonte, er habe nicht versucht, sie zu betrügen. Der Besuch seiner Frau habe sich erst in letzter Minute ergeben. Dann machte er die Tür wieder zu. »Lächerlich, wie diese Frau sich aufführt«, sagte er.

»Fahr mit mir zurück«, sagte Clara. Und das tat er, behielt das Zimmer aber für den Fall, dass er für Vorstellungsgespräche in die Stadt fahren musste.

Sie schlossen und versperrten die Tür, hinter der die rosa Tagesdecke auf dem Bett lag und Henrys Vorstellungsanzug im Schrank hing, und gingen die Treppe hinunter und hinaus auf die nasse Straße, saubergewaschen vom nächtlichen Regen, um zum Bahnhof zu fahren.

In Marylebone kaufte Henry sich eine Zeitung. Clara sah aus dem Abteilfenster, während er sie las, auch die Sonderbeilage, die sich ausschließlich mit den Ereignissen am Suezkanal beschäftigte. Auch die anderen Passagiere lasen über das Geschehen am Suez und unterhielten sich darüber, aber Clara, die Henrys Hand umklammerte, sah unverwandt aus dem Fenster auf die vorbeiziehende Landschaft.

»Es nutzt doch nichts, das alles so genau zu verfolgen«, sagte sie.

Zwei Männer, einer in Hut und Anzug, eine nicht brennende Pfeife in der Hand, der andere in Knickerbockern, unterhielten sich über Eden und alles Mögliche, von den Kommunisten bis zu einem möglichen Atomkrieg. Henry, den Blick auf die Gepäckablage über ihren Köpfen gerichtet, hörte ihnen aufmerksam zu. Es war ein eigenartiges Gefühl, ein bisschen wie spionieren. Er hatte schon oft von diesem geheimnisvollen Ding gehört, der öffentlichen Meinung, war aber selbst nie wirklich Teil dieser Öffentlichkeit gewesen.

»Eden ist doch in den 30er Jahren steckengeblieben. Er zieht das Land in noch einen Kolonialkrieg hinein«, sagte der Mann mit dem Hut, während er seine Pfeife stopfte.

»Und Sie hätten wohl lieber die Roten an der Regierung?«, gab der Knickerbocker-Mann gut gelaunt zurück.

Gesprächig warfen sie ziellos mit Meinungen um sich. Sie können sich diesen Luxus leisten, dachte Henry, aus Gewohnheit, und dann – kurz – ich kann ihn mir jetzt auch leisten.

In dem Dorf in Buckinghamshire setzte der Taxifahrer sie vor der Tür ab. Henry nahm sich mehr Zeit als nötig, um den Mann zu bezahlen, weil er den Moment des Wiedersehens mit Moira und George hinauszögern wollte. Moira, George dicht hinter ihr, öffnete ihrer Tochter und ihrem auf Abwege geratenen Schwiegersohn die Tür. Die Mädchen hüpften aufgeregt auf und ab.

»Mummy!«

Henry wappnete sich für die Begrüßung.

»Hallo, Henry. Was für ein schauderhafter Tag«, sagte

Moira, als sie über den Pfad auf sie zukam. »Kommt rein.« Sie nahm seinen Arm. »Wie war es in London?«

»Hektisch.«

»Gute Fahrt gehabt?«, fragte George.

»Ja, Sir. Danke.«

Im Haus ging Clara gleich nach oben, um sich auszuruhen. Moira nahm die Mädchen mit in die Küche, um sich um das Mittagessen zu kümmern, während George, auf dem Weg ins Wohnzimmer, sich zu Henry umdrehte. »Du brauchst mich nicht ›Sir‹ zu nennen, Henry. Du müsstest diese Familie doch inzwischen kennen«, sagte er, ließ ihn stehen und machte die Tür hinter sich zu.

Einen Moment stand Henry nur da und starrte die geschlossene Tür an. Dann machte er sie auf wie jemand, der etwas tut, weil er es tun muss, weil er es nicht gewohnt ist, die Dinge einfach auf sich beruhen zu lassen.

George drehte sich um, überrascht darüber, dass Henry ihm gefolgt war. Er stand vor dem Kamin und sah seinen Schwiegersohn an – gegen seinen Willen der Patriarch.

Henry trat ins Zimmer und machte die Tür entschlossen hinter sich zu. »Ich dachte«, sagte er, »du willst vielleicht wissen, wie meine Pläne aussehen.«

Durch zusammengebissene Zähne sagte George: »Wie du meinst.«

»Was geschehen ist, tut mir leid, und ich – ich werde mein Bestes tun –«

»Du wirst *dein Bestes tun*?«

»Ja.«

»Großartig. Ganz großartig.«

»Sir?« Es kam ihm ganz automatisch über die Lippen.

»Ich sagte, *großartig*. Du wirst also dein Bestes tun, während meine Tochter fast gestorben wäre und mein Sohn irgendwo in Ägypten ist und du einfach ... wie immer sie heutzutage für desertieren sagen ... *Du* willst dein Bestes tun? Ich bin gespannt.«

Henry gab nicht auf. »Es tut mir leid.«

»Leid? Es tut dir –« Er wandte sich ab und schüttelte den Kopf, als debattiere er mit sich selbst. Dann: »Nein, nein, ich –« Und verstummte wieder.

Schweigen. Henry sah George entschlossen an, aber der war ein paar Schritte zum Fenster gegangen. Dort drehte er sich halb zurück, aber nicht weit genug, um Henrys Blick zu erwidern, und sagte: »Du weißt ja sicher, dass ich gegen Ende des Ersten Weltkriegs, 1918, eingezogen wurde. Ich habe nur das Ende dieses Krieges mitbekommen. Aber er hat mir meine Jugend zerstört.« Er hielt inne. »Meiner Meinung nach gibt es nur sehr wenig Kriege, die es verdienen, ausgefochten zu werden, und im Augenblick wüsste ich keinen einzigen. Aber wenn man ...« er suchte nach den richtigen Worten. »Wenn man beschlossen hat, nicht selbst daran teilzunehmen, wie groß die Versuchung auch gewesen sein mag, ist es sehr schwer mit anzusehen, wie ein anderer Mann es tut, ohne es ihm übel zu nehmen. Verstehst du das?«

»Ja, natürlich.«

»Und das tut mir leid. Es tut mir wirklich leid. Ich sollte dir danken. Ich wollte, dass meine Tochter nach Hause kommt, und jetzt ist sie – zu Hause. Und ich wäre froh, du wärst derjenige, der noch da draußen ist, und nicht James.«

Er hatte es nicht böse gesagt, es war ein Eingeständnis.

»Ja.«

Es schien nichts mehr zu sagen zu geben, es waren keine weiteren Beschimpfungen zu überstehen. Henry nickte seinem Schwiegervater zu und machte sich daran, das Zimmer zu verlassen.

»Henry? Du weißt, dass ich dir helfen werde, wenn ich kann.«

»Danke.«

Und dann, fast als Nachgedanke, sagte George: »Es wäre einfacher, wenn du irgendeinen – einen Standpunkt eingenommen hättest.«

Henry, an der Tür, drehte sich um. »Einfacher?« Er kniff die Augen zusammen, wie um den Gedanken genauer unter die Lupe zu nehmen, und lächelte dann leise. »Ja«, sagte er. »Das wäre einfacher gewesen.«

Clara hatte die Vorhänge nicht zugezogen. Graues Licht fiel durch das Fenster auf das verblasste Blumenmuster des Bettbezugs. Henry machte die Tür hinter sich zu. Er wusste nicht, ob sie schlief oder nicht.

Er ging ans Fenster und sah hinaus, die Hände in den Taschen vergraben.

Unten im Garten stapften Meg, Lottie und Moira über den Rasen. Er konnte nicht hören, was sie miteinander redeten, aber irgendeine aufgeregte, ernsthafte Unterhaltung war im Gange, und an Moiras gesenktem Kopf erkannte er, dass sie aufmerksam zuhörte. Die drei wollten das Gemüse fürs Mittagessen holen. Meg trug einen Korb. Die Kinder gingen sehr langsam, aber Moira war geduldig.

Sie blieb stehen, um sie auf etwas im Gras hinzuweisen, und alle drei beugten sich vor, um es sich anzusehen.

Er hörte, wie sich Clara hinter ihm bewegte und aufstand.

Sie trat zu ihm, blieb neben ihm stehen und sah wie er in den Garten hinaus. Sie war noch bettwarm. Über der Unterwäsche trug sie nur einen Unterrock, keine Strümpfe, und hielt den Morgenmantel locker in der Hand.

Er nickte in Richtung der Kinder im Garten und versuchte, zu lächeln oder etwas über sie zu sagen, hatte aber nichts zu sagen.

»Unsere wundervollen Mädchen«, sagte Clara.

Er konnte immer noch nicht sprechen. Clara hob die Hand und machte den Vorhang zu. Der schwere gefütterte Stoff zog die hölzernen Ringe über die Stange. Jetzt war es dunkel. Sie ließ den Morgenmantel fallen, schlang die Arme um Henrys Taille und legte den Kopf an seine Brust.

Die Seide fühlte sich weich an, an seinem Körper, seinen Kleidern. Ihr warmer Körper darunter war nachgiebig, ihre Wange lag an seinem Herzen. Er senkte den Kopf und legte ihn auf ihren, jedoch ohne sie in die Arme zu nehmen – er konnte nicht –, aber seine Finger berührten das Material ihres Unterrocks und hielten es fest. Er schloss die Finger fest um die dünne Seide.

»Sshh«, sagte sie.

So nah bei ihm, hob sie das Gesicht an, dann die Arme, legte die Hände in seinen Nacken, berührte seine Ohren, streichelte seine Brauen. Seine Lippen streiften über ihre Haut.

»Ich liebe dich«, sagte er, die Seide zwischen seinen Fingern zerknüllend, und brach in Tränen aus.

9. Kapitel

Es war Sonntag, der 11. November. Die Wards gingen zwar nicht jeden Sonntag in die Kirche, aber doch relativ oft, und auf jeden Fall an Weihnachten, Ostern, Erntedank und an diesem Tag, dem Remembrance Sunday, dem Gedenktag für die Gefallenen der beiden Weltkriege. Was immer sie über kriegerische Auseinandersetzungen denken mochten, sie erwiesen den Kriegstoten die Ehre.

»Du musst nicht mitkommen«, sagte Clara zu Henry, aber das stimmte nicht. Er musste.

Die Zwillinge waren völlig gleich gekleidet – schwarze Mäntelchen mit Samtkragen, deretwegen Moira in der Woche zuvor extra in die Stadt gefahren war, dazu Lackschuhe und Wollstrümpfe. Und in den Haaren, an den Seiten, an den Haarspangen befestigt, rote Schleifen. Alle trugen Mohnblumen am Aufschlag, gekauft bei einem der Kirchenhelfer, die am Tag zuvor von Tür zur Tür gegangen waren. Jetzt waren sie alle zusammen auf dem Weg durchs Dorf, schlossen sich dem Strom der anderen an.

Im Zentrum des Dorfes, der Kirche gegenüber, stand das Kriegerdenkmal. Wie an jedem anderen Kriegerdenkmal in jedem anderen Dorf auch, gingen die Menschen die meiste Zeit achtlos daran vorbei, aber jetzt lagen zahllose Kränze davor, und immer noch wurden neue gebracht und davor niedergelegt. Es dauerte eine ganze Weile, bis alle sich versammelt hatten. Der Himmel hing schwer und grau über den schwarz gekleideten Menschen mit ihren Mohnblumen. Nur gelegentlich durchbrach ein unter einem Mantelsaum hervorlugender Rockzipfel oder ein bunter Kinderhandschuh das Schwarz. Die Leute unterhielten sich miteinander, während sie zum Kriegerdenkmal gingen, verstummten aber – mit Ausnahme der Kinder –, sobald sie dort angelangt waren. Der Regen war sehr fein und verursachte kein Geräusch auf den Schirmen, die die Männer über ihre Frauen hielten.

Die Kirche lag hinter ihnen. Henry sah über die Schulter zu ihr hin.

Die Tür stand offen, er sah die Blumen im Inneren, ihre Farben glühten im Schein des elektrischen Lichts, das angeschaltet worden war, weil der Tag so dunkel und trüb war. Er dachte an die kleine Kirche auf Zypern an jenem heißen Tag, an die Hitze und das Gleißen draußen. Seitdem war er nicht mehr in einer Kirche gewesen.

Die Wards standen ziemlich weit hinten, aber nicht abseits der Menge, Clara vor Henry, neben Moira und George. Ganz vorne, neben dem Pfarrer, standen die alten Männer, die Brust vorgereckt, ihre Auszeichnungen an die Mäntel geheftet. Die Pfadfinder hatten sich neben ihnen aufgebaut, und ein paar Soldaten in Uniform waren auch da. Insgesamt waren es vielleicht dreihundert Menschen, die sich in stummer Gemeinschaft zusammengefunden hatten, und selbst die, die normalerweise grußlos aneinander vorbeigingen, nickten oder lächelten heute einander zu.

Der Pfarrer sah sich unter den Leuten um, die sich daraufhin zurechtstellten, und begann:

»Lasst uns voller Dankbarkeit derer gedenken,
die im Dienst des Friedens,
und im Dienst ihrer Mitmenschen,
ihr Leben für ihr Land ließen.«

Er entfaltete ein Blatt Papier.

»Ich werde nun diese Liste mit den Namen aller Gefallenen dieser Gemeinde verlesen«, sagte er. »Abbot, Tom. Antony, Wilbur. Brown, Edward. Bryant, Daniel. Bryant, John. Bryant, Michael …«

Während er las, herrschte absolute Stille. Sogar die Kinder, sogar die Babys, die bisher gezappelt hatten, wurden still.

»Diller, Andrew …«

Henry stand hoch aufgerichtet, die Augen geradeaus. Über die Schultern und Köpfe der anderen sah er die Ecke des flatternden Blatts, das der Geistliche in der Hand hielt, und dahinter die steinerne Kante des Denkmals. Im Herzen verneigte er sich, so wie er es immer tat, vor den Namen der Toten und erwies ihnen seine Ehrerbietung. Er versuchte, nichts als Stolz auf sie zu empfinden, aber nach einem Augenblick merkte er, dass er das nicht konnte, und sah zu Boden. Die Liste ging weiter, die Toten waren und blieben tot, egal, ob er sich ihnen verbunden fühlte oder nicht.

Clara rückte näher an ihn heran, und er spürte ihre Wärme in der Luft um sich herum. Sie zog einen Handschuh aus und schmiegte die Hand um seine kalten Finger.

»Sie werden nicht altern, so wie wir, die wir zurückgeblieben sind, altern werden. Das Alter wird sie nicht ermüden, die Jahre sie nicht verdammen. Beim Untergang der Sonne und am frühen Morgen werden wir ihrer gedenken.«

»Wir werden ihrer gedenken«, antworteten die Stimmen der Gemeindemitglieder.

Einen Moment später schlug die Kirchenglocke die volle Stunde. Mit dem letzten Schlag begann die Schweigeminute.

Die winterliche Luft Englands war überall um sie herum still. Stille herrschte zwischen den Dörfern, reichte hoch hinauf in den grauen Himmel, schwang sich über die Hügel, vereinte sie, brachte sie zusammen.

Ein nervöser Junge von vielleicht vierzehn Jahren trat vor, ein Horn in den geröteten, kalten Fingern. Er hob es, atmete tief ein, und wieder sah Henry die weiße Straße und den Jungen und sich selbst, wie er ihm die Pistole an den Kopf hielt.

Der Letzte Zapfenstreich erklang. Die ersten beiden Töne schnitten wie ein Messer durch die Luft, und um ihn herum wurde tief eingeatmet. Die ergreifenden Klänge setzten sich bis zum letzten, dünnen Ton fort und erstarben.

Die versammelten Menschen riefen sich in die Gegenwart zurück, um zur Kirche zu gehen. Sie teilten sich, ließen den Pfarrer durch und folgten ihm. Clara sah zu Henry hoch. Er nickte ihr beruhigend zu – weswegen, wusste er nicht –, ließ dann aber ihre Hand los und ging mit schnellen Schritten von den anderen weg, zurück, die Straße entlang in Richtung Haus, ließ die schwarzgekleidete Menge hinter sich. Er hörte Lottie »Mummy!« sagen, einmal, herrisch, und wusste, voller Dankbarkeit, dass Clara ihm nicht folgen konnte.

Seine schnellen Schritte klangen hart auf dem grieseligen Pflaster. Das weiße Gartentor schwang auf, als er dagegen drückte und fiel hinter ihm ins Schloss. Die Haustür war nicht abgeschlossen.

Er ging in die Diele, schnell, weiter ins Wohnzimmer, wo das Feuer hinter dem Schutzschirm hell brannte. Gemälde,

Fotos, umgaben ihn, das schimmernde, ramponierte Klavier, Vasen mit Blumen, Silber, der Duft des Mittagessens, der das leere, warme Haus erfüllte. Er ging zurück in die Diele – Füße auf dem fadenscheinigen Läufer –, durchs Esszimmer mit dem bereits gedeckten Tisch, weiter in den steingefliesten Durchgang zur Küche, vorbei an der Küchentür, vorbei an den Stiefeln und dem hohen, verschlossenen Schrank, in dem das Gewehr zusammen mit den Gartengiften aufbewahrt wurde, durch die Hintertür auf die Terrasse.

Er ging durch den Garten, vorbei an den Beeten mit den zurückgeschnittenen Rosensträuchern und den kahlen, nassen Büschen, über nachgiebiges Gras zum Tor. Dahinter lag die Wiese, und ein Pfad, der quer darüber verlief, aber er wandte sich davon ab, weil er nicht noch einmal weggehen konnte, weil es nichts gab, wo er hingehen konnte.

Er war wie blind. Es war, als drehe sich das Universum schwarz um ihn herum, und er sich mit, erdgebunden, ebenfalls leer.

Er schloss die Augen.

»Gott«, sagte er.

Stille. Ruhe. Dunkelheit.

»Gott«, sagte er noch einmal.

Dann hörte er, immer noch bei geschlossenen Augen, ein leises, flüsterndes Geräusch. Ein stilles, kompliziertes Geräusch. Sein Geist, und nur sein Geist, nahm es sofort wahr. Er öffnete die Augen.

Vor ihm stand ein kleiner Baum, vielleicht drei Meter hoch, eine sehr junge Eiche. Der Stamm war von einem weichen Graubraun, wie das Fell eines jungen Hirschs oder eines Kaninchens.

Und genau in diesem Augenblick bewegte sich ein Windhauch um ihn herum. Er dachte, es müsse ein Windhauch sein – mindestens –, jedenfalls war er berührt worden. Er sah, dass sich die vertrockneten Blätter, die noch an den Zweigen hingen, gegeneinander bewegten und das flüsternde Geräusch verursachten, das er gehört hatte. Die Blätter zitterten, jedes einzelne, während ihre Umrisse schärfer wurden. Er betrachtete die Klarheit ihrer Ränder. Das Eichenblatt, in Gold gestickt, erträumt, ihm versprochen, verraten und aufgegeben. Hier war nicht eins, hier waren viele, nicht nur das Blatt, sondern der ganze Baum, und er schien heller zu werden, während er hinsah. Die Sonne musste hervorgekommen sein, dachte er, aber die feine Feuchtigkeit hing immer noch in der Luft.

Er sah, dass es zwischen den Zweigen und den Blättern die winzigen, fast unsichtbaren Anfänge neuer Blätter gab – noch keine Blätter, nur ihre Andeutung –, und daneben Eicheln, sehr klein und frisch.

Er betrachtete die Linien und Formen der Rinde an den Stellen, wo die Äste aus dem Stamm herauswuchsen, betrachtete die Blätter und den sauberen Stamm. Er stand in dem feuchten herbstlichen Garten mit der kleinen Eiche, und es hätte der Garten Eden sein können.

Er war froh, dass alle sangen und deswegen nicht bemerken würden, dass er hereinkam. Die Steinplatten des Weges waren nass unter seinen Füßen. Die Tür war nur angelehnt. Er drückte sie auf, betrat die Kirche und entdeckte seine Familie auf der Stelle. Clara hob den Kopf und drehte sich zu ihm um. Ihre Erleichterung und ihre Sorge machten ihn noch ungeduldiger, zu ihr zu kommen. Er wollte ihr alles erklären, glaubte aber nicht, dass er es konnte. Die Kirche war voll und laut. Er musste zum Gang gehen, vorbei an Blumen auf einem Ständer, und sich dann durch eine Reihe von Menschen drängen, sich entschuldigend, sie nicht wahrnehmend, bis er neben ihr war, oder fast – die Zwillinge waren zwischen ihnen. Zu jung, um mitsingen zu können, hatten sie sich einander zugewandt und drückten die Hände in erträglicher Langeweile in einer vagen Version von Backe-backe-Kuchen zusammen. Sie sahen kurz zu ihm auf und machten dann weiter. Henry war in die Halblücke getreten, die die Leute für ihn frei gemacht hatten, und stand etwas seitlich, Clara zugewandt. Die laute Orgel und die ungleichmäßigen Stimmen isolierten sie. Er konnte nicht ihre Hand halten, in der Reihe hinter ihnen waren andere Menschen. Weniger als einen halben Meter entfernt, standen sie singend in den engen Bankreihen. Er erinnerte sich, dass die Nähe dieser Menschen ihn beschämt hatte – erinnerte sich daran, und ließ es von sich abfallen. Die feuchten Mäntel und das dunkle, schimmernde Holz, die kühl aufragenden Bögen der gewölbten Decke, die Musik und die starke, eng verbundene Gemeinschaft, sie alle waren ihm bekannt, wurden von ihm geliebt – er war zu Hause.

Clara hielt ihr Gesangbuch über die Lücke zwischen ihnen, und er, dankbar für diese konventionelle Geste, half ihr beim Halten. Meg, gelangweilt vom Stehen, lehnte sich an sein Knie, gedankenlos in ihn vertrauend, und Henry sah in Claras Gesicht.

Sie betrachteten einander, und es gab keine Barriere, kein Meer des Schweigens, keine begangene Tat, nicht einmal eine Glasscheibe zwischen ihnen; nicht einmal Luft, so fühlte es sich für ihn an. Er bereiste langsam ihr Gesicht, kehrte zu ihren Augen zurück und sah, dass sie ihn anlächelte.

Bemerkung der Autorin

Kleine Kriege ist ein Roman. Mit dem größten Respekt für die Geschichte und die Menschen, die das Leben auf Zypern und in England in den 1950er Jahren persönlich kannten, habe ich gelegentlich zusammengefasst, komprimiert und Orte und Ereignisse auf andere Weise manipuliert, um sie meiner Geschichte anzupassen. Ich möchte versichern, dass alle Personen in *Kleine Kriege* – mit der Ausnahme bekannter historischer Persönlichkeiten – rein fiktiv sind.

Danksagung

Für *Kleine Kriege:*

Ich danke all den vielen Menschen, die mir beim Schreiben dieses Buchs ihre Zeit und ihr Wissen zur Verfügung stellten.

Ich danke der Website britains-smallwars.com, die mich nicht nur teilweise auf den Titel brachte, sondern mir auch wertvolle und detaillierte militärische, politische und persönliche Informationen lieferte, in Form der Berichte von Soldaten, die in Zypern und anderswo dienten. Ihnen allen schulde ich enormen Dank.

Im Lauf meiner Recherchen waren mir folgende Bücher eine Hilfe: *The Decline and Fall of the British Empire* von Piers Brendon; *Time at War* von Nicholas Mosley; *Hot War, Cold War* von Colin McInnes; *Bittere Limonen* von Lawrence Durrell; *Instruments of War* von Peter R. Cullis; *›Terrible Hard‹ Says Alice* von Christopher Wood; *Murder, Mutiny and the Military* von Gerry R. Rubin; *The Call-Up: A History of National Service* von Tom Hickman; *Unreasonable Behaviour* von Don McCullin; *British Infantry Uniforms Since 1660* von Michael Barthorp und Pierre Turner.

Mein Dank gilt auch den Mitarbeiterinnen und Mitarbeitern der British Library; der Königlichen Militärakademie Sandhurst; dem Imperial War Museum; dem Bulford Camp, Wiltshire; dem Stützpunkt Episkopi, Zypern und Dr Ian Palmer. Dank an Alexander Baring und die anderen Soldaten im Einsatz, mit denen ich persönlich sprach oder per E-Mail korrespondierte. Sie waren ausnahmslos freundlich, hilfsbereit und informativ.

Herzlichen Dank an Christopher Wood für seine Hilfe und sein Interesse.

Auch David Patterson bin ich extrem dankbar, für seine Erinnerungen an Zypern während seiner Wehrdienstzeit, seine wundervollen Tagebücher und seine Großzügigkeit, mich an beidem teilhaben zu lassen. Dank an Rebecca Harris und Anna Parker, und an Julia Gregson für ihre Zypern-Erinnerungen. Großer Dank geht auch an Martin Bradley und an Charlie Hopkinson, deren Geduld und Strenge beim Beantworten meiner Fragen enorm zu diesem Buch beitrugen.

Vor allem möchte ich Clara Farmer für ihren Scharfblick und ihre Hingabe danken; sie war diesem Buch eine echte Freundin. Herzlichen Dank auch an Sue Amaradivakara. Ich bin stolz, dass *Kleine Kriege* bei Chatto & Windus erscheint, und allen dort sehr dankbar; das Buch könnte nicht in besseren Händen sein.

Dank auch an Terry Karten bei HarperCollins, New York.

Und an meine Agentin und Freundin Caroline Wood, für ihre Energie, Beständigkeit und Integrität.

Persönlich bedanke ich mich

bei Tim, Daisy, Tabitha und Fred Boyd; Evan, Joanna und Melissa Jones; und bei meinen Freunden – euch allen meine Liebe und Dankbarkeit.

Sadie Jones,
London, April 2009